CHAOSZAUBER

DIE HEXEN VON WHITE HAVEN 9

TJ GREEN

Chaoszauber

Mountolive Publishing

Copyright © 2025 TJ Green

Alle Rechte vorbehalten

Umschlaggestaltung von Fiona Jayde Media

Lektorat von Missed Period Editing

Dieses Buch wurde mit ScribeShadow, einem KI-Tool, übersetzt

Contents

Eins

Avery Hamilton bewunderte Mariahs Bauerngarten vom Gartentor aus und wünschte sich, sie wäre unter besseren Umständen hier.

Es war ein wildes Gewirr aus Rosen, Dahlien, Rittersporn und anderen Sommerpflanzen. Ein Paradies für Gärtner, denn unter dem scheinbaren Chaos herrschte Ordnung, und es umgab ein Cottage wie aus dem Bilderbuch. Doch sie schob ihre Bewunderung beiseite und prüfte, ob sich auf dem Grundstück irgendwelche magischen Fallen verbargen.

„Na und?", fragte DI Newton, der ungeduldig neben ihr schnaubte.

Avery sah ihn verärgert an. „Wir sind gerade erst angekommen, Newton! Geben Sie mir einen Augenblick."

Es war Samstagabend, der Tag nach ihrem Kampf mit Mariah, Zane und den Piratengeistern in der Höhle auf Gull Island. Die Sonne stand tief über dem Garten und tauchte einen Teil davon in Schatten. Avery hatte Newton zu Mariahs Haus in Looe begleitet. Ein Police Constable bewachte das Anwesen und hatte den ganzen Tag lang geduldig und schweigend neben der grob behauenen Mauer Posten gestanden.

Newton sträubte sich vor Ärger. „Mariah ist seit fast vierundzwanzig Stunden verschwunden! Wir müssen da rein."

Avery ignorierte seinen Tonfall. Sie wusste, dass er frustriert war, weil er stundenlang auf Gull Island festgesessen und auf die Begleitung einer der Hexen hatte warten müssen. „Einen Augenblick noch."

Avery atmete ein paar Mal tief durch, um sich zu zentrieren, dann schickte sie ihre magische Wahrnehmung durch den Garten. Sie spürte Mariahs Magie im Garten, aber nichts daran war bedrohlich.

„Hier draußen gibt es nichts, worüber wir uns Sorgen machen müssten, aber ich werde das Haus überprüfen", sagte sie zufrieden. Avery öffnete das Tor und ging den Pfad entlang, Newton direkt hinter ihr. „Ich nehme an, Sie haben noch nichts von ihr gehört?"

Newton warf einen misstrauischen Blick in den Garten. „Nein, aber das überrascht mich nicht." Er sah müde aus, sein Anzug war zerknittert. „Sie und Zane haben ihre Flucht offensichtlich gut geplant. Ich bezweifle sehr, dass sie irgendeinen Hinweis hinterlassen hat, wohin sie gegangen ist."

Sie erreichten die Veranda, wo Avery Newton eine Hand auf den Arm legte, um ihn zurückzuhalten, und zustimmend nickte. „Leider glaube ich, dass Sie recht haben, aber diese Tür ist geschützt. Geben Sie mir einen Augenblick."

Unverkennbare Macht war um den Eingang herum zu spüren, und Avery befürchtete, dass ein magischer Impuls freigesetzt würde, falls sie ihn nicht neutralisieren konnte. Sie versuchte es mit ein paar Zaubern und fand schließlich einen, der funktionierte. Mit einem magischen Knall, den nur sie hören konnte, brach Mariahs Schutzzauber zusammen. Avery benutzte einen weiteren Zauber, um die Haustür aufzuschließen, und sie schwang in einen kleinen Flur mit niedriger Decke auf.

Obwohl Newton zuerst eintreten wollte, drängte Avery ihn zurück. „Warten Sie. Es könnte weitere Fallen geben."

Avery nahm sich Zeit, ihre Umgebung zu untersuchen. Ihr fiel auf, dass das Cottage trotz seiner modernen Einrichtung ein leicht altmodisches Flair hatte. Es war ein warmer, einladender Ort, und Avery hatte Mühe, das Bild der frostigen, aggressiven Mariah mit diesem kleinen Stückchen Himmel in Einklang zu bringen. Sie überprüfte das Wohnzimmer auf der rechten Seite und ging dann weiter in die Küche auf der linken Seite, die sich über die gesamte Länge des Hauses erstreckte und im hinteren Bereich einen Essbereich hatte.

„Hier unten ist alles sicher", sagte sie zu Newton.

Er schüttelte den Kopf. „Es sieht nicht wie das Haus einer Mörderin aus, oder? Aber andererseits habe ich gelernt, dass Menschen viele Gesichter haben. Allerdings nichts, was auch nur im Entferntesten mit Schmuggel zu tun hätte."

„Vielleicht oben", sagte Avery und ging bereits die schmale Treppe hinauf. Aber nachdem sie einige Minuten damit verbracht hatte, die kleinen, aber ordentlichen Schlafzimmer und das Badezimmer zu durchsuchen, fand sie auch dort nichts.

„Nur halb leere Kleiderschränke", sinnierte Newton und überprüfte die Schubladen mit seinen behandschuhten Händen. „Was bedeutet, dass sie so bald nicht zurückkehren wird."

Avery trat an das Fenster mit Blick auf den Garten hinter dem Haus und bemerkte, dass auch dieser gut mit Sommerpflanzen und Sträuchern bestückt und gepflegt war. „Sie liebt dieses Haus offensichtlich. Ich kann nicht glauben, dass sie es aufgegeben hat. Vielleicht hofft sie, dass ihre Magie den Ort erhält, während sie weg ist."

Newton lachte kurz auf. „Wenn sie glaubt, nach allem, was passiert ist, wieder zurückzukommen, ist sie verrückt."

„Oder sie hat einen Plan, auf den sie felsenfest vertraut", schlussfolgerte Avery und befürchtete weitere Gewalt. Sie wiederholte die Bedenken, die sie nach ihrem Gespräch mit Dan und Sally in Happenstance Books früher am Tag gehabt hatte. „Es gab eine Menge Dinge, die keinen Sinn ergeben haben. Zum Beispiel, warum sie oder Zane die Irrwichte nicht kontrollieren konnten, als wir es konnten. Das deutet darauf hin, dass sie zugelassen haben, dass sie Miles und Jasmine töten – und den armen Mann mit dem Hund. Das ist die einzige Erklärung! Und sie müssen von Anfang an geplant haben, Ethan zu hintergehen."

Newton fuhr sich mit den Fingern durch sein kurzes, dunkles Haar, und aus der Nähe konnte Avery sehen, wie blutunterlaufen seine Augen waren. „Sie haben ein Versteck."

„Und wahrscheinlich Verbündete."

„Und eine Möglichkeit, das Piratengold loszuwerden, das sie bereits gestohlen haben." Newtons Blick war fern, als er den Garten betrachtete, und dann runzelte er die Stirn und sein Blick wurde scharf. „Dort ist ein Gartenschuppen. Den sollten wir überprüfen."

Er drehte sich um und marschierte die Treppe hinunter, sodass Avery ihm frustriert nachlaufen musste. „Lassen Sie mich das erst prüfen!"

Als er im Garten war, ließ er sie den Weg weisen. „Vielleicht hat sie geplant, dass sich ein Verwandter oder Freund irgendwann um den Ort kümmert", schlug Avery Newton vor, als sie schließlich den Schuppen erreichte.

„Wir überprüfen gerade ihre Familie, aber wir müssen wissen, welche von ihnen Hexen sind."

„Ich kann sehen, ob jemand im Cornwall-Zirkel das weiß, aber lassen Sie mich mich jetzt konzentrieren." Sie richtete ihre Aufmerksamkeit auf das rustikale Gebäude und bemerkte, dass es eine anständige Größe mit zwei kleinen Fenstern hatte. Eine Hälfte war ein normaler Schuppen, die andere ein Gewächshaus. Jetzt, da sie näher dran war, spürte sie, wie es von Magie erfüllt war. „Treten Sie zurück, Newton."

Avery scannte das Gebäude und bemerkte, dass die Magie um die Türen und Fenster stärker wirkte. In die Tür waren Runen mit einfachen Schutzzaubern geschnitzt, die sich aber von denen am Haus unterschieden. Nachdem sie einige Zauberkombinationen ausprobiert hatte, deaktivierte sie die Schutzzauber und öffnete die Tür. Sie schwang leicht auf gut geölten Scharnieren auf. Der Geruch von Kompost umfing sie, aber als sie durch die Tür trat, sah sie am anderen Ende einen Bereich, der nicht mit Gartengeräten gefüllt war, sondern anscheinend sowohl als Zauberraum als auch als Planungsbereich gedient hatte. Regale säumten die Stirnwand, und obwohl die meisten leergeräumt waren, standen dort noch ein paar Gläser mit getrockneten Kräutern.

„Sie hat auch Kräuter für ihre Zaubersprüche mitgenommen", sagte Avery, während sie die verbliebenen Fläschchen musterte und über den größtenteils leeren Platz nachdachte. „Die Schutzzauber waren nicht so stark, wie ich erwartet hatte, und ich nehme an, das liegt daran, dass sie hier nichts hatte, was es zu verstecken lohnte."

Die Werkbank war leergeräumt, aber daneben lagen ein paar Bücher über Schmuggel mit Eselsohren. Avery durchsuchte sie beiläufig und fand nichts weiter als ein paar hingekritzelte Notizen, die dem, was sie bereits wussten, nichts hinzufügten.

„Was ist mit ihrem Zirkelmitglied Harry?" Avery hatte früher am Tag mit Genevieve gesprochen, um sie auf den neuesten Stand zu bringen und die Einzelheiten zu erfahren. Verständlicherweise war sie stinksauer, aber auch besorgt gewesen.

„Er ist verheiratet und hat Kinder, aber von ihm fehlt noch jede Spur. Eine Streife behält sein Haus im Auge. Wir fahren als Nächstes dorthin, wenn das für Sie in Ordnung ist?"

„Natürlich. Sie können auf keinen Fall allein gehen. Aber obwohl ich ihn schon getroffen habe, weiß ich nicht viel über ihn", gestand Avery. Wie Mariah war Harry weder ihr noch dem Rest der Hexen von White Haven gegenüber freundlich gesinnt gewesen.

„Das spielt im Moment keine Rolle." Newton seufzte. „Und um ehrlich zu sein, ist das alles, was ich erwartet habe, aber wir werden das Team trotzdem alles ordentlich durchsuchen lassen. Vielleicht haben Moore und Briar bei Zane mehr Glück."

„Sind sie jetzt schon dort?", fragte Avery. Sie hatte sich schon gefragt, wo Sergeant Moore war.

„Sollten sie sein. Ich rufe ihn an und teile ihm die Neuigkeiten mit."

Briar Ashworth inspizierte Zane und Lowens absolut reizloses Wohnzimmer, während Moore telefonierte. Sie hatte keine Ahnung gehabt, dass Zane und Lowen, das andere Mitglied des Bodmin-Zirkels, Mitbewohner waren, und es schien, als hätten sie sich nicht die Mühe gemacht, ihr Haus mehr als nur zweckmäßig einzurichten. Es war deprimierend. Allerdings spürte sie, dass es hier noch etwas gab, das sie noch nicht gefunden hatten.

Moore beendete sein Telefonat und drehte sich zu ihr um. „Das war Newton. Bei Mariah ist alles wie erwartet. Kleidung weg und das Haus mit Schutz belegt. Genau wie hier."

Briar drehte sich um, ihre Nase zuckte. „Ich glaube, ich übersehe etwas, Moore. Ich spüre es."

„Magie?", fragte Moore, dessen tiefe Stimme um sie herum widerhallte.

Er war ein Mann von schmaler Statur mit hellrotem Haar und seine volle Stimme stand im Widerspruch zu seinem restlichen Äußeren. Briar wusste jedoch, warum Newton sich auf ihn verließ. Er war gründlich und aufmerksam und weitaus geduldiger als Newton.

„Ja. Aber es ist nicht offensichtlich. Eher ein Kribbeln zwischen meinen Schulterblättern."

Sie hatten bereits das ganze Haus durchsucht und Briar empfand es als einen düsteren Ort. Es war zweckmäßig eingerichtet, ohne Kunstwerke oder Persönlichkeit. Vielleicht hatten sie alles in Erwartung ihres Abschieds entfernt, aber das bezweifelte Briar. Es gab keine verräterischen Spuren an den Wänden, wo vielleicht einmal Bilder gehangen hatten. Und sie fand auch keinerlei Anzeichen für einen Zauberraum.

Briar erinnerte sich plötzlich an das Knarren der Dielenbretter in der Speisekammer neben der Küche. Dieses Haus war, obwohl unwirtlich, ein charaktervolles Anwesen, das man hätte viel schöner gestalten können. „Dieser Ort ist alt genug, um einen Keller zu haben, oder?"

„Absolut. Warum?"

„Folge mir." Briar führte ihn zurück zur Speisekammer, wo sie auf den Boden stampfte, was ein Quietschen hervorrief. „Hörst du das? Ich frage mich, ob hier drunter etwas ist. Zane und Lowen sind Hexen. Sie sollten einen Zauberraum haben und es gibt nirgendwo ein Anzeichen dafür. Und Zane ist eine Erdhexe, wie ich." Sie sah sich frustriert um. „Er sollte Pflanzen und jede Menge Kräuter haben!"

Moore lächelte. „Ausgezeichnet gedacht. Was für eine Art Hexe ist Lowen?"

„Ich bin mir nicht sicher", sagte sie, verärgert über sich selbst, weil sie es nicht vorher überprüft hatte, „aber ich werde es herausfinden."

Er deutete auf den Boden. „Kannst du irgendetwas wahrnehmen?"

„Noch nicht." Sie runzelte verwirrt die Stirn. „Und das ist seltsam. Normalerweise kann ich Raum unter der Erde spüren, wenn ich mich darauf konzentriere."

Moore ging in die Hocke und stocherte und zerrte mit seinen behandschuhten Händen an den Dielenbrettern, aber trotz ihres Quietschens schienen sie fest an ihrem Platz zu sein. Er sah zu ihr auf. „Ich kann nach etwas suchen, um sie aufzuhebeln, oder könntest du sie bewegen?"

Briar zögerte. Sie hatte noch nie vor Moore Magie benutzt ... jedenfalls nicht so offensichtlich. „Bist du sicher, dass es für dich in Ordnung ist, wenn ich Magie benutze?"

„Mir macht das nichts aus. Tatsächlich ist das sogar eine Untertreibung. Ich brenne darauf, dich dabei zu sehen." Er zwinkerte. „Warum sollte Newton den ganzen Spaß für sich allein haben?"

Sie schenkte ihm ein schüchternes Lächeln und fühlte sich plötzlich befangen – was lächerlich war, wenn man bedachte, wie oft sie Magie benutzte. „Okay. Du solltest besser zurücktreten."

Sie verließen die Speisekammer und Briar beäugte den abgenutzten Holzboden. Sie hob die Hände, rief ihre Macht herbei und lenkte sie nach unten auf die Bretter, wobei sie ihre Kanten und den Bereich darunter abtastete. Sie hätte sie einfach wegsprengen können, aber sie hasste unnötige Zerstörung, also hebelte sie das Ende von einem halben Dutzend Dielen hoch.

Und dann schlug eine Macht nach außen.

Gerade noch rechtzeitig errichtete sie eine Schutzmauer um sie beide, als eine Welle von Magie herausschoss, sie von den Füßen riss und gegen die Schränke hinter ihnen schleuderte.

„Bei der Göttin!", rief sie aus, zugleich außer Atem und sehr dankbar, dass ihre Magie ihren Aufprall abgefedert hatte. „Hinterhältiger Mistkerl! Das war unerwartet. Ist bei dir alles in Ordnung?"

Moore war wie sie gegen die Arbeitsplatte geprallt und legte die Hand auf seinen unteren Rücken. „Mir geht's gut. Das hätte schlimmer sein können. Du warst schnell."

„Zum Glück." Sie starrte auf das neu entstandene Loch im Boden der Speisekammer. „Das haben sie gut getarnt, was bedeutet, dass da unten etwas ist."

Briar warf ein Hexenlicht die mit Ziegeln ausgekleideten Stufen hinunter, und als sie einen Lichtschalter entdeckte, legte sie ihn um. Die Treppe wurde erhellt und beleuchtete den Eingang zu einem Raum darunter. Briar stieg hinab, immer noch in voller Alarmbereitschaft, während Moore eine leistungsstarke Taschenlampe als Waffe in den Händen hielt. Es roch weder nach Moder noch nach Feuchtigkeit, und als sie unten ankamen, betraten sie einen großen, niedrigen Keller, der sich unter dem gesamten Haus erstreckte.

„Oh, wow!", rief Briar. „Hier haben sie also die meiste Zeit verbracht!"

Moore pfiff leise neben ihr. „Das ist beeindruckend!"

Der Raum bestand aus vollkommen trockenen Ziegelwänden und einem Ziegelboden sowie Gewölben, die den Ort in Bereiche unterteilten, von denen die meisten für Zauberarbeiten vorgesehen waren, aber es gab auch eine gemütliche Sitzecke und einen Fernseher mit einer Spielkonsole. Die Luft roch nach Kräutern und Magie, und sie ließ Moore warten, während sie nach weiteren magischen Fallen spürte.

Nach ein paar Augenblicken seufzte sie erleichtert auf. „Wir sind in Sicherheit. Die da oben war die einzige."

Moore durchstreifte den Raum mit Interesse. „Sie hatten also doch eine Persönlichkeit!"

„Ich bin erleichtert", gestand Briar. „Hier haben sie also gelebt – die ganze Zeit! Ich schätze, als Erdhexe mochte Zane es wohl, davon umgeben zu sein." Sie ging hinüber zum Zauberraum. „Ich persönlich sehe ja gern das Tageslicht und meinen Garten, aber jeder ist anders."

„Waren sie beide Single ... oder ein Paar, zusammen?", fragte Moore.

„Ich habe keine Ahnung."

Er nickte. „Wir werden in den kommenden Tagen all ihre Beziehungen überprüfen. Heute haben wir uns auf die Höhle und Ethans Tod konzentriert." Er schritt zu einer fernen Ecke und hob etwas auf, das im Licht funkelte. „Eine Guinee." Er grinste Briar an. „Sie haben also einen Teil des Schatzes hier gelagert."

„Das ergibt Sinn. Es ist sehr sicher. Aber es gibt keinen Hinweis darauf, wohin sie verschwunden sind." Briar blickte verzagt auf die offensichtlich leer geräumten Bereiche und die fehlenden magischen Utensilien.

Moore tätschelte ihre Schulter. „Keine Sorge. Es mag eine Weile dauern, aber wir werden sie finden."

„Aber es gibt da draußen eine große paranormale Welt, und sie sind fähige Hexen."

„Aber du hast Kontakte, und wir auch", beruhigte er sie. „Wir werden in dieser Sache mit Maggie Milne zusammenarbeiten. Und wir bekommen einen neuen Sergeant als Unterstützung." Bei diesem Eingeständnis verschwand sein Lächeln.

Briar hatte nicht vergessen, dass Inez Walker gestorben war, als sie von einem Spriggan angegriffen wurde, aber sie hatte es in den hintersten Winkel ihres Geistes verdrängt, und jetzt fühlte sie sich furchtbar schuldig. „Es tut mir leid, Moore. Noch ein Tod, den Zane und Mariah verschuldet haben."

„Und deshalb werden wir sie finden." Moores Blick war eindringlich und entschlossen. „An ihren Händen klebt eine Menge Blut."

„Warum bist du eigentlich zur paranormalen Polizeieinheit gegangen?", fragte sie, da ihr bewusst war, dass sie so gut wie nichts über ihn wusste.

„Ich habe einen ausgeprägten Gerechtigkeitssinn. Warum sollten Leute mit besonderen Kräften mit allem durchkommen? Wir gehen bei den Ermittlungen vielleicht anders vor, aber es muss irgendeine Art von Vergeltung geben. Das hier ist nicht der Wilde Westen! Und außerdem", fügte er hinzu, „ist es faszinierend."

„Aber du wirst eine Hexe nicht einsperren können. Zumindest nicht so einfach."

„Eine Inhaftierung ist bei den meisten paranormalen Kreaturen, mit denen wir es zu tun haben, kaum eine Option. Solange die Opfer irgendeine Form von Gerechtigkeit erfahren, ist es mir ziemlich egal, wie das geschieht."

„Stimmt." Briar dachte an die Kreaturen, denen sie begegnet waren. Die meisten, die Tod und Zerstörung verursachten, fanden selbst einen unschönen Tod – oder erfuhren eine paranormale Vergeltung. „Aber ich glaube, Newton tut sich manchmal mit der Art der Gerechtigkeit schwer."

„Ja, das tut er. Und dieser Fall macht es schwieriger als die meisten anderen. Hexen sind schließlich immer noch Menschen."

„Ich nehme an, eine der besten Methoden, eine gefährliche Hexe aufzuhalten, ist, ihre Kräfte zu binden ... aber das ist schwierig." Sie schauderte bei dem bloßen Gedanken daran. Wenn jemand ihre Magie binden würde, würde es sich anfühlen, als wäre sie gestorben.

Moore nickte, ein Anflug von Mitgefühl in seinen Augen, als ob er ihr Entsetzen über diesen Vorschlag spürte. „Vielleicht ist das etwas, worüber du nachdenken solltest. Wie auch immer, lass uns als Nächstes den Garten überprüfen und sicherstellen, dass wir nichts übersehen haben."

Zwei

In einer ruhigen Minute zwischen dem Bedienen der Gäste am Samstagabend gesellte sich Alex Bonneville zu Zee, der hinter der Theke des The Wayward Son Gläser polierte. Zee lebte mit den anderen Nephilim in dem Bauernhaus oberhalb von White Haven.

„Wie geht es Ash nach letzter Nacht?", fragte Alex ihn, als er ein Glas aus dem Geschirrspüler nahm.

Zee lachte und strich sich sein dichtes, dunkles Haar aus dem Gesicht, als er sich aufrichtete. „Ihm geht's eigentlich ziemlich gut. Ich glaube, er hat es genossen, trotz der Risiken."

Alex nickte. „Gut. Ich wollte nur sichergehen, dass es keine Nachwirkungen gab."

„Und was ist mit dir? Ich habe gehört, du hast gegen Cruel Coppinger persönlich gekämpft!"

Alex schüttelte den Kopf, während er Gläser in die Regale hinter ihnen stellte. „Ja, er war ein durchtriebener alter Sack. Muss wirklich furchterregend gewesen sein, als er noch lebte. Aber ich hatte geisterhafte Hilfe von meinem alten Freund Gil und von Helena, Averys Vorfahrin."

„Das habe ich mitbekommen. Ich habe auch gehört, dass es noch nicht vorbei ist."

„Nein, nicht wirklich. Caspian und Reuben haben den Fluch gebrochen und die Geister sind verschwunden, aber jetzt haben wir es mit zwei abtrünnigen Hexen auf freiem Fuß zu tun, denen ihre Taten scheißegal zu sein scheinen, und wir haben keine Ahnung, wo sie sind oder was ihre Pläne jetzt sind." Alex lehnte sich gegen die Theke, während Frustration und Sorge ihn erneut überkamen. „Vielleicht stellen sie für uns gar keine Bedrohung dar, und ich hoffe wirklich auch für niemand anderen, aber das bezweifle ich."

Zee hatte angefangen, den Geschirrspüler mit den schmutzigen Gläsern zu füllen, aber jetzt hielt er inne und starrte Alex an. „Wieso sagst du das?"

„Sie sind für mindestens drei Todesfälle verantwortlich, wahrscheinlich vier, wenn man den Mann mit dem Hund mitzählt. Diese Taten haben Konsequenzen, und das wissen sie, und sie wissen, dass wir nach ihnen suchen werden. Außerdem werden sie versuchen, das Piratengold zu verkaufen, das sie gestohlen haben. Sie haben sich bereits als skrupellos erwiesen. Was ist, wenn noch mehr unschuldige Menschen getötet werden?"

„Ich bin mir nicht ganz sicher, ob man die Diebe, mit denen sie zusammengearbeitet haben, als unschuldig bezeichnen kann!"

Alex rieb sich die Bartstoppeln, plötzlich erschöpft. „Nein. Aber sie hatten es auch nicht verdient, von Spriggans zu Brei geschlagen zu werden."

„Ich schätze nicht. Vielleicht solltest du mit Harlan über den Schwarzmarkt für Schätze sprechen."

„Der Gedanke ist uns schon gekommen. Ich meine, wir wissen, dass es keine okkulten Gegenstände sind, aber er wird wahrscheinlich Vorschläge haben, an wen wir uns wenden können", gab Alex zu. „Ich hoffe, dass sich dadurch auch ein Weg findet, sie aufzuspüren. Obwohl ich weiß, dass Newton auch andere Spuren verfolgt."

„Das einzige Problem ist, dass Harlan im Moment in London unabkömmlich ist, und ich bin nicht sicher, ob er Zeit haben wird zu helfen."

„Der Job, für den Gabe und Shadow gestern aufgebrochen sind?", fragte Alex und erinnerte sich daran, was Ash ihnen erzählt hatte.

„Jep. Nahum und Niel sind auch mitgefahren. Erste Anzeichen deuten darauf hin, dass das eine Weile dauern könnte."

„Ich glaube ehrlich gesagt, das hier auch." Alex seufzte. „Ich schätze, wir werden sehen, wie weit uns unsere ersten Ermittlungen bringen, und dann weitersehen. Vielleicht ist Harlan ja frei, wenn wir ihn brauchen."

„Vergiss nicht, er arbeitet mit anderen Sammlern zusammen. Vielleicht können sie helfen, wenn er es nicht kann."

Bei diesem Vorschlag hellte sich Alex' Miene auf. Die ganze Welt der Schwarzmarktgeschäfte lag weit außerhalb seiner Komfortzone und war etwas, worüber er nichts wusste, und er war sich sicher, dass es den anderen Hexen von White Haven genauso ging. Magie war ihre Stärke.

„Und", fügte Zee hinzu, „sicherlich haben Newton und Maggie Milne Quellen innerhalb der Polizei, die helfen können."

„Stimmt. Und wir haben den Cornwall-Zirkel, der auch helfen wird. Hoffen wir einfach, dass keine anderen bösen Überraschungen auf uns warten", sagte Alex, bevor er sich abwandte, um einen Kunden zu bedienen.

El Robinson nippte an ihrem Bier, während sie an einem ihrer Fenster stand und den Hafen von White Haven und das Meer hinter ihrer Wohnung betrachtete. Der Regen, der in der Nacht heftig gefallen war, hatte die Stadt reingewaschen, und das Meer glitzerte in der untergehenden Sonne.

Es war kaum zu glauben, dass sie erst in der Nacht zuvor auf Gull Island gewesen waren und gegen Cruel Coppinger und die Geister seiner Bande gekämpft hatten. Es war verlockend, nach allem, was sie erreicht hatten, zu feiern, aber da Mariah und Zane verschwunden waren, lauerte immer noch Gefahr, und es gab noch zu viel zu tun.

„Kopf hoch", sagte Reuben Jackson, als er mit seinem eigenen Getränk zu ihr ans Fenster trat. „Wir haben alle überlebt."

Sie musterte ihn nachdenklich. Obwohl seine Schulter verletzt worden war, sah er aus, als erhole er sich gut, und er hatte ganz sicher keine Nachwirkungen, nachdem er den Fluch von Seraphina und Virginia gebrochen hatte. Sie lächelte und küsste seine Wange. „Du warst letzte Nacht unglaublich."

Er zwinkerte. „Danke. Du auch."

„Ich habe mein Bestes gegeben. Es war großartig, dass wir Ghost OPS bei uns hatten, und Ash, aber ich bin froh, dass Caspian da war, um dich zu unterstützen. Und dass ihr beide jetzt wieder miteinander auskommt."

„Wir müssen nach vorne schauen. Das habe ich ihm gesagt. Und außerdem habe ich Gil gesehen." Sein Blick schweifte in die Ferne, als er aufs Meer hinaussah. „Das war schon was."

„Und es könnte wieder passieren." Er ging nicht weiter darauf ein, also beschloss sie, das Thema zu wechseln. „Hast du schon Handwerker für das Haus organisiert?"

„Die Glaser haben heute Maß genommen und kommen am Montag wieder, und der Bauunternehmer kann übernächste Woche kommen. Bis dahin ist alles mit Planen abgedeckt und ich habe meinen Schutzzauber verstärkt – mit einer neuen Anpassung gegen Regen."

„Bist du sicher, dass du nicht ein paar Wochen hier bleiben willst?"

„Ganz sicher. Ich bleibe nur heute Nacht. Sonst würde ich mir zu viele Sorgen machen." Er lehnte sich gegen den Fensterrahmen. „Ich war heute nicht viel in der Stadt. Wie ist die Stimmung da draußen?"

El schnaubte und erinnerte sich an die Gespräche, die den ganzen Tag in ihrem Laden geschwirrt waren. „Aufgeregt. Es gibt eine Menge Gerede über Ethans Tod. Hier spricht sich alles so schnell herum! Anscheinend standen die Schlangen am White Haven Museum bis auf die Straße! Wenigstens weiß niemand, dass wir involviert waren ... noch nicht."

Der Timer an ihrem Ofen piepte und sie ging in die Küche. Reuben folgte ihr und fragte: „Gibt es irgendwelche Neuigkeiten über Mariah und Zane?"

„Sie werden in den Nachrichten als ‚Personen von Interesse' bezeichnet."

„Wow!" Reuben lehnte sich an die Theke. „Newton fackelt also nicht lange."

„Das kann er sich auch nicht leisten, oder? Hexen hin oder her, sie sind die Hauptverdächtigen. Und", sinnierte sie, während sie die große Auflaufform mit der Lasagne aus dem Ofen zog, um nachzusehen, wie weit sie war, und sie dann wieder hineinschob, „es spielt uns in die Karten."

„Wie kommst du darauf?"

„Das bedeutet, sie müssen sich bedeckt halten." El hatte den ganzen Nachmittag, während sie in ihrem Laden arbeitete, über ihre Möglichkeiten nachgegrübelt. „Obwohl es sie potenziell schwerer zu finden macht, verschafft es uns auch etwas Luft. Und Zeit, zu überlegen, wie wir am besten mit ihnen umgehen."

Reuben nickte. „Zeit, um mögliche Komplizen zu finden."

„Genau." El schob mehrere Packungen Knoblauchbrot in den Ofen, bevor sie sich wieder Reuben zuwandte. „Und Zeit, um mit dem Cornwall-Coven zusammenzuarbeiten."

„Hat Avery Genevieve angerufen?"

„Heute Morgen, und sie hat bereits angefangen, die anderen Zirkel zu benachrichtigen." Sie bemerkte, dass Reubens Bier fast leer war, und holte ihnen beiden ein neues aus dem Kühlschrank. „Was ist mit deinem Haus? Ich nehme an, die Polizei ist dort?"

„Und wie!" Er schüttelte den Kopf und seufzte. „Es fühlt sich an, als würden Hunderte von ihnen durch mein Gewächshaus und hinunter zur Höhle stapfen. Sie haben ein paar Beamte draußen gelassen, sodass nicht einmal ich reinkomme, und auch auf der Insel ist Polizei stationiert." Er verzog das Gesicht. „Es war schon spät am Vormittag, als sie Ethans Leiche herausholten."

„Bist du sicher, dass du nicht hier bleiben willst?", fragte sie erneut. „Bei den Horden von Spurensicherung und Polizei wird niemand bei dir einbrechen."

„Und den ganzen Spaß verpassen? Du machst wohl Witze!"

Da sie wusste, dass er seine Meinung nicht ändern würde, gab El auf und schaute auf die Uhr an der Wand. „Ich mache mir Sorgen um Briar und Avery. Sie sollten langsam hier sein. Was, wenn etwas passiert ist?"

Reuben drückte ihre Hand mit seiner großen, braunen und vom vielen Surfen rauen Hand. „Sie sind mit Newton und Moore zusammen. Denen geht es gut."

El nickte zerstreut. Es war Alex gewesen, der vorgeschlagen hatte, sich für mehr Privatsphäre bei ihr statt im *The Wayward Son* zu treffen, und sie hatte ein einfaches Abendessen vorbereitet. Er sollte auch bald eintreffen. Glücklicherweise mussten sie nicht mehr lange warten; es war kurz vor acht, als Briar und Avery ankamen, und sie musterte sie mit Erleichterung. Sie sahen müde aus, aber zumindest waren sie nicht verletzt.

„Oh, gut! Euch beiden geht es gut!", sagte sie zur Begrüßung.

„Ich habe dir doch gesagt, dass du dir zu viele Sorgen machst", sagte Reuben und schenkte jeder bereits ein Glas Wein ein. „Du hast gegluckt wie eine Henne auf ihren Küken!"

„Verzieh dich, Reuben", schoss sie zurück, bevor sie ihre engsten Freundinnen wieder anlächelte. „Ignoriert ihn einfach."

„Wir versuchen es." Briar lachte, ging hinüber zur offenen Küche und nahm das von Reuben angebotene Glas an. „Aber meistens ist er zu groß und zu laut."

Reuben warf Briar einen Luftkuss zu und zwinkerte, was sie zum Kichern brachte.

„Gibt es Neuigkeiten von Alex?", fragte Avery und nahm ihren Wein ebenfalls mit einem dankbaren Lächeln entgegen.

Reuben nickte. „Er kommt bald. Erledigt nur noch ein paar Sachen im Pub. Ich bin überrascht, dass du ihn nicht angerufen hast."

„Nachdem wir bei Harry fertig waren, wollte ich einfach nur hierher, also habe ich mich nicht aufgehalten", gab sie zu. „Und ich wusste ja, dass ich ihn bald sehen würde."

„Ich nehme an, sie haben sich aus dem Staub gemacht?", fragte Reuben.

Briar nickte niedergeschlagen. „Der Bodmin-Coven ist weg. Ich hatte wirklich gehofft, dass nur Zane involviert war. Aber ich schätze, das ist keine Überraschung. Zane und Lowen haben zusammengelebt. Da ist es schwer, Geheimnisse zu wahren."

„Sie haben zusammengelebt?", fragte Reuben, dessen Augenbrauen sich überrascht hoben. „Das wusste ich nicht! Sind die schwul?"

„Ich habe keine Ahnung", sagte Briar und zuckte mit den Schultern. „Soweit Caspian mir erzählt hat, waren sie Freunde seit ihrer Kindheit, aber das spielt ja auch keine Rolle. Ihre beiden Kleiderschränke waren halb leer."

El war eine Realistin. „Das war unvermeidlich. Schau doch, wie eng wir zusammenarbeiten."

„Und Mariah und Harry sind verwandt", erzählte Avery ihnen. Sie löste ihren unordentlichen Dutt, um ihr Haar über den Rücken fallen zu lassen, und setzte sich auf einen Barhocker an der Küchentheke. „Newton hat jetzt angefangen, alle ihre Verwandten zu überprüfen."

Briar setzte sich neben sie. „Das Gleiche werden sie mit dem Bodmin-Coven tun."

„Sie werden auch Harry überprüfen, richtig?", fragte El Avery. „Was ist mit dem los?"

„Er ist verheiratet, hat zwei kleine Kinder, und seine Frau schwört, er sei auf Geschäftsreise."

„Ich nehme an, sie ist keine Hexe", sagte Reuben mit gerunzelter Stirn.

Avery schüttelte den Kopf. „Ziemlich sicher nicht. Ich glaube aber, unser Besuch hat ihr Angst gemacht. Sie bestand darauf, dass er bei der Arbeit sei, und fragte uns immer wieder, ob etwas nicht stimme." Sie verzog das Gesicht. „Ich hoffe wirklich, dass er bei der Arbeit und nicht verwickelt ist, aber ich schätze, Newton wird das herausfinden. Sie hat sich geweigert, uns reinzulassen, also wird Newton auch einen Durchsuchungsbefehl brauchen."

„Ich bin sicher, die Polizei wird alle möglichen Dinge herausfinden", mutmaßte Reuben.

El öffnete den Ofen, um nach der Lasagne zu sehen, und zufrieden, als sie sah, dass die Oberfläche schön gebräunt war, zog sie sie heraus und stellte sie auf die Seite. „Also kein Stein auf dem anderen lassen?"

„Keiner", sagte Briar. „Und was ist mit deinem Haus, Reuben?"

Er grunzte. „Von der Polizei überrannt."

Während sie sich unterhielten, kam Alex an, und er küsste Avery auf die Wange, während er die anderen begrüßte.

„Setzt euch an den Tisch", wies El sie an. „Wir können beim Essen reden. Ich verhungere."

Als sie sich schließlich mit vollen Tellern und Gläsern niedergelassen hatten, sagte El: „Eigentlich sollte das nach dem Sieg von letzter Nacht ein Festmahl sein. Aber es ist nicht wirklich vorbei, oder?"

Alex runzelte die Stirn. „Genau das Gleiche habe ich gerade zu Zee gesagt. Mir gefällt es nicht, dass wir gegen andere Hexen kämpfen. Das fühlt sich für mich grundlegend falsch an!"

„Das haben wir schon einmal getan", sagte Avery und drückte seine Hand. „Erinnerst du dich an die Devices aus Cumbria?"

„Wie könnte ich das vergessen?", gab er zu. „Aber sie waren keine Mitglieder des großen Zirkels, und Mariah und Zane sind es! Trotz all ihres feindseligen Verhaltens kann ich einfach nicht darüber hinwegkommen, dass sie versucht haben, Caspian und Reuben zu töten."

„Das liegt daran, dass du sie nach unseren Maßstäben beurteilst", sagte Reuben zu ihm. „Das können wir uns nicht länger leisten. Wir müssen jetzt bei jedem vom Schlimmsten ausgehen."

Avery wirkte zerstreut und niedergeschlagen, und El runzelte die Stirn. „Was ist los?"

„Ich denke nur über ein Gespräch nach, das ich heute früher mit Sally und Dan über den Tod von Jasmine und Miles hatte." Sie brachte sie schnell auf den neuesten Stand ihrer Theorie, dass Mariah und Zane die Spriggans absichtlich nicht kontrolliert hatten, und am Tisch wurde es still.

„Das ist eine krasse Theorie", sagte Alex schließlich. „Das rückt die Dinge in ein völlig neues Licht!"

Briar nippte nachdenklich an ihrem Wein. „Aber Ethans Tod letzte Nacht war vollkommen spontan. Niemand hätte das vorhersagen können! Der Spriggan brach einfach aus dieser Schatztruhe hervor. Wir konnten ihn nicht aufhalten, und sie auch nicht!"

„Das stimmt. Das hat uns alle überrascht", sagte El und erinnerte sich an Mariahs Schrei, als der Spriggan erschien. Und dann dachte sie daran, wie sie den Spriggan in der Höhle ganz allein hatte kontrollieren können. „Aber was die anderen Spriggans angeht, hast du recht. Der, dem ich begegnet bin, war schnell, aber ich habe es geschafft, ihn zu bändigen. Ich hatte allerdings eine Feenrüstung, um ihn zu ködern."

Avery schüttelte den Kopf, und ein sturer Ausdruck legte sich auf ihr Gesicht. „Du schon, aber Alex und ich nicht, und trotzdem haben wir sie auch bezwungen. Wenn Zane und Mariah zusammen waren – und es scheint so, als wären sie das gewesen –, dann hätten sie sie aufhalten können müssen. Ich denke nur ungern das Schlimmste von ihnen, aber ich glaube, wir müssen es tun. Diese anderen Todesfälle waren keine Unfälle."

„Aber sie haben einen Spriggan getötet!", wandte El ein, verwirrt über diese Vermutung. Sie zweifelte nur ungern an Averys Argumentation, denn die war normalerweise immer stichhaltig, aber das hier schien extrem. „Deshalb war der, dem ich begegnet bin, so wütend! Und wie haben sie den Spriggan unter St. Catherine's Castle hervorgeholt? Und warum haben sie den Schatz nicht mitgenommen, wenn sie es denn waren? Er war noch da! Du hast ihn gefunden!"

Alle vier Hexen sahen Avery nun an, und sie presste die Lippen zusammen.

„Ich weiß, es scheint weit hergeholt." Averys grüne Augen waren besorgt. „Es war ziemlich offensichtlich, dass sie es auf Reuben und Caspian abgesehen hatten, aber die anderen Todesfälle lassen mir keine Ruhe. Mariah und Zane sind beide mächtige Hexen! Warum konnten sie die Spriggans nicht kontrollieren wie wir?" Sie wandte sich an El. „Und du hast recht. Wie wurde Miles von einem – nun ja, wahrscheinlich – getötet, wenn er diesen Raum unter St. Catherine's Castle gar nicht betreten hat? Vielleicht haben sie einen herausgelockt? Vielleicht hatten sie vor zurückzukehren, konnten es aber wegen der Polizeipräsenz auf der Klippe nicht."

„Vielleicht sind sie zu übermütig geworden", sinnierte Reuben. „Mir gefällt deine Vermutung nicht, Avery, aber deine Argumentation ist beunruhigend logisch."

„Aber was ich nicht verstehe", sagte Alex, „ist, warum das alles ausgerechnet jetzt passiert? Ist es wirklich nur, weil sie einen Schatz gefunden haben? Oder ist da noch etwas anderes im Gange?"

„Wie zum Beispiel?", fragte El, alarmiert bei dem Gedanken, dass es noch mehr Intrigen geben könnte.

Alex zuckte entschuldigend mit den Schultern. „Ich weiß es nicht."

„Dieser Schatz ist eine Menge Geld wert", warf Reuben ein. „Und Geld ist ein großer Ansporn!"

„Ich komme über Mariahs reizendes Cottage nicht hinweg", erzählte Avery ihnen. „Es schien so im Widerspruch zu ihren Taten zu stehen – seltsam, ich weiß. Als ob die Einrichtung ein Fenster zur Seele wäre!"

„Erzählt uns, was ihr herausgefunden habt", sagte Reuben und wandte sich an sie und Briar.

Sie brachten die Gruppe über ihre Besuche auf den neuesten Stand, und dann sagte Avery: „Übrigens habe ich noch einmal mit Genevieve gesprochen. Die Sitzung des Hexenrates ist morgen."

El blickte überrascht auf. „Ich dachte, sie wollte die Angelegenheit zur Sonnenwende besprechen?"

„Als ich ihr erzählt habe, dass alle Zirkelmitglieder verschwunden sind, hat sie beschlossen, es vorzuverlegen. Wir treffen uns morgen Abend." Averys Miene war finster, als sie in die Runde blickte. „Ich glaube, sie macht sich Sorgen um die Loyalität anderer Zirkel."

„Aus gutem Grund", sagte Briar mit leiser Stimme. „Ihr Verrat ist ein Schock. Hoffen wir, dass nicht noch mehr kommt."

Drei

Die Stimmung war gedrückt, als Avery am Sonntagabend zur Sitzung des Hexenrats in Crag's End ankam. Der Tag war heiß gewesen und kühlte sich trotz der untergehenden Sonne nicht ab. Die Fenster standen weit offen und ließen den Duft von Rosen und frisch gemähtem Gras herein, und starke Gin Tonics schienen sehr gefragt zu sein.

Avery hatte den Tag entspannt mit Alex verbracht, Arbeiten im Haus und im Garten erledigt und war froh über die Verschnaufpause von ihren aktuellen Problemen. Newton hatte sie nicht gebraucht und sich stattdessen darauf konzentriert, Hintergrundinformationen zu sammeln, und Avery hätte nicht glücklicher darüber sein können. Sie wünschte sich nur, sie müsste jetzt nicht bei dem Treffen sein. Aber natürlich war es unvermeidlich.

Oswald verzog das Gesicht, als er ihr ein Getränk reichte, wobei sich die Haut um seine Augen zu einem Netz aus feinen Linien zusammenzog. „Harte Tage, wie ich höre?"

„Sehr. Zum Glück geht es uns gut, aber es war seltsam, Oswald. Das kann ich nicht leugnen."

„Ich mochte Zane nie, und Mariah eigentlich auch nicht. Es war nicht leicht, mit ihnen auszukommen, obwohl Mariah und ich uns über die Gartenarbeit verbunden gefühlt haben. Dennoch bin ich zutiefst schockiert, von ihren Missetaten zu hören.“

„Ich nehme an, Genevieve hat dir das Neueste erzählt?“

„Sie hat in den letzten vierundzwanzig Stunden jeden von uns angerufen und uns gebeten, uns an alles zu erinnern, was Licht in diese Sache bringen könnte.“ Seine Lippen waren zu einem schmalen Strich zusammengepresst. „Ich fürchte, wir werden heute Abend in Geschwätz und Klatsch verfallen.“

Avery liebte Oswalds gentlemanische Art und sein ruhiges Auftreten. Für die anderen, die schon seit Jahren im Cornwall-Zirkel waren, musste dies ein weitaus größerer Schock sein, der Verrat saß tiefer.

„Es tut mir leid. Ich habe das Gefühl, dass wir irgendwie schuld sind. Weißt du, weil White Haven jetzt Teil des Rates ist.“

„Sei nicht lächerlich“, krächzte eine raue Stimme hinter ihr. *Rasmus.* Er schob sich neben Oswald, sein weißer Haarschopf wirkte jedes Mal exzentrischer, wenn sie ihn sah. „Du hast jedes Recht, hier zu sein. Und nichts gibt Mariah oder Zane eine Entschuldigung für ihre schrecklichen Taten.“

„*Falls* sie sie begangen haben“, sagte ein anderer Mann namens Charlie Curnow und mischte sich in ihr Gespräch ein. Er war in den Dreißigern, mit lockigem braunem Haar, das kurz geschnitten war, aber nicht kurz genug, um die leichte Locke darin zu verbergen. Avery hatte bisher nur kurz mit Charlie gesprochen – höfliche Begrüßungen, entweder vor oder nach den Treffen oder bei ihren gemeinsamen Feiern – aber sie wusste, dass er den

Polzeath-Zirkel vertrat. Normalerweise fand sie ihn angenehm, aber jetzt runzelte sie die Stirn.

„Was meinen Sie mit *falls*? Ich war dort. Ich habe sie *gesehen* – und der Rest meines Zirkels auch – zusammen mit DI Newton."

„Und die paranormalen Ermittler waren auch da", fügte Caspian hinzu, der sein Gespräch mit Jasper abbrach, um sich neben sie zu stellen, und ihr mit einem Nicken zur Begrüßung zuwinkte. „Glaubst du, wir lügen, Charlie?"

Er schüttelte entschuldigend den Kopf. „Nein, natürlich nicht. Ich finde es nur schwer zu glauben, dass sie darin verwickelt waren."

Caspians Stimme war angespannt. „Das taten wir auch, aber es besteht kein Zweifel daran." Er tätschelte seine Seite, wo er niedergestochen worden war. „Dafür sind sie auch verantwortlich."

„Sie wurden verletzt?", fragte Charlie.

„Niedergestochen von einem Geist, den Mariah aufgestachelt hatte."

Caspians Augen waren hart, und Charlie geriet ins Stocken. „Entschuldigen Sie. Ich hatte keine Ahnung."

Avery fühlte sich gezwungen, es ihm klarzumachen, verärgert, dass Charlie sie anscheinend für Lügner hielt. „Charlie, ich weiß, das ist ein Schock, aber Caspian hätte sterben können. Mehrere üble Geister haben uns alle angegriffen, und Reuben wurde auch niedergestochen. Wir wissen, dass sie hinter all dem stecken."

Charlie blickte Oswald und Rasmus misstrauisch an. „Was denken Sie beide?"

Rasmus' Augen blitzten verärgert. „Ich weiß es besser, als ein halbes Dutzend Hexen anzuzweifeln. Und sehen Sie sich im Raum um, Charlie. Wo sind Zane und Mariah jetzt? Sie sind bestimmt nicht hier, um sich zu verteidigen."

Rasmus' Worte hatten die Aufmerksamkeit der anderen im Raum auf sich gezogen, und Claudia unterbrach ihr Gespräch mit Eve. „Auch wenn es mir leidtut, es zuzugeben, das verheißt nichts Gutes. Das ist in der Tat ein dunkler Tag für unseren Zirkel."

Die anderen Hexen rutschten unruhig hin und her. Genevieve hatte zugehört, während sie an ihrem Getränk nippte, aber jetzt wandte sie sich an alle. „Ich denke, es gab genug Spekulationen, finden Sie nicht auch? Lassen Sie uns mit diesem Treffen beginnen."

Als sie zu ihren Plätzen gingen, lief Avery neben Caspian. „Ich war mir nicht sicher, ob du hier sein würdest. Fühlst du dich gut genug?"

„Mir geht es gut. Es zwickt immer noch, aber ich bin lieber hier, als Estelle zu schicken."

Er führte es nicht weiter aus, und Avery seufzte. Das Letzte, was sie jetzt brauchten, war, dass Caspian sich mit seiner Schwester stritt, obwohl sie sehr erleichtert war, dass Caspian da war. Estelles schroffes Auftreten machte alle nervös.

„Aber deine Schutzzauber sind stark genug? Die auf deinem Haus, meine ich?", stellte Avery klar.

Caspian lächelte und nickte. „Das sind sie. Mir wird nichts passieren."

Er setzte sich neben sie an den Tisch, und Avery beäugte die beiden leeren Stühle, wie jeder andere auch. Mariahs und Zanes Abwesenheit war bedrohlich, und es war klar, dass alle beunruhigt waren. Eve und Jasper schenkten ihnen ein beruhigendes Lächeln, aber Avery konnte die Sorge hinter ihren Augen sehen.

Genevieve verschwendete keine Zeit und saß wie üblich am Kopfende des Tisches. Ihr dunkles Haar war zu einem gebieterischen Knoten hochgesteckt, und ihr scharfer Blick wanderte über sie alle hinweg. „Es ist weniger als eine Woche her, dass wir uns das letzte Mal getroffen haben, und schon hat sich so viel verändert. Mariah und Zane waren bei uns, und ihr Verhalten deutete in keiner Weise auf ihre Beteiligung hin. Und ich gebe zu, ich habe nichts bemerkt. Nun…" Sie hielt inne und atmete tief durch, als wollte sie sich stärken. „Nun ja, jetzt kennen wir das ganze Ausmaß ihrer Taten. Ich habe mit jedem von Ihnen einzeln gesprochen, aber ich stelle es jetzt klar – Mariah wurde von Avery und Alex gesehen, als sie das Haus von Ethan James verließ, und sowohl Zane als auch Mariah wurden von vielen Leuten in der Höhle auf Gull Island gesehen. Letzte Woche haben wir über Cruel Coppinger und die Geister gesprochen, aber", sie wandte sich an Avery und Caspian, „ich schlage vor, ihr beide bringt uns auf den neuesten Stand."

Gemeinsam berichteten die beiden von den jüngsten Ereignissen und schlossen damit, wie Zane und Mariah sie offen angegriffen hatten und dann geflohen waren.

„Im Wesentlichen", sagte Avery und ließ ihren Blick über den Tisch schweifen, „muss Newton sie finden. *Wir* müssen sie finden. Wir haben keine Ahnung, wo sie sind, was sie tun oder ob sie sich immer noch an uns rächen wollen. Newton überprüft gerade die Hintergründe beider Zirkel."

Caspian fügte hinzu: „Nur eine Hexe kann es mit einer Hexe aufnehmen. Wir müssen alle zusammenhalten."

„Natürlich tun wir das", sagte Claudia ohne zu zögern. Trotz des ernsten Anlasses des Treffens trug Claudia eines ihrer üblichen voluminösen, gemusterten Kleider, und ihre Aufmachung brachte Avery trotz allem zum Lächeln. „Es ist inakzeptabel, dass eine Hexe jemanden aus Eigennutz angreift. Und zu töten und zu verstümmeln oder zuzulassen, dass etwas anderes tötet, obwohl wir es aufhalten könnten ...", sagte sie und bezog sich dabei auf Averys Verdacht wegen der Spriggans, „also, da kocht mir echt das Blut in den Adern!"

„Einverstanden", sagte Genevieve. „Und ich möchte hinzufügen, dies ist keine Debatte darüber, *ob* wir helfen sollten, sondern *wie* wir helfen können. Es ist mir egal, wie gut einige von euch sich mit den Zirkeln von Bodmin und Looe verstanden haben. Persönliche Freundschaften sind mir ebenfalls egal. Hier geht es darum, Leute zur Rechenschaft zu ziehen – so schwierig das auch sein mag."

Eve meldete sich schnell zu Wort, ihr Blick wanderte über den Tisch. „Ich habe kein Problem damit. Sie müssen gefunden werden."

Auch Jasper nickte. „Leider ist es meiner Erfahrung nach so, dass jemand, ob Hexe oder nicht, der sich so verhält, wahrscheinlich nicht damit aufhören wird."

„Absolut", fügten Rasmus und Oswald gleichzeitig hinzu.

Eine andere Frau namens Gray Pengelly, die den Bude-Zirkel vertrat, sagte: „Mir widerstrebt der Gedanke, dass wir andere Hexen jagen, aber es ist offensichtlich notwendig." Gray war, so schätzte Avery, in ihren Vierzigern. Sie hatte einen wilden Schopf lockiger roter Haare und haselnussbraune Augen, und Avery hatte sie immer als freundlich, aber zurückhaltend empfunden. Sie schlug bei den Treffen nie hohe Wellen, sondern hörte nur zu, machte bei Bedarf Anmerkungen und nahm an allen Veranstaltungen teil. Jedoch schenkte sie Avery und Caspian ein warmes Lächeln. „Es tut mir leid, dass ihr so eine schlimme Erfahrung machen musstet, aber ich versichere euch, dass mein Zirkel helfen wird, wo er nur kann."

Hemani Dutta, eine junge indische Frau mit glänzendem schwarzem Haar, die den Launceston-Zirkel vertrat, schloss sich ihr schnell an. Avery wusste, dass sie drei weitere Zirkelmitglieder hatte, kannte sie aber nicht gut.

„Ausgezeichnet", sagte Genevieve und starrte dann Charlie an. „Sie sind verdächtig still. Haben Sie immer noch Zweifel?"

„Ja, die habe ich tatsächlich. Denn anders als viele von Ihnen war ich mit Zane und Lowen befreundet. Bin es vielmehr." Er rutschte auf seinem Sitz hin und her und blickte auf den Tisch. „Ich fühle mich unwohl dabei, gegen sie vorzugehen."

„Trotz Zanes Taten?", fragte Caspian mit einer gefährlichen Schärfe in der Stimme.

„Ich sage nicht, dass mir gefällt, was er getan hat!", erwiderte Charlie mit gereizter Stimme. „Und es gibt auch keine Beweise dafür, dass Lowen involviert ist!"

Avery versuchte, nicht barsch zu werden. „Haben Sie mich nicht gehört? Seine Kleidung und persönlichen Gegenstände sind weg, genau wie die der anderen. Sie müssen beteiligt sein – und ich bin sicher, Harrys ‚Dienstreise‘ ist nur ein Vorwand.“

Genevieve schaltete sich ein. „Charlie. Haben Sie von Zane oder Lowen gehört?“

Er zögerte und schüttelte dann den Kopf. „Nein.“

„Lügen Sie mich nicht an, Charlie, oder Sie fliegen aus dem Rat“, warnte Genevieve, und ihre Augen blitzten zornig.

„Ich lüge nicht!“, schoss er zurück. „Ich habe nichts gehört. Ich wusste nicht einmal, dass sie weg sind.“

„Haben Sie irgendeine Ahnung, wohin sie gegangen sein könnten?“ Charlie schüttelte den Kopf, und Genevieve wandte sich an die anderen. „Irgendjemand? Oder Mariah oder Harry?“

Eve runzelte die Stirn. „Ich glaube, ich habe Mariah mal erwähnen hören, dass sie Verwandte in Somerset hat, aber das war nur ein beiläufiges Gespräch vor Jahren. Ich könnte mich irren.“

Avery spürte, wie Caspian neben ihr ganz still wurde, und er sagte: „Da könntest du auf etwas gestoßen sein, Eve. Ich erinnere mich auch daran, dass sie das erwähnt hat.“

„Ich bin sicher, Newton kann das bestätigen“, schlug Avery vor. „Aber wir müssen auch wissen, wer in ihren Familien Hexen sind. Weiß das jemand?“

Alle schüttelten den Kopf, außer Charlie. „Zanes Mutter war eine Hexe, aber sie praktiziert allein, und sie und Zane hatten seit Jahren keinen engen Kontakt mehr. Über die anderen weiß ich nichts.“

Avery war schockiert, dass er überhaupt etwas beigetragen hatte, und sagte: „Danke. Das ist gut zu wissen."

Hemanis Finger trommelten auf den Tisch. „Aber was machen wir mit ihnen, wenn wir sie gefunden haben?"

Das war eine gute Frage, dachte Avery. Alle sahen unsicher oder beunruhigt aus, obwohl sie ihre Hilfe angeboten hatten. Aber es war ja nicht so, als würden Mariah und ihre Komplizen sich einfach so ergeben.

Rasmus grunzte. „Es gibt nur eine Möglichkeit für Hexen, die ihre Macht in solchem Maße missbrauchen, und das ist, ihre Kräfte zu binden, sodass sie keine Gefahr mehr darstellen." Ein kollektives Keuchen ging durch den Raum, als alle Rasmus anstarrten. „Ich weiß. Es ist schrecklich, so etwas zu tun, und sehr, *sehr* schwer. Und wir reden hier nicht von einer Hexe, sondern von vieren."

„Aber", sagte Gray sofort, „nicht alle von ihnen haben jemanden verstümmelt oder getötet! Soweit wir wissen, haben sie nur zusammengearbeitet, um einen Schatz zu stehlen. Diese Option ist für ein solches Verbrechen zu extrem."

„Einverstanden", sagte Jasper und faltete nachdenklich die Hände vor sich. „Je mehr ich jedoch darüber nachdenke, desto mehr glaube ich, dass dies nur die Spitze des Eisbergs ist. Sie haben alles riskiert – ihr Leben, ihre Familien, ihre Freunde ... aber wofür? Nur für Geld?" Er schüttelte den Kopf und seufzte. „Ich verstehe es nicht."

Avery erinnerte sich an Harrys schäbiges Haus, das dringend renovierungsbedürftig war. „Geld ist wichtig, wenn man keines hat – und ich bin nicht sicher, ob Harry viel hatte. Und Zane und Lowen haben zusammengelebt. Das könnte aus finanziellen Gründen gewesen sein. Aber", ihr Herz wurde schwer, als sie sich an Alex' Worte von letzter Nacht erinnerte, „Alex dachte auch, dass da noch etwas anderes dahinterstecken muss."

„Wollen sie mit dem Geld irgendeine Art von Machtübernahme finanzieren?", schlug Eve vor und sah sehr verwirrt aus.

„Eine Machtübernahme wovon?", fragte Genevieve verblüfft. „Es gibt keine Machthierarchien in der Hexenwelt. Keine einzelnen Anführer, die für alle Regeln aufstellen. Wir verwalten unsere eigenen Zirkel und Gebiete und leben ansonsten nach dem Motto ‚Leben und leben lassen'."

„Sagt die Hohepriesterin, die mir gerade gedroht hat, mich aus dem Rat zu werfen", spottete Charlie und kniff die Augen zusammen, als er Genevieve ansah.

Genevieve erbleichte, und alle erstarrten, als sich magische Energie aufzubauen begann und eine unangenehme Atmosphäre zu zerreißen drohte. Man musste ihr jedoch zugutehalten, dass sie schnell handelte. „Sie haben Recht, Charlie. Ich entschuldige mich. Meine Rolle hier ist es, magische Unterstützung und Führung anzubieten, besonders für jene, die in der Zauberkunst weniger bewandert sind als ich und unsere älteren Mitglieder. Und es ist natürlich meine Pflicht, unsere Feierlichkeiten zu leiten." Sie sah völlig getroffen aus, und Avery tat sie leid. „Ich wollte meine Befugnisse nicht überschreiten."

„Entschuldige dich ja nicht!", sagte Rasmus schroff und funkelte Charlie an. „Liberales, wischiwaschi Gerede reicht nur bis zu einem gewissen Punkt. Wir *brauchen* Ordnung, und alle Gruppen brauchen einen Anführer. Besonders in Krisenzeiten –

wie jetzt." Er ließ seinen zornigen Blick über den Tisch schweifen und musterte jeden Einzelnen von ihnen. „Denn täuscht euch nicht. Das hier ist eine Krise."

Die Atmosphäre war jetzt unheilvoll, und Averys Herz pochte. *Was zum Teufel ging hier vor?*

Oswald sagte jedoch in einem vernünftigen Ton: „Ich schlage vor, wir atmen alle einmal tief durch und beruhigen uns. Das ist eine neue Situation für den jetzigen Cornwall-Zirkel, wenn auch nicht für uns alle. Vor Jahren hatten wir eine strittige Angelegenheit, auf die ich jetzt nicht näher eingehen werde, aber wir haben sie durchgestanden – gemeinsam." Er wandte sich an Charlie. „Es gibt Gründe dafür, wie wir arbeiten. Vergessen Sie das nie." Ein Stirnrunzeln legte sich auf seine Stirn und vertiefte seine Falten. „Um auf unsere frühere Diskussion zurückzukommen: Wir treffen uns, um die alten Bräuche und die alten Festtage zu feiern und um unser Wissen zu teilen. Was sollten wir mit Machtspielchen anfangen?"

„Und was würden wir überhaupt damit machen?", fügte Claudia hinzu.

„Vielleicht", sagte Gray vorsichtig, als sich die Stimmung wieder etwas beruhigte, „bietet der Schatz etwas anderes als Geld."

„Was denn zum Beispiel?", fragte Charlie und sah sie an, als sei sie verrückt geworden.

Sie zuckte mit den Schultern. „Ich weiß es nicht! Besänftigt er einen Gott? Kauft er sie in einen anderen Zirkel ein?" Sie hob bei dem ungläubigen Ausdruck auf allen Gesichtern eine Hand. „Ich weiß. Jeder kann einem Zirkel beitreten. Man muss sich nicht einkaufen. Ich spekuliere ja nur."

„Tatsächlich", sagte Avery und spürte einen Anflug von Ärger. „Kann nicht *jeder* einfach einem Zirkel beitreten. Wir waren jahrelang von diesem hier ausgeschlossen."

Eine peinliche Stille trat ein, und Caspian drehte sich zu ihr um, ein spitzbübisches Funkeln in den Augen. „*Touché.*"

Sie lachte trocken. „Genau. Nicht alle Hexen sind gleich, und nicht alle wollen, was *wir* wollen. Manche sind nachtragend." Sie wandte sich dem Rat zu. „Die Devices in Cumbria hielten das Wolfswandler-Rudel von Cumbria jahrelang in einem eisernen Griff, unterstützt von ihrem Rudelführer. Sie hassten unsere Einmischung, als ich ihnen versehentlich Zuflucht anbot." Sie schenkte Caspian ein schiefes Lächeln. „Du hattest Recht. Ich hatte keine Ahnung, worin wir da hineingeraten waren."

Genevieve stöhnte. „Verdammt. Wir sind hier liberal, und ich vergesse, dass andere das weniger sind. Vielleicht *steckt* da doch noch etwas anderes dahinter." Sie blickte erneut in die Runde des Rates, ihre Haltung hatte sie wiedergefunden. „Hatten Sie schon Gelegenheit, mit den Mitgliedern Ihres Zirkels zu sprechen?" Es gab eine Mischung aus Nicken und Kopfschütteln, als einige gestanden, dass sie noch nicht mit allen gesprochen hatten. „Bitte tun Sie das, und zwar bald. Jede Information ist von Nutzen."

„Ich kann sagen", sagte Claudia fröhlich, „dass Cornell sich einbringen möchte. Er hat bei den Entscheidungen unseres Zirkels eine größere Führungsrolle übernommen, und das möchte ich unterstützen." Sie sah besonders Avery und Caspian an. „Ich sorge dafür, dass ihr seine Nummer bekommt."

Avery lächelte sie an, dankbar für Claudias schnörkellose Art und ihre immerwährende Unterstützung.

„Also, was jetzt?", fragte Hemani an Genevieve gewandt.

Genevieve blickte zu Caspian und Avery, und Avery dachte, wie müde sie plötzlich aussah. „Ich schlage vor", sagte sie zu allen, „dass wir Informationen sammeln und über unsere heutige Diskussion nachdenken und uns dann am Mittwochabend wieder hier treffen."

„Das ist zu spät", protestierte Caspian. „Dienstag."

„Also gut, Dienstag – wenn das für dich in Ordnung ist, Oswald?"

„Immer", nickte Oswald.

„Und wir werden in der Zwischenzeit weiter mit Newton zusammenarbeiten", sagte Avery. „Wir können Sie auch über seine Neuigkeiten auf dem Laufenden halten."

„Moment!", sagte Caspian, hob die Hand und sah verärgert aus. „Informationen reichen nicht, Genevieve. Wir brauchen ein Team, das bereit ist, mit uns an dieser Sache zu arbeiten. Diesmal waren vielleicht Reuben und ich das Ziel, aber ich sehe nicht ein, warum es die Verantwortung der White-Haven-Hexen und meine sein sollte, sie mit nur ein bisschen hingeworfener Hilfe zu finden! Das ist ein Problem des größeren Zirkels!" Er starrte der Reihe nach alle Mitglieder an und dann wieder Genevieve. „Wir brauchen eine feste Gruppe, die mit uns zusammenarbeitet. Ich schlage vor, dass wir beim nächsten Treffen eine Namensliste haben – es müssen nicht viele sein. Vielleicht ein halbes Dutzend mehr?"

Eve sagte sofort: „Absolut, Caspian. Ich melde mich hiermit freiwillig und bin sicher, Nate wird zustimmen."

„Ich habe Cornell bereits erwähnt", fügte Claudia hinzu. „Ich weiß, dass er eine aktive Rolle übernehmen wollen wird. Vielleicht sollten sich am Dienstag nur diese wenigen Engagierten treffen, anstatt wir alle. Es hat keinen Sinn, die Dinge zu verzögern."

„Ausgezeichneter Plan", stimmte Rasmus zu.

„In diesem Fall", sagte Genevieve und beugte allen weiteren Kommentaren vor, „müssen Sie sich schnell entscheiden. Wir alle haben Verpflichtungen – familiäre und andere. Stellen Sie sicher, dass diejenigen, die sich freiwillig melden, ihre Zeit auch wirklich aufbringen können. Und nun", Genevieve lächelte, „können wir vielleicht mit etwas Erbaulicherem abschließen und über unsere Litha-Feierlichkeiten sprechen."

Vier

Newton stöhnte und rieb sich die Augen, während er sich erschöpft von seinem Schreibtisch abstieß.

Er hatte so gut wie das ganze Wochenende damit verbracht, die vermissten Hexen aufzuspüren und die Ereignisse in der Höhle von Gull Island aufzuarbeiten. Das Team der Spurensicherung war immer noch auf der Insel unterwegs, um nach Beweisen zu suchen, und war dem anderen Gang gefolgt, durch den Zane und Mariah entkommen waren. Sie fanden heraus, dass er in einer anderen Höhle auf der anderen Seite der Insel endete, und Newton nahm an, dass er lange Zeit blockiert gewesen sein musste. Es gab Spuren von frischer Erde und Steinschlag um den Eingang herum, und er vermutete, dass sie ihn mit Magie freigelegt hatten.

Moore fand außerdem heraus, dass Harry, Mariahs Cousin, ein Boot besaß, und Newton vermutete, dass es das war, mit dem sie von der Insel geflohen waren – was aber nicht viel half. Das Boot lag im Hafen von Looe vertäut, und obwohl sie es beschlagnahmt hatten, gab es keinen Hinweis darauf, dass es etwas mit der Flucht von Mariah und Zane zu tun hatte. Ein Schatz war jedenfalls nicht darauf zurückgeblieben.

Früher an diesem Tag hatten sie einen Durchsuchungsbefehl für Harrys Haus erhalten und sich nach Averys Zusicherung vom Vortag entschieden, ohne eine Hexe dorthin zu gehen. Außerdem, so überlegte er, würde Harry keine magischen Fallen im Haus haben, die seinen Kindern oder seiner Frau schaden würden. Enttäuschenderweise hatte er dort nichts gefunden. Nicht einmal einen Hinweis auf einen Zauberraum, und er fragte sich, ob Harry den von Mariah benutzt hatte.

Eine Bewegung an der Tür erregte seine Aufmerksamkeit, und er hörte ein leises Klopfen am Rahmen. Als er aufblickte, sah er Moore, zerzaust und erschöpft.

„Hey, Chef. Ich mache mich auf den Heimweg, wenn das in Ordnung ist?"

„Verdammt noch mal, ich dachte, Sie wären schon vor Stunden gegangen." Newton fühlte sich furchtbar schuldig, als er auf seine Uhr sah. „Es ist fast neun!"

„Ich weiß", nickte er müde. „Ich hoffe, ich schaffe es nach Hause, um die Kinder noch vor dem Schlafengehen zu sehen."

„Natürlich!" Newton stand auf und streckte die Beine, wobei er jedes einzelne Knacken und Stöhnen seiner verspannten Muskeln spürte. „Scheiße. Sie hätten schon früher gehen sollen!"

„Schon gut. Ich habe eine Liste mit Adressen zusammengestellt, aber die muss ich morgen fertig machen."

„Es ist ja nicht so, dass wir heute Nacht noch reinstürmen", sagte Newton. „Ich will das richtig machen. Alles schön der Reihe nach."

Moore strich sich durchs Haar und machte es damit noch unordentlicher als zuvor. „Da stimme ich Ihnen zu. Es sind Hexen, und alles, was schlecht geplant ist, wäre ein großer Fehler. Sie werden auch Hexen in ihren Familien haben."

„Und ohne Zweifel auch Freunde", sagte Newton nachdenklich. „Ich bin mir sicher, dass sie sich bei einem anderen Zirkel verstecken."

„Oder einer anderen paranormalen Gruppe."

Daran hatte Newton auch schon gedacht, hoffte aber, dass sie sich irrten. „Ja, das ist möglich. Seien wir ehrlich. Alles ist möglich!"

„Haben Sie etwas von Avery gehört?"

Sie wussten, dass sie an diesem Abend zur Ratssitzung gegangen war. „Nein. Sie hat gesagt, sie ruft an, wenn sie etwas Wichtiges hört, aber ansonsten spreche ich morgen mit ihnen."

Moore stieß sich vom Türrahmen ab, an dem er gelehnt hatte. „Dann sehen wir uns morgen früh. Haben Sie schon eine Entscheidung bezüglich des neuen Sergeants getroffen?"

Noch etwas, worüber man sich Sorgen machen musste. „Nein. Aber darüber reden wir auch noch. Ich hätte gern Ihre Meinung dazu."

Nachdem Moore gegangen war, setzte sich Newton wieder hin und ließ sich mit einem Seufzer in seinen Stuhl sinken. Er schob Mariahs Akte beiseite, wühlte unter dem Papierstapel und zog die drei Personalakten zu sich. Man hatte ihm drei Beamte zur Auswahl empfohlen, einen Mann und zwei Frauen. Alle hatten gute Referenzen und alle hatten Erfahrung in der paranormalen Polizeiarbeit. Er wollte wirklich eine Frau im Team. Frauen waren gut in Dingen, in denen Männer es nicht waren, und er wollte etwas Ausgewogenheit. Aber im Moment war es schwer, daran zu denken, Inez zu ersetzen.

Ihre Beerdigung war am Dienstagnachmittag, und es versprach, schrecklich zu werden. Er wollte mit der Entscheidung bis danach warten, konnte es aber nicht. Von oben wurde Druck gemacht, und außerdem brauchten sie Hilfe bei diesem Fall. Und wer wusste schon, was sonst noch auftauchen würde.

In einem Anfall von Ärger schob er die Akten wieder weg. *Das konnte warten.* Er brauchte eine Dusche und dann sein Bett. Er würde nicht einmal im The Wayward Son vorbeischauen. Im Moment wollte er mit nichts, was auch nur im Entferntesten paranormal war, etwas zu tun haben.

Alex stöhnte, als der Wecker erneut klingelte und er hörte, wie Avery ihn mit einem eigenen Stöhnen ausmachte und „Mist" murmelte.

Er rollte sich um und zog sie an sich, und sie schmiegte sich in seine Armbeuge. Sie hatte die Schlummertaste mehrmals gedrückt, und es war jetzt kurz vor acht; sie würde bald unter die Dusche gehen, also genoss er ihre Kurven, solange er konnte.

„Schlechte Nacht gehabt?", fragte er.

„Nicht wirklich. Ich will nur im Bett bleiben und so tun, als ob das alles nicht passiert."

Er küsste sie auf den Scheitel. „Es wird nicht einfach verschwinden."

„Ich weiß." Sie wand sich frei und blickte zu ihm auf, wunderschön trotz ihres zerzausten Haars und der schläfrigen grünen Augen. Tatsächlich war sie deswegen sogar noch schöner. „Ich will nur nicht wochenlang damit verbringen, Hinweisfetzen über Mariah und die anderen nachzujagen. Oder mir Sorgen über einen bevorstehenden Angriff zu machen."

„Ich könnte mir vorstellen, dass sie genauso sauer darüber sind, wie die Dinge gelaufen sind. Denk mal aus ihrer Perspektive. Wir haben *überlebt*!" Er strich ihr über die Wange, wo ihre Sommersprossen durch die Sommersonne deutlicher zu sehen waren. „Dieser Fluch sollte so viele von uns wie möglich töten. Wir haben ihn besiegt, und jetzt sind sie auf der Flucht. Ich wette, das war nicht ihre ursprüngliche Absicht." Er ließ sich zurück aufs Kissen fallen und starrte an die Decke, während seine Gedanken klarer wurden. „Ich habe gestern bei der Arbeit darüber nachgedacht. Wenn sie mit all dem davongekommen wären, hätten sie sich nicht verstecken müssen."

Avery rollte sich auf ihn, ihre Arme auf seiner Brust abgestützt, während sie ihn anstarrte. „Du hast recht. Sie hätten den Schatz und wir wären tot, und es gäbe wahrscheinlich nichts, was sie überhaupt mit der Sache in Verbindung bringen würde!"

Er grinste. „Genau. Wir haben sie gezwungen, ihre Pläne zu ändern. Sobald wir angefangen haben, Fragen zu stellen und Newton mit seinen Ermittlungen begann, wussten sie, dass sie in Schwierigkeiten steckten."

„Und sie haben auch nicht damit gerechnet, dass wir sie am Freitagabend finden. Aber", sagte sie und stieß ihm spielerisch in die Rippen, „das macht die Situation trotzdem nicht besser."

Er lachte und drehte sie auf den Rücken, was sie aufquietschen ließ. „Spielverderberin! *Ich* fühle mich dadurch besser. Die stehen jetzt mit dem Rücken zur Wand. Und du liegst einfach nur auf dem Rücken", neckte er sie und schmiegte sich an ihren Hals.

„Ach nein, mein Lieber", sagte sie und stieß ihn mit überraschender Kraft von sich. „Jetzt wird geduscht und dann geht es an die Arbeit."

Avery glitt aus dem Bett, und er sah ihren wohlgeformten Hüften zu, wie sie durch den Raum schwangen, was ihn ein Verlangen in seinen Lenden spüren ließ. „Du bist eine echte Verführerin, Avery Hamilton!"

Sie zwinkerte ihm zu. „Ich weiß. Also, was machst du heute?"

„Ich gehe später zur Arbeit und versuche so zu tun, als ob das Leben normal wäre."

Er hörte, wie die Dusche anging, und sie kam zurück zur Tür, um ihn misstrauisch zu beobachten. „Und was noch?"

„Mal sehen, ob ich eine Spur zu unseren verschwundenen Hexen finden kann."

Sie lachte. „Ich wusste es!"

Er zwang sich zur Geduld, räumte nach dem Frühstück die Wohnung auf und ging dann hinauf ins Dachzimmer, wo er die Fenster aufriss, um die warme Juniluft hereinzulassen. Mariah und die anderen würden sich mit Zaubern verstecken, aber das bedeutete nicht, dass er nicht versuchen konnte, sie zu finden. Er rief Newton an.

„Sag mir bitte nicht, dass noch etwas passiert ist", stöhnte Newton.

„Nichts ist passiert! Ich wollte nur fragen, ob du irgendwelche Aufenthaltsorte für unsere verschwundenen Hexen hast. Ich dachte, ich probiere ein paar Enthüllungszauber aus, und die könnten besser wirken, wenn ich ihren Aufenthaltsort eingrenzen kann."

Newtons Tonfall wurde sofort heiterer. „Die Idee gefällt mir. Lass mich meine Akten holen." Alex schnappte sich Stift und Papier und machte sich Notizen, als Newton sagte: „Mariah hat Verwandte in Galway, Irland, und in Wells in Somerset. Zanes Familie lebt in Wadebridge, das ist also in der Nähe. Lowens Familie ist tot. Natürliche Todesursachen, so wie es aussieht. Er war ein Einzelkind. Harrys Familie väterlicherseits ist in Exeter. Frag nicht nach Details, denn ich habe noch keine. Ich weiß aber, dass Mariahs Mutter und Harrys Vater Geschwister sind. Ihre Mutter hat sich vor Jahren scheiden lassen, und ihr jetziger Mann ist Ire – daher der Umzug nach Galway." Newton seufzte. „Eine Ahnung, wer von ihnen Hexen sind? Ich meine, ich weiß, dass es in der Familie liegt, aber das muss nicht immer etwas bedeuten, oder? Oder dass sie mit ihren jetzigen Handlungen einverstanden wären. Sieh dir deine an."

Newton hatte recht. Magie konnte seltsame Dinge mit Familien anstellen. Einige brachte sie enger zusammen, andere zwang sie auseinander. Nicht jeder kam gut damit zurecht. Sein eigener Vater lebte jetzt in Schottland und hatte kaum noch etwas mit Alex' Leben zu tun. Dasselbe galt für die anderen Hexen. El und Briar hatten wenig mit ihrer unmittelbaren Familie zu tun, Reubens Großfamilie hatte White Haven Jahre zuvor verlassen, und Averys Schwester und Mutter waren ebenfalls weggezogen. Ihren Vater hatte sie seit Jahren nicht gesehen.

„Tut mir leid, Newton", antwortete er. „Der Cornwall-Zirkel untersucht das. Wir werden bis Dienstag mehr Antworten haben, aber ich werde jetzt tun, was ich kann."

„Danke. Aber sei vorsichtig."

„Du auch. Was hast du heute vor?"

Newtons Ton war ausdruckslos. „Einen neuen Sergeant auswählen."

„Scheiße. Tut mir leid."

„Es muss getan werden. Wir brauchen die Hilfe. Und dann fahre ich zurück nach Gull Island, nur um nachzusehen, wie sie vorankommen. Ich schaue auch bei Reuben vorbei." Newton klang deprimiert, und Alex wusste, dass er sich immer noch die Schuld an Inez' Tod gab.

„Komm später in den Pub. Ein Bier hilft immer."

„Werde ich wahrscheinlich tun. Wie auch immer, ich muss los. Ich habe einen Haufen Zeug zu erledigen. Bis später."

Er legte abrupt auf, und Alex wünschte, er könnte etwas sagen, um Newton aufzuheitern. Das Einzige, was jedoch helfen würde, wäre, die anderen Hexen zu finden. Unter den Büchern in den Regalen hatten sie einen Stapel Karten, und Alex zog jetzt eine heraus und beschloss, sich zuerst auf Galway zu konzentrieren.

Anstatt die Jalousien zu schließen, um im abgedunkelten Raum zu arbeiten, was für ihn oft gut funktionierte, beschloss er, sich in einen Sonnenfleck auf dem Teppich am Kamin zu setzen. Die Wärme würde helfen, seine Sinne zu beruhigen und ihn geistig zu entspannen, sodass er sein magisches Auge öffnen konnte. Dann hatte er noch einen Gedanken. Er könnte versuchen zu spiegeln, indem er seine mit Wasser gefüllte Silberschale benutzte.

Mit wahrscheinlich unvernünftig viel Optimismus bereitete er seine Materialien vor, setzte sich in den Schneidersitz und war bereit zu beginnen.

Reuben stand neben dem Glashaus auf seinem Grundstück hinter Greenlane Manor, beobachtete die Aktivitäten des SOKO-Teams und versuchte, nicht im Weg zu stehen.

Trotz seiner besten Absichten, sie einfach machen zu lassen, konnte er es nicht. Der ganze Prozess war faszinierend. Mehrere Lieferwagen nahmen Platz auf seiner Auffahrt ein, und ein Rinnsal von Leuten in weißen Anzügen wanderte den Hang seines Rasens auf und ab und trug Beweismittel in Tüten. Bisher hatte er nichts gesehen, was darauf hindeutete, dass die Skelettreste entfernt wurden, aber er vermutete, dass er das verpasst hatte.

Er beäugte die junge Polizistin, die am Eingang des Glashauses stand. Sie mied ihn geflissentlich, während sie Wache stand, aber er ging trotzdem mit einem breiten Lächeln auf sie zu und streckte seine Hand aus. „Hallo, ich bin Reuben und mir gehört dieses Haus. Sie sind Polizeimeisterin wer?"

Sie sah erschrocken aus, schüttelte ihm aber trotzdem die Hand. „Polizeimeisterin Scott."

„Großartig. Wie lange wird das hier noch dauern?"

Sie zuckte mit den Schultern. „Tut mir leid. Ich habe keine Ahnung. Ich bin nur hier, um sicherzustellen, dass niemand hineingeht, der nicht hinein sollte. Aber der forensische Anthropologe und sein Team sind jetzt da drin. Sobald die Leichen draußen sind, wird es schneller gehen.“

„Die haben sie noch nicht mitgenommen?“ Reuben konnte den Unglauben in seiner Stimme nicht verbergen.

„Nein. Das ist eine mühsame Arbeit, und sie sind später als erwartet angekommen. Und außerdem“, senkte sie die Stimme, „glaube ich nicht, dass sie das hier als dringend einstufen! Die kürzlich Verstorbenen haben Vorrang.“

Kürzlich Verstorbene. Was für eine kalte Art, jetzt von Ethan zu sprechen.

Reuben dankte ihr und setzte sich ins Gras, um noch ein wenig zuzusehen. Er schob sich die Sonnenbrille über die Augen und fühlte sich von Minute zu Minute unwohler. So sehr er auch versuchte, sich nichts anmerken zu lassen, erinnerte ihn der Vorgang unweigerlich daran, wie Gils Leiche nur ein Jahr zuvor abtransportiert worden war. Aber das hier war ganz anders. Und er hatte Gils Geist gesehen, wenn auch nur kurz. Und das war das andere Problem. Reuben wollte ihn wiedersehen, aber gleichzeitig wollte er auch, dass Gil in Frieden ruhte.

Seine ganze Vorstellung von der Geisterwelt war nach seinen jüngsten Erlebnissen auf den Kopf gestellt worden. Der Gedanke, dass Helena gefesselt gewesen war und Gil ihr aus ihren Geisterfesseln geholfen hatte, war einfach bizarr. Es bedeutete, dass es nach dem Tod wirklich ein ganz anderes Leben gab, und es fiel ihm schwer zu akzeptieren, dass dieses viel aktiver zu sein schien, als er es je für möglich gehalten hatte. Es sei denn, Gils Situation war ungewöhnlich. *Helenas war es jedenfalls.*

Seine Träumerei wurde von einem lauten Ruf unterbrochen, als ein wütender Mann auf ihn zuschritt, sich das Oberteil seines weißen Anzugs vom Leib riss und darunter ein schickes Poloshirt enthüllte. Sein graues Haar lichtete sich, er war stockdünn und hatte ein wettergegerbtes Gesicht. „Sind Sie Reuben Jackson?"

Reuben stand verwirrt auf. „Der bin ich. Kann ich Ihnen helfen?"

„Das will ich verdammt noch mal hoffen! Ich will wissen, warum diese Skelette bewegt wurden! Waren Sie das?"

Für eine Sekunde wusste Reuben nicht, wovon der Mann sprach. „Was meinen Sie mit bewegt? Natürlich nicht. Ich komme ja nicht einmal auf das Gelände! Wer sind Sie?"

Der Mann bot ihm nicht die Hand an. „Dr. Adam Hales, forensischer Anthropologe.", fuhr er ohne Pause fort, „Mein Team hat begonnen, die Überreste zu untersuchen, und sie sind nicht dort, wo sie sein sollten!"

„Woher wollen Sie das wissen?"

„Weil es mein Job ist, das zu wissen. Die Erde um sie herum ist aufgewühlt, und einige scheinen über beträchtliche Entfernungen bewegt worden zu sein!"

Scheiße. Reuben erinnerte sich, dass ihm gesagt worden war, Zane habe sie belebt, und sie seien alle aufgestanden und hätten gegen die Hexen gekämpft. Er rang um Worte und wusste nicht, was er sagen sollte. Newton hatte gesagt, dass ein paranormales Team die Ermittlungen führte, aber galt das auch für die Anthropologen?

Stattdessen antwortete er wahrheitsgemäß und mit einem angemessenen Anflug von Empörung. „Natürlich habe ich sie nicht bewegt! Ich bin doch kein Ghul!"

Zum Glück rief eine vertraute Stimme: „Dr. Hales. Sie sind nicht der, den ich erwartet habe!" Reuben seufzte erleichtert auf, als Newton neben ihm auftauchte. „Ich bin DI Newton, der Leiter der Ermittlungen."

„Jemand hat meine Leichen bewegt!", beharrte Hales, ohne ihn auch nur zu begrüßen.

Newton funkelte ihn an. „Es gab einen Grund, warum ich nach Bob Durrell gefragt habe."

„Er ist im Norden und konnte nicht kommen. Deshalb habe ich mich verspätet. Er hat immer wieder darauf bestanden, dass er es schaffen würde, aber jetzt kann er nicht, und dann ist das hier passiert!" Er machte eine ausladende Geste, die das Herrenhaus und die Insel umfasste.

„Beruhigen Sie sich, um Himmels willen", brüllte Newton unerwartet. „Das ist keine verdammte Verschwörung. Es ist ein paranormaler Tatort! Darum wollte ich ihn haben. Das ist sein Ding!"

Hales erbleichte und trat einen Schritt zurück, als könnte er von den Worten angesteckt werden. „Das war mir nicht bewusst. Warum hat man mir das nicht gesagt?"

„Ich habe keine Ahnung! Wissen Sie denn nicht, was er macht?"

Hales schluckte. „Ich habe Gerüchte gehört."

Newton holte tief Luft und warf Reuben einen Blick zu, der versuchte, mitfühlend auszusehen, aber wusste, dass es eher wie ein Grinsen wirkte.

„Die Skelette", fuhr Newton mit erzwungener Geduld fort, „wurden belebt und haben sich selbst bewegt. Das hat die Störung verursacht."

Hales trat wieder einen Schritt zurück. „Das ist nicht möglich."

„Ich kann Ihnen versichern, dass es das ist. Ich war dabei und habe es gesehen. Ich bin der Leiter der örtlichen Abteilung für paranormale Vorkommnisse. Ich untersuche so etwas mit zunehmender Regelmäßigkeit."

„Nun. Äh, das ändert alles." Hales klatschte mehrmals in die Hände wie eine mutierte Robbe. „Könnten Sie bitte mit mir kommen und die Ereignisse durchgehen?"

„Ist das Ihr Ernst?", fragte Newton mit gerunzelter Stirn. „Ich habe tausendundeine Sache zu tun-"

Hales unterbrach ihn. „Ja, das ist mein Ernst."

„Oh, gut", sagte Reuben und konnte die Aufregung in seiner Stimme nicht verbergen. Es juckte ihn in den Fingern, wieder in die Höhle zu gehen und sich noch einmal umzusehen. „Kann ich auch mitkommen?"

Hales schrie: „Nein!"

Newton überstimmte ihn jedoch, was Reuben für reine Sturheit hielt. „Nur wenn Sie einen weißen Anzug anziehen."

Reuben grinste. „Natürlich. Führen Sie den Weg!"

Fünf

Avery hatte gedacht, der Samstag in Happenstance Books sei voller Gerede und Spekulationen gewesen, aber der Montag war weitaus schlimmer.

Sie massierte sich die Schläfe, während sie eine weitere geschwätzige Kundin verabschiedete, und fragte sich gerade, ob sie Zeit hätte, sich für fünf Minuten Ruhe in die Küche zu schleichen, als Mary, eine ihrer Stammkundinnen, heranschlich. Mary schien zu ahnen, dass Avery eine Hexe war, und es war ihr herzlich egal. Tatsächlich schien ihr die Vorstellung zu gefallen.

„Also, Avery", sagte sie mit gesenkter Stimme, „du hast also Coppinger und seine Bande von Halsabschneidern losgeworden!"

Avery stotterte und gab dann auf. „Nun, ohne zu sehr ins Detail zu gehen, Mary, ja, wir haben die Geister verbannt."

„Ich brauche keine Details, meine Liebe. Zu wissen, dass sie keinen Ärger mehr machen können, reicht mir vollkommen." Sie tätschelte Averys Hand. „Aber dieser nette Herr Ethan ist so ein Schock. Ich kannte seine Mutter. Sie würde sich im Grabe umdrehen, wenn sie wüsste, dass er ein Dieb war!"

„Woher kanntest du sie?"

„Sie wohnte nur die Straße runter in Charlestown. Ich hatte eine gute Freundin, die dorthin gezogen ist. Du weißt ja, wie das so ist. Man trifft Leute, unterhält sich …" Sie zuckte mit den Schultern. „Eine reizende Frau. Sie kannte auch Mariahs Familie. Du weißt schon, diese junge Dame, die verschwunden ist."

Avery vergaß ständig, dass Mariahs Name in der Zeitung stand. „Ja, wir haben herausgefunden, dass sie sich kannten, durch eine Spende, die Mariah dem Schmugglermuseum im Jamaica Inn gemacht hat. Ich wusste aber nicht, dass die ganzen Familien befreundet waren."

Mary schnaubte auf eine sehr unfeine Art. „Am Ende waren sie keine Freunde mehr. Mariahs Mutter und die von Ethan hatten einen gewaltigen Streit."

Von all dem Gerede und den endlosen Mutmaßungen, die Avery den ganzen Morgen zu ignorieren versucht hatte, klang dies am faszinierendsten. *War das der wahre Grund für den Verrat?*

Avery beugte sich über den Tresen, in der Hoffnung, dass niemand sie unterbrechen würde. „Worüber haben sie sich denn gestritten?"

„Soweit ich weiß, irgendein Zoff ums Geld. Leih niemals Freunden oder Familie Geld, meine Liebe – am Ende fällt es dir immer auf die Füße."

„Wer hat wem Geld geliehen?"

„Mariahs Familie hat Ethans Familie etwas gegeben. Sie haben es nie zurückgezahlt." Sie sah verschmitzt aus. „So jedenfalls die Gerüchte. Ist es wahr? Hat Mariah einen Piratenschatz gefunden?"

„So scheint es", sagte Avery vorsichtig. „Der grausame Coppinger hatte mehrere Horte versteckt. Die Polizei hat einen Teil davon sichergestellt."

„Und diese Dame hat sich mit dem Rest aus dem Staub gemacht! Die Wunder nehmen kein Ende!" Sie strahlte wieder, ihre Neugier schien gestillt.„Mary, wenn du irgendwelche Details über ihre Fehde herausfinden kannst, sagst du mir dann Bescheid?" Avery fragte sich, ob die Wurzel dieses Problems ihnen einen Hinweis darauf geben könnte, ob es noch einen anderen Grund gab, warum die Hexen den Schatz gestohlen hatten. Es könnte der Gruppe sogar helfen, sie zu finden.

Mary tätschelte ihre Hand. „Überlass das nur mir, ich sehe, was ich tun kann."

Sie rauschte aus dem Laden und Avery setzte sich auf den Hocker hinter dem Tresen. *Steckte wirklich noch etwas anderes dahinter, oder ließ sie sich nur von altem Gerede verwirren?*

„Worüber denkst du nach?", fragte Sally, als sie ein Tablett mit drei Kaffeetassen und einem Teller mit selbstgemachtem Shortbread auf den Tresen stellte.

Dan tauchte aus den Regalen auf, angelockt vom butterigen Duft, und griff nach einem Keks. „Fantastisch!"

Sally schüttelte ungläubig den Kopf. „Du bist unheimlich. Du warst am anderen Ende des Ladens!"

„Ich habe meine eigene Magie!", sagte er schnippisch.

„Das ist herrlich, danke." Avery nahm einen Schluck von ihrem Getränk, seufzte wohlig und erzählte ihnen dann von Marys Neuigkeiten.

Sally verdrehte die Augen. „Nicht noch eine alte Fehde. Herrgott noch mal, dieser Ort lebt davon."

Dan lachte. „Das liegt in der Natur kleiner Städte! Besonders bei Einheimischen, die schon ewig hier leben. Du weißt doch, jeder kennt die Angelegenheiten von jedem anderen."

„Aber das ist wahrscheinlich dreißig Jahre her", warf Sally ein.

„Was hierzulande nichts ist", sagte Avery und stimmte Dan zu. „Für viele fühlt sich vor hundert Jahren wie gestern an."

„Ihr hattet also kein Glück, sie zu finden?", fragte Dan.

„Noch nicht, aber Newton geht den Familienverbindungen nach. Es ist alles sehr ablenkend", gestand Avery. „Ich würde mich lieber auf die Sonnenwende freuen. Na ja, das tue ich natürlich, aber ...."

„Das hier lenkt davon ab", beendete Sally den Satz und nickte verständnisvoll.

Avery seufzte. „Ja. Aber der Laden sieht wunderbar aus – wie immer!"

Sally hatte ihre Regale und das Hauptfenster mit leuchtend bunten, frischen Blumen neu dekoriert, und überall gab es orangefarbene und gelbe Farbtupfer, um die Sonne zu feiern. Die Stadt war ähnlich mit Dekorationen in den Schaufenstern geschmückt, und die Blumentöpfe und Blumenkästen in den Straßen waren fröhlich und hell. Avery war froh darüber. Es hellte ihre dunkle Stimmung ein wenig auf.

„Wo ist Alex?", fragte Dan mit gerunzelter Stirn. „Ich dachte, du sagtest, er arbeitet lange. Normalerweise schaut er doch um diese Zeit vorbei, oder?"

Avery sah beunruhigt auf die Uhr. „Scheiße. Ja. Vielleicht ist er wieder eingeschlafen?" Noch während sie es sagte, wusste sie, dass er das nicht getan hatte, und wollte gerade nach oben eilen, ihr Herz begann bereits zu hämmern, als sie ihn durch die Bücherregale schlängeln sah. „Da bist du ja! Ich habe mir gerade Sorgen gemacht!"

„Lügnerin", sagte Dan grinsend. „Sie hat es nicht mal bemerkt, Alex."

Alex lachte, als er zu ihnen kam, aber er sah zerstreut aus, und Avery runzelte die Stirn. „Was ist los?"

Er hatte einen Bissen Shortbread genommen und murmelte mit vollem Mund: „Nichts, wieso?"

„Du siehst wegen irgendetwas bedrückt aus."

„Sie hat recht", stimmte Sally zu und musterte ihn. „Nicht dein normales, fröhliches Ich."

„Nun", sagte er und sah sich um, um sicherzugehen, dass die Kunden nicht zu nah waren, „ich habe es ein wenig mit Hellsehen versucht, aber um ehrlich zu sein, war es die reinste Zeitverschwendung."

„Wirklich? Wo?", fragte Sally, trotzdem aufgeregt.

„Bei allen Adressen, die Newton mir gegeben hat. Es war ein totaler Reinfall!" Er biss frustriert noch einmal in seinen Keks. „Es war absolut sinnlos. Ich hasse es zu wissen, dass sie da draußen irgendwo sind. Ich bräuchte nur einen winzigen Blick auf sie!"

Dan nippte an seinem Kaffee. „Gibt es eine andere Möglichkeit, nach ihnen zu suchen?"

„Einen Suchzauber, aber dafür braucht man etwas von ihnen, und zweifellos schirmen sie sich gut ab." Er zuckte verzagt mit den Schultern. „Ich werde es natürlich weiter versuchen."

Sally schauderte. „Es ist beunruhigend zu wissen, dass sie immer noch da draußen sind, Pläne schmieden und ihre Intrigen spinnen. Sie könnten jederzeit wieder auftauchen!"

„Leider", gestand Alex ein, „hast du recht, aber ich bleibe dran. Aber jetzt muss ich in den Pub. Kommst du nach der Arbeit auch vorbei?", fragte er Avery und küsste sie auf die Wange.

„Klar, bis später."

Alex schlenderte mit federndem Schritt aus dem Laden und Sally wandte sich besorgt an Avery. „Hat er recht? Wird es schwierig werden?"

Sie nickte und wog die Möglichkeiten ab. „Oh, ja. Das wird *richtig* schwierig."

·······))) ● (((·······

Die große Höhle unter Gull Island war mit riesigen weißen Strahlern hell erleuchtet, als Newton sie mit Reuben und Adam Hales, dem forensischen Anthropologen, an seiner Seite betrat.

„Heiliger Bimbam!", rief Reuben aus. „Dieser Ort sieht anders aus!"

„Man kann eine Tatortuntersuchung nicht im Dunkeln durchführen", sagte Newton zu ihm und musterte die Tätigkeiten des Teams.

Ein paar Fotografen, von denen er annahm, dass sie zum anthropologischen Team gehörten, arbeiteten sich um die Skelette herum, und eine kleine Gruppe weiß gekleideter Personen stand zusammengekauert und redete, wobei wilde Gesten den Raum zwischen ihnen füllten.

Newton wandte sich an Hales. „Soll ich mit Ihrem Team sprechen?"

Hales schüttelte den Kopf. „Nein. Einige von ihnen haben schon mit Durrell gearbeitet, also nehme ich an, dass sie an diese Art von … Ereignis gewöhnt sind."

Newton starrte ihn nur an. „Es gibt viele Arten von paranormalen Ereignissen, und dieses hier war – zumindest meiner Erfahrung nach – größer als die meisten. Aber um ehrlich zu sein, brauche ich Ihre Beweise nicht. Ich weiß, was hier passiert ist, und niemand wird für den Tod dieser Männer verhaftet werden. Tun Sie einfach, was Sie tun müssen."

Hales schnaubte. „Nichtsdestotrotz muss das hier korrekt durchgeführt werden. Ich bin sicher, wir können diese Leichen kornischen Familien zuordnen. Und", fügte er hinzu und errötete, „jeder hat das Recht auf eine anständige Bestattung."

„Das habe ich nicht gemeint, und das wissen Sie auch", sagte Newton, dessen Ärger aufstieg. „Aber sie sind schon sehr lange tot!"

Hales funkelte ihn nur wütend an und stapfte davon, und Newton atmete tief durch, als er spürte, wie Reuben ihm auf die Schulter klopfte.

„Ignorier ihn. Unsere Neuigkeiten haben ihn wirklich aus der Fassung gebracht. Und er hat recht. Ich wette, viele dieser Leichen haben Familien, die in ganz Cornwall noch quicklebendig sind. Sobald sie mit den DNA-Tests beginnen, könnte das alles

Mögliche aufdecken." Reubens Blick verengte sich, als er Hales dabei zusah, wie er sein Team erreichte, und wandte sich dann wieder Newton zu. „Woher kennst du Bob Durrell?"

„Dank Maggie Milne. Sie ist eine wandelnde Informationsquelle. Ich wünschte, ich hätte von ihm gewusst, als wir den Skelettresten unter West Haven nachgingen – den Opfern des Vampirs." Newton schnaubte, als er sich an all die Ausflüchte erinnerte, die er benutzt hatte, und an die seltsamen Blicke, die er geerntet hatte. Damals hatte es sich so angefühlt, als würden nur er und Moore die Existenz des Paranormalen anerkennen. Jetzt schien es andere Fachleute zu geben, an die er sich wenden konnte. Es war, als hätte er Aufholbedarf. „Es hätte mein Leben so viel einfacher gemacht." Newton führte Reuben die Steinstufen hinunter auf die unterste Ebene, wobei sie einen weiten Bogen um die Skelettreste machten. „Im Moment beunruhigt es mich jedoch am meisten, Beweise für die Beteiligung von Mariah und Zane zu finden."

Zweifel zeichnete sich in Reubens Augen ab, als er fragte: „Du hast immer noch vor, sie auf normale, rechtmäßige Weise strafrechtlich zu verfolgen?"

„Ich würde es gerne versuchen." In Wahrheit war sich Newton nicht wirklich sicher, welcher Art von Gerechtigkeit sie entgegensehen könnten.

„Wer ist das da drüben beim Schiffswrack?", fragte Reuben und zeigte auf einen Mann und eine Frau, die auf dem schmalen Strandstreifen standen und ein Kajak vorbereiteten.

„Die sind vom Schiffswrackmuseum in Charlestown. Sie schienen die besten Ansprechpartner für das Wrack zu sein. Sie wollen es bergen.“

Reuben sah schockiert aus. „Und du lässt sie jetzt schon hier rein?“

„Sie argumentierten, dass sie schnell handeln müssten, und die Spurensicherung hat alles gesammelt, was sie bezüglich Ethan brauchten. Aber“, fügte er hinzu und lenkte Reuben zu dem Gang, durch den Mariah und Zane geflohen waren, „das hier wollte ich mir ansehen.“

Er hielt am Eingang inne und starrte in die Dunkelheit, dann zog er seine Taschenlampe aus der Tasche. „Ich bin neulich ein kurzes Stück hier entlanggegangen, aber ich möchte es jetzt ganz abgehen. Willst du mitkommen?“

„Natürlich! Ich nehme an, die Spurensicherung war hier schon zugange?“

„Jep.“ Newton ging voran und ließ den Lichtkegel über den grob behauenen Steintunnel wandern. „Sie haben Abdrücke von Fußspuren genommen, aber viel mehr gibt es hier nicht. Und um ehrlich zu sein“, grübelte er, „bin ich nicht sicher, ob ich hier etwas finden werde. Ich schätze, ich will mir das Ganze nur ansehen. Deine Meinung würde mich auch interessieren.“

Reuben sah unsicher aus. „Klar. Aber ich bin nicht sicher, was ich finden soll, was die anderen nicht schon gefunden haben. Wir kennen ihre magischen ‚Signaturen‘, wenn das überhaupt das richtige Wort ist. Aber das wird mir nicht verraten, wohin sie gegangen sind.“

Newton antwortete mit einem Grunzen, während er weiter voranging und Reubens Hexenlicht für zusätzliche Erleuchtung über ihnen schwebte. Der Gang war im Allgemeinen trocken und gleichmäßig, mit harter Erde unter ihren Füßen sowie Steinen und Sand.

„Hernes Klöten", rief Reuben aus. „Diese Orte waren für die Ewigkeit gebaut, was? Ich komme immer noch nicht über den Einfallsreichtum der Schmuggler hinweg."

„Und ihr Bedürfnis, mehrere Fluchtwege zu haben", fügte Newton hinzu. „Sie hätten hier monatelang leben können."

„Ich schätze, viele von ihnen haben das getan. Es gibt reichlich Platz. Sie hatten Tische und Stühle und rudimentäre Betten – eigentlich nur einfache Feldbetten. Sie hatten sogar frisches Wasser. Hast du den Bach gesehen, der durch den hinteren Teil der Höhle fließt und zum Strand führt?"

„Erst nach dem Kampf", gab Newton mit einem schiefen Lächeln zu. „Ich war in dieser Nacht ziemlich abgelenkt."

Vor ihnen erschien ein schwacher Lichtkreis und Newton beschleunigte seinen Schritt. Bald traten sie am Ende einer flachen Höhle mit sandigem Boden hervor, deren Ausgang ihnen einen Blick auf das Meer und das Festland bot. Er untersuchte die Geröllmasse auf dem Boden.

„Ich sehe, was du meinst", sagte Reuben und hockte sich hin, um den Steinschlag zu untersuchen. „Das sieht tatsächlich relativ neu aus. Was bedeutet, dass die Karte, die sie gefunden haben, ziemlich genau war."

Newton nickte und beobachtete, wie Reuben den Raum untersuchte, wobei er wusste, dass dieser nach Anzeichen von Magie suchte. „Welche Karte sie auch immer gefunden haben, sie haben sie mitgenommen."

Reuben hörte auf, auf und ab zu gehen, und starrte ihn an. „Wir vermuten, dass wir immer noch nicht alle Orte gefunden haben, von denen sie Schätze gestohlen haben, oder?"

„Es ist möglich, dass es noch mehr waren, ja", räumte Newton ein. „Ich schätze, sie könnten noch ein Dutzend anderer Höhlen gefunden haben und wir wüssten nichts davon. Obwohl es unwahrscheinlich ist, dass es so viele gibt!"

Reuben fuhr mit der Hand über die Höhlenwand und wandte sich dann nachdenklich an Newton. „Was, wenn sie sich in einer anderen Höhle verstecken? Einer wie dieser, die frisches Wasser und viel Platz hat. Sie könnten sich direkt vor unserer Nase verstecken."

„Du glaubst, sie verstecken sich in einer kalten, feuchten Höhle?", sagte Newton ungläubig. „Spinnst du?"

„Nein. Es sind Hexen. Sie können es sich dort gemütlich machen. Und sie könnten sie mit Lebensmitteln, Decken und Brennholz ausgestattet haben!", Reuben runzelte die Stirn. „Sobald sie wussten, dass wir ihnen auf der Spur waren, werden sie sich beeilt haben, um alles vorzubereiten. Oder soweit wir wissen, war das die ganze Zeit ihr Plan. Was, wenn sie uns weiterhin angreifen wollten? Und damit meine ich den gesamten Zirkel! Sie könnten sich verschanzen und uns aus dem Hinterhalt angreifen."

„Aber was ist mit dem Verkauf des Schatzes?"

„Das könnten sie immer noch tun!"

„Aber zu welchem Zweck?", fragte Newton entnervt. „Wenn sie nicht mit ihrer Beute entkommen, was soll das Ganze dann?"

„Der Punkt ist, dass sie uns hassen! Und sie werden auch viele Mitglieder der anderen Zirkel hassen, diejenigen, die White Haven unterstützt haben. Verdammte Scheiße! Sie sind immer noch hier!"

„Immer mit der Ruhe!", sagte Newton, der das Gefühl hatte, dass Reuben den Dingen vorauseilte. „Willst du damit andeuten, dass der Angriff auf dich Teil einer größeren Sache ist?"

„Ich will andeuten, dass es *möglich* ist. Was, wenn sie den Cornwall-Zirkel zu Fall bringen wollen?"

Newton spürte, wie sich ein Gefühl des Grauens in seinem Magen ausbreitete. „Du denkst, das ist der Anfang, nicht das Ende?"

Reubens normalerweise neckische blaue Augen waren plötzlich sehr ernst. „Genau das denke ich."

Caspian Faversham hatte nicht vorgehabt, vor Dienstag wieder zur Arbeit zu gehen, um sich von der schrecklichen Woche, die er gerade hinter sich hatte, vollständig zu erholen. Als er jedoch am Montagmorgen zu Hause in seinem Arbeitszimmer an einigen Akten arbeitete, wurde ihm klar, dass er einige im Büro gelassen hatte. Er seufzte frustriert. Er musste wirklich alle ihre Akten auf den Computer hochladen – eine weitere Aufgabe, die er von seinem Vater geerbt hatte, der notorisch altmodisch gewesen war.

Caspian dachte, er erhole sich recht gut. Aber erst als er am Samstag, nachdem er Reubens Haus verlassen hatte, nach Hause kam, ließ sein Adrenalin endlich nach und er fühlte sich völlig erschöpft. Es war nicht so, dass er sich bei Reuben nicht ausgeruht hätte – er hatte gut geschlafen –, aber er war es nicht gewohnt, seinen Raum mit so vielen Menschen zu teilen, nachdem er so lange allein gewesen war. Obwohl es ihm eigentlich gefallen hatte. Die Hexen von White Haven waren witzig und einladend, und er hatte Reuben nicht angelogen, als er gestand, dass sein eigener Zirkel – eigentlich seine Familie – ganz anders war. Und natürlich war er geistig erschöpft, nachdem er den Fluch gebrochen hatte und in eine Art spirituellen Schwebezustand geworfen worden war.

Er freute sich auch nicht darauf, Estelle zu sehen. Er hatte seit ihrem Streit in der Vorwoche und seinem unverzeihlichen Verhalten nicht mehr mit ihr gesprochen. *Aber*, erinnerte er sich, *ihre Worte waren auch unverzeihlich gewesen.*

Kurz nach dem Mittagessen stieß er die glänzenden Glastüren des Firmensitzes auf, der sich in einem umgebauten Lagerhaus an den Docks von Harecombe befand, begrüßte die Empfangsdamen und ging zum Aufzug und zu seinem eigenen Eckbüro im obersten Stockwerk.

Edith, die elegante Sekretärin, die sich um die Seniorpartner kümmerte, sprang auf, sobald er aus dem Aufzug trat. „Caspian, du solltest noch nicht hier sein!" Ihr Blick musterte ihn und sie kam um den Tresen herum, um ihn richtig zu untersuchen. „Bist du sicher, dass es dir gut genug geht?"

Edith stand kurz vor der Rente und war schon so lange in der Firma, wie er sich erinnern konnte. Manchmal war sie für ihn fast wie eine Mutter.

Er lächelte. „Mir geht es gut. Du machst dir zu viele Sorgen. Wie geht es dir?"

Sie winkte ab. „Mir geht es gut, ich habe mir nur Sorgen um dich gemacht. Du hast abgenommen! Und du bist blass."

„Ich habe reichlich gegessen, das versichere ich dir. Besonders bei Reuben." Er verdrehte die Augen. „Er frisst wie ein Scheunendrescher!"

Eine Falte bildete sich auf ihrer Stirn. „Der Jackson-Junge?"

„Kaum noch ein Junge", sagte er und hoffte, dass sie ihn nicht so kritisieren würde, wie Estelle es tun würde.

Stattdessen strahlte sie jedoch. „Oh, wie schön! Ich bin so froh, dass du Freunde hast, die sich um dich kümmern."

„Ich brauche niemanden, der sich um mich kümmert!"

„Jeder braucht jemanden, der sich um ihn kümmert!" Sie tätschelte seine Wange. „Mach es dir bequem, ich bringe dir einen Kaffee."

„Das wäre großartig, danke. Ich bleibe aber nicht lange. Vielleicht eine Stunde." Er wandte sich ab, um zu seinem Büro zu gehen, und hielt dann inne, wissend, dass es noch etwas gab, was er tun sollte. „Ist Estelle da?"

Ediths Blick trübte sich. „Das ist sie. Ist bei euch beiden alles in Ordnung?"

Er wusste, dass Edith manchmal mit Estelles Art zu kämpfen hatte, und er wusste auch, dass sie äußerst scharfsinnig war. „Uns ging es schon mal besser."

Sie nickte und schenkte ihm ein schiefes Lächeln. „Sie ist in ihrem Büro."

Estelles Bürotür war geschlossen, aber er ließ sich davon nicht abhalten. Er klopfte an und trat ein. Sichtlich erschrocken blickte sie auf und runzelte die Stirn. „Was machst du hier?"

„Ich arbeite hier. Ich bin der Geschäftsführer, erinnerst du dich nicht?"

„Das habe ich nicht gemeint. Ich habe gehört, du wärst zu Hause."

Caspian schloss die Tür hinter sich und marschierte zu ihrem Schreibtisch, wo sie mit vor der Brust verschränkten Armen saß und wütend zu ihm aufblickte. „Ich muss mich für letzte Woche entschuldigen. Ich hätte dich nicht mit einem Zauber belegen dürfen. Es tut mir leid."

„Nein, das hättest du nicht. Was du gesagt und getan hast, war unverzeihlich."

Sie hatte sich also noch nicht beruhigt. „Und was du gesagt hast, war ebenfalls unverzeihlich. Dachtest du, ich würde das einfach so hinnehmen? Dich in meinem Haus herumtrampeln lassen, während du Beleidigungen und Sticheleien von dir gibst? *Wow.* Du bist wirklich unglaublich."

Sie erhob sich, ihre Hände zu Fäusten geballt und ihre Augen funkelten vor Wut. „Ich kann im Moment nicht mit dir arbeiten."

„Ich genieße die Arbeit mit dir auch nicht gerade. Aber wir werden uns wohl oder übel ertragen und versuchen müssen, einen Weg hier durchzufinden."

„Ich habe beschlossen, nach Frankreich zu gehen."

„Du tust *was*?"

„Die Nephilim brauchen Hilfe, und ich habe sie angeboten."

Er starrte auf ihren trotzigen Gesichtsausdruck, auf die Art, wie sie herausfordernd das Kinn hob. „Du hast also einen Ausweg für dich gefunden, was? Ausgerechnet jetzt, wo *ich* deine Hilfe gebrauchen könnte. Ich erhole mich immer noch von einer üblen Stichwunde, und Mariah Rowe und Zane Roberts – und ihre Zirkel – sind von der Bildfläche verschwunden! Und ich habe Gabe und seinen Brüdern freigegeben, damit sie ihrem neuesten Job nachgehen können, was ich gerne tue, aber dadurch fehlt es mir an Unterstützung." Er war so wütend, dass er kaum sprechen konnte. „Wenigstens zeigen sie mir etwas Loyalität."

„Loyalität! Ich arbeite stundenlang für diese Firma – *stundenlang*! Und alles, was ich dafür vorweisen kann, ist ein sehr volles Bankkonto und sonst rein gar nichts!"

Er trat schockiert einen Schritt zurück. *Fühlte Estelle sich genauso wie er? Als ob er in einem Hamsterrad feststeckte, das nirgendwo hinführte, mit einem leeren Haus und keinem Leben außer dem Geschäft.*

Er wählte seine Worte mit Bedacht. „Ich hatte keine Ahnung, dass du so empfindest. Das tut mir leid. Aber ich verstehe es, denn es gibt Zeiten, da fühle ich mich auch so. Tatsächlich waren die letzten Tage, trotz allem, einige der besten, die ich seit langer Zeit hatte. Also, schön und gut. Geh nach Frankreich. Hilf den Nephilim. Verschaff dir etwas Abstand. Wir sehen uns, wenn du zurückkommst."

Irgendetwas, das er gesagt hatte, musste einen Nerv getroffen haben, denn er war kaum an der Tür, als Estelle sagte: „Glaubst du, Mariah wird wieder angreifen?"

„Ich halte das für durchaus möglich. Aber mir wird es gut gehen. Und wenn nicht, dann wirst du wohl die Geschäftsführerin sein."

Er schlug die Tür zu, als er hinausging.

Ben betrachtete die Bilder, die Dylan auf die Computermonitore geladen hatte, und runzelte die Stirn. „Was meinst du damit, die magischen Energien schlagen immer noch aus?"

„Genau das, was ich gesagt habe, Dummkopf!" Dylan zeigte auf eine Nachtaufnahme des Duloe Stone Circle. „Sieh dir die Energiewerte an!"

Ben zog sich einen Stuhl heran und starrte auf das Farberblühen auf den alten Steinen. „Von welcher Nacht ist das?"

„Letzte Nacht. Erinnerst du dich nicht, dass ich das gesagt habe?"

„Nein." Aber das war nicht überraschend. Ben war am Sonntagabend müde gewesen und hatte gut geschlafen, nachdem er den größten Teil des Wochenendes damit verbracht hatte, ihr Büro neu zu organisieren, was eine monumentale Anstrengung war. Er blickte sich jetzt in dem großen Raum im ersten Stock um und dachte, dass er noch verbessert werden könnte, aber er war besser, als er gewesen war.

Cassies fortwährende Beleidigungen ihres Lebensraums hatten ihn getroffen. Aber er musste zugeben, dass sie recht gehabt hatte. Er und Dylan lebten manchmal wie die Schweine. Keiner von beiden putzte gern, und sie waren beide besessen davon, paranormalen Sichtungen nachzujagen, besonders jetzt, wo alles sehr aktiv zu sein schien.

Er musste jedoch einräumen, dass sie, wenn sie das Geschäft zum Laufen bringen wollten, weitaus organisierter sein mussten. Was sie bei ihrer Recherche, ehrlich gesagt, auch waren; es spiegelte sich nur nicht in ihren Büroräumen wider. Folglich hatte Ben aufgeräumt, die Schreibtische umgestellt, ihre Ablagesysteme organisiert und in einer Ecke einen einladenden Bereich mit einem aufgeräumten Schreibtisch und bequemen Sitzgelegenheiten eingerichtet, wo sie potenzielle Kunden empfangen würden, die sie persönlich aufsuchen wollten, anstatt am Telefon zu plaudern.

Er rieb sich die Augen und wandte sich wieder dem Bildschirm zu. „Die glühen ja!"

„Ich weiß!" Dylan sah zufrieden mit sich selbst aus, als er auf das Filmmaterial starrte. „Damit habe ich nicht gerechnet."

„Hat es sich komisch angefühlt, als du dort warst?"

Dylan zuckte mit den Schultern und schenkte ihm ein schiefes Lächeln. „Allerdings. Aber es war stockdunkel, und dieser Ort ist einsam – besonders nachts. Ich gebe zu, dass es mir unheimlich war."

Ben wusste, was er meinte. Egal, wie sehr sie sich an das Paranormale gewöhnten, mitten in der Nacht an einsamen Orten zu sein, war immer unheimlich. „Was hat dich dazu bewogen, dorthin zu gehen?"

„Das hatte zum Teil mit unserer fortgesetzten Kartierung des Gebiets zu tun. Aber da die Sonnenwende bevorsteht, dachte ich, es wäre cool, die Steinkreise zu überprüfen."

„Aber warum gerade der?", beharrte Ben. „Es gibt jede Menge Kreise und alte Monumente in Cornwall."

„Er liegt in der Nähe von Looe, wo Mariah herkommt. Es ist nur ein kleiner Kreis, verglichen mit manch anderen." Er zeigte auf einen anderen Bildschirm. „Das ist Nine Maiden's Stone Row in der Nähe von Wadebridge – alles Quarz. Dasselbe. Sie alle pulsieren vor magischer Energie."

Dylan hatte eine ruhige Hand, als er mit der Wärmebildkamera um die Steine schwenkte. Und er hatte recht. Es ließ sich nicht leugnen, dass etwas geschah.

„Haben wir älteres Material? Etwas zum Vergleichen?"

„Nicht von diesen, aber ich habe welches von den Hurlers Stone Circles am Rande von Bodmin. Die sahen damals ziemlich normal aus."

Ben starrte auf den Bildschirm und dann zu Dylan. „Wir müssen eine zweite Messung bei den Hurlers durchführen, um zu sehen, ob sie sich verändert haben."

„Heute Nacht?"

„Absolut. Die Sonnenwende steht bevor. Glaubst du, das hat irgendetwas damit zu tun?"

„Vielleicht. Wir sollten das mit den Hexen besprechen."

„Lass uns erst mal das hier überprüfen. Wenn es sich verändert hat, erzählen wir es ihnen morgen."

„In dem Fall", sagte Dylan, gähnte und streckte sich, als er aufstand, „hau ich mich für ein paar Stunden aufs Ohr."

Nachdem er den Raum verlassen hatte, betrachtete Ben noch einige Augenblicke lang die Bilder mit einem wachsenden Gefühl der Sorge und beschloss dann, dass etwas leichte Lektüre über Steinkreise wohl eine gute Idee wäre. Und heute Nacht würden sie eine Tasche voller magischer Schutzzauber mitnehmen ... nur für alle Fälle.

Sechs

Briar packte gerade eine Schachtel leuchtend oranger, nach Zitrus duftender Kerzen ein, die sie für Litha vorbereitet hatte. Sie hielt noch einen kurzen Plausch mit ihrer Kundin, während sie die Bezahlung entgegennahm, und winkte ihr dann zum Abschied, als sie zur Tür hinausging.

Ihr Lächeln verschwand von ihrem Gesicht, als sie sich müde auf einen Hocker hinter dem Tresen setzte und auf ihre Uhr schaute. *Gleich vier, der Göttin sei Dank.* Es hatte sich angefühlt, als würde der Tag nie enden, und das dachte sie nicht oft. Sie liebte die Arbeit in ihrem Laden, aber das Wochenende hatte sie endlich eingeholt.

Eli kam mit zwei dampfenden Tassen aus dem Kräuterzimmer und reichte ihr eine, während er sich neben sie setzte. „Ein anregender Kräutertee", sagte er. „Ich dachte, den könntest du gebrauchen."

Dankbar nahm sie sie ihm ab. „Sehe ich so schlimm aus?"

Er schenkte ihr ein umwerfendes Lächeln. „Natürlich nicht. Du siehst so gut aus wie immer. Aber dir fehlt deine übliche Energie, und mir auch. Das hier ist genauso sehr für mich wie für dich."

Sie atmete den Duft ein, bevor sie einen Schluck nahm, und erkannte Rosmarin, Salbei, Muskatnuss, Zitronengras und Honig. „Das ist eine deiner Mischungen, nicht wahr?"

„Eine meiner liebsten."

„Er ist köstlich." Sie beobachtete ihn durch den duftenden Dampf. Eli sah auf jeden Fall gut aus. Sein honigbraunes Haar und seine olivfarbene Haut strahlten vor Gesundheit, und seine lockere Anmut und sein schlanker, muskulöser Körperbau wirkten so fit wie eh und je. „Was hast du denn so getrieben, dass du das hier brauchst?"

„Das hier ist eher für das, was ich später vielleicht noch vorhabe."

Briar erinnerte sich daran, wie Gabe und Shadow am Freitag nach London gefahren waren, und plötzlich wurde ihr klar, dass sie Eli noch gar nichts danach gefragt hatte. „Natürlich. Ihr habt einen neuen Fall! Ich war so in unser Geschäft vertieft, dass ich gar nicht gefragt habe!"

Er lachte. „Das ist schon in Ordnung. Und hier war ja auch viel los."

„Also", drängte sie ihn neugierig. „Was ist passiert?"

„Der Orden der Mitternachtssonne, eine Gruppe von Alchemisten aus London, hat uns beauftragt, ein verschwundenes Astrolabium zu finden; das Astrolabium des Dunklen Sterns, um genau zu sein."

„Das klingt faszinierend! Wie lange wird das dauern?"

Eli schenkte ihr ein gequältes Lächeln. „Tja, das ist es ja. Sie haben es schon gefunden. Aber eine Gruppe namens Black Cronos hat gestern Nacht in London versucht, es zurückzustehlen.“ Elis Lächeln erstarb. „Sie sind nicht ganz menschlich, Briar. Tatsächlich sind wir uns nicht sicher, *was* sie sind.“

„Nicht menschlich? Aber geht es ihnen gut – deinen Brüdern, meine ich?“

„Es braucht mehr als ein halbes Dutzend Söldner, um Gabe, Shadow, Niel und Nahum umzubringen. Sie sind jetzt wieder hier, zusammen mit zwei Mitgliedern des Ordens. Aber wir erwarten Ärger. Tatsächlich“, er blickte zum Fenster und der Straße dahinter, „haben sie mich gebeten, hier in der Gegend nach allem Verdächtigen die Augen offenzuhalten.“

Auch Briar starrte auf die Straße hinaus und überlegte kurz, ob sie Zane oder Mariah sehen würde. *Aber natürlich nicht. Sie versteckten sich.* „Wow.“ Sie wandte sich wieder ihm zu. „Das ist beunruhigend. Braucht ihr Hilfe?“, fragte sie und meinte es auch so, hoffte aber insgeheim, dass es nicht der Fall war.

Eli schüttelte den Kopf. „Das kriegen wir schon hin ... hoffe ich. Außerdem hast du genug, womit du dich herumschlagen musst. Ich habe allerdings etwas herausgefunden – über Estelle.“

Briars Gedanken schweiften zu Caspian. Sie wusste, dass zwischen den beiden etwas Schlimmes vorgefallen war. „Was hat sie jetzt schon wieder angestellt?“

„So misstrauisch!“

„Aus gutem Grund.“

„Die meisten meiner Brüder fahren in ein paar Tagen nach Frankreich. Sie wird sie begleiten.“

„Und lässt Caspian allein? *Jetzt*?“ Sie hätte vor Ärger beinahe ihren Tee verschüttet. „Diese verfluchte Frau!“

„Ich weiß. Und keiner von uns ist im Lagerhaus. Er hat uns für den neuen Fall freigestellt.“

Briar hatte Caspian sehr liebgewonnen. Sie spürte seine Einsamkeit unter seiner schroffen Fassade und seinem Stolz. „Ich kann nicht fassen, dass sie das tut! Er ist verletzlich.“

„Er *ist* ein sehr mächtiger Hexer“, erinnerte Eli sie. „Und ich bin ja noch da. Zee auch. Wenn du unsere Hilfe brauchst, frag einfach. Versprochen?“

„Versprochen. Warum kommst du später nicht mit uns auf ein Bier in den Pub? Ich gehe direkt nach der Arbeit zu Alex rüber.“

„Ich muss nach Hause. Zee ist auch da. Wir brauchen alle vor Ort – nur für den Fall.“

Briar wusste, dass sie ohne Eli im Laden nur schwer zurechtkommen würde. Sie hatte sich so sehr daran gewöhnt, ihn dabeizuhaben, und die Zusammenarbeit mit ihm war so einfach, aber ... „Brauchst du auch frei?“

„Nein. Ich komme morgen rein.“ Er leerte seine Tasse und stellte sie auf den Tresen. „Und was ist mit dir? Du solltest dir Hilfe holen. Du schläfst allein. Kann Hunter runterkommen?“

Briar lächelte und dachte an dasselbe Gespräch, das sie erst gestern mit ihm geführt hatte. „Er kommt am Mittwoch für ein paar Tage zu Besuch.“

„Die Entfernung kann nicht einfach sein.“

„Wir kriegen das hin. Apropos, wo sind eigentlich deine ‚*Frauen*‘?“ Sie machte mit den Fingern Anführungszeichen. Elis Verehrerinnen waren an den meisten Nachmittagen ein fester Bestandteil ihres Ladens gewesen.

„Ach, die. Ich habe sie davon abgehalten, zu viel Zeit hier zu verbringen, nachdem du sie an einem gewissen Freitagnachmittag alle verzaubert hast. Es sei denn, sie wollen natürlich etwas kaufen." Er zwinkerte, nahm ihre leere Tasse und erhob sich. „Wie auch immer, ich spüle ab und mache die letzten Kräuterzubereitungen fertig. Du bleibst hier und entspannst dich. Aber sei vorsichtig, Briar. Seltsame Dinge scheinen sich zusammenzufügen."

„Ich weiß. Ich glaube, es liegt an der Sonnenwende, und der Mond ist auch noch zunehmend."

„Und es gibt eine Planetenkonstellation, von der ich erst kürzlich erfahren habe. Zufälle gibt es nicht."

Nein, gab es nicht, dachte sie, während sie ihm nachsah, wie er die Tür hinter sich schloss und sie allein ließ. Wenn sie später nach Hause ging, würde sie ihren Altar für Litha auffrischen und ihre Schutzzauber wiederholen, und sie war einmal mehr dankbar, dass Hunter bald eintreffen würde.

Reuben beobachtete die erschrockenen Gesichter seiner Freunde am Tisch im hinteren Teil des *The Wayward Son.* „Ich weiß, das klingt seltsam", wiederholte er, „aber es ergibt auch vollkommen Sinn."

Alex nickte, seine dunklen Augen waren voller Sorge. „Ich zweifle nicht an dir. Ehrlich gesagt habe ich das Gefühl, ich hätte vorhin beim Spähen etwas sehen sollen. Wenn sie unter der Erde sind, würde mich das behindern."

Reuben hatte ihnen von seiner Überzeugung erzählt, dass sich die Hexen irgendwo in einer Höhle in Cornwall versteckten, und war erleichtert, als Alex nicht dachte, er sei verrückt geworden. Die anderen sahen jedoch nicht überzeugt aus.

„Vielleicht sind ein paar von ihnen hier", sagte Avery, „aber ich glaube immer noch, dass zwei von ihnen den Schatz woanders hingebracht haben."

„Das ist eine vernünftige Annahme", stimmte El zu. „Sie wollen bestimmt immer noch ihr Geld."

„Und", fügte Alex hinzu, „sie wollen es in Sicherheit wissen."

„Vielleicht", gab Reuben zu, war sich aber immer noch unsicher. „Allerdings können vier Hexen mehr Unheil anrichten als zwei."

Briar hatte an ihrem Wein genippt, während sie zuhörte, aber jetzt sagte sie: „Ich habe mich vorhin mit Eli unterhalten und er meinte, dass es später in dieser Woche eine Planetenkonstellation gibt. Um die dreht sich ihr neuester Auftrag. Ich habe mich gefragt, ob das auch unser Problem beeinflussen könnte."

„Planeten und ihre Entsprechungen haben schon immer eine Rolle in der Hexerei gespielt", sagte Avery, „aber ich schätze, manche Hexen nutzen sie mehr als andere. Denkst du, Mariah und Zane benutzen die Konstellation für irgendeinen Zauber?"

Briar wurde lebhafter, beugte sich vor und umklammerte fest ihr Glas. „Der Mond ist zunehmend und die Mondphasen sind beim Zauberwirken immer nützlich. Und die Sonnenwende steht bevor. Welche zusätzliche Dimension könnte diese Planetenkonstellation haben?"

El zuckte mit den Schultern. „Das kommt darauf an, welchen Zauber du wirkst. Ich benutze die Planeten manchmal, um meine Zauber zu verstärken, wenn ich Schmuck herstelle. Die sieben Planeten, auf die sich die Alten beziehen, entsprechen alle Metallen. Mein altes Grimoire bezieht sich häufig auf sie. Ich schätze, das sollten wir recherchieren." Sie wandte sich an Avery, ihre Augen weiteten sich zu einer Frage. „Und du bist so gut darin!"

Avery lachte. „Ich verstehe schon! Keine Sorge, ich werde die Bücher wälzen. Obwohl es so klingt, als ob du dich damit besser auskennst als ich. Ich bin sicher, dass ich mich morgen für ein paar Stunden von der Arbeit loseisen kann. Das wird uns aber nicht helfen, sie zu finden."

„Vielleicht doch! Und alles ist besser als nichts", gab Alex zu bedenken. „Besonders nach meinem fehlgeschlagenen Versuch heute. Ich habe gesucht und gesucht und gesucht. Es war zum Verrücktwerden."

„Du hast gesagt, Newton hat dir Adressen gegeben, richtig?", fragte Reuben und beschloss, proaktiv zu werden. „Ich will denen nachgehen."

Alex sah zweifelnd aus. „Nun ja, aber das ist vielleicht keine gute Idee."

„Ist mir egal. Wo ist die nächste?"

„Reuben!", rief El verärgert aus. „Du bist letzte Woche niedergestochen worden. Solltest du nicht mal einen Gang runterschalten?"

„Nö. Angriff ist die beste Verteidigung. Und ich will Rache."

Alex zögerte, griff dann in seine Tasche und zog eine Liste hervor. „Lowens Eltern sind tot und wir haben keine Hinweise auf Freunde. Harrys Familie väterlicherseits ist in Exeter. Zanes ist in Wadebridge. Mariah hat Verwandte in Somerset."

Reuben grinste. „Ausgezeichnet. Ich versuche es zuerst in Wadebridge. Das ist am nächsten. Tatsächlich", er schaute auf seine Uhr, „kann ich heute Abend noch gehen. Ich habe nur ein Pint getrunken."

„Du bist manchmal so leichtsinnig!", El funkelte ihn an, ihre blauen Augen blitzten vor Wut. Er zuckte zusammen. Er wusste, was das bedeutete. „Ich komme mit!"

„Moment mal!", auch Alex funkelte ihn an. „Was wirst du tun, wenn du ihn siehst?"

„Den dürren, kleinen Scheißkerl angreifen!"

„Und dann?", fragte Briar in ihrem gewohnt ruhigen Ton. „Ist ja nicht so, als könntest du ihn ins Hexengefängnis stecken."

Reuben holte tief Luft, da er wusste, dass seine Freunde recht hatten, aber es gab keine anderen Optionen. „Sie denken, sie sind unbesiegbar. Ich will, dass sie wissen, dass sie es nicht sind. Und selbst wenn Zane nicht da ist, seine Familie wird es sein."

Avery beugte sich fast flehend vor. „Denk daran, was Charlie gesagt hat. Seine Mutter ist eine Hexe, und obwohl sie sich nicht nahestehen, könnte sie ihn trotzdem verteidigen. Wir sollten warten!"

„Aber", argumentierte Reuben, „wenn seine Eltern involviert wären, wären sie auch geflohen. Sind sie das?"

Alex zuckte mit den Schultern. „Newton geht die Sache behutsam an, während er Informationen sammelt. Sie haben sie noch nicht aufgesucht.“

„Na, damit ist die Sache entschieden! Ich gehe. Seht mal“, sagte er und versuchte, weniger wie ein rachsüchtiger Spinner und mehr wie ein vernünftiger Mann der Tat zu klingen, „jeder Moment, den wir warten, gibt ihnen mehr Zeit, das vorzubereiten, was sie vorhaben. Ich verstehe, dass Newton nicht voreilig handeln will, aber warum tun wir es nicht?“

„Weil“, sagte Avery bissig, „der Hexenrat uns zusätzliche Hexen zur Verfügung stellen wird, um ein größeres Team zu bilden und Jagd auf sie zu machen – *mit einem Plan!*“

„Was erst morgen Abend passieren wird! Und wie lange danach, bis wir handeln?“ Je mehr Reuben darüber nachdachte, desto sicherer wurde er. „Sie hatten das ganze Wochenende Zeit, ihre nächsten Schritte zu planen – eigentlich sogar länger. Wir haben uns zurückgelehnt, unsere Wunden geleckt und nichts anderes getan als diese verfluchte Faktenermittlung! Newton hat uns diese Adressen aus einem bestimmten Grund gegeben. Wir müssen anfangen, die Leute aufzuscheuchen. Sonst tun wir nichts anderes, als auf sie zu reagieren. Sie müssen wissen, dass wir aktiv nach ihnen suchen! Und“, fügte er mit Nachdruck hinzu, „Lowen muss Freunde haben! Einer von ihnen weiß vielleicht etwas.“

El drückte seinen Arm und lächelte ihn an, bevor sie sich den anderen zuwandte. „Um ehrlich zu sein, hat er recht. Lassen wir die Säbel rasseln! Ich werde mit Reuben gehen, um einen geselligen Abendbesuch abzustatten.“

Avery sah Alex mit einem fragenden Blick an. „Ich schätze, wir könnten mit Charlie reden. Er hat gesagt, dass er mit beiden befreundet ist. Tatsächlich war er derjenige, der bei der Versammlung gestern Abend die meisten Einwände hatte. Vielleicht ist er zugänglicher, wenn nicht der ganze Rat ihn anstarrt."

„Wo wohnt er?", fragte Briar.

„Polzeath. Aber ich habe seine Adresse nicht", sagte sie zerknirscht. „Und ich will Genevieve nicht fragen."

„Aber", sagte Briar und lächelte plötzlich, „ich wette, Newton könnte sie besorgen. Und ich könnte auch mitkommen." Und dann runzelte sie die Stirn, als ihr Handy klingelte. „Moment, es ist Cassie." Sie stand auf und ging in den Innenhof des Pubs, um den Anruf entgegenzunehmen.

Reuben brannte jetzt darauf, loszulegen, und trank sein Pint aus, während er auf die Uhr schaute. „Also gut. Es sind ungefähr fünfundvierzig Minuten nach Wadebridge, also werden wir gegen acht Uhr oder so da sein. Lass uns los, El."

Doch bevor er sich bewegen konnte, kam Briar zurück, mit einer Mischung aus Sorge und Neugier im Gesicht. „Nun, das war seltsam. Cassie und die Jungs wollen den Hurlers Stone Circle inspizieren, und sie möchte, dass ich mit ihnen gehe."

„Ist das Teil ihrer paranormalen Kartierungsübung?", fragte Alex.

„Sie war ehrlich gesagt etwas ausweichend. Sie hat betont, dass es wahrscheinlich unnötig sei, nur eine Vorsichtsmaßnahme." Sie zuckte mit den Schultern und nahm ihr Weinglas. „Aber das ist in Ordnung. Ich schätze, wir sind heute Nacht alle unterwegs!"

„Gut", sagte Reuben optimistisch. „Vielleicht finden wir endlich etwas Nützliches."

Caspian musterte die Nummer in seiner Hand und fragte sich, ob das eine gute Idee war, aber um ehrlich zu sein, hatte er nicht viele Optionen.

Nach einem kurzen Gespräch mit Gabe früher am Tag hatte er herausgefunden, dass Harlan nicht mehr in Gabes neuesten Fall involviert war, also rief er ihn in einem Anfall von Enthusiasmus an und bat ihn um Rat, wo er nach dem Schwarzmarkt für gestohlene Schätze suchen und wen er fragen sollte. Während Newton wahrscheinlich auf einem formelleren Weg ermittelte, war sich Caspian ziemlich sicher, dass es nicht schaden würde, einen anderen Weg zu versuchen. Harlan hatte sich jedoch entschuldigt und gesagt, dass er tatsächlich noch in ein paar Dinge verwickelt sei. Er hatte ihm seine Kollegin Olivia empfohlen, da sie ihm mit größerer Wahrscheinlichkeit von Nutzen sein würde, ihn aber gewarnt, dass sie ebenfalls an einem Fall arbeite.

Caspian seufzte und entschied, dass Fragen nicht schaden konnte. Er wählte die Nummer und trat dann mit einem Glas Whiskey durch die offenen Terrassentüren auf die gemauerte Terrasse vor seinem Arbeitszimmer hinaus und blickte auf seinen Garten. Die Sonne war untergegangen, und eine dichte Dämmerung hüllte das Anwesen ein, begleitet von abendlichem Vogelgezwitscher. Es war friedlich und wunderschön, aber er war unruhig. Er hatte den Nachmittag damit verbracht, über Estelle, Mariah und Zane zu kochen, und er wurde das Gefühl nicht los.

Olivia meldete sich schnell, ihre Stimme war warm. „Olivia James, kann ich Ihnen helfen?"

Caspian erklärte schnell, wer er war und was er brauchte.

„Du bist der Freund von Gabe und Shadow!", rief sie aus. „Ich liebe die beiden. Mit Shadow hat man so viel Spaß!"

Caspian lachte. „Das ist eine Art, sie zu beschreiben."

„Ich nehme an, Harlan hat dir gesagt, dass meine Spezialität, genau wie seine, okkulte Objekte sind."

„Das hat er. Aber er hat auch gesagt, dass du gute Kontakte hast ... etwas andere als seine. Und", fügte er hinzu, da er entschieden hatte, dass ein vernünftiges Maß an Ehrlichkeit am besten wäre, „ich habe es satt, dass unsere Rivalen die Nase vorn haben. Ich will versuchen, ihnen einen Schritt voraus zu sein."

„Oh, das Gefühl kenne ich." Sie zögerte und sagte dann: „Ich bin für ein paar Tage in Nottingham beschäftigt, aber ich werde spätestens am Freitag wieder in London sein. Vielleicht sogar schon am Donnerstag, wenn alles gut läuft. Wir können das auf zwei Arten machen. Ich kann für dich Nachforschungen anstellen und dir sagen, was ich herausfinde. Oder du kommst nach London und stellst die Nachforschungen mit mir an. Aber", neckte sie ihn, „nur im Austausch für ein paar mehr Details!"

Caspian spürte eine Welle der Aufregung, als sich die Möglichkeiten in seinem Kopf entfalteten. „Auf jeden Fall. Ich werde am Donnerstag in London ankommen, nur für den Fall, dass du Zeit hast, und wenn nicht, muss ich mich mit

Geschäftspartnern treffen. Lass mich einfach wissen, wann du ankommst."

„Ausgezeichnet. Ich freue mich darauf, dich kennenzulernen."

Nachdem er aufgelegt hatte, starrte Caspian in die zunehmende Dämmerung und überlegte, ob er wirklich gehen sollte, wo doch auch Estelle unterwegs war. Aber die anderen Seniorpartner waren durchaus in der Lage, sich um alle dringenden Geschäfte zu kümmern, und sie konnten ihn immer noch anrufen. Dies war eine Chance, etwas Positives zu tun, und vielleicht konnte er sogar endlich aufhören, an Avery zu denken. Und da er Reuben und sich selbst versprochen hatte, dass er weitermachen musste und das Trübsalblasen in Cornwall nichts brachte, wäre London die perfekte Ablenkung.

Sieben

El beobachtete Reubens entschlossenes Profil, während er sie durch die belebte Marktstadt Wadebridge fuhr, und fragte: „Bist du sicher, dass das eine vernünftige Idee ist?"

Überrascht sah er sie an. „Ich dachte, du hättest gesagt, sie wäre es!"

„Ich bekomme langsam Zweifel."

„Dafür ist es jetzt verdammt noch mal zu spät! Außerdem ist es eine großartige Idee." Er sah sie an, während sie an der Ampel warteten. „Komm schon! Du weißt doch, dass es so ist. Wir können nicht einfach rumsitzen und darauf warten, dass sie angreifen."

El stöhnte. „Ich weiß. Ich wünschte nur, wir wüssten mehr über die Magie von Zanes Mutter."

„Bald werden wir eine Menge über sie wissen. Sag mir noch mal ihre Namen."

Sie warf einen Blick auf den Zettel, auf den sie ihre Daten gekritzelt hatte, als Reuben wieder anfuhr. „Zanes Vater heißt Marlo und seine Mutter Nancy."

„Nancy und Marlo? Ich frage mich, wie die es geschafft haben, einen so elenden Sohn hervorzubringen. Vielleicht sind sie auch elend."

„Interessant, dass Nancy kein Mitglied eines Zirkels ist."

„Vielleicht ist sie gefährlich. Durchgeknallt! Wie Zane."

El kicherte. „Dramaqueen! Ich schätze, sie arbeitet einfach gerne allein. Vielleicht hat sie sogar schlechte Erfahrungen in einem gemacht."

Wadebridge lag am Fluss Camel, und Reuben fuhr sie über die Brücke in die andere Hälfte der Stadt.

„Dieser Ort ist hübsch", sagte El und betrachtete neugierig die adretten Häuser und gepflegten Läden. „Ich glaube nicht, dass ich jemals hier war."

„Ich auch nicht."

Reubens Navi verkündete ihre Ankunft, und sie hielten vor einem sehr gewöhnlichen Vorstadthaus.

„Tja, das sieht harmlos aus", rief Reuben. „Tatsächlich sieht es langweilig aus!"

„Das bedeutet nicht, dass *sie* es sind!" Obwohl er Recht hatte. Viele Hexen hatten eine Ausstrahlung, die ihren Wohnort ein wenig anders erscheinen ließ. An diesem Haus war nicht das Geringste anders. Reuben stieg bereits aus dem Auto, aber sie packte ihn am Arm. „Denk dran, nur höfliche Fragen. Vielleicht wissen sie gar nichts!"

Er zwinkerte ihr zu und sie stöhnte, als sie mit ihm den Weg entlangging. Als sie die Haustür erreichten, hörte El den Fernseher, aber als Reuben laut klopfte, verstummte er und Schritte waren im Flur zu hören.

Die Tür schwang auf und ein Mann mit schmalem Gesicht und schütterem Haar sah sie misstrauisch an. „Tut mir leid, mit Religion haben wir hier nichts am Hut."

„Ich bin nicht hier, um Ihnen welche anzubieten!", sagte Reuben sofort und sah verdutzt aus.

El fragte sich, was um alles in der Welt an ihnen verriet, dass sie zum Predigen da waren.

Der Mann – sie nahm an, es war Marlo, denn er sah Zane sehr ähnlich – sagte: „Ich spende auch nicht für wohltätige Zwecke", und wollte die Tür zuschlagen.

Reubens Hand schoss vor und hielt sie offen. „Ich muss mit Ihnen über Zane sprechen."

Er runzelte die Stirn. „Sind Sie von der Polizei?"

„Nein."

„Dann habe ich nichts zu sagen. Nehmen Sie Ihre Hand weg."

Reuben sträubte sich. „Noch nicht. Ich will nur wissen, ob Sie wissen, wo er ist."

Sie starrten sich beide wütend an, der eine kämpfte darum, die Tür zuzuschlagen, der andere darum, sie offenzuhalten, und El nutzte die Gelegenheit, um nach Magie zu spüren. Seine Mutter musste irgendwo da sein. Sie sah eine Bewegung am Fenster oben und erhaschte einen flüchtigen Blick auf eine Frau hinter den Gardinen.

El sprach schnell. „Vielleicht weiß Ihre Frau, wo Zane ist."

„Sie ist nicht hier."

„Ich habe sie am Fenster im Obergeschoss gesehen!"

Eine scharfe Stimme ertönte von oben. „Lass sie rein, Marlo."

Plötzlich besiegt, trat er zurück und bat sie herein in einen zweckmäßigen, aber makellosen Flur. Eine blasse Frau mit ergrauendem blondem Haar kam die Treppe herunter. Sie wirkte zu gebrechlich für ihr Alter, und tiefe Falten der Missbilligung lagen auf ihrem Gesicht, aber trotzdem spürte El ein Summen von Magie um sie herum.

Sie hielt ein paar Stufen vor dem Ende inne und fragte: „Wer sind Sie?"

Reuben wollte sie vorstellen. „Mein Name ist Reub-"

„Nein. Ich brauche Ihre Namen nicht. Wer *sind* Sie?"

Reuben und El warfen sich misstrauische Blicke zu, und dann fragte Reuben: „Sind Sie Nancy und Marlo?"

„Ja", antwortete Nancy für beide. „Kommen Sie zur Sache." Ihr Blick war unnachgiebig, und als El spürte, wie Nancys Macht anschwoll, rief sie als Antwort ihre eigene herbei. Zanes Mutter war zutiefst unangenehm.

Reuben sagte: „Wir sind vom White Haven Zirkel. Zane ist einer der Hexer, die hinter dem Diebstahl eines Piratenschatzes stecken. Er hat uns angegriffen und könnte auch andere angreifen. Wir müssen ihn finden."

„Völliger Blödsinn", stotterte Marlo, aber Nancy brachte ihn zum Schweigen.

„Wir wissen beide, dass das durchaus möglich ist, Marlo. Geh und setz dich und überlass das mir."

Marlo warf ihr einen giftigen Blick zu, marschierte dann den Flur entlang, schlug die Tür zu und drehte den Fernseher lauter.

Reuben beobachtete Nancy mit argwöhnischem Blick und wollte offensichtlich bestätigt haben, was sie bereits wussten. „Marlo ist also keine Hexe?"

„Nein. Und ich glaube, er bereut es, jemals eine geheiratet zu haben." Ein Hauch eines Lächelns huschte über Nancys Gesicht, bevor es wieder finster wurde. „Ich habe keine Ahnung, wo Zane ist."

„Sie halten keinen Kontakt?", fragte El, die dachte, wenn ihre Mutter so mit ihrem Vater sprechen würde, würde sie wahrscheinlich auch keinen Kontakt halten.

Nancy stieg eine weitere Stufe hinab, sodass sie auf Augenhöhe mit den beiden war, und verschränkte die Arme vor der Brust. „Zane ist ausgezogen, als er alt genug war, um für sich selbst zu sorgen. Mir gefiel die Magie nicht, die er benutzte, oder mit wem er sie benutzte."

„Lowen?", fragte Reuben.

„Ja. Ein hinterhältiger kleiner Kerl. Und noch ein Junge. Eine weitere Hexe."

El stockte der Atem. „Charlie Curnow?"

„Ja. Das ist er. Führt immer etwas im Schilde. Ich habe versucht, ihnen den rechten Weg zu weisen, aber manche Menschen sind einfach dazu geboren, Ärger zu machen, und Zane war einer von ihnen."

„Hat er jemals jemandem geschadet?", fragte El entsetzt.

„Oh, nein. Nichts so Offensichtliches. Er hat die Dinge nur so verdreht, dass sie ihm in den Kram passten."

„Sie sind also nicht überrascht über seine mögliche Verwicklung in diese Sache?", fragte Reuben.

„Verwicklung?" Sie stieß ein raues Lachen aus. „Es würde mich nicht überraschen, wenn er sich die ganze Sache ausgedacht hätte! Er wollte schon immer das Sagen haben. Deshalb hat er seinen eigenen Zirkel gegründet. Er hat Lowen gern herumkommandiert. Ich glaube, Charlie war am Ende vernünftig genug. Aber was weiß ich schon? Ich habe sie seit Jahren nicht mehr gesehen."

„Aber Zane ist Teil des Hauptzirkels von Cornwall", erklärte El ihr. „Dort hat er nicht das Sagen."

„Und das wird ihm nicht gefallen. Besonders nicht, wenn eine Frau die Anführerin ist. Ich habe bei ihm mein Bestes versucht, aber am Ende hat nur meine Magie den Frieden zwischen uns gewahrt. Vielleicht wäre es mit einer stärkeren Vaterfigur besser für ihn gelaufen. Aber ... nun ja, dazu kam es nicht."

El erinnerte sich daran, was Avery gesehen hatte. „Er ist wohl mit Genevieve aneinandergeraten, glaube ich."

„Er wird auf seine Chance gewartet haben."

Je mehr El hörte, desto besorgter wurde sie. „Wollten Sie dem Cornwall-Zirkel nicht allein beitreten?"

„Das ist nicht mein Weg, Mädchen. Ich arbeite allein. Und nach all dem wird es auch nicht mehr seiner sein, oder? Es sei denn, er bekommt seinen Willen."

El wechselte einen weiteren nervösen Blick mit Reuben, dessen Augen sich vor Wut zu einem stürmischen Grau verfärbt hatten. Er straffte die Schultern. „Was meinen Sie damit, er bekommt seinen Willen?"

„Er wird den Zirkel für sich haben wollen. Die Möglichkeit, die Macht aller zu nutzen und zu manipulieren."

„Aber", stotterte El verwirrt, „das kann er nicht tun, wenn sie nicht freiwillig gegeben wird!"

Nancy sah Reuben an. „Sie sagten Piratenschatz? Er hat etwas davon gestohlen?"

„Ja. Wir glauben, eine ganze Menge."

„An diesem Geld klebt Blut. Es mag nicht mehr sichtbar sein, aber der Schatz ist damit durchtränkt. Gold und Blut bringen ihre eigene Macht mit sich. Er muss einen Weg gefunden haben, sie zu nutzen."

Avery betrachtete Charlies Wohnzimmer, das voller Kinderspielzeug war, und versuchte, nicht die Stimme zu erheben, da sie wusste, dass die Kinder oben waren.

„Aber ihr wart doch Freunde!", beharrte Avery. „Zane muss Ihnen doch irgendetwas erzählt haben!"

Charlie funkelte Avery und Alex wütend an. „Ich habe Ihnen gesagt, ich weiß nicht, wo er ist – oder wo einer von ihnen ist!"

Avery und Alex waren ein paar Minuten zuvor angekommen, kurz nachdem sie eine Nachricht von El erhalten hatten, in der sie über ihren Besuch in Wadebridge, das näher an White Haven als Polzeath lag, auf dem Laufenden gehalten wurden. Obwohl Charlie sie in sein Wohnzimmer gelassen hatte, war es kein herzlicher Empfang. Avery versuchte nachsichtig zu sein und dachte, es läge daran, dass es für die Kinder Schlafenszeit war. Sie konnte jetzt ihr Geplapper und Geräusche aus dem Badezimmer hören und vermutete, dass seine Frau Hannah bei ihnen war. Sie war eine weitere Hexe und das zweite Mitglied des Polzeath-Zirkels.

Alex saß auf der Sofakante und hakte unerschrocken nach. „Zanes Mutter sagte, Sie waren Freunde seit Ihrer Kindheit. Sie, Zane und Lowen."

Charlie zuckte mit den Schultern und verdrehte die Augen. „Sie waren ja fleißig! Ich gebe zu, dass wir alte Freunde waren. Wir sind alle drei in Polzeath aufgewachsen. Na und?" Er lachte. „Wir waren ungestüm und hatten eine Menge Spaß. Es war auch ein guter Ort, um unsere Magie im Geheimen zu üben. Aber", fuhr er schnell ernster fort, „Zane und Nancy sind immer aneinandergeraten. Sie ist sehr eigensinnig, was ihre Herangehensweise an die Magie angeht. Sie waren nie einer Meinung."

„Wie kommt es, dass er und Lowen in Bodmin gelandet sind?", fragte Avery.

„Zanes Eltern sind in seinen frühen Teenagerjahren nach Wadebridge gezogen. Er kam immer noch hierher – es ist ja nicht so weit. Aber als er konnte, zog er aus, nachdem er in Bodmin Arbeit gefunden hatte. Lowen ist mit ihm gezogen. Daran ist nichts Unheimliches!"

„Und Lowens Eltern? Wie sind sie gestorben?"

„Sein Vater starb an Lungenkrebs, als er jung war, und dann, tragischerweise, starb seine Mutter ein paar Jahre später an Brustkrebs. Nochmals", er funkelte sie wütend an, „nichts Unheimliches. Lowen hat sich damals mehr an uns geklammert."

Alex holte tief Luft und schien sich zu entspannen. „Waren Ihre Eltern im Cornwall-Zirkel – oder einer von ihnen?"

„Mein Vater ist ein Hexer, und ja, das war er eine Zeit lang. Dann haben sich meine Eltern getrennt und er ist weggezogen. Ich bin hier geblieben. *Wow.*" Charlie schüttelte den Kopf, seine Augen waren hart. „Sie beide sind so misstrauisch. Zufrieden jetzt?"

Avery konnte ihre Wut nicht unterdrücken. „Nicht wirklich. Zane und Mariah haben versucht, uns zu töten. Bis wir sie finden, nein, werden wir nicht zufrieden sein. Ich verstehe nicht, warum Sie das nicht begreifen können."

Charlie rutschte unbehaglich hin und her. „Ich kann einfach kaum glauben, dass sie so etwas tun würden."

Avery warf Alex einen ungläubigen Blick zu. „Ja. Das haben Sie gestern Abend schon gesagt, obwohl wir mehrere Zeugen für ihre Taten haben."

„Ihre Zeugen."

Avery spürte, wie Alex' Magie aufstieg, und als Reaktion darauf auch die von Charlie.

Alex antwortete bissig. „Tut mir ja leid, dass wir keine Schiedsrichter in der Höhle dabeihatten! Wenn sie Sie das nächste Mal angreifen, werden Sie sehen, dass wir nicht lügen!"

Charlie erhob sich, und Avery spürte, dass er sich zwar alle Mühe gab, wütend auszusehen, aber in Wirklichkeit besorgt – und vielleicht misstrauisch – war. Aber sie war sich nicht sicher, warum. *Hatte Zane ihn bedroht? Oder war er oder seine Frau – oder wahrscheinlicher, beide – verwickelt? Und was war mit dem anderen Mitglied des Polzeath-Zirkels, Robyn?* Avery erinnerte sich, dass sie eine junge Hippie-Frau mit einem scharfen Sinn für

Humor war, aber sie hatte bei früheren Treffen nur kurz mit ihr gesprochen.

Charlie sagte: „Sie werden mich nicht angreifen. Und ich möchte wirklich nicht mit Ihnen darüber streiten. Ich habe ein Recht auf meine Meinung. Ich glaube nicht, dass Zane so etwas tun würde, oder Lowen. Nun, Mariah – vielleicht", zuckte Charlie mit den Schultern. „Sie kenne ich nicht so gut. Und wenn sie einen Schatz gestohlen haben und die Belohnung genießen – schön für sie! Ich bringe Sie zur Tür."

Er ging zur Tür, und Avery und Alex blieb nichts anderes übrig, als ihm zu folgen. Er nickte Avery kühl zu und sagte: „Wir sehen uns morgen beim Treffen", bevor er die Tür fest hinter ihnen schloss.

Briar fuhr weiter zum Parkplatz, der nur einen kurzen Spaziergang von den Hurlers Stone Circles entfernt lag, parkte ihren Mini neben Bens Lieferwagen und betrachtete für ein paar Augenblicke die düstere Landschaft.

Die Hurlers Stone Circles waren eine Reihe von drei Steinkreisen am Südrand des Bodmin Moor, an einem trostlosen und abgelegenen Ort, in dessen Nähe nur der kleine Weiler Minions lag. Aber trotzdem war er auf seine eigene Weise wunderschön. Die Kreise waren in einer Reihe angeordnet, alle von beachtlicher Größe, und der am weitesten entfernte war einen guten Fußmarsch über das unebene und gelegentlich sumpfige Gelände entfernt. Ein kleines Stück entfernt befand sich das kleine Besucherzentrum, das aber für die Nacht abgeschlossen war. Die hereinbrechende Dunkelheit verstärkte das Gefühl der Einsamkeit, und obwohl Briar normalerweise die Gelegenheit geliebt hätte, die alten Überreste zu erkunden, musste sie zugeben, dass sie sich jetzt nicht darauf freute. Trotzdem stieg sie aus, und der Wind, der immer über das Moor wehte, hob ihr Haar an.

Cassie stieg aus der Beifahrertür des Lieferwagens und kam zu ihr, wobei sie ihr Haar bändigte, als sie Briars Seite erreichte. „Ich dachte, ich warte auf dich, damit du nicht allein rüberlaufen musst."

Briar umarmte sie kurz. „Danke. Ich schätze, da drin ist es auch wärmer!"

Cassie lachte und zog ihre Jacke enger. „Allerdings! Ich bin schon zum hintersten gelaufen und freue mich nicht darauf, wieder zurückzugehen. Verdammter Wind!"

Cassie half Briar oft in ihrem Laden aus, um ihr Einkommen aufzubessern, bis ihr gemeinsames Unternehmen, Ghost OPS, etablierter war, und Briar empfand sie als unkomplizierte, gesprächige Gesellschaft.

„Ich muss zugeben", sagte Briar, „ich bin gespannt, was hier vor sich geht, dass wir heute Abend hier sein müssen."

„Es hat mit unserer Kartierung der paranormalen Aktivitäten in Cornwall zu tun – besonders an alten Stätten. Dylan hat gestern Abend den Duloe Stone Circle und die Steinreihe der Nine Maidens gefilmt und entdeckt, dass sie vor Energie glühten, als er die Wärmebildkamera benutzte. Das hier ist eine Art Test."

„*Glühten?*"

„Ja. So wie du, wenn du deine Magie benutzt, und wie wir Gull Island untersucht haben."

Briar nickte. „Ich verstehe, aber ich hätte nicht erwartet, dass Stein glüht."

„Wir haben auch nicht erwartet, den Geist eines Riesen über eine Klippe wandern zu sehen." Cassie zuckte mit den Schultern und führte sie auf einen einfachen Pfad. „Kennst du die Mythen, die sich um diesen Ort ranken?"

„Ich weiß, dass er entweder aus der Bronzezeit oder der Jungsteinzeit stammt, aber die Mythen besagen, dass die Steine Männer waren, die sich entschieden hatten, am Sabbat Hurling zu spielen." Briar schüttelte verwirrt den Kopf. „So seltsame Mythen!"

Cassie zeigte auf zwei stehende Steine, die etwas weiter von den anderen entfernt waren. „Und das sind die Pfeifer. Aber weißt du, was unter unseren Füßen ist?"

Briar musterte verdutzt den Boden. „Nicht wirklich, wieso?"

Cassie grinste, sichtlich aufgeregt. „Vor ein paar Jahren haben sie diese Stätte ausgegraben und einen Pfad aus weißem Quarz gefunden, der durch die Kreise führte. Sie haben ihn wieder zugedeckt, um ihn zu erhalten. Er ist zeremoniell, und sie glauben, es war ein heiliger Pfad, der die Sterne oder die Milchstraße darstellen sollte."

„Wow." Briar blieb stehen und starrte, folgte dem schwachen Bild des Pfades durch die Steine, kaum eine Vertiefung im Gras, und versuchte, ihn sich unbedeckt vorzustellen. „Er muss bei Tag oder Nacht atemberaubend ausgesehen haben, besonders im Mondlicht."

„Und bei Fackelschein.“

„Quarz trägt, wie viele Steine, Energie. Weißer Quarz wandelt negative Energie in positive um und spendet starke Heilung. Es ist ein interessanter Stein für einen Pfad“, überlegte Briar.

„Würde er auch Energie speichern?“

„Absolut.“

Sie gingen direkt durch die beiden nächstgelegenen Steinkreise und Cassie sagte: „Wir dachten, wir fangen am weitesten entfernten Punkt an und arbeiten uns zurück. Es wird dunkel sein, bis wir zurückkehren.“

Dylan filmte bereits, als sie zu den Jungs stießen, und Ben hatte sein EMF-Messgerät eingeschaltet.

„Hey Briar, danke fürs Kommen. Aber“, Ben warf Cassie einen ungeduldigen Blick zu, „ich glaube, sie hat dich umsonst hierher geschleppt.“

„Warum das?“

„Weil wir nur filmen. Und wir haben für alle Fälle schon einige deiner Zauber dabei.“ Ben sah nervös aus, aber das lag vielleicht eher am Wind und dem dunkler werdenden Himmel.

„Wenn ihr unsere Zauber mitgebracht habt, bedeutet das, dass ihr euch Sorgen macht. Was ist los?“

Ben fasste Dylans Erkenntnisse noch einmal zusammen. „Er war vor ein paar Monaten hier. Wie viele Steinkreise birgt er Kraft, aber die Steine sahen auf den Wärmebildern normal aus. Ich wollte sehen, ob sich dieser Ort verändert hat.“

Briar spürte, wie Unbehagen in ihr aufstieg. „War die Energie, die ihr letzte Nacht gesehen habt, so stark?“

„Ungewöhnlich stark. Stein ist kalt, Briar. Er sollte nicht glühen."

Briar betrachtete die Säulen, die wie Wächter um sie herumstanden. „Ich benutze beim Heilen oft Kristalle. Verschiedene Kristalle tragen verschiedene Energien. Das liegt in ihren Eigenschaften, aber Hexen laden sie auch mit Energie auf, und wir reinigen sie, bevor wir arbeiten."

Cassie runzelte die Stirn. „Also *könnten* diese Steine Energie tragen?"

„Natürlich. Deshalb waren Steinkreise wahrscheinlich so verbreitet. Und sie halten sehr lange. Aber etwas so Großes wie diese hier aufzuladen?" Briar musterte den Kreis erneut. Nur wenige der Steinsäulen standen noch. Einige waren so groß wie sie, andere kleiner, aber keine ragte auch nur annähernd so hoch auf wie die in Stone Henge, aber trotzdem ... „Es wäre schwer, diese mit zusätzlichen Energien aufzuladen – besonders *alle* davon. Woher kommen die Vertiefungen in der Erde?"

„Zinnabbau", sagte Ben und zeigte auf ein dachloses Gebäude auf der anderen Seite des Moors. „Und das ist ein Pumpenhaus einer Zinnmine. Sie haben hier nach Erzen gesucht. Das Besucherzentrum ist ein alter Maschinenraum."

Der Wind legte sich, während sie redeten, und die Stille des Moors sickerte um sie herum, bis Dylan sie zu sich rief. „Leute, die hier *haben* sich verändert, seit ich das letzte Mal hier war."

Dylan war groß und schlank und voller Energie und Enthusiasmus. Er hielt die Kamera hin, um es ihnen zu zeigen. „Seht euch diesen nächstgelegenen hier an."

Briar drängte sich mit den anderen um den kleinen Bildschirm und bemerkte das orangefarbene Licht, das von der nächstgelegenen Steinsäule ausging. Sie hatte den plötzlichen Drang, die feuchte, uralte Erde unter ihren Füßen zu spüren. Sie zog ihre Stiefeletten aus und wühlte mit den Füßen im Gras, und spürte überrascht, wie ein Kraftschub durch sie hindurchfuhr. Sie ging hinüber zum Quarzpfad, und sofort fühlte sich die Energie stärker an. Sie drehte sich um und sah, dass alle drei sie beobachteten. „Ich spüre, wie die Kraft dieses Ortes durch mich strömt!"

„Sehen wir uns den nächsten Kreis an", sagte Ben entschlossen. „Er ist besser erhalten als dieser hier."

Briar trug ihre Stiefel, während sie gingen, und mit jedem Schritt spürte sie, wie die Erde unter ihr vibrierte. Ihr Unbehagen wuchs. Ein Teil von ihr wollte die Tatsache feiern, dass sich die Erde so lebendig anfühlte, aber sie machte sich vor allem Sorgen.

Während die drei paranormalen Ermittler erneut mit ihren Messungen begannen, versuchte Briar auszumachen, ob es eine bestimmte Stelle gab, von der die Energie ausstrahlte, aber sie schien von überallher zu kommen. Sie raffte ihren Rock und setzte sich auf den feuchten Boden. Der Tau war dicht, aber sie ignorierte ihn. Sie grub Hände und Füße in das federnde Gras, schloss die Augen und sandte ihr Bewusstsein aus. Wenn sie sich richtig erinnerte, lag dieser Ort auch auf der St.-Michael -Ley-Linie, und diese transportierte Kraft durch das ganze Land und verband sich mit der Old Haven Church in White Haven, während sie durch Cornwall zum St. Michael's Mount verlief. Eine Hexe hatte schon einmal die Kraft der Ley-Linie angezapft

– Suzanne Grayling, Averys Vorfahrin. *Zapfte sie wieder jemand an?*

Dylans Ruf ließ sie aufspringen, und sie eilte zu ihm, während sie über sich ein Hexenlicht entzündete. Es war jetzt fast dunkel, und das Moor wirkte unheimlich.

Dylan klang siegessicher. „Seht her! Hier ist es deutlicher." Er schwenkte die Kamera. „Sie haben alle eine schwache orange Farbe – das ist Energie!"

Cassie klang jedoch nur besorgt. „Ich glaube nicht, dass das eine gute Sache ist, Dylan! Es hat sich in zwei Monaten komplett verändert! Warum denn?"

„Jemand manipuliert sie", sagte Briar nachdenklich.

„Warum?", fragte Ben.

„Das ist eine wirklich gute Frage. Und ich bin nicht sicher, ob es gut oder schlecht ist. Mein Bauchgefühl sagt schlecht."

„Könnten es Mariah und Zane sein?", fragte Dylan.

Alle drei Ermittler starrten sie an, und Briar wünschte, sie hätte mehr Antworten. „Ich halte sie im Moment für wahrscheinlicher als jeden anderen, aber wir haben null Beweise. Wusstet ihr, dass dieser Ort auf der St.-Michael-Ley -Linie liegt?"

Ben nickte. „Klar. Das haben wir recherchiert, als die Old Haven Church ins Visier genommen wurde."

„Habt ihr noch andere Orte entlang der Linie überprüft?"

„Seit Monaten nicht mehr."

„Aber das können wir", fügte Dylan hinzu und nickte den anderen ermutigend zu. „Mir fällt gerade nicht ein, was noch auf ihr liegt, aber das lässt sich leicht herausfinden."

„Das wäre fantastisch. Und wo ich schon mal hier bin", sagte Briar und schritt zur nächstgelegenen Steinsäule, „sollte ich das auch fühlen."

Briar legte ihre Hände vorsichtig darauf, als könnte er sie verbrennen, aber der Stein war kalt und seine Oberfläche fühlte sich überraschend glatt unter ihren Fingern an. Aber sie konnte auch spüren, wie er beinahe vor Kraft pulsierte.

„Na?", fragte Cassie und beobachtete sie besorgt.

„Oh ja, ich spüre es." Sie blickte hinüber zum letzten Steinkreis. „Kommt schon. Den überprüfen wir auch noch."

Acht

Alex war nach ihrem fruchtlosen Gespräch mit Charlie in Gedanken versunken. Er und Avery hatten Polzeath kaum zehn Minuten hinter sich gelassen und fuhren auf einem einsamen Abschnitt der B3314 entlang, und auch Avery schwieg, während sie aus dem Fenster blickte. Bei der Suche nach den verschwundenen Hexen kamen sie einfach nicht weiter, und Alex fragte sich, was sie als Nächstes tun sollten.

Plötzlich ging der Motor seines Alfa Romeo Spider Boat Tail aus.

„Was zum Teufel ist hier los?", murmelte er, als er den Wagen an den Rand der Fahrbahn rollen ließ. „Er war doch gerade erst in der Werkstatt!"

„Scheiße!" Avery zeigte auf die Felder zu beiden Seiten. Es war eine klare Nacht, die Sonne war noch nicht lange untergegangen, aber um sie herum zog ein dichter Nebel auf. „Das ist nicht normal."

„Dieser Mistkerl, Charlie, steckt dahinter!", rief Alex aus. „Wer zum Teufel sollte sonst wissen, dass wir auf dieser Straße unterwegs sind? Er wusste, dass wir nach Hause fahren würden!" Alex versuchte immer wieder, den Motor zu starten, aber nichts geschah, nicht einmal, als er einen Funken Magie einsetzte. „Bleib hier", wies er sie an und wollte gerade aus dem Wagen steigen.

Avery funkelte ihn an. „Nicht die geringste Chance."

Doch bevor einer von ihnen etwas tun konnte, begann der dichte Nebel von draußen durch Alex' offenes Fenster zu sickern. Er kam in Ranken, die sich um seine Hände legten und sie an das Lenkrad fesselten. Weitere legten sich wie stählerne Finger um seinen Hals. Alex kämpfte darum, sich zu befreien, aber sie waren zu stark. Ohne zu zögern, schoss Avery eine Feuerwalze direkt an ihm vorbei, doch sie verschwand im Nebel, wurde gänzlich verschluckt.

Als sich die Ranken enger zogen, begann Alex zu ersticken. „*Avery*. Ich bekomme keine Luft", stotterte er.

Avery versuchte, die Nebelfinger von seinem Hals zu reißen, aber es war, als hätten sie sich verfestigt, und Alex konnte die Angst in ihren Augen sehen. „Alex, es rührt sich nicht vom Fleck!"

Alex verfiel selten in Panik, aber als die sehnigen Nebelstricke ihren Griff verstärkten, fiel es ihm immer schwerer, sich zu konzentrieren. Zaubersprüche schossen ihm durch den Kopf, doch keiner schien geeignet. Er rang nach Worten, seine Stimme war rau. „Avery, wie machen die das? Sie müssen in der Nähe sein!"

Avery antwortete nicht, sondern sprang aus dem Auto, und er hörte, wie sie den Wind herbeirief. Innerhalb von Sekunden erzitterte der Wagen, als ein Luftstoß auf sie traf, der Avery inmitten eines Minitornados stehen ließ. Er sammelte den Nebel, aber er löste ihn nicht auf. Wenn überhaupt, verwandelte sich der

Nebel in einen riesigen Knoten aus Tausenden von peitschenden Ranken. Avery hielt ihn in Schach, aber sie vertrieb ihn nicht, und obwohl sich die Ranke um seinen Hals nicht weiter zuzog, verschwand sie auch nicht.

Er war sich nicht sicher, ob er wegen des Sauerstoffmangels fantasierte, aber Alex dachte, wenn jemand sie aus der Nähe angriff, könnte er ihn vielleicht durch eine Astralreise finden. Normalerweise würde er in einer solchen Situation niemals eine Astralreise unternehmen; er war gerne in seinen eigenen vier Wänden sicher, bevor er seinen Körper verließ. Aber wenn jemand in der Nähe *war*, musste er ihn finden. *Sofort.*

Da ihm bereits der Sauerstoff fehlte, sollte er in der Lage sein, in den notwendigen Zustand zu gleiten. Er schloss die Augen, lehnte sich im Sitz zurück, bekämpfte seine Panik und verlangsamte seine Atmung. Innerhalb von Sekunden schwebte er frei von seinem Körper.

Die magische Energie, die sie umgab, war von einem tiefen, trüben Rot, und als er aus dem Auto aufstieg, prasselte die astrale Energie auf ihn ein. Er dehnte seine Magie aus, errichtete eine mächtige Schutzmauer um sich herum und verbrachte einige Sekunden damit, sie zu verstärken, bevor er höher stieg.

Averys Aura leuchtete in einem goldenen Licht, ihre Magie strahlte lebhaft in der Dunkelheit. Die dunkle Magie versuchte verzweifelt, sie zu verschlingen, konnte aber nicht nahe herankommen. Aber genau wie auf der irdischen Ebene konnte er sehen, dass die dicke, klebrige Energie sich nicht vom Fleck rührte.

Alex schoss nach oben und tauchte in den klaren Nachthimmel ein. Mit einem Ruck der Überraschung sah er in geringer Entfernung eine silbrige Gestalt, die die Energie manipulierte, wobei die Schnur, die sie mit ihrem Körper verband, hinter ihr herströmte. *Es war ein astraler Angriff!* Ohne überhaupt zu wissen, wer es war, sandte Alex einen magischen Stoß aus, der den Angreifer in die Brust traf und ihn herumwirbelte. Magie auf dieser Ebene zu wirken war ganz anders. Es war wilder, ursprünglicher, aber er nahm die Verfolgung auf und entfesselte einen weiteren gezackten Stoß weißglühender Energie wie einen Speer.

Sein Gegner ging zum Gegenangriff über und schickte einen Energieblitz auf ihn zu.

Alex errichtete einen Schild, und der Blitz traf ihn und prallte ab. Er rückte wieder vor, verzweifelt darauf aus, zu sehen, wer sein Angreifer war, und erkannte mit einem Schock, dass es weder Mariah noch Zane war. Es war Lowen, seine Augen leuchteten spitzbübisch. Alex hämmerte mit Welle um Welle gezackter Energie auf ihn ein, und unter dem Ansturm ergriff Lowen die Flucht.

Innerhalb von Sekunden war er verschwunden, und Alex wusste, dass er ihm in seinem jetzigen Zustand unmöglich folgen konnte. Unter ihm löste sich die dunkle Masse bereits auf, und er konnte sehen, wie Avery ihre Arme senkte. Er wartete noch einen Moment, nur um sicherzugehen, dass Lowen nicht zurückkam, und kehrte dann in seinen Körper zurück.

Mit einem Ruck erwachte er, und eine Welle der Übelkeit überkam ihn. Er fasste sich an den Hals, aber die greifenden

Nebelfinger waren verschwunden, und er torkelte aus dem Auto und lehnte sich an die Tür, verzweifelt nach Luft ringend.

Avery eilte an seine Seite, ihre Augen musterten ihn. „Alex! Geht es dir gut?"

„Ich glaube schon. Und dir?"

Ihre Hand strich ihm über die Wange. „Jetzt schon. Was ist passiert?"

„Ich habe eine Astralreise gemacht. Es war Lowen. Ich habe ihn gesehen." Alex wurde plötzlich schwindelig und holte noch einmal tief Luft. „Erinnere mich daran, das nie wieder so zu machen."

„Als ob du auf mich hören würdest! Obwohl", fügte sie hinzu und drückte seine Hand, „ich bin froh, dass du es getan hast. Aber vielleicht sollte ich nach Hause fahren."

Als eine weitere Welle der Übelkeit über ihn hinwegrollte, blickte Alex zum Nachthimmel auf. „Sie beobachten uns, und das gefällt mir nicht."

Avery schob ihn zur Beifahrertür und ließ ihn Platz nehmen. Dann legte sie ihre Hand auf die Motorhaube, sprach einen Zauber und der Motor sprang an. „Ruf du die anderen an und sag ihnen, dass wir angegriffen wurden, während ich fahre. Sie könnten die Nächsten sein."

Reuben versuchte, sich auf die Straße zu konzentrieren, aber nach Els Nachricht über Avery und Alex war das schwer. „Aber es geht ihnen jetzt gut?"

„Es geht ihnen gut", sagte El und versuchte, ihn zu beruhigen. Aber ein kurzer Blick auf ihr Gesicht verriet ihren angespannten Ausdruck. „Ich fühle mich so hilflos! Wenn er uns angreift, kann keiner von uns eine Astralreise machen."

„Dann schütze das Auto. Das sollte es schwerer machen, uns anzugreifen. Und", fügte er hinzu, als ihm ein weiterer Gedanke kam, „lass uns zu seinem Haus fahren. Wir sind fast in Bodmin. Ich will wirklich sehen, wo diese beiden Bastarde wohnen."

El rutschte auf ihrem Sitz herum, um ihn anzustarren. „Aber Briar war doch schon da. Sie hat gesagt, ihr Kellerraum sei leergeräumt worden."

„Aber sie war mit Moore unterwegs und hatte bestimmt keine Zeit, alles richtig zu durchsuchen. Vielleicht finden wir ja etwas, das uns zu ihnen führt."

„Du greifst nach jedem Strohhalm! Und ich weiß, du machst dir Sorgen..."

„Ich mache mir keine Sorgen. Ich bin wütend. Tatsächlich bin ich stinksauer! Ich habe die letzte Woche verletzt in meinem Haus gehockt, als wäre es ein Gefängnis, und das werde ich nicht noch einmal tun. Ich will auch nicht, dass meine Freunde das tun." Er entdeckte das Schild zur Abfahrt ins Zentrum von Bodmin. „Ruf Briar an und besorg dir ihre Adresse."

Reuben war außer sich vor Wut und wurde mit jeder Sekunde zorniger. Er musste immer wieder an das denken, was Nancy ihnen erzählt hatte, und ahnte allmählich, dass die Ereignisse der letzten Woche unbedeutend sein würden im Vergleich zu dem, was als Nächstes geschehen könnte. „Vielleicht sollten wir auch Genevieve anrufen. Der ganze Zirkel muss in Alarmbereitschaft sein. Ich sehe keinen Grund, warum sie ausgerechnet bei uns aufhören sollten."

„Ich weiß. Alex informiert sie bereits."

Er verstummte, während El Briar anrief, und fuhr an den Straßenrand, bis sie die Wegbeschreibung hatten. Er hörte dem Gespräch nicht wirklich zu, während er über den Angriff nachdachte. Es war zu praktisch, dass sie gerade bei Charlie gewesen waren. So dumm konnte er doch unmöglich sein, Lowen so kurz nach ihrem Besuch zu verraten, wo sie waren. *Es sei denn, er hatte gehofft, sie würden es nicht überleben.*

„Ich hab die Adresse", sagte El, beendete ihr Gespräch und unterbrach damit seine Gedanken. „Aber es ist noch etwas anderes los. Die Hurlers Steinkreise sammeln Energie."

„Was?", er drehte sich zu ihr um, um sie richtig anzusehen. Ihr Gesicht war von den Straßenlaternen gestreift und ihre Augen vor Sorge riesig. „Wie?"

„Briar ist sich nicht sicher, aber sie ist jetzt mit Ghost OPS dort."

„Im Freien? Sie sind angreifbar, wenn Lowen immer noch wie ein blutrünstiger Geier umherkreist!"

„Ich weiß. Sie trifft Vorkehrungen." Sie drückte seinen Arm, ihr Gesichtsausdruck wurde zu grimmiger Entschlossenheit. „Lass uns losfahren und ihren Laden auf den Kopf stellen."

Cassie sah Briar an, nachdem diese ihr Telefongespräch beendet hatte, und wusste, dass etwas nicht stimmte. Etwas Schlimmeres als das, was sie bereits herausgefunden hatten.

„Was ist passiert?", fragte sie, nicht wirklich sicher, ob sie die Antwort wissen wollte.

Im Bodmin Moor war es jetzt kühl, der scharfe Wind zerrte an ihrer Kleidung. Und es war unheimlich, im Dunkeln mitten in den Steinkreisen zu stehen. Es gab keine warmen gelben Straßenlaternen oder Lichter von Häusern. Stattdessen gab es nur endlose Weiten der Dunkelheit, bis sie den Hügelkamm erreichten und die spärlichen Lichter von Minions sehen konnten.

„Wir müssen zurück zu den Autos und nach Hause fahren", sagte Briar und presste die Lippen zu einem dünnen Strich zusammen.

Dylan hob den Kopf und senkte seine Kamera. „Warum? Ich will noch mehr Aufnahmen vom letzten Kreis machen."

„Es ist hier draußen nicht sicher. Alex und Avery wurden gerade von Lowen angegriffen."

„Oh, nein!" Cassie umklammerte den Kragen ihres Mantels. „Geht es ihnen gut?"

Briar zog bereits ihre Stiefel an. „Ihnen beiden geht es jetzt gut, aber die Sache war ziemlich brenzlig. Ich kann nicht riskieren, dass wir hier angegriffen werden."

„Aber die sind meilenweit entfernt", warf Ben ein. „Wieso sind wir in Gefahr?"

Briar richtete sich auf. „Lowen war auf Seelenwanderung, was bedeutet, dass er schnell große Entfernungen zurücklegen kann. Alex hat zurückgeschlagen, konnte ihn aber nicht verfolgen. Wenn er uns findet ...“

Ihre Worte hingen zwischen ihnen in der Luft, und mit einem besorgten Blick zueinander packte das Team eilig seine Ausrüstung zusammen, mit Ausnahme von Dylan und seiner Kamera.

„Die behalte ich“, sagte er, als er Cassies besorgten Blick bemerkte. „Vielleicht kann ich Lowens Energie sehen.“

„Nein, wirst du nicht.“ Briar schüttelte den Kopf. „Es ist höchst unwahrscheinlich, dass du sie einfängst. Sie befindet sich auf einer anderen Ebene – der Astralebene.“

„Geister kann man auch nicht immer mit bloßem Auge oder deiner Magie sehen, und trotzdem kann ich sie aufnehmen.“ Während er zu Ende sprach, hob er seine Kamera und fokussierte den Himmel über ihnen, indem er ihn abschwenkte.

Dylan war sehr gut in dem, was er tat, aber alles, was Cassie wollte, war, von hier wegzukommen. „Nicht jetzt, bitte, Dylan!“

Briar packte ihn am Ellbogen und lenkte ihn über das mit Grasbüscheln bewachsene Gras. Ein Hexenlicht schwebte vor ihnen und ihre eigenen Taschenlampen waren auf den unebenen Boden gerichtet. „Komm schon. Du musst gleichzeitig schauen und laufen.“

Sie schritten jedoch immer noch über den letzten Kreis auf dem verschütteten Steinpfad, als sich die Luft um sie herum zu verändern begann. Es war ein seltsames Gefühl, da sie nicht wirklich etwas sehen konnten, aber Cassie spürte einen Hauch von Energie auf ihrer Haut.

„Irgendetwas passiert!“, sagte sie und beschleunigte ihre Schritte.

„Lauft!", wies Briar sie an und raffte ihre Röcke.

Aber sie waren nur wenige Meter vorangekommen, als die aufgeladene Luft sie aufhielt und Cassie sich wie eine Fliege fühlte, die auf klebrigem Papier gefangen war.

Briar erstarrte mit erhobenen Armen. „Kommt sofort zu mir!"

Sie zögerten nicht, selbst Dylan senkte seine Kamera, als sie sich um Briar drängten. Sie hatte ihre Füße fest auf den Boden gestellt und ihre Lippen bewegten sich lautlos. Mit einem Zischen waren sie plötzlich in eine Schutzblase gehüllt. Die geladene Luft und die kühle Nachtbrise verschwanden, ersetzt durch Wärme und völlige Stille.

„Whoa! Was ist das?", fragte Ben alarmiert.

„Ein Schutzzauber, du Dummkopf!", sagte Dylan und hob seine Videokamera wieder an. „Verdammte Scheiße! Wir sind von glühend heißer Magie umgeben."

Auf dem Bildschirm konnten sie sehen, wie sie um sie herumwirbelte, nur durch Briars Zauber blockiert.

„Was würde das mit uns machen, wenn wir nicht geschützt wären, Briar?", fragte Ben und fummelte erneut nach seinem EMF-Messgerät.

Briar sah sich um. „Gute Frage. Vielleicht uns die Lebenskraft aussaugen? Oder uns so sehr überwältigen, dass wir zusammenbrechen? Schwer zu sagen. Was auch immer geschieht, bewegt euch nicht. Dieser Schutzzauber ist nicht so wirksam, wie ich es gerne hätte."

Kaum hatte sie ihren Satz beendet, als sie etwas von oben traf. Es prallte vom Schild ab und ein bläulich-weißer Blitz zischte um sie herum.

„Scheiße!", rief Cassie mit rasendem Herzen. „Was war das?"

„Reine Energie, vermute ich", sagte Briar und starrte nach oben. „Magie auf der Astralebene funktioniert etwas anders, aber ich schätze, Lowen fühlt sich dort ziemlich wohl. Hat jemand gesehen, woher das kam?"

Cassie schüttelte den Kopf, aber Dylan justierte gerade seine Videoausrüstung. „Wenn ich das hier feinjustieren kann – es verfeinern –, dann kann ich ihn vielleicht ausfindig machen."

„Also noch nichts?", fragte Ben und spähte ihm über die Schulter.

Während die anderen sich berieten, wühlte Cassie in ihrem Rucksack. „Wir haben ein paar von deinen Zaubern mitgebracht, Briar. Meinst du, einer davon könnte helfen?"

Bevor Briar antworten konnte, traf sie eine weitere Druckwelle, und sie hob erneut die Hände. Cassie spürte, wie Kraft von ihr ausstrahlte, als sie ihren Schutz verstärkte.

Cassie hatte eine weitere Idee. „Briar, wir stehen auf dem Ritualpfad – dem aus Quarz. Könnte dir das helfen?"

Briar grinste. „Ja, das könnte es ganz sicher! Das ist ein brillanter Vorschlag!"

Briar trat ihre Stiefel wieder aus, und als ihre Füße den Boden berührten, begann dieser aufzuwühlen. Innerhalb von Sekunden lagen die Steine, die nur wenige Zentimeter unter der Oberfläche gelegen hatten, frei, und Briar stand direkt auf ihnen.

„Ich hab ihn!", rief Dylan triumphierend. „Ich sehe eine Gestalt im Norden. Seht ihr?"

Er deutete auf den Bildschirm, wo eine silbrig-blaue Gestalt wie ein Vogel in der Luft hing. Sie schwoll an, und ein gezackter

Energiestoß prasselte auf sie nieder, aber ihre sichere Blase hielt stand.

„Ist er noch da?", fragte Briar, ihre Augen konzentriert zusammengekniffen.

„Er bewegt sich im Uhrzeigersinn über uns ... versucht, eine Schwachstelle in unserem Schutz zu finden, nehme ich an", sagte Dylan und verfolgte Lowens Route.

„Zeig her."

Ohne den Blick vom Bildschirm zu nehmen, drehte Dylan sich so zu ihr, dass sie das Bild sehen konnte. „Es ist schwach, aber ich bin sicher, dass er das ist."

Briar nickte. „Ich kann seine Schnur nicht sehen, aber die wird von hier unten aus zu klein sein. Ich glaube, du hast recht, Dylan. Gut gemacht! In einer Sekunde werde ich den Schutzzauber fallen lassen, und ich will, dass ihr alle zum Van rennt."

„Auf keinen Fall!", sagte Ben sofort.

„Vertraut mir! Was ich gleich entfesseln werde, wird euch von den Füßen fegen und ihn hoffentlich zurück in seinen Körper katapultieren. Das natürliche Element von Quarz ist Äther, und er bietet nicht nur als eine seiner Eigenschaften Schutz, sondern hilft auch bei Bannzaubern *und* projiziert Energie." Briars Augen leuchteten mit grünem Feuer, ihre Aufregung war greifbar. „Haltet durch – er greift wieder an!"

Ein weißes Licht blitzte über den Videobildschirm und prallte gleichzeitig gegen Briars Schild. Sie warf die Schultern zurück und der Schutzkreis blitzte als Antwort auf. Lowen jedoch traf sie noch mehrmals.

Cassie zuckte unter dem Ansturm zusammen, Briar jedoch nicht. „Fast Zeit", sagte sie und machte sich bereit. „Ich werde hart zurückschlagen, wenn er fertig ist. Er wird vorübergehend geschwächt sein, und ihr *müsst* rennen! Einverstanden?", fragte sie und starrte sie an, besonders Ben. Sie nickten, und nach einer gefühlten Ewigkeit hörte Lowens Angriff endlich auf. Briar ließ ihren Schutz fallen und rief: „Jetzt!"

Cassie, Ben und Dylan rannten über den Steinkreis, als hinter ihnen eine Explosion aus weißem Licht ausstrahlte und das Moor mit blendender Helligkeit erleuchtete. Cassie spürte, wie eine Welle der Macht sie traf und umwarf, und sie landete mit dem Gesicht nach unten auf dem Boden, neben ihr Ben und Dylan. Nach Luft ringend rollte sie sich auf den Rücken, um hinter sich zu blicken.

Der Anblick war furchterregend.

Briar war in eine Säule aus strahlend weißem Licht gehüllt, das sie auf einen Himmelsausschnitt über sich richtete, und mit einem Schock sah Cassie, wie der Quarzpfad unter dem Gras aufleuchtete. Glücklicherweise befanden sie sich nicht mehr darauf, und für einen herzzerreißenden Moment konnte sie nicht ausmachen, wo sie war. Doch dann verblasste das Licht und ließ Briar in einem überirdischen Glanz zurück.

Briar hob ihre Stiefel auf und rannte, um aufzuholen, wobei sie rief: „Lauft weiter!"

Cassie rappelte sich auf die Beine, entsetzt bei dem Gedanken, dass eine weitere Machtwelle sie von oben treffen könnte, und rannte so schnell, dass sie beinahe wieder hingefallen wäre. Endlich stolperte sie keuchend auf den Parkplatz und lehnte sich gegen den Van. Ben fummelte bereits daran, die Tür zu öffnen, während Dylan sich auf die Knie stützte, die Kamera noch immer in der Hand umklammert.

Briar kam Sekunden später an, und Cassie starrte sie an. „Briar! Was zum Teufel war das?"

Trotz ihrer Anstrengungen wirkte Briar energiegeladen. Ihr Haar war wild, ihre Füße waren schmutzig und ihre Augen leuchteten grün. „Eine Mischung aus den Energien des Grünen Mannes und verstärktem Quarz! Fantastisch, nicht wahr?"

„Das ist ein Wort dafür", sagte Ben, dessen Brust sich immer noch hob und senkte. „Das war wie eine verdammte Supernova!"

„Dylan", sagte Briar, immer noch lächelnd, „lass mich nie wieder an deinen Fähigkeiten zweifeln! Du hast den entscheidenden Unterschied gemacht. Und jetzt, fahrt nach Hause und bleibt in Sicherheit, Leute! Obwohl ihr euch keine Sorgen machen müsst. Mich hat er gewollt."

Cassie umarmte Briar und spürte die Kraft, die immer noch von ihr ausstrahlte. „Sei du auch vorsichtig! Wird er zurückkommen?"

„Nicht heute Nacht. Ich habe eine Bombe unter ihm gezündet." Laute Stimmen am Rande des Parkplatzes ließen sie herumwirbeln.

„Scheiße. Wir haben das Dorf aufgeweckt", sagte Dylan, richtete sich auf und ging zur Beifahrertür. „Los geht's."

Mit einem letzten Winken zu Briar, als diese ihnen vom Parkplatz folgte, lehnte sich Cassie auf dem Sitz zurück und fragte sich, welche Reaktion das wohl hervorrufen würde.

Neun

Als Avery am Dienstagmorgen aufwachte, schossen ihr die Ereignisse der vergangenen Nacht durch den Kopf, und sie rollte sich auf die Seite, um nach Alex zu sehen.

Sie waren nach ihrer Begegnung mit Lowen ohne weitere Zwischenfälle nach Hause gekommen, doch Alex hatte schreckliche Kopfschmerzen davongetragen, und sie hatte ihm vor dem Schlafengehen einen stärkenden Tee zubereitet. Für sie beide, um genau zu sein. Danach hatte sie all ihre Schutzzauber doppelt überprüft. Der Angriff auf Briar hatte ihre Stimmung auch nicht gerade verbessert.

Alex regte sich, als sie sich umdrehte, und blinzelte sie schläfrig an. „Morgen, Süße."

„Morgen, Süßer. Wie geht es dir?"

Er brauchte einen Moment, um zu antworten. „Mir geht's gut. Nur leichte Kopfschmerzen." Er rollte sich auf die Seite und stützte sich auf den Ellbogen. „Erinnere mich daran, nie wieder eine spontane Geistwanderung zu machen."

„Du hattest nicht wirklich eine Wahl. Aber ja, das werde ich."

Er sah zerknirscht aus. „Ich wusste nicht, dass Lowen das kann. Oder hätte vermutet, dass er so verdammt aggressiv ist."

„Jetzt ist Schluss mit lustig“, sinnierte sie. „Wir wissen nichts über ihre magischen Stärken, was uns einen Nachteil verschafft. Wir müssen herausfinden, worin sie alle gut sind.“ Sobald sie das gesagt hatte, fühlte Avery sich zuversichtlicher. Sie mochte Listen und Pläne. Sie gaben ihr einen Fokus. „Damit fange ich heute an. Genevieve sollte mehr wissen als die meisten anderen, oder?“

„Stimmt. Oder die älteren Mitglieder – Rasmus, Oswald oder Claudia. Die kannten möglicherweise ihre Familien.“

„Wahr.“ Sie bemerkte die roten Striemen an seinem Hals und berührte sie sanft. „Verdammte Scheiße! Dieser Nebel hat tatsächlich Spuren auf deiner Haut hinterlassen!“

„Wirklich?“ Seine Hand fuhr zu seinem Hals. „Großartig. Die Leute werden sich fragen, was zum Teufel ich getrieben habe.“

Sie rutschte vor, um ihn zu küssen, und schmiegte sich in seine Arme. „Wenigstens wurdest du nicht schwer verletzt. Im Gegensatz zur armen Inez.“ Sie schloss kurz die Augen, als wollte sie den bevorstehenden Tag ausblenden. „Ich freue mich nicht auf ihre Beerdigung heute Nachmittag.“

„Nein. Ich auch nicht.“ Er küsste sie noch einmal und rollte sich dann um. „Komm schon, es ist Zeit aufzustehen und sich dem Tag zu stellen. Ich will früh bei der Arbeit sein, damit ich weiß, dass alles in Ordnung ist, bevor wir gehen.“

„Ich auch. Und dann werde ich anfangen, Leute anzurufen und an magischen Korrespondenzen zu arbeiten.“

So schön ihr warmes Bett auch war, Avery schleppte sich hinaus, und nachdem sie gefrühstückt hatten, ging sie hinunter in den Laden.

Ausnahmsweise kam sie vor Dan und Sally an und nutzte die Gelegenheit, die Schutzzauber des Ladens zu verstärken. Ihre Schutzzauber umfassten das gesamte Gebäude, aber sie war im Moment so paranoid, dass sie alles infrage stellte. Sie hatte über das Wochenende einige Schutzkräuter gebündelt und nutzte sie nun, um sie in den Ecken des Ladens zu verstecken. Sie hatte auch einen neuen Kranz aus Sommerblumen geflochten, der Negativität vertrieb, und den alten über ihrer Ladentür ersetzt.

Avery war gerade fertig, als Dan und Sally ankamen und Dan eine Augenbraue hob. „Ah. Wie ich sehe, hattest du eine ereignisreiche Nacht.“

„Woher weißt du das?“, fragte sie, stieg von der Leiter und klappte sie zusammen.

„Weil du immer früh hier bist, wenn du dir Sorgen machst.“ Er ging hinter die Theke und binnen Augenblicken erfüllte Delta-Blues-Musik den Laden. „Und das hilft immer.“

Sie lächelte. „Du kennst mich so gut.“

„Also“, sagte Sally und richtete geistesabwesend einen Stapel Bücher auf einem Ausstellungstisch. „Was ist passiert?“

Avery stöhnte und brachte sie auf den neuesten Stand über den Angriff der vergangenen Nacht, wobei sie es hasste, die besorgten Gesichter ihrer Freunde zu sehen. „Deshalb habe ich den Schutz hier verstärkt. Ihr seid jetzt sicher.“

Sally warf Dan einen unbehaglichen Blick zu. „Obwohl ich dafür dankbar bin, mache ich mir nicht um *meine* Sicherheit Sorgen. Ich weiß, du wurdest schon früher von Hexen angegriffen, aber noch nie von deinem eigenen Rat ... na ja, jedenfalls nicht seit Caspian.“

„Und deshalb werde ich den Vormittag nutzen, um mehr über die beiden fehlenden Zirkel herauszufinden – Stärken und Schwächen – und ein paar andere Dinge zu überprüfen. Ist das für euch beide in Ordnung?"

„Natürlich ist es das", versicherte Dan ihr. „Und heute ist doch Inez' Beerdigung, oder?"

„Ja, und ich empfinde eine Mischung aus Traurigkeit und ...", sie rang nach den richtigen Worten, „absoluter Wut, dass sie so sinnlos gestorben ist."

Sally umarmte sie. „Dann nimm diese Wut und tu, was du tun musst. Ich sehe dich am Vormittag mit Kaffee, wenn ich eine Chance habe. Wir brauchen dich heute überhaupt nicht hier im Laden, richtig Dan?"

„Richtig."

Avery spürte, wie ihr die Tränen kamen, und sie blinzelte sie schnell zurück, während sie dachte, dass sie zu einer sentimentalen Närrin wurde. „Danke, ihr beiden. Ihr seid die Besten."

Alex kam an diesem Morgen vor zehn Uhr im The Wayward Son an. Er hatte bereits mit Reuben gesprochen, der angeboten hatte, sie alle zur Beerdigung zu fahren. Sie wollten sich um ein Uhr zu einem Mittagessen im Pub treffen und danach nach Truro aufbrechen, um genügend Zeit zu haben, zur Kirche für den Gottesdienst zu gelangen. Er hoffte nur, dass Newton sich gut hielt. Alex wusste, dass er immer noch eine Menge Schuldgefühle wegen Inez' Tod mit sich herumtrug.

Alex war bisher der einzige Mitarbeiter im Pub, und er öffnete die Türen zum Innenhof, damit die warme Sommerluft zirkulieren konnte. Es versprach ein weiterer schöner Tag zu werden, und nur wenige Wolken störten den blauen Himmel. Er rückte Tische und Stühle zurecht und polierte die lange Theke, während er über ihr Gespräch mit Charlie nachdachte.

Er kochte immer noch vor Wut darüber und konnte Charlies Einstellung gegenüber Zane einfach nicht verstehen. *Allerdings,* überlegte er, *wenn jemand einen aus seinem Zirkel oder einen seiner Freunde dieser Dinge beschuldigen würde, würde er sich wohl auch sträuben, es zu glauben.* Er und Avery hatten stundenlang über das Gespräch geredet und beide hatten das Gefühl, dass Charlie mehr wusste, als er zugab, aber ohne den geringsten Beweis konnten sie nichts ausrichten. Und es gab auch nichts, was Charlie mit ihrem Angriff in Verbindung brachte, außer dem verdächtigen Zeitpunkt. *Vielleicht sollte er heute Nacht geisterwandeln, um Charlie zu beobachten, und versuchen, Lowen wiederzusehen.*

Seine Gedanken wurden unterbrochen, als Zee hereinkam, und sein Gruß erstarb auf seinen Lippen, als er die blauen Flecken in Zees Gesicht sah. „Was zum Teufel ist mit dir passiert?"

„Die verdammten schwarzen Cronos!"

„Wer?"

„Die Nicht-ganz-Menschen, die das Dunkelstern-Astrolabium wollen." Zee ging um die Theke herum, streifte seine Lederjacke ab, wobei Verbände an seinen Armen zum Vorschein kamen, und machte sich auf den Weg zum kleinen Personalbereich neben der Küche.

„Sie sind also gekommen", sagte Alex, als er ihm folgte. Er hatte Zee am Nachmittag zuvor gehen lassen, nachdem Gabe gesagt hatte, dass er Hilfe brauche. „Seid ihr alle in Ordnung?"

„Wir leben noch, sind aber übel zugerichtet." Zee begann, Kaffee zu kochen, während er ihn über die Ereignisse der Nacht auf den neuesten Stand brachte. Das Ausmaß des Angriffs entsetzte Alex, aber Zee grinste. „Sie hat es schlimmer erwischt. Wir haben viele von ihnen getötet. *Sehr viele*! Leider war Newton nicht begeistert."

„Verdammt." Alex lehnte sich gegen den Türrahmen. „Ich bin erstaunt, dass er euch nicht verhaftet hat."

„Er hat unsere Fingerabdrücke genommen und mich frühzeitig gehen lassen." Er machte auch Alex ein Getränk und durchquerte die Küche, um ihm seine Tasse anzubieten. „Der Ort wimmelt nur so von Forensikern. Wir fühlen uns furchtbar, weil wir wissen, dass er mit dieser Piratenschatz-Sache beschäftigt ist."

„Und den vermissten Hexen." Alex nippte an seinem Kaffee und betrachtete die Schürfwunden in Zees Gesicht. „Aber es ist ja nicht so, als hättet ihr das geplant. Sehen die anderen genauso schlimm aus wie du?"

„Wir sind alle irgendwie verletzt, manche schlimmer als andere. Aber hör mal", sagte er, als sie in den Barbereich zurückgingen, „ich bleibe hier, und Eli auch, obwohl die anderen nach Frankreich aufbrechen. Wir helfen, falls ihr uns braucht."

„Macht es dir nichts aus, zurückgelassen zu werden?"

Zee zuckte mit den Schultern, strich sich mit einer Handbewegung das dunkle Haar aus dem Gesicht, und aus der Nähe sah Alex einen blauen Fleck, der über seinem Wangenknochen aufblühte. „Wir werden irgendwann beteiligt sein. Außerdem arbeite ich gerne hier. Es ist ja nicht so, als wäre dieser Ort langweilig. Und Eli hat nicht die Absicht, sich mehr einzumischen, als er muss. Er arbeitet gerne für Briar ... und trifft natürlich seine Frauen!"

„Keine Chance, dass er sesshaft wird, also?", fragte Alex mit einem schiefen Lächeln.

Er lachte. „Auf gar keinen Fall! Geht ihr zu Inez' Beerdigung?"

„Ja. Wir fahren um eins los. Tatsächlich", sagte er, als ihm ein schrecklicher Gedanke kam, „gehen alle Hexen. Ich bin sicher, dass hier nichts passieren wird, während wir weg sind, aber ich fände den Gedanken schrecklich, dass Mariah oder Zane die Gelegenheit ausnutzen könnten. Wir wurden letzte Nacht auch angegriffen." Er dachte an seine leichten Kopfschmerzen und schämte sich. „Allerdings nicht ganz in dem Ausmaß wie bei euch." Er brachte ihn auf den neuesten Stand über ihre vergangene Nacht und erzählte ihm auch von Briar.

Zee schüttelte den Kopf. „Spiel das nicht herunter, Alex. Es war vielleicht eine andere Art von Waffe, aber ihr wurdet trotzdem ins Visier genommen. Wenn ihr nicht so fähige Hexen wärt, wärt ihr vielleicht tot oder schwer verletzt."

„Aber es sind keine Pfeile und Schwerter!"

„Nein, aber es ist mächtige Magie, die nur wenige beherrschen. Ich kann das nicht, trotz all meiner Fähigkeiten mit einer Klinge und einer Armbrust. Und meinen Flügeln natürlich! Tatsächlich", sagte er, während er begann, den Geschirrspüler auszuräumen und die sauberen Gläser bereitzustellen, „bilden wir beide

Gruppen zusammen eine gewaltige Streitmacht. Gabe ist jedenfalls der Meinung, dass Estelle ihnen in Frankreich helfen wird."

Alex nickte. „Briar hat uns erzählt, dass sie hingeht. Ich mache mir Sorgen um Caspian." Sobald es ihm herausgerutscht war, fragte er sich, warum er das überhaupt gesagt hatte.

Offenbar tat Zee das auch, denn er starrte ihn spekulativ an. „Ich hätte gedacht, es würde dir gefallen, wenn er verletzlich ist."

„Ich schätze, ich habe doch ein Gewissen, wenn es um Caspian geht. Auch wenn er meiner Freundin sehnsüchtige Blicke zuwirft."

Zee lachte. „Um ehrlich zu sein, werfen ziemlich viele Männer Avery sehnsüchtige Blicke zu. Sie ist sehr hübsch. Du Glückspilz."

Das hob Alex' Stimmung. „Ich weiß, dass ich das bin."

„Und Caspian kann gucken, so viel er will. Sie liebt nur dich."

„Hältst du oft Aufmunterungsreden?"

„Nur für die Leute, die ich mag." Er wurde ernst. „Was Mariah und Zane angeht. Sie werden doch sicher nicht hier angreifen? Normale Leute zu töten, dient doch keinem Zweck."

„Nein, das tut es nicht. Aber das führt uns wieder zu der Frage zurück, um die wir ständig kreisen. Was zum Teufel *ist* ihr Zweck bei all dem?"

Avery dehnte ihren Rücken, als sie aufstand, schob ihre Bücher beiseite und ging für eine Pause den Kiesweg in ihrem Garten entlang.

Sie hatte sich an ihrem Gartentisch, im Schatten eines großen Baumes, einen Arbeitsplatz eingerichtet und sich über Planeten und ihre magischen Entsprechungen informiert. Ihr Kopf schwirrte von all den Informationen, und für einen Moment genoss sie einfach den strahlenden Sommertag und wünschte sich, sie würde stattdessen im Garten arbeiten. Während sie regelmäßig mit den Mondphasen arbeitete, war die Arbeit mit den Planeten normalerweise nicht Teil ihrer Praxis, und nach der Recherche an diesem Morgen erinnerte sie sich, warum.

Es war sehr kompliziert und die Planeten hatten viele Entsprechungen. Wie bei vielen Aspekten der Magie musste man auch hier seine Intuition schärfen, um herauszufinden, was für einen selbst funktionierte. Aber wenn Mariah und Zane die Planetenkonstellation nutzen wollten, um ihre Magie zu verstärken, musste sie sie besser verstehen. Im Moment war der zunehmende Mond fast voll – nur noch wenige Tage entfernt. Eine kraftvolle Zeit. Der zunehmende Mond war nützlich für Zauber des „Erschaffens" und „Erzeugens", und der Vollmond, um sie zur vollen Entfaltung zu bringen. Sobald der Mond abnahm, konnten seine Energien für Magie des „Zerstörens" und „Verbannens" genutzt werden.

Avery schritt im Sonnenschein weiter auf und ab, während sich Ideen formten. Sie mussten ihre Gegner schnell finden und dann daran arbeiten, ihre Pläne zu durchkreuzen – Pläne, die möglicherweise darauf abzielten, den Cornwall-Zirkel und alles, wofür er stand, zu zerstören. Aber Avery war sich sicher, dass sie immer noch etwas übersahen.

Ein Huschen in ihrem Augenwinkel ließ sie schnell herumfahren, die Hände erhoben, doch dann lächelte sie. „Helena!"

Sie hatte den Geist ihrer Ahnin seit Freitagnacht nicht mehr gesehen, als sie sich Gil angeschlossen und auf Gull Island gegen die geisterhafte Bande des grausamen Coppinger gekämpft hatte, und sie ging den Pfad hinunter zu ihr. Helena sah aus wie immer, trug ihr langes, schwarzes Kleid mit dem engen Mieder und ihr dunkles Haar fiel ihr über den Rücken, doch im Sonnenschein wirkte sie noch ätherischer.

„Ich habe gehofft, dass es dir gut geht", sagte Avery zu ihr und spürte eine Welle der Zuneigung. „Ich war so besorgt, als ich herausfand, dass du gefangen gehalten wurdest."

Helena lächelte und streckte die Hand aus, als wollte sie Averys Wange streicheln, doch sie fuhr direkt durch sie hindurch, und Avery spürte nur einen kühlen Hauch auf ihrer Haut.

„Geht es Gil gut?"

Helena nickte und legte eine Hand aufs Herz.

„Du magst Gil? Er ist ein guter Mann."

Helena lachte, und das ließ sie wie eine Jugendliche aussehen.

„Danke für neulich Nacht. Ohne dich hätten wir das nicht geschafft. Ohne euch beide. Und es tut mir leid, dass du so lange gefangen warst. Ich wusste nicht einmal, dass so etwas passieren kann!"

Helenas Augen blitzten vor Zorn auf, doch er legte sich schnell wieder, und Avery beschloss, ihr eine Frage zu stellen, für den Fall, dass sie sie in die richtige Richtung weisen konnte. „Die Hexen, die das verursacht haben, arbeiten immer noch gegen uns, und wir müssen sie aufhalten. Weißt du etwas über Planetenentsprechungen? Wir glauben, dass sie sie auf irgendeine Weise benutzen könnten."

Helena blickte über den Garten, ihr Blick war fern, als wäre sie in Gedanken versunken, dann winkte sie Avery, ihr zu folgen, und kehrte zu den Grimoires und Hexereibüchern auf dem Tisch zurück. Ihre Aufmerksamkeit galt ihrem eigenen Grimoire. Sie breitete ihre Finger über den Seiten aus, und diese blätterten um, bis sie schließlich bei einem Abschnitt über die Planeten aufschlugen, den Avery schon zuvor untersucht hatte. Helena zeigte auf die Notizen über Jupiter. Eine Tuschezeichnung zeigte den Planeten, und darunter stand eine Liste seiner Entsprechungen in sauberer, aber winziger Schrift.

Avery nickte. „Die habe ich vorhin schon gesehen."

Helena streckte ihren Finger zu den Worten aus: *Fülle, Expansion, Weisheit.*

„Er ist ein positiver Planet, das verstehe ich. Aber wie kann das helfen?"

Helena lenkte Averys Aufmerksamkeit zurück zum Grimoire, blätterte die folgenden Seiten um und starrte Avery dann an, als wollte sie ihr etwas Wichtiges einprägen. Sie streckte einen Finger zu ihrem eigenen Kopf und tippte darauf.

Avery sah sie verdutzt an. „Ich soll diese Zauber studieren?"

Helena nickte.

„Ich wünschte, du könntest sprechen. Warum kannst du es nicht, wo Gil es doch konnte?"

Aber Helena konnte ihr nur ein trauriges, besorgtes Lächeln schenken, bevor sie verschwand.

Frustriert über die mangelnde richtige Kommunikation, aber dankbar für ihre Hilfe, setzte sich Avery wieder hin. Sie zog das Grimoire und dann all ihre anderen Hexereibücher zu sich heran und suchte nach allen Verweisen auf Jupiter, die sie finden konnte. Je mehr sie las, desto faszinierter wurde sie. Schlüsselwörter sprangen ihr ins Auge: *Macht beeinflussen, Autorität, der Herrscher der Götter, der Saturn stürzte, Stabilität, Erfolg, Expansion.*

Avery schlug schnell die Entsprechungen des Saturns nach und erkannte, dass es die gegenteiligen Eigenschaften von Jupiter waren: *Begrenzungen, Grenzen, Einschränkungen, Binden.* Mächtige Worte und mächtige Zauber. Wenn ihre Gegner vorhatten, diese Entsprechungen gegen sie zu verwenden, mussten sie hart zurückschlagen ... und das vorzugsweise zuerst. *Wollte Helena andeuten, dass die Nutzung der positiven Energien des Jupiters der Weg dazu war?*

Avery überprüfte auch die anderen Planeten in der Reihe. Merkur, Venus, Mars und natürlich die Sonne und der Mond. Bisher hatte sie das Gefühl, nur einen Zeh in das Meer des Wissens getaucht zu haben, das existierte. Sie zog ihr eigenes Grimoire zu sich, nahm einen Stift, schlug eine neue Seite auf und begann, sich Notizen zu machen, in dem Gedanken, ihre Erkenntnisse beim Mittagessen mit den anderen zu teilen.

El holte ihr Pint von der Theke im „The Wayward Son" ab und gesellte sich dann zu ihrem Zirkel, der bereits an einem Tisch im Hofgarten saß.

Sie saßen mit Getränken in der Hand im Schatten eines großen Sonnenschirms und schienen in ein tiefes Gespräch vertieft zu sein. Die Wärme in dem geschützten Bereich war willkommen, und El spürte, wie sie sich entspannte. Sie umarmte ihre Freunde kurz über die Schulter, bevor sie sich setzte, und bemerkte, dass Alex und Avery besorgt aussahen, Briar jedoch belebt wirkte.

„Ich bin froh zu sehen, dass es euch dreien nach letzter Nacht gut geht. Verdammter Lowen."

Alex grunzte. „Ja. Er war uns eine Nasenlänge voraus. Ich plane gerade, wie ich zurückschlagen kann."

„Irgendwelche Ideen?", fragte Reuben.

„Ja. Meine ganz eigene Geisterwanderung."

El musterte seinen grimmigen Gesichtsausdruck. „Ist das klug?"

„Ja. Obwohl ich zuerst dafür sorgen werde, dass ich ein paar Überraschungen vorbereitet habe."

El entdeckte den roten Striemen an seinem Hals. „Ist das sein Werk?"

„Ja. Tödlicher Nebel."

Sie lachte trotz der Situation. „Unerwartet und gefährlich, aber einfallsreich!"

Avery nahm einen Schluck von etwas, das wie Apfelwein aussah, und sagte: „Reuben hat erwähnt, dass ihr keine Spuren gefunden habt, als ihr ihr Haus durchsucht habt."

„Nein, und wir waren sehr gründlich." Sie sah Reubens verschmitztes Grinsen und lächelte zurück. „Hat er dir aber erzählt, was wir gefunden haben?"

„Nein! Was denn?", fragte Avery mit großen Augen.

Reuben stieß ein übertriebenes teuflisches Lachen aus. „Ihre Haare und ihr Blut!"

Ein paar erschrockene Gäste sahen sich um und er senkte hastig seine Stimme. „Ups. Ja. Haare und ein alter Rasierer im Badezimmer."

Briar verzog das Gesicht. „Igitt! Hast du etwa im Abfluss nachgesehen?"

„Hat er", gab El zu. „Ihr Badezimmer war nicht das sauberste, muss ich zugeben."

„Das ist mir neulich auch schon aufgefallen", stimmte Briar zu. „Ich hätte daran denken sollen, nach Haaren und so was zu suchen."

„Bei Moore war das aber schwierig, schätze ich?", fragte Alex.

Briar rümpfte die Nase. „Er war sehr entspannt damit, dass ich Magie benutzt habe, aber ich muss zugeben, dass ich mich dabei nicht ganz wohlgefühlt habe. Und Teile ihrer Körper für Zauber zu sammeln, kam mir makaber vor."

„Aber sie sind nützlich", gab Alex zu. „Denkst du an einen Findungszauber?"

Reuben zuckte mit den Schultern. „Vielleicht. Oder eine Puppe. Oder vielleicht etwas viel Unangenehmeres."

Daraufhin tauschten alle besorgte Blicke aus, aber dann nickte Avery. „Wir müssen alles in Betracht ziehen. Ich habe heute Morgen meinen Ansatz erweitert."

Etwas in Averys Tonfall faszinierte El. „Inwiefern?“

„Ich habe heute damit begonnen, die Planetenkorrespondenzen eingehender zu untersuchen.“ Sie kratzte sich am Kopf und verzog das Gesicht. „Nicht mein Spezialgebiet, aber ich gebe zu, es ist interessant. Helena war heute Morgen zu Besuch und hat mir die richtige Richtung gewiesen – glaube ich. Jupiter.“

„Jupiter?“, fragte Alex verblüfft. „Warum?“

„Ich glaube, die Assoziationen des Planeten werden für uns am nützlichsten sein. Er ist der Planet der Weisheit, des Glücks, des Schutzes und des Überflusses und das absolute Gegenteil von Saturn – der für Bindung und Zerstörung sowie für Veränderung steht. Aber ich habe mir auch die anderen Planeten angesehen. Mars ist in der Planetenparade – der Planet des Krieges. Aber auch seine Gegensätze. Venus ist der Planet der Liebe und Harmonie, und Merkur regiert die Logik, Kommunikation und den Intellekt.“

„Also könnten theoretisch“, überlegte El, „all diese Assoziationen nutzbar gemacht werden?“

Alex nickte. „Sowie der zunehmende Mond.“

„Und die Sonnenwende, natürlich“, fügte Briar hinzu.

Avery beugte sich vor. „Aber es geht darum, wie wir sie einsetzen. Wir müssen klug sein. Wir müssen ihre Assoziationen mit unseren magischen Stärken kombinieren. Mariah und Zane planen etwas Großes. Die Angriffe von letzter Nacht – zusätzlich zu letzter Woche – sind nur ein Vorgeschmack.“

„Und wir“, warf Reuben ein, „haben den größten Zirkel. Den Cornwall-Zirkel, meine ich. Wir mögen die Loyalität einiger anzweifeln, aber die meisten sind sicher vertrauenswürdig.“

„Ja", sagte Avery und nickte nachdenklich. „Aber ich will bei der Hauptversammlung heute Abend nicht zu viel verraten. Ich warte lieber ab und sehe, wer sich dem Jagdteam anschließt, wie Caspian es genannt hat."

„Das ist sinnvoll", gab El zu. „Wir sollten uns nicht in die Karten schauen lassen."

„Ja. Ich habe das Gefühl, noch nicht einmal an der Oberfläche gekratzt zu haben, aber ich habe einen Stapel zu lesen, und mit etwas Glück können andere Hexen, denen wir vertrauen, helfen."

Sie hielten inne, während Marie, eine der Bardamen, ihnen mit einem fröhlichen Lächeln ihr Essen brachte, und dann sagte Alex: „Vielleicht weiß Helena darüber Bescheid, weil sie damals häufiger verwendet wurden. Oder vielleicht war es eine ihrer Stärken."

„Hoffentlich hilft sie mir wieder", sagte Avery. „Wenigstens ist sie zurück. Ich wünschte nur, Helena könnte so sprechen wie Gil neulich. Ich kann mir immer noch nicht erklären, warum sie es nicht kann."

„Vielleicht liegt es an der Zeit, die sie in der Geisterwelt verbracht hat", schlug Briar vor.

Während El einen Bissen von ihrem Burger nahm, beobachtete sie ihre engsten Freunde und dachte darüber nach, was für ein Glück sie doch hatte. „Ich wünschte, wir würden uns unter besseren Umständen treffen. Dieser Nachmittag wird so traurig, aber ich erinnere mich immer wieder daran, dass es auch eine Feier für Inez' Leben ist."

Briar schenkte ihr ein trauriges Lächeln. „Aber sie war so jung. Und", sie warf Reuben einen verstohlenen Blick zu, „es ist auch ungefähr ein Jahr nach Gils Tod. Das weckt schreckliche Erinnerungen.“

„Das tut es“, räumte Reuben ein, „aber da ich ihn neulich nur kurz gesehen habe und weiß, dass er dir auf Gull Island geholfen hat, habe ich nicht mehr das Gefühl, dass er tot ist. Ich habe einfach das Gefühl, dass er sein Leben woanders lebt.“

El drückte seine Hand. Wieder einmal hatte Reuben es geschafft, sie mit seiner Einsicht zu überraschen. „Ich finde, das ist eine wundervolle Art, es zu sehen.“

„Und so müssen wir auch über Inez denken.“

Zehn

Alex spürte, wie der Trank zu wirken begann, und legte sich auf den Teppich vor dem Kamin auf Reubens Dachboden zurück, wobei er sich zurechtrückte, um es sich bequem zu machen. Der Raum war von der Abendsonne erfüllt, die alles in ein sanftes Licht tauchte. Seine Fenster waren an diesem Tag ersetzt worden, sodass der Raum nun zumindest gegen die Elemente abgedichtet war.

Es war Dienstagabend, und nach der Beerdigung am Vormittag waren sie alle angespannt. Briar hatte recht gehabt. Es weckte Erinnerungen an Gils Beerdigung vor nur einem Jahr. Alle Mädchen waren den Tränen nahe gewesen, aber die Trauerreden über Inez hatten sie jedoch angestachelt, und sie beschlossen alle, an diesem Abend zusammenzuarbeiten, während Avery an dem Treffen teilnahm. Reuben und El wollten einige der Haare, die sie gefunden hatten, benutzen, um zu versuchen, Zane und Lowen ausfindig zu machen und auch, um Magie gegen sie zu wirken. Briar unterstützte Alex.

Ein Feuer brannte sanft im Kaminrost, um die Kälte zu vertreiben, und Alex war von einem Schutzkreis umgeben. Er ging die Zauber durch, die er vorbereitet hatte, sicher, dass sie in der metaphysischen Welt von Nutzen sein würden.

Briars sanfte Stimme unterbrach seine letzten Vorbereitungen. „Bist du sicher, dass ich sonst nichts tun kann?"

Er blickte hinüber, wo sie mit gekreuzten Beinen auf dem Teppich saß und ihn beobachtete.

„Nein. Das Einzige, was du tun kannst, ist, meinen Körper zu schützen, falls jemand unsere Schutzzauber durchbricht."

„Darauf kannst du dich verlassen."

Reuben rief vom anderen Ende des Raumes, wo er mit El am Tisch saß. Er hatte seinen Bereich extra für Alex umgeräumt. „Bist du sicher, dass wir dich nicht stören werden?"

„Nein, solange ihr nichts allzu Lautes macht!"

„Wie du weißt, löse ich manchmal heftige Flüche aus, aber ich werde mein Bestes geben."

Alex verdrehte mit gespieltem Ärger die Augen, dann schloss er sie, zuversichtlich, dass Briar ihn beschützen konnte. Sie war mit Quarz, Amethyst, Mondstein und Obsidian bewaffnet gekommen und hatte darauf bestanden, dass er einen Mondstein in der einen und Obsidian in der anderen Hand hielt. Sie waren warm in seinen Handflächen, und als er aus seinem Körper glitt, hielt er an ihren Eindrücken fest.

Innerhalb von Sekunden schwebte er über seinem Körper, mit Briars ruhiger, weißer Aura unter sich – ein so sicheres Zeichen ihres reinen Geistes, wie er es noch nie gesehen hatte. Reubens und Els Auren waren anders, aber der Anblick all seiner Freunde in der Nähe war beruhigend, und er schwebte aus dem Dachboden und hoch über White Haven, dann wendete er sich die Küste hinauf nach Crag's End. Die Gruppe hatte zuvor entschieden, dass die Wahrscheinlichkeit groß war, dass Lowen erneut angreifen würde, und da sie glaubten, dass Charlie gegen sie arbeitete, waren sie sicher, dass er den abtrünnigen Hexen von dem Treffen erzählt hatte. Falls Lowen nicht auftauchen sollte, würde er weiter weg suchen.

Es dauerte nicht lange, bis Crag's End unter ihm aufragte, eingebettet in Wälder auf einer Anhöhe etwas außerhalb von Mevagissey. Es war von Schutzzaubern durchdrungen, als hätte Oswald eine Kuppel darübergelegt.

Er stieg hoch darüber auf und verharrte dort endlose Minuten, während er die Gegend absuchte. Unter ihm war die Welt in leuchtenden Neonfarben und wirbelnden Energien abgebildet, und für einen Moment sog er es einfach nur in sich auf. Vielleicht wäre es besser, sich zwischen den Bäumen niederzulassen. Wenn jemand nach ihm suchte, wäre er im Freien zu offensichtlich. Alex beschloss, die Küste entlangzufliegen und viel tiefer wieder zurückzukreisen. *Er musste Lowen anlocken.*

Als Caspian am Dienstagabend seinen Platz an Oswalds Tisch einnahm, wünschte er, er hätte angeboten, das Treffen in seinem eigenen Haus abzuhalten.

Das nächste Mal vielleicht.

Es war nicht so, dass er etwas gegen Oswald hatte, aber Caspian spürte, dass dieser sich nicht übermäßig engagieren würde, warum ihm also Umstände bereiten? Es hatte kaum Geplauder vor dem Treffen gegeben. Jeder trug eine Aura nervöser Erwartung bei sich, und Avery sah blass und zerstreut aus. Als sie sich neben ihn setzte, fragte er: „Geht es dir gut?"

„Heute war Inez' Beerdigung. Es war furchtbar traurig."

Als Caspian diese Nachricht erfuhr, verspürte er einen unerwarteten Stich des Schmerzes. „Ich hatte keine Ahnung, aber ich wäre gekommen. Es tut mir so leid."

„Wärst du das?", fragte sie überrascht. „Ich wusste nicht, dass du Inez kanntest."

„Das tat ich nicht, aber ich kenne Newton, und ich hätte ihm gern mein Beileid ausgesprochen."

„Tut mir leid. Wir haben nicht einmal daran gedacht ...", ihr Satz verlor sich, sie war sichtlich aufgewühlt.

Er wollte ihre Hand drücken, widerstand aber dem Drang. „Schon gut. Ich hätte fragen sollen. Ich schätze, wir waren alle sehr beschäftigt. Ich nehme an, es gab keine Angriffe bei der Trauerfeier?"

„Nein. Nur eine sehr volle Kirche und viele Reden. Newton und Moore sahen furchtbar aus." Ihre Augen füllten sich mit Tränen. „Ich bin so wütend ... und fühle mich nutzlos."

„Das bist du bei Weitem nicht. Und um ehrlich zu sein, ich glaube, wir fühlen uns alle beunruhigt. Hattet ihr irgendwelche Schwierigkeiten?"

„Wir hatten Probleme, aber ich werde sie mit allen teilen. Es sind weniger Leute hier, als ich gehofft hatte", fügte sie mit leiser Stimme hinzu.

„Das überrascht mich nicht im Geringsten. Das hier wird noch übel werden."

Caspian war erfreut, Eve und Nate vom St. Ives Coven zu sehen, die beide so unkonventionell wie immer aussahen. Cornell, die schlaksige Hexe aus Perranporth, deren Teilnahme Claudia vorgeschlagen hatte, war ebenfalls da und unterhielt sich mit Hemani. Ulysses war auch anwesend und wirkte still und gefasst. Und trotz seines Ärgers neulich war auch Charlie da. Am überraschendsten war, dass Genevieve nicht anwesend war.

Oswald wartete an der Tür zum Raum. „Ich glaube, das sind alle, also lasse ich Sie allein. Genevieve lässt sich entschuldigen. Sie möchte sich auf Litha konzentrieren, und auch ihre kleinen Kinder nehmen ihre Zeit in Anspruch." Er schloss die Tür und ließ sie in einer betretenen Stille zurück.

Caspian raffte sich auf. „Also gut, dann lasst uns anfangen. Möchte jemand die Leitung übernehmen?"

„Das sollte einer von Ihnen beiden tun", sagte Eve sofort und schloss Avery in diese Aussage mit ein.

„In diesem Fall", sagte Avery ohne zu zögern, „sollte Caspian es tun."

Er warf ihr einen überraschten Blick zu, sagte aber nur: „Wenn Ihr wünscht. Zunächst möchte ich Euch allen dafür danken, dass Ihr gekommen seid. Ich wusste, dass dies keine beliebte Bitte sein würde, aber trotzdem hatte ich auf eine größere Beteiligung gehofft. Jasper wollte sich uns anschließen, aber er war der Meinung, er müsse seinen jungen Hexen Schutz gewähren."

Nate stützte seine Ellenbogen auf den Tisch. „Jasper hat ein starkes Pflichtgefühl gegenüber seinem Zirkel, aber die anderen haben Angst oder wollen es nicht wahrhaben." Er blickte zu

Charlie. „Nach Ihrer Haltung neulich Abend bin ich überrascht, dass Sie hier sind."

„Ich versuche, objektiv zu bleiben, trotz der verzweifelten Versuche einiger, mich vom Gegenteil zu überzeugen." Er warf Avery einen verärgerten Blick zu.

„Wirklich?" Averys Stimme troff vor Gift. „Nachdem wir gestern Abend dein Haus verlassen hatten, wurden wir auf der Straße von Lowen angegriffen!"

Ein Chor überraschter Stimmen erhob sich, darunter auch die von Caspian. „Avery, erklär dich!"

Avery starrte immer noch Charlie an, der jetzt völlig schockiert aussah, aber sie fasste sich und berichtete von den Ereignissen des vergangenen Abends. „Also, Charlie, wer hätte sonst wissen können, wo wir alle waren?"

„Du denkst, ich hatte etwas damit zu tun?"

„Wer zum Teufel sonst? Genau genommen bin ich mir nicht mal sicher, ob du hier sein solltest! Bist du als Spion hier?" Ein Wind war um Avery aufgekommen, der ihr Haar anhob, während ihre Wut wuchs.

„Natürlich bin ich das nicht! Du bist paranoid!"

„Alex wäre letzte Nacht fast gestorben – genau wie Briar! Das waren beides sehr brutale Angriffe!"

Caspian hatte bei diesem Treffen vieles erwartet, aber nicht das, und er handelte schnell. „Vielleicht, Charlie, sollten Sie angesichts Ihrer derzeitigen Unentschlossenheit und der Ereignisse von letzter Nacht wirklich nicht hier sein."

Charlie funkelte Caspian an. „Wie bitte?"

„Sie müssen verstehen, dass das, was passiert ist, ein schlechtes Licht auf Sie wirft."

„Es ist nur ein Zufall."

„Trotzdem können wir nicht riskieren, dass Sie hier sind und sich unsere Strategien anhören. Sie müssen gehen."

Charlie lachte erschrocken auf. „Sie werfen mich aus der Besprechung?"

„Ja. Eigentlich zu Ihrem eigenen Besten. Wenn Sie nichts wissen, kann man Ihnen auch nichts vorwerfen."

„Ich stimme zu", sagte Cornell. „Das ist das Beste, Charlie."

Ein Nicken ging um den Tisch, und Charlie erhob sich widerstrebend und ging zur Tür. „Wie Ihr wünscht."

„Irgendein letzter Ratschlag?", fragte Nate.

„Leckt mich doch alle am Arsch", sagte er und schlug die Tür hinter sich zu.

Reuben starrte El an, die ihm gegenübersaß, und blickte dann enttäuscht auf die Karte zwischen ihnen.

„Tja", schnaubte er, „das war wohl ein Reinfall."

„Das haben wir uns gedacht. Sie werden verschleiert und gut vor neugierigen Blicken geschützt sein."

Sie hatten gerade einen Suchzauber ausprobiert, einen von vielen, die sie in dieser Nacht anwenden wollten, und er weigerte sich, aufzugeben. „Dann zum nächsten." Er blickte hinüber zu Alex, der regungslos dalag, während Briar über ihn wachte. „Alles in Ordnung, Briar?"

Sie nickte und kehrte dann zu ihrem stillen Nachsinnen zurück, ein paar Bücher auf dem Schoß, und Reuben wandte seine Aufmerksamkeit wieder El zu.

Sie verzog das Gesicht bei dem Anblick der Schale mit Haaren an der Seite des Tisches. „Manche Männer sind widerlich."

„Jeder hat Haare im Abfluss", betonte er. „Du auch. Du hast *eine Menge* Haare!"

„Wenigstens benutze ich Bleiche in meinem Badezimmer!"

„Manche Männer haben andere Prioritäten."

„Ja, zum Beispiel unschuldige Leute anzugreifen."

Reuben seufzte. „Ja, nun, manche Leute sind eben scheiße."

El straffte die Schultern und sammelte die vorbereiteten Zutaten zusammen. „Wenn der nächste nicht funktioniert, machen wir weiter, bis einer klappt. Wir haben ja ganz sicher genug Haare."

„Solange wir welche für eine Puppe aufheben."

„Ich bin nicht sicher, ob ich die mag. Ich muss immer daran denken, was Genevieve an Samhain gesagt hat."

Reuben nickte; er erinnerte sich nur zu gut an jene Nacht. „Ich kenne ihre Grenzen. Aber am Ende hat sie sie gut eingesetzt. Sie hat Suzanne damit in die Anderswelt verbannt."

„Wirst du das auch tun?"

Er lächelte. „Nicht ganz so dramatisch wie eine Reise zwischen den Welten, aber ich werde mir schon was einfallen lassen."

„Die Sache ist", sagte El und starrte auf die Schale, „wir wissen nicht, wessen Haar das ist. Sie sind beide blond."

„Das ist mir scheißegal. Einer von beiden passt mir schon."

„Na gut. Machen wir weiter." El schlug die Seiten ihres Grimoires zum nächsten Zauber auf ihrer Liste auf und zog dann die nächste Schale zu sich. Sie hatten Zeit damit verbracht, Zutaten für mehrere Zauber vorzubereiten, damit sie einen nach dem anderen wirken konnten. „Ein Zauber für Verwirrung und Delirium." Sie warf Reuben einen besorgten Blick zu. „Sind wir sicher, dass wir das tun sollten? Es widerspricht allem, was uns heilig ist. Und wir könnten Karma erfahren."

Reuben beugte sich vor, um seiner Aussage Nachdruck zu verleihen. „Das *ist* Karma. Wir überbringen es nur. Fang an."

Newton studierte die Liste vor sich und schob seine Trauer beiseite. Die Hexen mochten Mariah und ihre Gefährten mit magischen Mitteln suchen, aber er hatte die gesamte Polizei zu seiner Verfügung.

In den letzten Tagen hatten sie hart daran gearbeitet, Listen von Freunden und Familienmitgliedern zusammenzustellen. Er hatte Fotos von allen Hexen und hatte sie weit verteilt, mit der Warnung, nur Moore oder Newton zu informieren, falls sie gesichtet würden. Sie hielten auch eine diskrete Wache bei Harrys Haus. Er wollte nicht, dass jemand ein Risiko einging, indem er sich ihnen näherte, aber er wollte wissen, wo sie waren.

Er hatte auch darüber nachgedacht, was Reuben gesagt hatte, und nach Rücksprache mit dem Experten, der sie in Wheal Droskyn hinabgeführt hatte, eine Liste von Minen zusammengestellt, in denen sich ihre Gruppe hätte verstecken können.

Höhlen waren jedoch ein schwierigeres Thema. Sie waren nicht so gut kartiert wie die Minen, und Schmugglertunnel waren nicht ohne Grund gut versteckt. Aber irgendetwas in ihm sagte ihm, dass sie sich einen Unterschlupf in der Nähe gesucht hätten.

Er stand auf und betrachtete die Karte an der Wand seines Arbeitszimmers, wobei er sich auf Polzeath konzentrierte. Wenn dies für Zane und Lowen die Heimat ihrer Kindheit gewesen war, dann kannten sie die Gegend gut. Und jetzt lebten sie in Bodmin. Gott weiß, was für ein Labyrinth aus Tunneln und Höhlensystemen sich darunter befand. *Und hatte Cruel Coppinger nicht noch eine andere bekannte Höhle?*

Der Angriff der letzten Nacht auf Alex, Avery und Briar bestätigte, dass mindestens einer von ihnen in der Nähe war. Eine Welle des Zorns überkam ihn und er lehnte sich an die Wand, um tief durchzuatmen. Zu hören, dass Briar bedroht worden war, hatte ihn mehr mitgenommen, als es hätte sein sollen, und ihm brach kalter Schweiß aus, nur bei dem Gedanken daran, dass sie angegriffen wurde, während sie allein war. Seiner Meinung nach zählte Ghost OPS nicht als Hilfe.

Ihm wurde schwindelig und er sank zu Boden. *Was war nur los mit ihm? War es Müdigkeit? Trauer? Wut?* Alle drei wirbelten in einem einzigen großen Durcheinander in seinem Kopf herum. Und dann traf ihn eine weitere Welle von *etwas* so stark, dass sein Blickfeld flackerte und er das Bewusstsein verlor.

El beendete den Zauber und wusste wie immer, wenn etwas erfolgreich war. Es war spürbar, wie ihre Absicht sicher und wahrhaftig nach außen drang.

Sie lächelte Reuben an. „Bingo.“

„Bist du sicher?“

„Hast du es nicht gespürt?“

„Oh, ich habe es gespürt. Ich meine, bist du sicher, dass er sein Ziel gefunden hat?“

Alberner Reuben. Trotz all seiner jüngsten Erfolge hatte er immer noch seine Zweifel. Sie grinste spitzbübisch und fühlte sich sofort schlecht dabei. Schließlich hatte sie gerade jemandem geschadet. „Ich bin sicher. Einer von ihnen wird anfangen, sich schwach zu fühlen, als ob seine Magie gedämpft worden wäre. Es wird langsam anfangen, aber es wird sich steigern.“ Sie hielt seinen Blick fest. „Es *wird* passieren. Aber ich will noch einen ausprobieren.“

Er sah erschrocken aus. „Wenn du dir bei dem einen so sicher bist, warum dann noch einen wirken?“

„Weil ich es kann. Wie wäre es mit einem Zauber, um Paranoia zu schüren?“

„Du willst, dass sie sich gegenseitig misstrauen?“

„Ja. Oder zumindest, dass einer von ihnen den anderen misstraut. Wir müssen sie aufspalten. Das wird sie schwächer machen. Und“, sie nickte zu dem Tuch an der Seite. „Du hast recht. Während ich diesen Zauber wirke, machst du eine Puppe. Lass sie uns hart treffen! Sie müssen wissen, dass wir es ernst meinen.“

Elf

Sobald Charlie den Raum verlassen hatte, besänftigte Avery den Wind, den sie unbewusst aufgewirbelt hatte, und spürte, wie die Anspannung im Raum nachließ.

„Tut mir leid", sagte sie. „Ich wollte nicht die Beherrschung verlieren."

„Dazu hattest du jedes Recht", versicherte Hemani ihr. „Charlie sollte nicht in dieser Gruppe sein, und sein Verhalten *ist* verdächtig. Es mag ein schlechter Zeitpunkt sein, aber wir können es nicht einfach ignorieren. Also, Caspian, ich nehme an, du hast schon ein paar Ideen, wie wir nun vorgehen?"

Caspian nickte. „Wir brauchen verschiedene Angriffsarten. Zauber, um sie zu finden oder zu schwächen, und wenn wir sie dann gefunden haben, müssen wir sie fangen." Er stöhnte und rieb sich die Stirn. „Ich kann kaum glauben, dass ich das gerade sage."

Avery warf ihm ein mitfühlendes Lächeln zu und wandte sich dann an die Gruppe. „Reuben und El sind letzte Nacht bei Zane und Lowen eingebrochen. Sie haben ein paar Haare gefunden", sie verzog das Gesicht, „im Abfluss, und sie benutzen sie gerade.

Ich habe es nicht erwähnt, als Charlie hier war ... nur für den Fall."

Eve sah beeindruckt aus. „Gut. Mir gefällt, dass wir nicht untätig herumsitzen. Lasst uns auch Mariahs Wohnung durchsuchen."

„Und die von Harry", fügte Ulysses hinzu, der zum ersten Mal das Wort ergriff.

Avery schüttelte den Kopf. „Ich fürchte, das geht nicht. Harry ist verheiratet und hat Kinder, und die sind noch zu Hause. Aber Mariahs Haus zu durchsuchen, ist eine gute Idee. Ich war am Samstag dort", gestand sie. „Ich hätte schon da daran denken sollen."

„Gehen wir nach diesem Treffen", schlug Caspian vor. „Ich bin mit einem Hexenflug hierhergekommen und nehme an, du auch. Wir können in Sekunden dort sein."

„Ja, okay", stimmte sie erschrocken über seinen Vorschlag zu. Es war besser, als allein zu gehen oder darauf zu warten, mit jemand anderem dorthin zu fahren.

Eve spielte geistesabwesend mit den Enden ihrer Dreadlocks, ihr Gesichtsausdruck war düster. „Es ist das *Was dann*, das mir Sorgen macht. Ich glaube, Rasmus hat recht. Wir müssen sie binden. Aber das braucht Zeit und eine Menge Magie. Sie müssen zuerst vorübergehend gebunden werden, um die vollständige Bindung durchführen zu können." Sie blickte in die Runde am Tisch. „Ich denke, es wird sehr nützlich sein, Fesselzauber zu perfektionieren."

Nate nickte. „Einverstanden. Ich arbeite gerne an einigen. Allerdings werden wir den Cornwall-Zirkel brauchen, um ihre

Magie für immer zu binden.“ Er blickte hinüber zu Avery und Caspian. „Haare werden bei einigen Zaubern nützlich sein.“

„Oder persönliche Gegenstände“, fügte Hemani hinzu. „Mariah wird sicher Schmuck oder Kleidung zurückgelassen haben, die wir verwenden können.“

„Aber wir müssen uns auch selbst schützen“, sagte Cornell. „Sie werden genau wissen, dass wir nach ihnen suchen.“

„Was sind ihre magischen Stärken und Schwächen?“, fragte Avery. „Das zu wissen, wird uns helfen, sie effektiver ins Visier zu nehmen.“

„Und“, fügte Ulysses hinzu, seine tiefe Stimme grollte über den Tisch, „unsere eigenen Stärken zu nutzen. Wie ihr alle wisst, bin ich ein Meereshexer mit starker Elementarmagie des Wassers. Sie ist mächtiger als die der meisten anderen.“ Er lächelte fast schüchtern, da sie alle wussten, dass seine Mutter eine Meerjungfrau war. „Das Wasser spricht zu mir. Ich kann sehen, ob es Wissen über ihren Aufenthaltsort hat.“

„Ernsthaft?“, fragte Nate mit großen Augen.

„Oh ja. Wir führen viele interessante Gespräche. Ich rufe dich an, Caspian, wenn ich Neuigkeiten habe.“ Er zuckte mit den Schultern, ein schelmisches Funkeln in seinen Augen. „Und ich kann den Sirenengesang meiner Mutter einsetzen, wenn es nötig ist. Er ist nicht so stark wie der einer vollwertigen Meerjungfrau, aber ich kann sehr überzeugend sein, wenn ich muss. Ich bin auch körperlich stark.“

Daran bestand kein Zweifel, dachte Avery, als sie seinen riesigen Körperbau betrachtete, und war dankbar, dass Ulysses auf ihrer Seite war.

Eve nickte. „Gut zu wissen, Ulysses. Ich bin eine Wetterhexe, wie viele von euch wissen. Das bedeutet, ich kann große Mengen an Energie für lange Zeiträume nutzen und auch eure Energie sammeln. Das könnte sehr nützlich sein, je nachdem, was wir tun. Nate?", sagte sie und wandte sich ihm zu.

„Telekinese, Tränke, Hitze. Ich bin ein Feuerhexer. Und ich koche ein verdammt gutes Chili, falls das hilft", sagte er grinsend.

Ein leises Lachen ging um den Tisch.

„Was ist mit dir, Cornell?", fragte Avery und nahm seine kantige Erscheinung in Augenschein. Sein kurzes, dunkles Haar war zerzaust, über den Ohren abrasiert, und er hatte ein spitzbübisches Grinsen. „Ich habe schon mit einigen der anderen Hexen zusammengearbeitet, aber nicht mit dir. Claudia spricht jedoch in den höchsten Tönen von dir."

„Claudia ist sehr gütig. Ich bin ein kosmischer Hexer. Ich wirke meine Magie mit den Sternen und Planeten. Im Moment gibt es viele mächtige Planetenaspekte."

Avery schnappte nach Luft. „Ich weiß! Ich habe sie erforscht, und wenn ich ehrlich bin, finde ich das alles ziemlich überwältigend." Sie fasste schnell zusammen, was sie gelesen hatte und was ihre Vermutungen über die Pläne der anderen Hexen waren. „Wir glauben, dass sie die bevorstehende Planetenparade auf irgendeine Weise nutzen könnten."

Cornell nickte. „Das wollte ich mit euch besprechen und deshalb wollte ich auch unbedingt dabei sein, denn leider ist die kosmische Hexerei auch Harrys Stärke."

Ein Stöhnen erfüllte den Raum, als Caspian fragte: „Erkläre bitte für diejenigen von uns, die damit weniger vertraut sind, wie das funktioniert."

„Es klingt komplizierter, als es ist", erklärte er ihnen lächelnd. „So wie viele von uns die Mondphasen nutzen, um unsere Zauber zu verstärken, tun die Planeten im Grunde dasselbe. Ja, es gibt viele Entsprechungen, einige mit widersprüchlichen Eigenschaften, aber je mehr wir mit ihnen experimentieren, desto mehr verstehen wir, was für uns als Individuen funktioniert. Diese Praxis ist wie jeder andere Zauber, den wir mit der Zeit verfeinern. Aufsteigende Energien und Konjunktionen verstärken die Magie, wenn sie richtig eingesetzt werden."

Avery spürte eine Welle der Erleichterung. *Jemanden zu haben, der planetarische Energien wirklich verstand, war ein riesiger Bonus.* „Cornell, du hast keine Ahnung, wie froh ich bin, das zu hören."

„Und was sind deine Stärken?", fragte Caspian Hemani.

„Kristallmagie. Ich verwende bei meiner Arbeit ständig Steine, zusammen mit Küchenhexerei." Sie lächelte. „Ich bin eine großartige Bäckerin."

„Und was ist mit den Stärken der anderen?", hakte Avery nach. „Wir wissen, dass Mariah eine Heckenhexe ist, die Geister beschwört und unter ihnen wandelt, und Lowen macht Geistwanderungen und ist auf der Astralebene stark. Sie müssen doch noch andere Kräfte haben!"

„Ich bin sicher, das haben sie, aber ich weiß nicht, welche das sind", sagte Eve entschuldigend.

Eine Welle von Kopfschütteln und kollektiv gemurmelten Entschuldigungen folgte, und Avery musste akzeptieren, dass das alles war, was sie wussten. Und dann durchfuhr sie eine Welle der Schuld. „Das erinnert mich daran, was ich euch noch sagen muss." Sie berichtete, was Ghost OPS über die Steinkreise herausgefunden hatte.

Hemani sah sofort zu Cornell. „Die Macht von Monolithen zu solch günstigen kosmischen Zeiten zu nutzen, wäre unglaublich mächtig."

„Gefährlich mächtig", stimmte er zu. Sein Blick wanderte zu Avery. „Irgendeine Ahnung, wie sie die Energie der Steine freisetzen?"

„Zanes Mutter hat gestern Abend etwas Interessantes erwähnt, das wir nicht bedacht hatten. Sie sagte, der Piratenschatz sei mit Blut verbunden und dass Gold und Blut eine mächtige Kombination seien. Wir dachten, sie hätten den Schatz gestohlen, um ihn zu verkaufen, aber was, wenn sie einen anderen Zweck dafür hatten?"

„Scheiße", sagte Cornell und vergrub kurz sein Gesicht in den Händen. Als er wieder aufblickte, war sein Gesichtsausdruck düster. „An Litha ist die Sonne am mächtigsten. Das Fest wird auch mit Gold in Verbindung gebracht. Und ja, Gold in Verbindung mit Blut ergibt eine potente Kombination." Er blickte in die Runde der anstarrenden Hexen. „Die Planetenparade wird dem noch mehr Macht verleihen, aber insgesamt deutet das für mich darauf hin, dass sie etwas für die Sonnenwende planen. Etwas Großes. *Sehr* Großes."

„Mit welchem Ziel?", fragte Caspian, beugte sich vor und ballte die Hände zu Fäusten.

Cornell zuckte mit den Schultern. „Eine mächtige magische Welle aussenden? Das könnte uns alle für eine Weile auslöschen – sozusagen unsere magischen Kräfte unterdrücken. Oder vielleicht einen Fesselzauber wirken, um einen oder mehrere von uns ins Visier zu nehmen. Oder vielleicht ist der Plan nur, ihre eigenen Kräfte enorm zu steigern. Dann wären sie praktisch unantastbar." Er blickte in ihre fassungslosen Gesichter. „Wir reden hier über eine Menge kosmischer Energie. Ich würde nichts ausschließen."

„Heilige Scheiße", murmelte Nate. „So etwas Großes hätte ich mir nicht vorgestellt."

„Und", fügte Eve hinzu, „an der Sonnenwende werden wir alle zusammen sein, um zu feiern. Der gesamte Zirkel an einem Ort. Plötzlich scheint das keine gute Idee mehr zu sein."

„Oder", sagte Cornell eifrig, „es ist der perfekte Zeitpunkt, um unseren eigenen Angriff zu starten!"

Als er zu Ende gesprochen hatte, erschütterte ein gewaltiger Stoß das ganze Haus, dem schnell mehrere weitere folgten. Der dunkle Himmel hinter den langen Fenstern wurde von knisternder Energie zerschmettert, die wie Blitze über das Gelände zuckte, und sie rannten zu den Fenstern.

„Jemand versucht, Oswalds Schutzzauber zu durchbrechen!", schrie Eve, um den Lärm zu übertönen.

Und dann gab es einen weiteren Knall, der sie alle von den Füßen riss.

Alex hatte Lowen sich nähern sehen, umgeben von einer Wolke aus trüber, roter Energie, und er wartete und beobachtete, neugierig auf dessen Absicht. Er war sich sicher, dass Lowen ihn nicht gesehen hatte. Er hatte sich verschleiert, so knifflig das auf der Astralebene auch war, indem er sich in der rohen Energie der Bäume auf Oswalds Grundstück versteckte. Lowens silbrige Gestalt vibrierte auf eine beunruhigende Weise und die rote Wolke um ihn herum wuchs an. *War Lowen hier, um zu spionieren, oder um etwas anderes zu tun?*

Und dann, mit unerwarteter Geschwindigkeit, sandte Lowen eine Welle wogender Energie auf Oswalds Haus, die mit solcher Wucht einschlug, dass sie von Oswalds Schutzzauber abprallte und über die geisterhafte Ebene rollte und Alex in ihrem Sog erfasste. Glücklicherweise hielt sein eigener Schutz stand, und obwohl er durchgeschüttelt wurde, hielt er seine Position und schlug mit einem Zauber zurück, der Lowen abwehren sollte.

Gleichzeitig schlug Lowen erneut auf Oswalds Haus ein, und dessen Schutz wankte. Auf dieser Ebene konnte Alex winzige, wie Haarrisse aussehende Brüche erkennen, die sich ausbreiteten und dann wieder verschwanden. Oswald musste schnell handeln.

Alex' Zauber traf Lowen, prallte aber ab, als trüge Lowen eine Panzerung, und unglücklicherweise entdeckte er Alex. Sein nächster Angriff war auf ihn gerichtet. Alex glaubte, vorbereitet zu sein, aber das war er nicht. Die Energie erfasste ihn in einem Mahlstrom und wirbelte ihn durcheinander. Als er endlich aufhörte, sich zu drehen, fand Alex sich weit draußen auf dem Meer wieder, und das Land war kaum noch in Sicht.

Reuben betrachtete seine Puppe mit Genugtuung. Er hatte die einfache Lebkuchenmann-Form verwendet und grundlegende Kreuze als Augen und einen Strich als Mund aufgenäht.

„Nicht schlecht für einen ersten Versuch."

El lächelte, ihr Schmuck glitzerte im Kerzenlicht, das die dämmrige Düsternis linderte. „Ich schätze, das werden wir erst wissen, wenn du sie benutzt. Bist du bereit?"

Trotz seiner früheren Prahlerei fühlte sich Reuben nervös. „Was, wenn es nicht ihre Haare sind? Was, wenn ich einer unschuldigen Person schade?"

„Es gab keine Anzeichen für jemand anderen in diesem Haus, Reuben. Diese Haare gehören einem von ihnen oder beiden." Sie grinste spitzbübisch. „Mit etwas Glück erwischen wir beide." Sie wurde wieder ernst. „Eigentlich fühle ich mich damit auch unwohl. Ich habe noch nie wissentlich jemandem auf diese Weise geschadet. Jemanden eins gegen eins mit Feuer oder Energiekugeln zu bekämpfen, ist eine Sache, aber das hier fühlt sich hinterhältig an. Aber ich rufe mir immer wieder den Schaden in Erinnerung, den sie angerichtet haben ... und die Tode."

Reuben atmete tief ein und langsam wieder aus. „Stimmt. Okay. Ich dachte, ich verwende diesen Zauber." Er zog sein Grimoire zu sich heran und nahm das graue Band auf, das sich auf der Seite kräuselte. „Ich dachte, anstatt eine Nadel zu benutzen, binde ich die Puppe, als würde ich ihre Magie fesseln. Was meinst du?"

„Ich finde, das klingt perfekt."

Reuben beschwor seine Wassermagie und spürte die Kraft in ihrer Geschmeidigkeit. Sie würde sich gut zum Binden eignen. Bevor er einen Rückzieher machen konnte, begann er mit dem Zauber.

Caspian fuhr alarmiert herum, als die Tür aufflog und Oswald hereinstürzte, mit wildem Blick.

„Geht es allen gut?"

„Uns geht es gut – vorerst", beruhigte ihn Caspian, dem Oswalds zerzaustes Äußeres auffiel. Es sah aus, als wäre Oswald von einer Seite des Hauses zur anderen gerannt. „Ihre Schutzzauber halten gut stand."

Oswald wischte sich mit dem Handrücken über die Stirn, als wollte er Schweiß entfernen. „Bis jetzt. Aber der Angriff ist erstaunlich stark. Würden Sie mir alle bitte Ihre Kraft leihen?"

Caspian nickte und bemerkte, dass die anderen Hexen es ihm gleichtaten. Sie standen immer noch dicht gedrängt an den langen Fenstern und beobachteten die knisternde Energie, die das Haus angriff.

Cornell kochte vor Wut. „Ist das Charlies Werk? Denn der Zeitpunkt ist verdächtig – schon wieder!"

Hemanis dunkelbraune Augen wirkten im schwachen Licht beinahe schwarz. „Wir sollten keine voreiligen Schlüsse ziehen, aber es ist besorgniserregend."

Ein weiteres Grollen erschütterte den Raum, während die Luft draußen knisterte.

„Wir haben keine Zeit, das jetzt zu diskutieren", sagte Oswald und arrangierte sie in einem Kreis. „Fasst euch jetzt bei den Händen. Eine weitere Druckwelle könnte meinen Schutz vollständig zerschmettern."

Caspian legte seine Hand in die von Oswald und spürte ihre knochige, trockene Zerbrechlichkeit, aber die Magie, die er ausstrahlte, war keineswegs schwach. Hemani stand auf Caspians anderer Seite, ihre Hand war warm in seiner, und innerhalb von Sekunden hatten sie ihre Magie für Oswald geöffnet.

Der Rausch der sich vermischenden Kräfte war berauschend. Niemand hielt sich zurück, alle teilten bereitwillig mit Oswald. Wenn überhaupt, hatte dieser Angriff ihre Entschlossenheit gestärkt. Caspian spürte Hemanis Magie, die ihm fremd war. Sie war sicher und stark, und dann spürte er Averys Energie, vertraut und beruhigend. Die verschiedenen Stränge waren verwirrend, doch dann nahm er Ulysses' Magie wahr. Sie war tief und dunkel, erfüllt von einer wilden, aber fest gezügelten Macht, anders als alles, was er je zuvor gefühlt hatte. Sie trug den Ozean in sich und eine tiefe, wogende Energie, die drohte, Caspians Gleichgewicht zu erschüttern. Er sah, wie auch die anderen Hexen Ulysses anstarrten, aber der konzentrierte sich nur auf Oswald.

Als Oswald mit seinem Zauber begann, erschütterte ein weiterer Knall den Raum, und Dunkelheit senkte sich herab, als wäre eine Decke über das Haus geworfen worden. Caspian hoffte, dass ihre vereinten Kräfte ausreichen würden.

Alex raste über das Meer, wütend auf sich selbst, dass er so leicht entwaffnet worden war.

Der magische Sturm, der sich über Oswalds Haus zusammenbraute, zog ihn an wie ein Magnet und war selbst aus der Ferne sichtbar. Seine größte Sorge war Avery, und obwohl er wusste, dass sie stark war, war Lowens Magie gewaltig. *Vielleicht griff er bereits auf die Macht der Menhire zu?*

Als Crag's End in Sicht kam, zögerte Alex. Die Magie, die Lowen umgab, war wie eine Gewitterwolke. Es sollte unmöglich sein, eine solche Energie auf dieser Ebene anzusammeln, und doch ...

Alex schleuderte eine Salve astraler Feuerspeere auf ihn. Die ersten paar verschwanden im Dunkel, aber einer traf sein Ziel, und die Energiewolke flackerte.

Lowen entdeckte ihn, und innerhalb von Sekunden war Alex in einen wütenden Kampf verwickelt, nah genug, um zu sehen, dass Lowens Astralkörper schwarz und grün gesprenkelt und sein Gesicht vor Wut verzerrt war. Er sah dämonisch aus. Er schoss einen Blitz auf Alex' Schnur, verfehlte sie aber glücklicherweise. Alex konnte es sich nicht leisten zu verlieren. Lowen versuchte, ihn zu töten. Alex ging zum Gegenangriff über, um die Aufmerksamkeit von Oswalds Haus abzulenken.

Und dann geriet Lowen ins Wanken, sein wutverzerrter Gesichtsausdruck wich der Verwirrung. Die Wolke aus potenter Astralmagie begann zu schrumpfen, und Lowen wand sich, als ob ihn etwas gefangen hätte.

Das war die Chance, die Alex brauchte, und er entfesselte seinen mächtigsten Zauber. Er beschwor ein Lasso aus reiner Energie, so stark, dass es wie ein stromführendes Kabel funkte, und als er sich so nah herantraute, wie er konnte, warf er es um Lowen und zog es ruckartig fest. Gleichzeitig sprach er einen Bindungszauber.

Mit einem Blitz verschwand Lowens magischer Sturm, und Entsetzen breitete sich auf seinem Gesicht aus, bevor er zu seinem Körper zurückraste. Alex jagte ihm nach.

Zwölf

Avery löste sich zur gleichen Zeit wie alle anderen aus dem Kreis und ging zum Fenster. Die klare Dämmerung kehrte zurück und Ruhe trat ein.

„Ich bin mir ziemlich sicher, dass ich das nicht war", sagte Oswald und starrte in den Himmel.

„Vielleicht hat dein Zauber sie abgeschreckt, Oswald. *Etwas* hat es jedenfalls", überlegte Caspian.

„Nun", sagte Eve und beobachtete besorgt den Himmel, „das ist ein untrügliches Zeichen dafür, dass wir *alle* angegriffen werden."

„Ich hoffe, El und Reuben waren erfolgreich", sagte Avery und fragte sich, welche Zauber sie wohl angewandt hatten. „Und vielleicht Alex auch. Meint ihr, das war Lowen?"

„Das kann doch unmöglich ein astraler Angriff gewesen sein?", fragte Cornell alarmiert.

„Es ist möglich", sagte Nate. „Jemand, der im Geisterwandeln geübt genug ist, könnte so viel Energie manifestieren, aber vielleicht hatte er Unterstützung."

Hemani nickte. „Magie, auf die er zurückgreifen konnte, genau wie wir."

Eve verschränkte die Arme und starrte Caspian und Avery an. „Wenn das, was auch immer da draußen passiert ist, durch einen Zauber mit dem von euch gefundenen Haar aufgehalten wurde, solltet ihr beide schnell handeln, bevor Mariah dahinterkommt und versucht, euch aufzuhalten.“

Caspian wandte sich an Avery. „Sie hat recht. Wir sollten jetzt gehen.“ Er blickte die anderen an. „Lasst uns dieses Treffen jetzt beenden und mit der Planung beginnen. Cornell, kannst du eine Strategie für einen Gegenangriff ausarbeiten, bei dem wir die Planeten nutzen?“

„Natürlich.“ Cornells Augen blitzten vor Vergnügen und, wie Avery vermutete, vor dem Kitzel der Herausforderung. „Die Planetenparade ist nur noch zwei Tage hin und am Freitag ist Vollmond. Ich kann mir für dann etwas ausdenken. Aber natürlich ist es noch fast eine Woche bis Litha. Das gibt ihnen immer noch reichlich Zeit für die Planung.“

„Aber dasselbe gilt für uns“, warf Ulysses ein. „Es sei denn, Litha ist nicht ihre Absicht. Ihnen stehen viele Möglichkeiten zur Verfügung.“

„Dann müssen wir auf alle vorbereitet sein“, erklärte Hemani, bevor sie sich an Cornell wandte. „Ich helfe dir. Mich fasziniert, dass man Planetenmagie mit der Energie der Steinkreise koppeln könnte. Das würde ich gerne erforschen.“

Nate wandte sich an Eve. „Was, wenn wir an den Bannezaubern arbeiten, über die wir vorhin gesprochen haben?“

Sie nickte. „Auf jeden Fall.“

Oswald war zu einem Stuhl getaumelt und Ulysses setzte sich neben ihn. „Ist alles in Ordnung bei dir, alter Freund?“

„Ich bin ein wenig schockiert über die Stärke des Angriffs."

„Vielleicht sollte ich hierbleiben", bot er an. „Für den Fall, dass er zurückkommt. Zwei Hexer sind stärker als einer."

Oswald schenkte ihm ein dankbares Lächeln und Avery fand, er sei in nur wenigen Minuten um Jahre gealtert. „Das würde mir gefallen. Danke."

„Darf ich vorschlagen", sagte Caspian, „dass wir unsere Pläne vorerst für uns behalten? Wir sind das Team, das sich freiwillig gemeldet hat, um sich darum zu kümmern, und das bedeutet, dass niemand sonst in unsere Pläne eingeweiht wird. Ich melde mich wegen unseres nächsten Treffens, das dann bei mir zu Hause stattfinden wird ... vielen Dank trotzdem, Oswald."

Oswald nickte, ein Anflug von Erleichterung huschte über sein Gesicht.

„Avery", Caspian wandte sich ihr zu und breitete die Arme aus, bereit, sie zu umfangen. „Bist du bereit?"

Wenn sie ehrlich war, wäre Avery lieber zu ihren Freunden und Alex zurückgekehrt, um nachzusehen, ob es ihnen gut ging, aber sie durften keine Zeit verlieren, also nickte sie. „Ich bin bereit."

Sekunden später war Oswalds Haus verschwunden und sie standen im Dunkeln in Mariahs Wohnzimmer. Sie warteten eine scheinbar lange Zeit und vergewisserten sich, dass keine Geräusche um sie herum zu hören waren. Als er endlich zufrieden war, warf Caspian ein Hexenlicht über ihnen an und ging aus dem Wohnzimmer die Treppe hinauf, Avery dicht hinter ihm.

„Warst du schon oft hier?", fragte sie ihn, da er sich anscheinend gut auszukennen schien.

„Ein- oder zweimal, aber das ist schon lange her.“

Bildete Avery es sich nur ein oder klang er bedauernd? Sie hatte nie danach gefragt, aber jetzt kam ihr der Gedanke, dass sie vielleicht mehr als nur befreundet gewesen waren. „Standet ihr euch nahe?“

„Nur als Freunde und anscheinend nicht so gut, wie ich dachte.“ Sobald Caspian im Badezimmer war, hockte er sich neben das Waschbecken und begann, den Abflussstöpsel zu demontieren. Er blickte mit einem schiefen Grinsen zu ihr auf. „Ich bin froh, dass ich nicht meinen Anzug trage.“

„Und ich bin froh, dass du das machst und nicht ich“, gestand sie. „Ich suche nach Schmuck.“

Die Stille von Mariahs gemütlichem Cottage umfing sie, als sie den Flur entlang in ihr Schlafzimmer eilte. Unter dem Fenster stand eine Kommode, auf der eine hübsche Schmuckschatulle stand, und Avery zog die Schubladen auf, um eine Auswahl an Halsketten, Armbändern und Ringen zu sehen. Wieder einmal war sie verblüfft, wie normal alles schien, und sie bedauerte, Mariah nicht besser gekannt zu haben. Oder besser gesagt, dass Mariah sie nicht hatte näher an sich herankommen lassen. Sie hatte es versucht – zumindest am Anfang –, bis ihre Bemühungen auf eine Welle der Feindseligkeit gestoßen waren.

Unbehagen bei dem Gedanken, dass sie stahl, um jemandem zu schaden, ergriff Avery. Sie nahm eine Halskette und ein Armband, steckte sie in ihre Tasche und beschloss dann, das Schlafzimmer noch einmal zu durchsuchen. Sie öffnete die Schubladen und stöberte durch die wenigen zurückgelassenen Gegenstände, dann suchte sie unter dem Bett und im Kleiderschrank. Frustriert, weil sie nichts weiter Nützliches fand, ging sie zurück ins Badezimmer, wo Caspian sich gerade bei der Dusche aufrichtete.

„Erfolgreich?", fragte sie.

Er verzog das Gesicht, als er einen Haarballen zwischen den Fingern hielt. „Man könnte es wohl so sagen. Das Waschbecken war sauber, aber in der Dusche habe ich welche gefunden."

„Gut. Ich habe auch Schmuck." Das Geräusch eines vorfahrenden Autos ließ sie zum Schlafzimmerfenster eilen und sie sahen, wie Mariah mit Harry aus einem Auto stieg.

Caspian zog sie vom Fenster weg, gerade als Mariah aufblickte. „Zeit zu verschwinden."

„Lass uns zu Reuben gehen", schlug Avery vor, begierig darauf, ihre Optionen noch einmal zu besprechen, bevor sie sich trennten, „und nachsehen, wie es Alex ergangen ist."

Caspian nickte, schlang seine Arme erneut um Avery, und sie verschwanden, just als die Haustür aufging.

Briar betrachtete den Schweiß auf Alex' Stirn und seine Augen, die sich unter den geschlossenen Lidern rapide bewegten, und hoffte, dass ihm nichts zustoßen würde. Ein triumphierender Aufschrei ließ sie herumfahren und zu Reuben und El blicken.

„Alles in Ordnung?", fragte sie die beiden.

Reuben zwinkerte ihr zu. „Darauf kannst du wetten! Ich habe gespürt, wie das Prachtstück hier wie eine Bogensehne vibriert hat. Wen auch immer es getroffen hat, den hat es voll erwischt!"

„Gut, schätze ich. Aber mir ist bei der Sache immer noch nicht wohl."

El schenkte ihr ein schiefes Lächeln. „Ich verstehe das, aber du wurdest angegriffen und hättest getötet werden können."

„Ich weiß."

Briar wandte sich wieder Alex zu, unfähig, den gewaltigen Machtschub zu vergessen, auf den sie neulich Nacht zugegriffen hatte. Sie war mit dem Gebrauch von Steinen bei ihrer Arbeit vertraut, sie waren eine nützliche Ergänzung zu ihren Heilzaubern, aber auf den Quarzsteinen zu stehen, war etwas völlig anderes gewesen. Sie hatte sich wie ein Kanal für Magie gefühlt. Aus irgendeinem Grund hatte sie sich dadurch sowohl unglaublich mächtig als auch furchtbar allein gefühlt. Jetzt konnte sie es kaum erwarten, dass Hunter kam. Sie wollte einfach nur in den starken Armen eines lebhaften Mannes gehalten werden, der ihr das Gefühl geben konnte, viel mehr als nur eine Hexe zu sein. Sie rieb sich mit den Händen über das Gesicht. *Was war nur los mit ihr? Sie sollte sich durch ihre Macht gestärkt fühlen, nicht von ihr erschöpft.*

Eine Energieverschiebung in der Mitte von Reubens Hauptdachboden ließ sie alarmiert den Kopf heben, aber Avery rief: „Ich bin's nur, mit Caspian." Sie erschienen am gemauerten Torbogen, beide sahen siegesberauscht aus, bis Averys Blick auf Alex fiel. Sie senkte besorgt ihre Stimme. „Er ist immer noch weg?"

„Schon eine ganze Weile, aber es gibt keine Anzeichen dafür, dass etwas nicht stimmt."

„Setzt euch", sagte Reuben und deutete auf die freien Stühle am Tisch. „Wie lief das Treffen?"

„Es war ereignisreich“, sagte Caspian und nahm sein Angebot an, „aber ich habe dir ein Geschenk mitgebracht.“ Er legte etwas auf den Tisch, das Briar von ihrem Platz auf dem Kissen aus nicht sehen konnte.

„Igitt!“, sagte El und verzog angewidert das Gesicht. „Nicht noch mehr Haare!“

Caspian lachte. „Tut mir leid, aber wir werden sie brauchen.“

„Ich habe auch etwas Schmuck“, sagte Avery und legte die Stücke neben die Haare.

Reuben war enthusiastischer. „Gut. Ich glaube, wir haben heute Abend etwas erreicht.“

„Nun“, sagte Caspian, als er die Voodoo-Puppe aufhob und untersuchte, „jemand hat heute Abend Oswalds Anwesen angegriffen, und dann hat es plötzlich aufgehört.“

Alex’ Stöhnen ließ alle herumfahren, und Avery eilte an seine Seite, als er krächzte: „Es war Lowen.“

„Er war wieder auf Geisterwanderung?“, fragte Avery.

Alex nickte und setzte sich auf, rieb sich durch die Haare und über das Gesicht, als wäre er aus einem langen Schlaf erwacht. „Jep. Ich habe ihn von Oswalds Anwesen verjagt. Er war auf dem Weg zur Nordküste, aber er ist schnell verschwunden, und ich habe mich nicht lange aufgehalten.“ Endlich schien er zu registrieren, dass Caspian angekommen war. „Geht es euch beiden gut? Lowen hat eine Menge Macht auf Crag’s End geschleudert.“

„Uns geht es gut“, beruhigte Avery ihn. „Aber es war eine Zeit lang ziemlich brenzlig.“

Alex drückte ihre Hand und schenkte El und Reuben ein gequältes Lächeln. „Etwas hat Lowen komplett gestoppt ... seine Macht regelrecht erwürgt. Wart ihr das?"

„Das will ich verdammt noch mal hoffen", sagte Reuben. „Drei Zauber, die auf denjenigen abzielten, dessen Haare wir haben. Wir hoffen, wir haben beide hart getroffen."

Zum ersten Mal, seit er in seinen Körper zurückgekehrt war, schien Alex sich zu entspannen, und Briar reichte ihm die Tasse mit stärkendem Tee, den sie neben sich warm gehalten hatte. „Hier, bitte. Du wirst dich bald besser fühlen."

„Ich fühle mich schon besser, nur weil ich weiß, dass etwas, das wir getan haben, richtig gut funktioniert hat." Er lachte kurz auf. „*Richtig* gut! Ich habe auch einen Fesselzauber auf ihn geworfen. *Bastard*."

„Aber", warf Caspian ein, „irgendwie wussten sie, dass wir heute Abend bei Oswald sein würden. Das deutet darauf hin, dass entweder Charlie ihnen Informationen zukommen lässt oder jemand anderes im Zirkel ein Maulwurf ist."

„Was bedeutet", sagte El, „dass wir den Kreis eng halten müssen."

Briars Handy summte in ihrer Tasche, und sie nahm schnell ab, als sie sah, dass es Newton war. „Hey, Newton. Wie geht's-"

Aber sie konnte ihren Satz nicht beenden. „Briar, etwas stimmt nicht. Ich fühle mich komisch."

„Was?" Ihre Stimme wurde schockiert lauter. „Was für eine Art von komisch?"

„Schwach ... schwindelig. Kannst du kommen? Ich bin zu Hause."

„Ich bin so schnell wie möglich da. Bleib, wo du bist!“ Sie war aufgestanden, während sie sprachen, und nun sahen sie alle an. „Newton ist verletzt. Ich muss zu ihm!“

Avery wollte gerade aufstehen, aber Caspian drängte sie, sitzen zu bleiben. „Nein, lass mich das machen. Ich war noch nie bei Newton, aber ich könnte dich in die Nähe bringen, wenn du mir einen Orientierungspunkt nennen kannst.“

„Aber ich ...“, begann Avery und warf einen besorgten Blick auf Alex.

„Nein. Du bleibst bei Alex“, beharrte Caspian und streckte seine Arme aus. „Briar, stell dich einfach neben mich, und ich werde uns transportieren.“

So begierig sie auch war zu gehen, Briar hatte den Hexenflug noch nie zuvor benutzt.

„Bist du sicher? Es ist nur eine kurze Fahrt.“

„Das hier ist schneller.“ Er begegnete ihrem Blick mit seinen ruhigen Augen. „Wir können ihn hierher zurückbringen.“

„Aber du bist gerade erst angekommen. Bist du nicht müde?“

Seine Augen waren freundlich und amüsiert. „Ich bin stark genug, um das zu tun. Komm schon.“

Sie schob ihr Zögern beiseite. „Danke.“

Sekunden später lagen Caspians Arme um sie, und der Raum verschwand in wirbelnder Schwärze.

Dylan betrachtete die Karte mit Interesse, steckte sie dann in seine Tasche und machte sich bereit, aus dem Lieferwagen zu steigen. „Weißt du, mir war gar nicht richtig bewusst, wie viele Steinkreise es im Bodmin Moor gibt. Das ist unheimlich.“

Ben nickte zustimmend. „Ich weiß, aber es ist ein düsterer, einsamer Ort, also ist es nicht überraschend.“

„Und“, fügte Cassie hinzu, „an der Spitze von Cornwall ist es dasselbe. Irgendetwas an diesen abgelegenen Orten fördert diese Monumente für die Götter und die Elemente. Und dieses hier ist ziemlich groß.“

Sie befanden sich auf dem Weg, der am Stannon Stone Circle auf der Nordseite von Bodmin vorbeiführte. Nach ihrer Erfahrung in der Nacht zuvor machten sie sich alle Sorgen, wieder angegriffen zu werden, aber Dylan war das egal; er war entschlossen, jede Menge Aufnahmen zu machen.

Cassie zögerte, bevor sie aus dem Van stieg. „Die Zauber der Hexen werden keine große Hilfe sein, wenn sich der Angriff von letzter Nacht wiederholt.“

„Ich weiß“, gab Ben zu und tauschte einen besorgten Blick mit Dylan aus, „aber wir brauchen diese Informationen.“

Cassie seufzte und stieg aus dem Auto, wobei sie ihre Taschenlampe über das Moor richtete. „Wenigstens habe ich heute Nacht Gummistiefel an. Ich glaube, es könnte matschig werden.“

Dylan überprüfte seinen Rucksack, um sicherzustellen, dass er genügend Batterien hatte, und machte sich mit der Kamera in der Hand auf den Weg zum Steinkreis, die anderen schritten neben ihm. „Weißt du“, sagte er und plauderte, um die riesige Stille, die sie umgab, ein wenig aufzulockern, „dieser Kreis und Fernacre gelten als die ältesten auf dem Moor, und Fernacre ist größer als dieser hier.“

„Ist mir aufgefallen", sagte Cassie. „Ich habe heute Nachmittag über sie gelesen. Es gibt hier auch Hinweise auf steinzeitliche Siedlungen. Das war ein wichtiger Ort für unsere Vorfahren."

„Ich glaube, es ist auch ein wichtiger Ort für einige heutige Hexen", überlegte Ben mit dem EMF-Messgerät in der Hand.

Sie erreichten den Rand des Kreises ohne Zwischenfall, wobei Dylan im Dunkeln beinahe gegen einen Stein prallte, und er wünschte, sie wären früher losgegangen. Die Abenddämmerung hätte eine bessere Sicht geboten, aber alle drei fühlten sich im Dunkeln sicherer, außer Sichtweite neugieriger Blicke – so hofften sie zumindest. Er fragte sich auch, ob die Messwerte nachts stärker sein würden, also hatten sie es vermieden, bei Tag zu gehen. Außerdem war es unwahrscheinlicher, dass es Besucher gab, als am Tag. Er hielt inne und ließ seine Augen sich gewöhnen, und aus dem grauen Einerlei konnte er einige der stehenden Steine ausmachen. Es war ein großer Kreis, aber die Steine waren kaum kniehoch.

Bens Messgerät gab ein leises Sirren von sich. „Wow. Das geht ja schon los." Er schwenkte es über den nächstgelegenen der stummeligen Steine, und die Frequenz stieg an. „Cassie, kannst du ein paar Notizen machen?"

Sie eilte an seine Seite, während Dylan mit einer Mischung aus Bestürzung und Aufregung auf seinen eigenen Bildschirm blickte. Auch diese Steine zeigten Anzeichen von sich aufbauender Energie, und selbst die Steine auf der gegenüberliegenden Seite des Kreises waren von hier aus sichtbar. Er konnte definitiv die kreisförmige Anordnung erkennen. Er schnaubte. „Verdammt. Es passiert hier auch."

Cassie und Ben drängten sich näher an ihn, Cassie hielt ihr Haar zurück, während der Wind es zerzauste, und er fing einen Hauch ihres Parfums auf, als sie sagte: „Dann besteht kein Zweifel, dass das eine *Sache* ist."

Dylan konnte ihren Gesichtsausdruck nur im Licht des Bildschirms erkennen, aber ihre Besorgnis war unverkennbar, denn sie spiegelte seine eigene wider. „Ja, das ist definitiv eine *Sache*. Lass uns diesen Ort schnell abarbeiten. Ich will auf dem Weg nach Fernacre noch den Louden Stone Circle untersuchen." Er blickte zum Himmel und sah nur vorbeiziehende Wolken und eine Weite von Sternen. „Es ist relativ klar. Was meint ihr, machen wir die Nacht durch und nehmen Trippet, Stripple und Craddock auch noch mit?"

„Auf jeden Fall", stimmte Ben zu. „Cassie, lass uns Temperaturmessungen und das ganze Programm machen. Wenn all diese Kreise aufleuchten, wissen wir, dass wir in Schwierigkeiten stecken. Ich will den Hexen so viele Informationen geben, wie wir können."

Und damit schwärmten sie aus, und Dylan konzentrierte sich auf seine Aufnahmen. Das würde eine lange Nacht werden.

Newton hatte es geschafft, sich zu seinem Schreibtischstuhl zu schleppen, knipste eine Lampe an und schaute auf seine Uhr. *Mist*. Er war über eine Stunde weggetreten gewesen.

Er hörte jemanden an die Tür unten klopfen, dann ein Klicken, als sie entriegelt wurde, und Briar rief nach oben: „Ich bin's nur, und Caspian ist bei mir."

„Ich bin hier oben!" Er hatte kaum Zeit, sich zu wundern, wie sie so schnell hier sein konnte, als sie schon in der Tür standen. Briar sah aus, als wäre ihr schlecht, und er sagte: „Du siehst auch krank aus."

„Das ist nur der Hexenflug", erklärte sie und trat an seine Seite.

Caspian sah verlegen aus, als er ihr folgte. „Entschuldigung. Aber es war schneller."

„Ich dachte immer, Alex übertreibt, aber das hat er nicht", gab sie zu, während sie bereits ihre Hand über Newtons Körper hielt und ihn abscannte. „Dein Energielevel fühlt sich wirklich niedrig an."

Newton schloss die Augen und atmete tief durch, wünschte sich, er würde sich normal fühlen, aber es war, als läge ein Gewicht auf seiner Brust. Es war seltsam; obwohl er Briar nicht beobachtete, konnte er spüren, wo ihre Hand über ihn fuhr. Es fühlte sich an wie eine Liebkosung. Ein Gefühl, mit dem er vertrauter hätte sein können, wenn er sie nicht zurückgewiesen hätte. *Idiot.*

Er öffnete die Augen wieder und sah, dass sie ihm ins Gesicht starrte. „Ich bin nicht sicher, ob es ein Zauber ist, und der Schutz auf deinem Haus fühlt sich stark an. Ich frage mich, ob es Erschöpfung und Trauer sind."

„Großartig. Jetzt klinge ich wie ein Weichei."

Sie richtete sich auf und schnalzte mit der Zunge. „Sei kein Idiot! Sieh dir doch an, was für eine Woche du hinter dir hast.

Und ich habe gehört, was heute auf dem Bauernhof passiert ist. Du warst früh auf den Beinen."

Er ließ sich in seinen Stuhl zurückfallen. „Scheiße. Das fühlt sich an wie vor einer Woche."

„Genau. Du hast einfach zu viel getan!"

Caspian starrte auf Newtons riesige Pinnwand, die mit Notizen zum aktuellen Fall gefüllt war. Er war noch kaum zu Black Cronos gekommen, aber Caspian sagte: „Ich habe gehört, dass der Ort der Nephilim angegriffen wurde. Das ist ein schlechtes Timing."

Newton grunzte. „Kaum ihre Schuld. Eli hat sich entschuldigt, aber sie mussten mich anrufen. Schlechtes Timing für mich, aber schlimmer für sie."

Briar stemmte die Hände in die Hüften und musterte ihn. „Hast du überhaupt gegessen?"

„Snacks bei der Trauerfeier."

Ihre Stirn legte sich ärgerlich in Falten. „Bei Hernes Hörnern, Newton! Jetzt bin ich mir ziemlich sicher, dass du einfach nur ausgelaugt bist. Ich wollte vorschlagen, dass du mit uns zu Reuben zurückkommst, aber nach meiner unangenehmen Erfahrung werde ich dir etwas Leichtes kochen, und dann gehst du ins Bett."

Trotz seiner Übelkeit und seiner pochenden Kopfschmerzen musste er lachen. „Tut mir leid, Briar. Offensichtlich hat mich die Paranoia im Griff, aber damit komme ich klar. Du solltest zu Reuben zurückgehen. Du hältst Caspian auch auf."

Sie drehte sich zu Caspian um. „Das macht dir doch nichts aus, oder?"

„Überhaupt nicht. Aber ich schlage vor, dass wir Newtons Schutz verstärken, wenn du fertig bist – nur für den Fall."

In ihren Augen leuchtete ein Ring aus grünem Feuer auf. „Da, Newton, siehst du!"

„Ja, Ma'am."

„Hör auf mit dem *,Ma'am'*! Du solltest besser auf dich aufpassen." Sie schritt aus dem Zimmer, wobei ihre Röcke schwangen. „Und wag es ja nicht, mir zu folgen."

Newton wartete, bis sie gegangen war, bevor er sich an Caspian wandte. „Für eine so zierliche Frau ist sie ganz schön herrisch."

Caspian lächelte. „Sie hat ein gutes Herz und ist großzügig zu ihren Freunden. Ich mag sie sehr. Ich kann nicht anders, als sie wie eine kleine Schwester zu sehen."

Newton war kurz davor, sich ärgerlich zu sträuben, doch als Caspian seinen letzten Satz hinzufügte, milderte er seine Antwort ab. „Sie mag dich auch. Ich glaube nicht, dass sie Kontakt zu ihrer Familie hat, und soweit ich weiß, hat sie keine Geschwister."

„Gut. Dann braucht sie einen großen Bruder." Ein freches Grinsen huschte über Caspians Gesicht. „Ich glaube nicht, dass du diese besondere Eigenschaft erfüllst."

„Ich erfülle auch keine andere Eigenschaft", sagte Newton und überraschte sich damit selbst. „Dieser verdammte Wolf tut das."

Caspian senkte den Kopf und starrte einen Moment lang auf den Boden. „Ja, ich weiß, wie sich das anfühlt." Von diesem Eingeständnis überrascht, war Newton vorübergehend still, und Caspian studierte erneut Newtons Notizen. „Moore hilft dir bei all dem?"

„Ja. Wir haben noch keine Neuigkeiten über den Aufenthaltsort von irgendjemandem. Sie halten sich sehr bedeckt, aber ich
bin überzeugt, dass einige von ihnen noch hier sind."

„Das sind sie definitiv. Mariah und Harry waren vorhin vor
Mariahs Haus, und –"

Newton unterbrach ihn, seine Gedanken rasten durch die
Möglichkeiten. „Das waren sie? Verdammt. Wo zur Hölle stecken
sie dann?"

„Keine Ahnung. Aber Lowen hat heute Nacht auch wieder
angegriffen. Keine Sorge, uns geht es allen gut."

„Wie angegriffen?"

„Ein Astralangriff."

Newton schloss die Augen und fühlte sich erschöpft. Nach
der Beerdigung hatte er alles über den Angriff der letzten Nacht
gehört, aber versucht, es während der Trauerfeier aus seinen
Gedanken zu verbannen. Alles wurde ihm zu viel.

Als er die Augen wieder öffnete, beobachtete Caspian ihn.
„Hast du von der Aktivität an den Steinkreisen gehört?" Er lehnte
an der Wand, die Arme vor der Brust verschränkt, und sah in
seiner Freizeitkleidung ganz anders aus – weniger autoritär –
und Newton fragte sich, ob dies ein bewusster Versuch war,
zugänglicher zu sein.

„Ja", nickte er und fragte sich, worauf Caspian hinauswollte.
„Das ist besorgniserregend."

„Möglicherweise hilft der blutgetränkte Schatz – und das
meine ich natürlich metaphorisch – die Energie der Kreise auf irgendeine Weise zu erhöhen, aber ich bin nach wie vor überzeugt,
dass Mariah und Zane immer noch versuchen werden, ihn zu

verkaufen, wenn das, was auch immer sie geplant haben, erledigt ist. Ich fahre am Donnerstag nach London. Warum kommst du nicht mit?"

„London?" Newton war so verblüfft, dass es seine Kopfschmerzen beinahe vertrieb. „Warum dorthin?"

„Ich treffe Olivia, Harlans Kollegin. Du könntest sie auch treffen, und die berühmte Maggie Milne, von der ich so viel gehört habe."

Newton konnte ihn nur einen Moment anstarren, fürchtete, er hätte den Verstand verloren, und dachte, dass Ehrlichkeit die beste Option sei. „Ich bin überrascht, dass du mich dabeihaben willst."

„Ich denke, es wird nützlich sein, das aus einem anderen Blickwinkel zu betrachten. Hast du Inez schon ersetzt?"

Das war etwas anderes, worüber er nicht nachdenken wollte. *Kein Wunder, dass er sich beschissen fühlte.* „Nein, ich schiebe es vor mir her, aber ich werde es morgen tun müssen."

„Gut. Wen auch immer du wählst, er oder sie kann Moore helfen. Nichts ist besser, als direkt ins kalte Wasser geworfen zu werden."

„Wenn ich sie so schnell versetzt bekomme. Was springt für dich dabei raus?"

Caspian zuckte mit einem wehmütigen Lächeln die Achseln. „Nichts. Ich dachte nur, etwas Gesellschaft wäre gut, und du musst mal raus. Und wie ich höre, kommt Hunter morgen an."

Newton versuchte, nicht zu stöhnen, aber es entfuhr ihm trotzdem. „Natürlich kommt er." Er hörte Briar die Treppe hochkommen und wusste, dass es schrecklich sein würde, sie mit ihm zu sehen, und obwohl er bei Newtons Rückkehr immer noch da sein würde, sollte er vielleicht mitgehen. „Wie lange willst du bleiben?"

„Nur ein paar Tage."

„Na gut. Ich werde morgen alles organisieren und dich anrufen, um eine Zeit für die Abfahrt zu vereinbaren."

Dreizehn

Verglichen mit Averys Gemütszustand war die Atmosphäre in White Haven heiter und fröhlich, als sie am Mittwochmorgen mit Kaffee und Kuchen zu Happenstance Books zurückschlenderte.

Sie hatte sich freiwillig für die Kaffeerunde am Vormittag gemeldet, da sie sich die Beine vertreten und nach ein paar gefühlt verrückten Tagen etwas Normalität erleben musste. Ein Spaziergang durch die festlich geschmückten Straßen der Stadt hob stets ihre Laune. Vergnügt blickte sie sich um. Die Sonne schien, über ihr kreischten die Möwen und die Brise trug den Duft des Meeres mit sich. Die Blumenampeln und Pflanztöpfe erstrahlten in sommerlichen Farben und die Litha-Dekorationen der Läden sahen fantastisch aus.

An Türen und in Fenstern hingen grüne Kränze, ebenso gab es riesige Blumenarrangements und Abbildungen der Göttin in den verschiedensten Gestalten und Formen. Einheimische wie Besucher waren sommerlich gekleidet und es wurde viel über die bevorstehenden Feierlichkeiten zur Sonnenwende am Samstag geplaudert, die am Strand stattfinden würden. Die Feier der Hexen selbst würde ein paar Tage später, zur eigentlichen Sonnenwende, stattfinden. Nun, sie hofften es zumindest, aber diese Pläne könnten sich ändern, je nachdem, was in den nächsten Tagen passierte.

Die Tür von Averys Laden stand weit offen, als sie eintrat, damit die warme Sommerluft zirkulieren konnte. Sie ging zum Tresen, wo Dan gerade die Musik wechselte und Sally eine Kundin fertig bediente.

„Hey Leute, Zeit für Kaffee und Kuchen.“

Sally griff nach ihrem Latte und musterte dann Averys Gesicht. „Danke. Du siehst besser aus.“

Sie nickte. „Das habe ich gebraucht. Die Stadt sieht reizend aus und ich fühle mich positiv. Ich nehme an, ihr zwei geht zum Lagerfeuer am Strand?“

„Klar“, sagte Dan und zog einen Krapfen mit Sahnefüllung aus der Tüte. „Ich gehe mit Caroline.“ Er sah Avery misstrauisch an. „Ich nehme an, es wird sicher sein?“

„Ich bin mir ziemlich sicher. Was auch immer Mariah und ihre Bande planen, ist auf uns gerichtet. Tatsächlich haben wir auch vor, hinzugehen.“ Sie nippte an ihrem Kaffee und dachte daran, wie viel Spaß es machen würde, einfach eine Party ohne Angst vor einem Angriff zu genießen. „Ja, es wird schon gut gehen.“

„Gut“, sagte Sally und sah erfreut aus. „Ich nehme die Kinder mit und natürlich schauen wir uns die Parade an. Irgendetwas bedrückt dich aber. Komm schon, raus mit der Sprache.“

Avery hatte die neuesten Nachrichten noch nicht mitgeteilt, da der Morgen zu geschäftig gewesen war, und wenn sie ehrlich war, wollte sie sie aus ihren Gedanken verdrängen, aber jetzt brachte sie die beiden über die Ereignisse des vergangenen Abends auf den neuesten Stand.

„Wow", sagte Dan schockiert. „Reuben und El haben sie mit einem Zauber belegt?"

„Ja", bestätigte sie und fühlte sich immer noch unwohl dabei. „Es ist für uns alle seltsam, aber es war gut, dass sie es getan haben."

„Also, angenommen, Lowen ist auf irgendeine Weise gebunden", wagte Sally zu fragen und senkte ihre Stimme. „Was bedeutet das eigentlich? Ist er körperlich krank?"

„Es bedeutet, dass seine Magie gebunden ist und er keine Geistwanderung machen kann ... nun, so sollte es funktionieren. Es ist keine vollständige Fesselung, denn das ist eine riesige Sache, aber es bedeutet, dass er vorerst eingeschränkt ist."

„Und das Gleiche werdet ihr mit Mariahs *Sachen* machen?", fragte sie und spielte auf die Gegenstände an, die Avery und Caspian gestohlen hatten.

Avery nickte und dachte an ihre Diskussion vom Vorabend. „Wir wägen im Moment unsere Optionen ab."

Dan wischte sich etwas Sahne und Zucker von den Lippen und sagte: „Also, diese Konstellation ist morgen, richtig? Bedeutet das, dass dann etwas passieren wird?"

„Gute Frage, und die Antwort ist, dass wir es nicht genau wissen. Cornell arbeitet mit Hemani an einer Strategie für uns." Avery runzelte die Stirn, als sie die Möglichkeiten durchdachte. „Wir können wahrscheinlich nicht aufhalten, was sie tun, aber wir können es vielleicht kontern – oder die Energien ebenfalls nutzen. Die Sache ist", fügte sie hinzu und wurde zunehmend besorgter, „Caspian und Newton werden in London sein, also werden wir Caspians Kraft nicht nutzen können. Nicht, dass ich wüsste, ob Cornell uns überhaupt brauchen wird."

„London?", fragte Dan.

Sie informierte die beiden weiter über ihre Pläne und gab zu: „Ich war auch überrascht, aber er hat recht, mit Olivia zu sprechen, und dass Newton Maggie trifft, ist auch eine gute Idee."

Ein Klopfen am Fenster ließ sie alle nach draußen blicken, und sie sahen Ben und Dylan grinsen, bevor sie durch die Tür und zum Tresen traten.

„Dan, mein Freund", sagte Dylan und schüttelte Dan erfreut die Hand. „Du wirst nicht glauben, was wir herausgefunden haben!"

„Ich nehme an, es hat etwas mit Steinkreisen zu tun?"

„Und wie!"

Avery stöhnte auf. „Sag mir nicht, dass ihr noch mehr gefunden habt, die betroffen sind!"

Ben sah aus, als würde er vor Aufregung platzen. „Jeder einzelne Steinkreis im Bodmin Moor ist erleuchtet wie ein Weihnachtsbaum!"

Seine aufgeregte Stimme hallte durch den Laden und Sally scheuchte sie weg. „Ins Hinterzimmer mit euch allen – das gilt auch für dich, Dan. Keine Sorge, ich passe auf den Laden auf."

Mit einem dankbaren Lächeln für Sally führte Avery sie alle ins Private und hatte kaum die Tür geschlossen, als Dylan seinen Rucksack abnahm und darin zu wühlen begann. „Ich glaube, Bodmin lädt sich super auf!"

„Und die Hurlers Stone Circles sehen noch heller aus als vor ein paar Nächten!", fügte Ben hinzu. „Es ist verrückt!"

Avery stöhnte und wünschte, sie könnte sich genauso aufgeregt fühlen. „Ich bin nicht sicher, ob wir das feiern sollten!"

„Klingt für mich verdammt genial", sagte Dan und trat an Dylans Seite. „Hast du dein Filmmaterial dabei?"

„Alter! Natürlich! Also, einen Teil davon." Dylan schaltete seine Kamera ein und suchte die Aufnahmen durch. „Ich hatte stundenlanges Filmmaterial und habe das meiste davon heruntergeladen, aber das hier ist Hurlers größter Kreis."

Avery stand auf Dylans anderer Seite und kniff die Augen zusammen, um den Bildschirm zu erkennen. Zuerst sah sie nur ein Flackern der Dunkelheit, und als die Kamera dann schwenkte, sah sie das Aufblitzen von goldenem Licht wie Glühwürmchen. „Verdammte Axt."

„Wie ein Landeplatz für Aliens, was?", sagte Ben mit leuchtenden Augen.

„Nein, sag das nicht", protestierte Dan. „Hier ist schon genug ohne Außerirdische los."

„Also, dieser Kreis liegt auf der Ley-Linie von St. Michael", sagte Dylan und schaltete die Kamera aus. „Aber die anderen sehen genauso aus."

Dan setzte sich und legte die Füße auf den nächsten Stuhl. „Und es gibt sechs oder sieben Steinkreise, richtig?"

„Neun", korrigierte ihn Dylan. „Und ich habe sie alle überprüft. Sechs im Norden, drei im Süden."

„Was ist mit King Arthur's Hall?"

„Scheiße. Ich habe nicht daran gedacht, *das* zu überprüfen."

„Moment mal", sagte Avery und bremste sie. „Es gibt neun Steinkreise in Bodmin? Das ist ja verrückt! Und was ist King Arthur's Hall?"

„Nimm Platz", sagte Dan, nahm seine Füße herunter und deutete auf die leeren Stühle, „und ich werde dich aufklären."

„Meine Güte. Dauert das lange?", fragte sie und neckte ihn. Er sah aus, als würde er sich für eine lange Geschichte einrichten.

„Was fällt dir ein? Setz dich."

Avery grinste und setzte sich, und Dylan und Ben taten es ihr gleich. „Na dann schieß mal los", sagte sie, da sie wusste, dass Dan es ohnehin tun würde.

„Das Bodmin Moor wimmelt nur so von jungsteinzeitlichen Überresten von Siedlungen und Ritualstätten. Nicht weit von den Hurlers entfernt liegt Trevethy Quoit, ein Portalgrab, und dann gibt es noch den Cheesewring, einen Haufen flacher Felsbrocken, der Legenden zufolge das Ergebnis eines Kampfes zwischen Heiligen und Riesen war." Er zuckte amüsiert mit den Schultern. „Seltsam, ich weiß. Wie auch immer, der ganze Ort mag heute eine einsame, windgepeitschte Gegend sein, aber die Geschichte deutet darauf hin, dass es hier einst vor Leben nur so wimmelte."

„Und King Arthur's Hall?", fragte Avery.

Dan zwinkerte. „Man kann ihn hier aus nichts heraushalten. Obwohl es eine Halle genannt wird, ist es eigentlich ein weiterer Steinkreis."

„Eher wie ein Gehege, eigentlich", warf Ben ein.

„Guter Punkt. Es ist ein Rechteck – daher die Halle – und die Steine sehen aus wie Stuhllehnen. Niemand weiß, welchem Zweck er diente, aber er war wahrscheinlich zeremoniell."

Avery stützte sich mit dem Kinn in den Händen auf den Tisch. „Etwas, das mit Sonnenwenden oder Tagundnachtgleichen zu tun hat, richtig?"

Dan nickte, und Dylan sagte: „Einige der Kreise sind auf Sonnenaufgänge ausgerichtet, aber ich müsste die Details überprüfen."

„Und", fügte Ben hinzu, „einige von ihnen teilen sich Ausrichtungen mit anderen lokalen Strukturen – anderen Kreisen, Steinen oder Tors. Wisst ihr, bedeutende Landmarken."

„Wie ein riesiges ‚Verbinde-die-Punkte'-Spiel", sinnierte sie.

„Das trifft es wahrscheinlich ganz gut", sagte Dan und beobachtete sie. „Das ist wichtig, nicht wahr?"

„Ich glaube schon. Und es macht mich sicherer denn je, dass sie irgendwo in Bodmin sind. Oder darunter. Irgendwelche Probleme mit der Ley-Linie?"

„Nach den ersten Überprüfungen nicht. Das ist eine Sache von Bodmin. Obwohl wir den Duloe Steinkreis und die Nine Maiden's Steinreihe nicht vergessen sollten." Ben stand auf, sein Stuhl scharrte über den Boden. „Komm, Dylan. Lass uns zu King Arthur's Hall gehen. Ich wandere nicht noch einmal im Dunkeln über das Moor. Ich hätte mir fast den Hals gebrochen!"

Avery stand ebenfalls auf. „Seid vorsichtig und haltet uns auf dem Laufenden. Ich glaube, ich rufe Cornell an, und ihr solltet die Kreise morgen Abend während der Ausrichtung meiden ... nur für den Fall."

Newton musterte die junge Frau vor sich, sicher, dass er Inez' Ersatz gefunden hatte. Sie war vierunddreißig, lebte in Truro und hatte die meiste Zeit ihrer Dienstzeit bei der Polizei in Devon verbracht, bevor sie erst vor ein paar Jahren nach Cornwall versetzt wurde. Ihre früheren Vorgesetzten sprachen in den höchsten Tönen von ihr, und sie war anscheinend sehr engagiert bei der Arbeit.

Ihr dunkles, fast schwarzes Haar war zu einem Pixie-Schnitt gestylt, der ein blasses, herzförmiges Gesicht umrahmte und ihre dunklen Augen noch größer wirken ließ. Sie war groß, und er vermutete, dass sie ins Fitnessstudio ging, nach dem Aussehen ihrer durchtrainierten Arme zu urteilen, die unter den Ärmeln ihres Sommerhemds sichtbar waren.

Er hatte sie gerade mit Moore interviewt, und als er ihn jetzt ansah, hob Moore eine Augenbraue, ein sicheres Zeichen seiner Zustimmung. Sie hatten sich unterhalten, bevor sie ankam, beide sicher, dass sie sie schnell einstellen würden, solange das Vorstellungsgespräch gut verlief, und bisher sah es gut aus.

Newton wandte sich wieder ihr zu und sah, dass ihre dunklen Augen auf ihn gerichtet waren. „Sie haben eine ausgezeichnete Akte, Sergeant Kendall, aber sind Sie sicher, dass Sie bei uns arbeiten und das Paranormale jagen wollen? Das ist nicht für jeden etwas."

„Ich mag Herausforderungen, und ich habe eine ganze Reihe von seltsamen Dingen in Devon erlebt. Dinge, die die anderen Beamten lieber ignorieren würden.“

„Wie was?“

„Hauptsächlich Poltergeister und ruhelose Geister. Ein paar Spukhäuser und einen ungeklärten Todesfall, bei dem ich sicher bin, dass er mit Geistern zu tun hatte.“

„Sind Sie schon auf Hexen gestoßen?“

„Ein paar Wiccas. Einige Hellseher, die behaupten, die Vermissten finden zu können – es aber nicht taten.“

„Nun, ich kann Ihnen versichern, dass hier viel mehr los ist.“

„Das habe ich mir schon gedacht“, sagte sie und versuchte, nicht zu aufgeregt zu wirken. „Ich verfolge die Nachrichten und höre die Gerüchte auf der Wache. Ich suche nach einer Herausforderung.“

„Ha.“ Newton konnte sich sein verächtliches Schnauben nicht verkneifen. „Das werden Sie bekommen, und noch mehr. Sie wissen natürlich, was mit meiner Kollegin Inez Walker passiert ist.“ Das war keine Frage; er wusste, dass sie es wusste. Er hatte sie gestern bei der Beerdigung gesehen, wie auch die meisten der Truppe. Es waren unglaublich viele Leute da.

„Natürlich.“

„Es hat Sie nicht abgeschreckt?“

Sie schluckte. „Nein. In diesem Beruf gibt es immer Risiken.“

„Dann willkommen im Team.“ Er streckte die Hand über den Tisch aus und schüttelte ihre. „Ich möchte, dass Sie so schnell wie möglich versetzt werden“, sagte Newton zu ihr. „Glauben Sie, Ihr DI hat etwas dagegen?“

Sie sah überrascht, aber erfreut aus. „Ich habe ein paar Fälle, aber die kann ich leicht abgeben."

„Gut. Ich rufe sie gleich an, und mit etwas Glück sind Sie morgen schon bei uns." Er grinste, hoffnungsvoll und erleichtert, dass er seine Entscheidung getroffen hatte. „Frech, ich weiß. Ich muss morgen nach London, aber ich kann Sie jetzt auf den neuesten Stand bringen, und Moore wird Ihnen bei der Eingewöhnung helfen. Er ist mit all dem bestens vertraut."

Moore schüttelte Kendall ebenfalls die Hand, ganz in seiner üblichen, gesprächigen Art. „Willkommen."

„Moore, zeig Kendall ihren Schreibtisch, während ich telefoniere, und dann besprechen wir unsere aktuellen Fälle."

Newton sah ihnen nach, wie sie den Raum verließen und in das Büro neben seinem gingen, von dem er sich oft wünschte, es gäbe eine Verbindungstür. *Vielleicht sollte er bei seinen eigenen Vorgesetzten darauf drängen.* Er massierte sich die Schläfen und hoffte, dass seine Kopfschmerzen jetzt, wo er diese große Entscheidung getroffen hatte, nachlassen würden. Er war sich sicher, dass die Belastung durch diese Entscheidung zu seinem Zusammenbruch am Vorabend beigetragen hatte. Briar hatte recht; er hatte Essen und Schlaf gebraucht, beides war in den letzten Tagen Mangelware gewesen. Er hoffte nur, dass Black Cronos nicht kurz davor stand, wieder aufzutauchen. Ein Blutbad auf dem Bauernhof der Nephilim war mehr als genug.

Er nickte vor sich hin und griff nach seinem inzwischen kalten Kaffee. Ja, ein Besuch bei Maggie Milne wäre eine gute Sache. Er hatte ihr eine Menge Fragen zu stellen, also sollte er sie besser anrufen und auch das vereinbaren.

El beendete das Polieren ihres neuesten Schmuckstücks und betrachtete es im Nachmittagssonnenlicht, das durch ihr Fenster auf die Werkbank im Atelier hinter ihrem Laden fiel.

Es war ein stilisierter Sonnenanhänger, Teil ihrer neuen Litha-Kollektion, und der Edelstein in der Mitte war ein Topas. *Ja, der würde sich gut machen.* Und er war auch mit Positivität und Stärke verzaubert worden.

Sie legte ihn zu dem passenden Armband und den Ohrringen zur Seite, stand dann auf und streckte sich, wobei sie ihren Nacken kreisen ließ. Sie hatte stundenlang gesessen, und jetzt fühlten sich ihre Augen trocken an und ihre Schultern schmerzten. Sie schaltete ihre Kaffeekanne ein und ging in ihren Innenhof, wo sie ihr Haar hob, damit die Brise ihren Nacken streifen konnte.

Etwas beunruhigte sie, aber sie konnte nicht herausfinden, was es war. Es war wie ein Kitzeln in ihrem Hinterkopf. Sie hatte eine Liste mit Dingen erstellt, die sie in ihrem Laden erledigen musste, und fragte sich, ob sie etwas vergessen hatte. Hin und wieder sprang sie auf, um ihrer Tafel an der Wand etwas hinzuzufügen. Aber sie hatte die Punkte auch methodisch abgehakt und war sich sicher, dass sie nichts vergessen hatte.

Vielleicht machte sie sich nur Sorgen wegen der Zauber, die sie in der vergangenen Nacht auf Lowen gewirkt hatten, denn nach allem, was sie herausgefunden hatten, war er der Hauptleidtragende. Sie konnte ihre Schuldgefühle über ihr und Reubens

Handeln nicht abschütteln, obwohl sie wusste, dass es geholfen hatte, Lowens Angriff zu stoppen.

Sie schnaubte verärgert über sich selbst, ging wieder hinein, um sich Kaffee einzuschenken, machte auch einen für Zoe und steckte sich dann eine Packung Mürbeteiggebäck in den Hosenbund. Sie ging in den Laden, trug die Getränke zur Theke und war überrascht, Zoe im Gespräch mit Stan, dem Pseudo-Druiden der Stadt, zu sehen.

Er schenkte ihr ein freundliches Lächeln. „El! Ich hab mich gerade gefragt, wo du steckst."

„Ich habe einer meiner neuen Kollektionen den letzten Schliff verpasst." Sie reichte Zoe ihren Kaffee. „Möchtest du auch einen Kaffee, Stan?"

Er winkte ab. „Oh nein, danke, ich bin versorgt. Ich mache nur meine Runde, um mir die Litha-Dekorationen von allen anzusehen." Er blickte sich um und nickte anerkennend. „Wie immer sieht The Silver Bough hübsch aus, aber das tun ja so viele Läden. Alle geben sich so viel Mühe!"

El und Zoe tauschten ein Grinsen aus, und Zoe sagte: „Wir würden es auch nicht wagen, es nicht zu tun, wo wir doch wissen, dass du uns inspizierst!"

Er schenkte ihnen ein schuldbewusstes Lächeln. „Nun, es hilft schon, alle zu motivieren. Ich veranstalte auch einen Wettbewerb für die beste Dekoration, wisst ihr. Ihr könntet eine Chance haben."

El lachte, als sie sich in dem blumengeschmückten Raum um-sah. „Vielleicht, aber ich glaube, andere Läden machen viel mehr als wir." Sie zuckte mit den Schultern. „Aber das ist schon in Ordnung."

„Ich setze große Hoffnungen in dieses Fest. Das Wetter ist gut, die Menschenmassen werden größer und das Museum wird den Piratenschatz rechtzeitig zum Samstag ausstellen."

El war einen Moment lang verwirrt, als sie Stans aufgeregtes Gesicht betrachtete und dachte, sie hätten den Schatz gefunden, den Mariah und Zane gestohlen hatten. Und dann wurde es ihr klar. „Ah! Der Schatz, der auf Gull Island gefunden wurde."

„Natürlich. Die Polizei – dieser nette Mr. Newton – hat schnell gearbeitet, damit wir ihn so bald bekommen können." Seine Brust und sein großer Bauch schwollen vor Stolz. „Ich habe mich dafür eingesetzt, weißt du, habe argumentiert, dass es wunderbar wäre, ihn zu Litha auszustellen. Um die Besucherzahlen im Museum zu steigern, verstehst du. So eine tragische Angelegenheit."

„Ethans Tod, meinst du? Ja, natürlich." El glaubte nicht, dass sie jemals vergessen würde, wie sie seinen gebrochenen Körper durch den Raum fliegen sah.

Zoe senkte ihre Kaffeetasse. „Meinst du, der Schatz wird in der Cruel-Coppinger-Ausstellung gezeigt? Braucht das nicht eine Menge Sicherheitsvorkehrungen?"

„Wir haben alles im Griff. Er wird in einer verschlossenen Vitrine sein, und es wird jede Menge Sicherheitspersonal geben. Es wird alles gut gehen", versicherte er ihnen. Er nickte zu der Lokalzeitung auf der Theke. „Er wird dort sogar erwähnt. Wir werden ihn am Freitag enthüllen."

Das, was El die ganze Zeit geplagt hatte, wurde plötzlich sonnenklar. „Wo ist er jetzt?"

„Im Keller des Museums. Und noch einmal, sehr sicher!" Er sah amüsiert aus. „Ihr zwei macht euch ja um alles Sorgen! Jedenfalls muss ich jetzt los", sagte er und wandte sich mit einem Winken zur Tür. „Ich schaue im Laufe der Woche noch mal vorbei!"

Als er ging, zog El die Zeitung zu sich heran. Auf der Titelseite stand ein Artikel darüber, dass der Schatz der Ausstellung hinzugefügt werden sollte. „Verdammt!"

„Ein Problem?", fragte Zoe und rückte näher, um den Artikel zu lesen.

„Ich glaube nur, dass es für uns zu einem Problem werden könnte, wenn man so herumerzählt, wo der Schatz sein wird." Zoe wusste über die jüngsten Ereignisse Bescheid. „Was, wenn Zane und Mariah beschließen, dass sie ihn zum Rest dazuhaben wollen?"

Zoe starrte über ihre dampfende Tasse. „Falls sie ihren Zauber mit noch mehr blutgetränktem Gold verstärken müssen? Ich schätze, das ist eine Möglichkeit. Und wenn deine Freundin einen Gegenangriff ausarbeitet, wäre es dann nicht-"

„Ja", unterbrach El sie. „Wir könnten ihn auch brauchen. Ich wünschte, Newton hätte das erwähnt." Els Handy klingelte und sie wusste, wer es war, noch bevor sie auf den Bildschirm geblickt hatte. „Avery. Ich glaube, wir haben ein Problem."

„Ich weiß, dass wir eins haben", antwortete sie sofort. „Hast du die Lokalzeitung gesehen?"

„Ja, und Stan hat auch gerade darüber geschwafelt."

„Cornell will, dass wir den Schatz holen – heute Nacht."

El begann auf und ab zu gehen, als ihr Adrenalinspiegel in die Höhe schoss. „Ich hatte das schreckliche Gefühl, dass du das sagen würdest. Und wenn wir ihn uns nicht holen, stehen die Chancen gut, dass Mariah und Zane es tun. Kann Newton das hinauszögern?"

„Das habe ich ihn schon gefragt, und leider kann er das nicht – nicht bei all den Vorkehrungen und der Öffentlichkeitsarbeit. Es ist ihm nicht einmal in den Sinn gekommen, dass es ein Problem sein könnte."

„Wenig überraschend, wenn man bedenkt, wie schnell sich die Dinge in letzter Zeit entwickelt haben."

„Lass uns bei mir treffen, um die Optionen zu besprechen. Heute Abend um acht?"

„Nein, bei mir", schlug El vor. „Ich habe es am nächsten. Aber zur gleichen Zeit."

„In Ordnung", stimmte Avery zu. „Bis dann."

Als El ihr Handy einsteckte, bemerkte sie Zoes amüsierten Gesichtsausdruck. „Ich nehme an, du bist heute Abend beschäftigt?"

„Tu einfach so, als wüsstest du von nichts."

Zoe schnaubte. „Mach ich doch immer."

Vierzehn

Alex ließ den Kronkorken seiner Bierflasche ploppen und lehnte sich in Els Wohnung an die Küchentheke, während er zusah, wie Avery ihren Standpunkt vertrat und dabei scheiterte.

„Aber es *wird* funktionieren", beharrte sie. „Ich kann ins Museum fliegen, den Schatz finden und ihn hierher zurückfliegen. Ganz einfach!"

El hatte die Arme verschränkt und starrte sie ungläubig an. „Du kennst das Museum also gut?"

„Nicht wirklich", gab Avery zu, „aber ich kenne den Eingang gut genug, um hineinzufliegen."

„Den Eingang bei den großen Türen, durch die jeder durchsehen kann? Mit dem Alarm, den du schon bei deiner Ankunft auslösen könntest? Der innerhalb von Sekunden einen Streifenwagen oder den Sicherheitsdienst auf den Plan rufen könnte?"

Avery schmollte. „Ich könnte den Alarm ausschalten!"

„*Bevor* du ankommst? Ich weiß, du bist eine kluge Hexe, aber erklär mir noch mal, wie das funktionieren soll?"

Grinsend schlenderte Reuben zu Alex hinüber und sagte mit leiser Stimme, um den Streit nicht zu stören: „Das ist lustig! Avery ist zäh, aber ich würde mein Geld auf El setzen.“

Der Lärm der lauten Stimmen übertönte Alex’ Antwort. „Ich weiß es besser, als gegen Avery zu wetten, aber das ist eine ihrer verrückteren Ideen.“ Er senkte seine Stimme noch weiter. „Die Tatsache, dass sie überhaupt noch hier ist, bedeutet, dass sie weiß, dass es hirnrissig ist.“

„Warum mischst du dich nicht in dieses ...“, Reuben gestikulierte wild, „hitzige Gespräch ein?“

„Ich habe meine Ablehnung bereits zum Ausdruck gebracht.“ Er zuckte zusammen, als er an Averys Ärger dachte, als sie die Straße entlanggegangen waren. Meistens war sie sanft und vernünftig, aber es gab auch andere Zeiten, in denen ihre feurige Art zum Vorschein kam. Wie eine Viper. „Ich habe gelernt, sie abkühlen zu lassen.“

„Aber dafür gibt’s tollen Versöhnungssex, oder?“, sagte Reuben mit einem Augenzwinkern.

„Darauf werde ich mich nicht herablassen, du geiler Bock.“

Beiden wurde die plötzliche Stille bewusst, und sie sahen sich um, nur um festzustellen, dass Avery und El sie anstarrten.

„Was war das, Alex?“, fragte Avery und kniff die Augen zusammen.

Er zielte auf lässige Unbekümmertheit ab und sagte: „Nichts! Ich habe nur mit meinem Kumpel gequatscht, während ihr beide euch in die Haare gekriegt habt. Jedenfalls, El“, er räusperte sich und lächelte, „hast du Avery ihren verrückten Plan schon ausgeredet?“

El warf den beiden einen misstrauischen Blick zu, starrte dann aber wieder Avery an. „Ich glaube schon."

Avery schnaubte verärgert. „Na gut. Ich wollte nur vermeiden, dass zu viele von uns gehen. Ich dachte, es wäre sicherer!"

„Wie kannst du es wagen, mir meine Ninja-Hexen-Nacht zu verwehren!", sagte Reuben und neckte sie. „Ich bin schon passend gekleidet!" Er deutete auf seine komplett schwarze Kleidung. „Ich lebe für diesen Scheiß."

„Du bist ein Idiot!", schoss Avery zurück.

„Und der Wolfsmann ist jetzt da! Du weißt, dass er bei der Action dabei sein will!"

„Habe ich meinen Namen gehört?", fragte Hunter, der breit grinsend durch Els Haustür trat. Er legte den Kopf in den Nacken, heulte und sagte dann: „So gut, hier zu sein!"

Reuben heulte ebenfalls und schloss ihn in eine Umarmung. „Wolfsmann! Schön, dich zu sehen!"

Alex lachte. „Seit wann nennst du Hunter ‚Wolfsmann', du Depp?"

„Seit jetzt!"

Hunter heulte erneut und umarmte Alex mit einem so festen Griff, dass es ihm die Brust zerquetschte, bevor er sich El und Avery zuwandte und auch sie in die Arme schloss. „Ah! Die reizenden Damen."

Briar war ihm gefolgt und lachte, während sie ihn beobachtete. „Er ist so, seit er angekommen ist. Er versichert mir, es ist nichts als Aufregung."

Hunter sah schlank und einsatzbereit aus. Es war ein paar Wochen her, seit Alex ihn gesehen hatte, und er hatte die wilde

Energie, die Hunter ausstrahlte, fast vergessen. Er trug seine üblichen abgetragenen Jeans und eine verblichene Lederjacke und strotzte nur so vor Selbstbewusstsein.

„Ich freue mich, dich zu sehen, meine Süße", sagte er zu ihr mit einem Augenzwinkern.

Briar verdrehte die Augen. „Er war noch viel aufgeregter, als ich ihm von heute Abend erzählt habe."

Hunter vollführte eine Art seltsamen Stepptanz mitten im Raum und bemerkte Alex' verdutzten Gesichtsausdruck. „Das ist mein Freudentanz!" Er blickte sich im Raum um. „Kein Newton?"

„Auf gar keinen Fall", sagte Avery. „Ich habe ihm am Telefon von unseren Plänen erzählt, und er ist ausgeflippt. Und er fühlte sich schuldig. Ich glaube, er war so beschäftigt, dass er nicht bedacht hat, welche Konsequenzen die Freigabe des Goldes haben würde. Ich habe ihm vorgeschlagen, heute Abend wegzubleiben, also tut er das auch."

Alex war sich ziemlich sicher, dass Newton ohne Hunter trotzdem hier wäre und auf ihre Rückkehr warten würde, aber vielleicht war es so am besten. „Er hat sowieso andere Pläne", sagte er zur Erklärung. „Er fährt morgen nach London."

Hunter nickte. „Oh ja, hat Briar gesagt. Mit Caspian!"

„Und der kommt auch nicht", teilte Briar ihnen mit. „Er wollte zwar, und ich weiß, dass er sich gut von seiner Stichwunde erholt hat, aber das war erst vor einer Woche!" Sie schüttelte den Kopf, die Lippen zusammengepresst. „Ich habe ihm gesagt, dass er es nicht riskieren sollte, also hat er widerwillig zugestimmt."

Alex stieß einen stillen Jubelschrei aus. „Das ist vernünftig." Er holte Hunter ein Bier aus dem Kühlschrank und schenkte Briar ein Glas Wein ein. „Du kannst auch etwas trinken, während wir warten. Das tun wir auch."

„Danke, Kumpel", sagte Hunter und nahm die Flasche entgegen. „Also, was ist der Plan?"

„Also", sagte El und warf Avery einen Seitenblick zu, „wir betreten das Museum durch die Hintertür und begeben uns in den Keller. Wenn wir dann den Schatz finden, bringt Avery ihn mit einem Hexenflug hierher zurück, und der Rest von uns ergreift die Flucht." Sie wandte sich verwundert an Avery. „Wollte Cornell nicht mitkommen?"

„Ja, das wollte er tatsächlich, aber ich habe es ihm auch ausgeredet. So sehr ich Cornell auch vertraue, ich kenne ihn nicht gut genug, um ihn hier mit reinziehen zu wollen. Und außerdem hat er ja gesagt, dass er mit seinem großen Zauber beschäftigt ist."

Hunter nahm einen großen Schluck von seinem Bier. „Ist es wahrscheinlich, dass wir den anderen über den Weg laufen? Euren Hexen-Erzfeinden?"

„Das ist möglich", sagte Alex. „Die Nachricht über den Schatz war heute in aller Munde. Natürlich könnten sie auch schon genug haben. Wir haben keine Ahnung, wie viel sie gefunden haben."

Reuben zuckte mit den Schultern. „Oder sie wollen uns davon abhalten, einen Gegenzauber zu wirken. Wir sollten los, sobald es dunkel wird."

„Die Pubs haben dann noch nicht geschlossen! Da werden zu viele Leute unterwegs sein", sagte Alex, der sich bereits angespannt fühlte.

„Gibt es einen Pub in der Nähe?", fragte El. „Wir könnten dorthin gehen und den Laden im Auge behalten. Nach Sperrstunde schlagen wir dann zu."

„The Hollow Bole", sagte Reuben. „Auf dem Schild ist ein grüner Baum. Ein nettes kleines Pub, direkt gegenüber vom Museum. Da gehen wir manchmal nach dem Surfen hin." Er rieb sich die Hände und grinste. „Wollen wir?"

El führte die Gruppe den dunklen, schmalen Gang an der Rückseite des Museums hinauf. Sie hielt inne, als sie die Tür zur Laderampe erreichte, und wandte sich an Reuben, Avery und Alex.

„Wir sollten uns hier umsehen. Wenn der Schatz heute geliefert wurde, könnte er immer noch hier drin sein."

„Einverstanden", sagte Alex, der bereits die Tür öffnete und hineinging, „aber ich halte das für zweifelhaft."

Die Laderampe war ein großer, quadratischer Raum mit einem großen Rolltor, das vom Parkplatz nur für das Personal hinter dem Gebäude aus zugänglich war. Eine Zufahrt führte von der Hauptstraße an der Seite des Gebäudes entlang und der Personaleingang war nur ein kurzes Stück vom Rolltor entfernt.

Sie schwärmten aus und durchsuchten die wenigen Kisten, die dort standen, doch die meisten erwiesen sich als leer. „Na ja", sagte Reuben mit einem Seufzer, „es war einen Versuch wert."

Avery führte die Gruppe weiter in das Hauptmuseum. Ein Hexenlicht schwebte an der Decke entlang, während sie durch eine Reihe von Gängen navigierte und murmelte: „Dieser Ort ist ein Labyrinth."

„Alte Gebäude eben", antwortete El und steckte im Vorbeige-hen den Kopf in einen Raum. „Noch ein Büro. Ich schätze, wir sind in den ehemaligen Dienstbotenquartieren oder so etwas in der Art."

Reuben nickte. „Die zwielichtigen Hinterzimmer, die sonst niemand zu Gesicht bekam." Er blickte in einen anderen Raum, zog sich aber schnell wieder zurück. „Laut Newton gelangt man von einer Tür im Foyer aus in den Keller. Dort war Ethans Büro."

Bald darauf betraten sie die Empfangshalle. Die breiten Glastüren boten ihnen einen Blick auf die Straße. Avery blieb ste-hen, streckte die Hand aus und brachte damit auch die anderen zum Anhalten. Sie deutete auf eine Gestalt in der angrenzenden Halle, die eine Uniform trug. *Ein Wachmann.* Gedämpftes Licht beleuchtete die Ausstellungsstücke und sein Rücken war ihnen zugewandt, während er patrouillierte und sein Taschenlampen-licht durch den Raum tanzen ließ.

El spürte, wie Averys Magie aufflammte, und der Wachmann stolperte und fiel schwer auf den Boden.

„Was hast du mit ihm gemacht?", fragte Alex und eilte zu ihm.

„Nur ein Schlafzauber!"

„Was ist, wenn es noch mehr gibt?"

„Vielleicht sollten wir dann still sein!", schlug Reuben mit leiser Stimme vor. Er deutete zur nächsten Halle und verschwand darin.

El wartete und beobachtete die Treppe, die in den ersten Stock führte, aber alles war still. Sie hielt sich im Schatten und blickte durch den Haupteingang, aber von Briar oder Hunter, die draußen patrouillierten und Wache hielten, war nichts zu sehen.

Schließlich kehrten die anderen zu ihr zurück und Alex sagte: „Ich habe den Wachmann in die Ecke geschleift. Lass uns gehen."

El nickte, führte sie durch den Kassenbereich mit dem Geschenkeladen an der Seite und fand die Tür mit der Aufschrift *Privat*, von der Newton gesagt hatte, dass sie nach unten führte. An ihr befand sich ein Tastenfeld, das sie schnell deaktivierte, und öffnete die Tür.

Ein Lichtblitz auf der Straße ließ El schnell hinein und die Treppe hinuntereilen, während Alex ihnen als Letzter folgte.

„Das war der Sicherheitswagen auf seiner Routinepatrouille", sagte er zu ihnen. „Beeilen wir uns!"

El beschleunigte ihr Tempo und als sie unten ankam, sah sie den Gang vor sich, von dem mehrere Türen und Korridore abgingen. „Verdammt!" Sie drehte sich um und sah, dass die anderen genauso bestürzt aussahen. „Teilen wir uns auf."

Briar stand in der Nische eines Ladeneingangs und hüllte sich und Hunter in einen Schleier der Dunkelheit, während sie beobachtete, wie der Sicherheitswagen langsamer wurde und dann wieder davonfuhr. Während sie warteten, nutzte sie die Gelegenheit, um einen Zauber zu wirken, der sie dazu drängte, weiterzufahren ... und wegzubleiben.

„Verdammte Scheiße. Ich dachte schon, sie würden anhalten", sagte Hunter hinter ihr und flüsterte ihr ins Ohr. Er hatte seine Arme um sie geschlungen, und sie lehnte sich an ihn. Sie liebte das Gefühl seiner Arme um sie und seines muskulösen Körpers an ihrem Rücken. Es jagte ihr Schauer über den Rücken.

„Ich habe sie verzaubert. Das sollte uns etwas Zeit verschaffen." Sie verstummte, als ein lachendes Paar an ihnen vorbeiging, und sie war dankbar, dass sich das Museum nicht an einer der Hauptstraßen befand. Als es endlich sicher war, sagte sie: „Sie werden so schnell sein, wie sie können."

Ein paar Autos fuhren an ihnen vorbei, aber eines war langsam, zu langsam, und sie versuchte, die Insassen zu erkennen. Mit einem Gefühl des Unheils bemerkte sie, dass eine von ihnen blondes Haar hatte. „Verdammt! Ich glaube, das ist Mariah."

Sie sahen zu, wie die Rücklichter um die Kurve bogen, und Hunter fragte: „Bist du sicher?"

„Nein, aber ich will kein Risiko eingehen. Lass uns für alle Fälle jetzt um die Rückseite gehen."

Briar huschte über die Straße und die Zufahrt an der Seite des Gebäudes hinunter. Als sie auf der Rückseite des Geländes einen riesigen Müllcontainer und ein paar Lieferwagen entdeckte, zog sie Hunter zu ihnen hin. „Verstecken wir uns hier."

„Und wenn sie es sind?", fragte er, während er sich in Position brachte.

„Wir müssen sie aufhalten, bevor sie reingehen."

Er schenkte ihr ein wildes Lächeln. „Gut. Ich werde meine Gestalt wandeln."

Er riss sich die Kleider vom Leib und Briar nutzte den Moment, um ihm einen Kuss zu stehlen, bevor sie Avery anrief, in der Hoffnung, sie warnen zu können. Aber das Telefon klingelte nur und sie versuchte es bei den anderen, einem nach dem anderen.

„Sie müssen keinen Empfang haben – niemand geht ran!" Briar dachte ihre Optionen durch. Wenn es Mariah war und sie sie nicht aufhalten konnten, wäre sie bald drinnen und die anderen wären in die Enge getrieben. Sie mussten gewarnt werden und sie konnte den Eingang besser verteidigen als Hunter. „Wirst du sie finden und ihnen Bescheid sagen und zurückkommen, wenn du fertig bist? Ich halte sie hier auf."

Er schüttelte den Kopf. „Ich lasse dich nicht gern allein."

„Du musst – aber beeil dich! Aber verwandle dich drinnen und achte darauf, dass du die Tür hinter dir schließt!"

Er beugte sich hinunter und küsste sie, seine Augen voller Verlangen und Sorge. „Sei vorsichtig." In Sekundenschnelle rannte er über den Parkplatz, öffnete die Tür und schlüpfte hinein.

Briar musste nur eine kurze Weile warten, bis sich ihre Befürchtungen bestätigten und sie Mariah um die Ecke des Gebäudes biegen sah. Aber es war nicht Zane, der bei ihr war. Es war Harry. Er war ein großer, breiter Mann mit einer zotteligen Haarmähne und einer imposanten Erscheinung. Als sie sich dem Eingang näherten, schlug Briar zu und öffnete den Boden unter ihren Füßen. Die Betonoberfläche bekam Risse und brach auf und verschlang sie bis zur Taille.

Beide reagierten schnell. Mariah riss die Arme hoch und schickte eine wirbelnde Feuersbrunst über den Parkplatz, die Briar zwang, in Deckung zu hechten. Sie wusste, dass sie ihre Position verraten hatte, denn Harry schrie: „Da ist sie!"

Briar sprang auf die Beine, bereit, erneut zuzuschlagen, aber die riesige Mülltonne neben ihr erhob sich in die Luft und traf sie, drückte sie gegen die dahinterliegende Wand und zerquetschte sie so sehr, dass sie ihre Rippen brechen spürte und kaum noch atmen konnte. Rein instinktiv schlug sie mit einem Energieball zurück. Die Tonne schoss über den Boden, direkt auf Mariah und Harry zu. Aber beide waren bereits aus dem Loch, das sie geschaffen hatte, und die Tonne krachte hinein, wobei überall Müll verstreut wurde.

Während Mariah stehen blieb, sich Feuer in ihren Händen ballte und ihre Lippen einen Zauberspruch formten, rannte Harry ins Innere des Gebäudes.

Avery hörte das Tapsen von Pfoten, bevor sie Hunter sah, aber Sekunden später war er in Sicht und raste den Korridor entlang.

Sie war gerade mit Alex aus einem Lagerraum gekommen, nachdem sie viele interessante Artefakte, aber keinen Schatz gefunden hatten, und er murmelte: „Das können keine guten Nachrichten sein."

Hunter kam schlitternd zum Stehen und wandelte seine Gestalt, sodass er nackt vor ihnen stand. Normalerweise lag ein schelmisches Funkeln in seinen Augen, weil er wusste, dass es

Avery unangenehm war, aber dieses Mal blitzte nichts. „Mariah und Harry sind draußen. Ich muss zurück zu Briar.“

Er verwandelte sich und rannte den Korridor zurück, und Avery wandte sich an Alex. „Ich gehe, du hilfst beim Suchen. Sie dürfen *nicht* gewinnen!“

„Avery, du bist diejenige, die ihn hier rausschafft. *Ich* sollte gehen!“

Sie wollte gerade widersprechen, wusste aber, dass er recht hatte. Während er also losrannte, um zu helfen, schrie sie: „Reuben! El! Sie sind hier!“

Sie hörte einen gedämpften Schrei, rannte zum Anfang eines anderen Korridors und sah El auf halbem Weg mit verwirrtem Stirnrunzeln auf sie blicken. „Was hast du gesagt?“

„Sie sind hier! Beeilt euch!“

Sie rannte den Weg zurück, den sie gekommen war, überließ es El, Reuben Bescheid zu sagen, und riss zunehmend verärgert Türen auf. Dieser Ort war riesig und sie hätte sich nie vorstellen können, dass hier unten so viel Zeug gelagert werden konnte. Es gab endlose Kisten und Kisten in einer verwirrenden Vielfalt an Größen und Regale, die mit Gegenständen und Büchern vollgestapelt waren. *Aber wo war der verdammte Schatz? Was, wenn er doch nicht hier war?*

Ein Schrei erregte ihre Aufmerksamkeit und sie rannte zum Anfang eines anderen Korridors, wo sie Reuben auf sich zu rennen sah. „Letzte Tür am Ende. Ich helfe den anderen. Und Avery“, er hielt inne, sein Blick intensiv, „der Schatz hat Vorrang. Bring ihn in Sicherheit.“

Ohne auf ihre Antwort zu warten, stürmte er los und sie hörte mehrere Knalle und gedämpfte Rufe von oben. Sie ignorierte sie und war gerade an der Tür angekommen, als Reuben schrie und sie sah, wie er rückwärts am Anfang des Korridors vorbeiflog. Ein Feuerball folgte ihm, mit Harry dicht dahinter.

Alex zog sich aus der zerbrochenen Glasvitrine und fragte sich, womit zum Teufel Harry ihn getroffen hatte. Seine Ohren klingelten und sein Blickfeld war an den Rändern schwarz, aber er schüttelte sich wie ein Hund und versuchte zu entscheiden, ob er umkehren oder zu Briar gehen sollte.

Ein Heulen erregte seine Aufmerksamkeit und er sah Hunter hinter dem Empfangstresen auftauchen, sein Fell blutverklebt und stark hinkend. Die anderen für einen Moment vergessend, rannte er zu ihm. „Hunter?"

Er wandelte seine Gestalt, und Alex konnte eine üble Schnittwunde an seinem Oberschenkel sehen. „Mir geht es gut. Der Mistkerl hat mich überrascht, aber ich habe ihm ein Stück aus dem Bein gerissen. Ich werde überleben."

Das Geräusch eines gewaltigen Knalls erregte die Aufmerksamkeit beider, und als Hunter sich erneut verwandelte, rannte Alex zum Hintereingang und verfluchte die verwinkelten Korridore. Als er um die letzte Ecke bog, sah er Mariah im Türrahmen stehen, während eine Wolke aus blitzendem weißem Licht den Bereich vor ihr erhellte. Und mit Entsetzen sah er Briar darin schweben. Alex schleuderte einen sengenden Energieball und traf

Mariah in den Rücken, so dass sie vornüber auf ihr Gesicht fiel. Er ließ einen weiteren folgen und spürte einen scharfen Stich der Genugtuung, als er sah, wie ihr Körper auf dem Boden zuckte. Das weiße Licht löste sich auf und er hörte einen dumpfen Aufprall, als Briar auf dem Boden aufschlug.

Hunter schoss an ihm vorbei und sprang auf Mariah. Sein gewaltiges Maul legte sich um ihren Hals, als er sich mit seinem ganzen Gewicht auf sie warf und sie zu Boden drückte. Alex schrie eine Beschwörung, die Mariahs Zunge fesselte, und ließ einen weiteren Zauber folgen, der sie mit Runen band. Er wob sie dick und fest um sie herum und sah den Schrecken und die Wut in ihren Augen. Erst als er überzeugt war, dass sie sich nicht befreien konnte, nickte er Hunter zu. Dieser biss sie ein letztes Mal bösartig, sodass Blut floss, und dann wandten sich beide Briar zu, die wie eine Stoffpuppe auf dem Boden lag.

Reuben spürte den tiefen Schmerz in seiner verletzten Schulter, von dort, wo er auf dem Boden des Ganges gelandet war, als der Feuerball über seinen Kopf hinwegsegelte und an der gegenüberliegenden Wand einschlug.

Mit einem Grunzen sprang er wieder auf die Füße, gerade rechtzeitig, um zu sehen, wie Harry den Korridor entlanglief, in dem sich der Schatz befand. *Was zum Teufel für eine Macht hatte Harry da auf Lager?* Sie schien von einem Ring mit einem riesigen, leuchtenden Stein an seiner linken Hand auszugehen. *War das Teil von diesem Planetenparaden-Zeug?*

Ungeachtet dessen rannte er Harry hinterher. Er zog Feuchtigkeit aus der Luft, erschuf einen dichten Nebel, der sich vor ihm kräuselte, und schickte ihn Harry nach, als wäre er eine Krake, deren Tentakel sich wanden und schlängelten, als sie nach ihm griffen. Er war an der Schwelle zum Schatzraum, als der Nebel ihn erwischte, und er stürzte fluchend zu Boden.

Reuben ging auf Harry zu und verstärkte den Griff des Nebels, doch ein glühend rotes Licht schoss wie ein Laserstrahl durch die Düsternis und Reuben duckte sich. Der Strahl traf die Wand und bohrte ein Loch hindurch, so groß wie Reubens Kopf.

Was zum ...?

Der Nebel löste sich auf und Harry stieß die Tür mit einer Energiewelle auf, wobei das Holz überall splitterte, als er hineinschritt. Sekunden später stieß er einen Zornesruf aus und kehrte in den Korridor zurück, mit wildem Blick und sein ganzer Körper leuchtete in einem eigenartigen roten Licht, während er seinen Finger auf Reuben richtete.

Aus Furcht, ihm würde gleich der Kopf von den Schultern geschossen, warf sich Reuben in den nächsten Raum, als ein roter Lichtstrahl in den Türrahmen einschlug. Er war ausmanövriert worden, daran bestand kein Zweifel, aber es schien, als wären Avery und El mit dem Schatz entkommen. Er bereitete sich auf einen Angriff vor, als eine Explosion den Korridor erschütterte. Er streckte den Kopf durch die Türöffnung und sah ein riesiges, klaffendes Loch in der Decke und keinen Harry.

Avery kam mit El und dem Schatz in Els Wohnzimmer an und verkündete dann prompt: „Ich gehe zurück."

El, der nach dem Hexenflug versuchte, nicht schlecht zu werden, sagte nach ein paar tiefen Atemzügen: „Nicht in denselben Raum! Er könnte dort sein."

„Ich ziele auf den Korridor, in dem Reuben war. Bist du sicher, dass es dir gut geht?"

„Mir wird es gut gehen. Geh schon!"

Avery rief die Luft herbei und stellte sich den Korridor vor, in dem sie Reuben zuletzt gesehen hatte. Sekunden später war sie da, starrte auf geschwärzte Wände und roch Ozon. Sie rannte zur Kreuzung der Korridore und knallte geradewegs gegen Reubens Brust. „Scheiße!"

„Ave!", er ergriff ihre Arme. „Du hast es geschafft?"

„Erledigt. El geht es gut. Wo ist Harry?"

Er zeigte nach oben. „Ist durch die Decke gesprengt wie so ein verdammter Abbruchunternehmer. Komm."

Er raste den Korridor entlang und sie folgte ihm, vorsichtig, den Hexenflug erneut einzusetzen. Sie könnte mitten in einem Kampf mit dem Rücken zum Feind landen, und außerdem wollte sie Reuben nicht allein lassen.

Als sie endlich das Erdgeschoss erreichten, blieben beide wie angewurzelt stehen. Der Empfangsbereich war ein Katastrophengebiet. Die Vitrinen waren zerschmettert, ihre Objekte überall verstreut, der Tresen war beschädigt und ein großer Blutfleck verunzierte den Boden.

„Hier sind keine Leichen, Ave", sagte Reuben und rannte in Richtung des Hintereingangs. „Das muss doch gut sein."

Doch als sie schließlich den Parkplatz erreichten, bremsten beide abrupt. Hunter, immer noch ein Wolf, stand über Briars Körper, die Nackenhaare gesträubt und die Zähne gefletscht, in Richtung Harry, der wie erstarrt in geringer Entfernung vom Eingang stand. Alex bewachte Mariah, die in sich windenden Runen gefesselt war, einen ausgestreckten Arm auf Harry gerichtet.

„Harry, zurück!"

Einen Moment lang sah es so aus, als würde Harry kämpfen, doch dann sah er Reuben und Avery ankommen. Er hüllte sich in eine dichte schwarze Rauchwolke, aus deren Mitte ein Donnerschlag ertönte, und Sekunden später war er verschwunden.

Averys Ohren klingelten, aber sie war erleichtert zu sehen, dass ihre Freunde gut aussahen – bis auf Briar. Reuben warf Briar einen besorgten Blick zu und wandte sich dann um, um Harry nachzujagen.

Avery packte ihn am Arm. „Lass ihn gehen. Er benutzt Magie, die ich noch nie zuvor gesehen habe. Lass uns nichts mehr riskieren. Alex, geht es dir gut?"

„Ramponiert, aber glücklich, dass wir Mariah haben", sagte er und stand über ihrem sich windenden Körper. „Obwohl ich keine Ahnung habe, was wir mit ihr machen sollen. Aber Briar ..."

Avery rannte bereits zu ihrer Seite, wo Hunter sie mit der Nase anstieß und ihr Gesicht leckte. Briar war schrecklich blass, aber sie lebte. Ihre Kleidung war jedoch versengt, ebenso wie ihre Haare. Avery legte ihre Hand auf Briars Stirn und sprach einen Heilzauber. Briars Wimpern flatterten, und erleichtert blickte

Avery in Hunters leuchtend gelbe Augen. „Sie wird wieder, aber wir müssen hier weg … zu El, vorerst. Ich bringe sie zuerst hin und komme dann für euch zurück. Schnapp dir deine Kleider.“

Er trottete in die hinterste Ecke und Avery stand auf. Dabei bemerkte sie zum ersten Mal, dass ein Trugbild über dem Parkplatz lag. Sie hatte das Gefühl, sie hätten genug Lärm gemacht, um die Toten zu wecken, aber die Fenster mit Blick auf den Platz waren immer noch dunkel, und es schien, als hätte sonst niemand etwas bemerkt – noch nicht. Sie gesellte sich zu Alex und Reuben, die in ein Gespräch vertieft waren.

„Hat einer von euch einen Verschleierungszauber über diesen Ort gelegt?“

„Das war ich“, sagte Alex ihr. „Das Letzte, was wir wollten, war, dass die Einheimischen hierher rennen, um zu sehen, was zum Teufel los ist. Aber wir müssen einen Ort finden, an den wir Mariah bringen können.“

„Rufen wir Newton an?“, fragte Reuben.

„Nicht, bevor wir ein gutes Stück von hier weg sind. Avery, kannst du Mariah transportieren, ohne meine Binde-Runen zu zerbrechen?“

Avery schüttelte den Kopf. „Ich würde es nur ungern riskieren.“

„Dann überlass sie uns.“ Er schenkte Avery ein müdes Lächeln. „Ich melde mich.“

Fünfzehn

El lief in ihrer Wohnung auf und ab, während sie auf Avery und die anderen wartete, und fragte sich, was so lange dauerte.

Sie beäugte die Kisten voller Goldmünzen, die im Lampenlicht glänzten, und konnte ein Schaudern nicht unterdrücken.

Seit Nancy es blutgetränktes Gold genannt hatte, konnte sie es nicht mehr anders sehen. Die Todesfälle, die es gekostet hatte, dieses Gold zu beschaffen, gingen in die Hunderte, wenn nicht gar Tausende. All die Männer, die beim Versuch, Waren nach Cornwall zu verschiffen, ums Leben kamen, nur um an der Küste Schiffbruch zu erleiden. Die Männer, die starben, als sie versuchten, es von den Stränden wegzuschaffen, durch Gänge und Höhlen, und dabei Privatkriege führten und mit Zollbeamten kämpften. Blutgetränkt war eine Untertreibung. Es war ein Blutbad. Ganz zu schweigen davon, dass die Bande des grausamen Coppinger schlimmer als die meisten anderen gewesen war. Und zu diesen Todesfällen kamen noch die weiteren Tode oder der Herzschmerz ihrer Witwen, Töchter, Väter, Söhne und Mütter hinzu. Schließlich war Schmuggel manchmal eine Familienangelegenheit – düster, hässlich und voller Risiken.

Plötzlich wollte El das Gold aus ihrer warmen, gemütlichen Wohnung haben, die mit Licht und Leben gesegnet war. Der Schatz schien mit bösartiger Absicht zu pulsieren. *Wie hatte sie das jemals aufregend finden können?*

Wirbelnde Schwärze kündigte Averys Rückkehr an, und mit einem Schock erblickte El Briar zu ihren Füßen. „Briar!", rief sie, eilte zu ihr und kauerte sich neben sie. „Was ist passiert?"

„Ich habe keine Ahnung! Als Reuben und ich die anderen auf dem Parkplatz fanden, war es schon passiert. Ich hole Hunter."

Innerhalb von Sekunden war sie wieder verschwunden und El rüttelte sanft an Briar und murmelte ihren Namen. Aber Briar war bewusstlos, erschreckend still, ihre Atemzüge flach.

El bettete sie bequem, legte ihr ein Kissen unter den Kopf und eine Decke über sie, und mit einem schnellen Zauber entzündete sie das Feuer im Kaminrost, so dass es lodernd brannte. Dann eilte sie zu ihren Zaubervorräten und wählte ein paar Edelsteine aus, von denen sie wusste, dass sie heilende Eigenschaften besaßen.

Als sie diese geholt hatte, materialisierten sich Avery und Hunter auf ihrem Teppich. Hunter nahm El kaum zur Kenntnis, setzte sich stattdessen an Briars Seite und hielt ihre Hand. „Sie sieht furchtbar aus", murmelte er.

El warf Avery einen besorgten Blick zu und ließ sich dann auf der anderen Seite von Briar nieder. „Hast du gesehen, was passiert ist?"

„Nein. Na ja, so ähnlich." Er riss seinen Blick los und El sah, dass seine Augen von gelbem Feuer umringt waren – ein sicheres Zeichen für seine Wut und Aufregung. „Sie hat mich reingeschickt, um dich zu warnen, dass sie angekommen sind. Als ich zurückkam, war sie in einer Art Blitzschlag gefangen."

„Einem *was*?"

„Es war wie ein weißes Licht über dem Parkplatz, das vor Energie knisterte. Es war sehr seltsam. Alex hat Mariah mit einer magischen Kugel getroffen und es verschwand, aber Briar stürzte zu Boden."

Avery kauerte sich hinter Briars Kopf und hob ihn an, und El tastete darunter, ihre Hände kamen blutverschmiert zurück. „Scheiße! Das hatte ich nicht gesehen. Okay, ich habe Kräuter, aus denen wir einen Umschlag machen können, und einen Zauber, um ihre Heilung zu unterstützen. Ich bin nicht so gut im Heilen wie Briar, aber ich kann ganz sicher helfen."

„Ich auch", sagte Avery. „Und vielleicht rufen wir Eli an?"

„Natürlich!" Erleichterung durchströmte El. „Ja, aber lasst uns sie erst stabilisieren." Da bemerkte sie, wie Hunter unbeholfen dasaß, während Blut durch seine Jeans sickerte. „Bei den Göttern! Was ist mit *dir* passiert?"

„Harry und eine Glasscheibe. Keine Sorge, ich habe ihm ein Stück aus dem Bein gerissen." Er knurrte. „Wenn ich ihn das nächste Mal sehe, wird es ein größeres sein."

El hatte das Gefühl, sie alle im Stich gelassen zu haben, während sie den Goldhaufen bewachte, und sie funkelte ihn wütend an. „Und das alles nur deswegen!"

„Aber wir haben es", sagte Avery mit einem triumphierenden Unterton in ihrer Stimme. „Und Mariah."

El war auf dem Weg zurück zu ihren Magievorräten, aber das ließ sie innehalten. „Was?"

„Alex hat sie auf dem Parkplatz mit Runen gefesselt. Sie bringen sie gerade weg."

„Wohin?", fragte El und spürte, wie Panik in ihr aufstieg. „Sie können sie nicht hierher bringen! Und was zum Teufel sollen wir mit ihr machen?"

Avery betrachtete sie ruhig. „Das überlassen wir ihnen und konzentrieren uns auf Briar."

Reuben fuhr mit dem Lieferwagen des Museums die Gasse zu seinem Haus entlang und schaute regelmäßig nach Alex, der hinten saß.

„Alles in Ordnung?"

„Alles bestens, abgesehen von der Tatsache, dass Mariah mich mit ihren Augen erdolcht." Er kletterte hinter Reuben nach vorne. „Bist du dir da sicher?"

„Nicht wirklich. Eine Frau in meinem Keller einzusperren ist nichts, was ich je angestrebt habe. Es ist irgendwie gruselig." Er blickte über seine Schulter und sah, wie die Runen, die Mariah fesselten, im Dunkeln leuchteten. „Ich korrigiere mich. Es ist super gruselig. Was zum Teufel hast du dir gedacht, Alex?"

„Ich habe gedacht, dass sie Briar angreift und ich der Nächste bin und ich sie aufhalten muss, du Idiot! Ich plane normalerweise auch nicht, Frauen zu entführen. Und außerdem ist sie eine verdammte Mörderin und hat Briar schwer verletzt."

Reuben spürte eine hässliche Welle der Panik in sich aufsteigen. „Es wird ihr wieder gut gehen." *Sie muss einfach.*

Als sie allein auf dem Parkplatz waren, hatten er und Alex bemerkt, dass sie kein Auto zur Verfügung hatten, da niemand geplant hatte, eine Gefangene mitzunehmen. Das Einzige, was sie berücksichtigt hatten, war der Schatz. Sie hatten improvisiert und einen Lieferwagen des Museums gestohlen, die Beschriftung an der Seite mit einem Illusionszauber getarnt und einen Zauber gewirkt, der sicherstellte, dass niemand von ihnen Notiz nahm, als sie durch die ruhigen Straßen von White Haven fuhren. Alex hatte gewartet, bis sie am Stadtrand waren, bevor er anonym die Polizei und dann Newton anrief, und schon bald waren die Geräusche von Polizeisirenen zu hören.

Reuben fuhr fort: „Mal im Ernst. Was sollen wir mit Mariah machen? Auf Entführung steht Knast, und ich bin viel zu hübsch dafür." Er runzelte die Stirn und sah Alex an. „Und du bist es auch. Außerdem, wenn du eingebuchtet wirst, macht sich Caspian an deine Frau ran."

„Danke für die beruhigenden Worte, Reu, du riesengroßer Depp. Ich dachte, du hättest gesagt, er zieht weiter."

Reuben schenkte Alex ein schuldbewusstes Lächeln. „Das tut er auch. Aber trotzdem, wenn du weg bist …"

„Ich gehe nirgendwohin, und du auch nicht!"

Reuben ignorierte Alex' Aufregung, fuhr auf die riesige, runde Auffahrt vor seinem Haus und dann auf die Straße, die hinter dem Haus zu den alten Stallungen und seiner Garage führte, bis er schließlich an der Seitentür anhielt. „Das ist die Tür, die am nächsten zu den Kellern ist. Da unten gibt es ein paar große Räume mit stabilen Türen, und wir können ein Bett aufstellen und den ganzen Ort mit Zaubern schützen."

Er stieg aus dem Lieferwagen, schloss die Tür zu seinem Haus auf und öffnete dann die Hecktüren des Wagens. Echte Angst und auch Wut hatten sich nun in Mariahs Augen festgesetzt, und trotz allem, was Mariah getan hatte, fühlte sich Reuben beschissen.

„Ich hasse das, Mariah", sagte er zu ihr. „Aber das ist deine Schuld, und vorläufig muss ich damit leben. Ich bin dein Karma – und Karma ist ein Arschloch."

Alex hatte sie bereits zu den Hecktüren gezogen und sprang hinaus. „Ich nehme ihre Füße und du nimmst ihren Kopf. Weich einfach den Bierungsrunen aus."

„Und wenn ich das nicht kann?"

„Sie werden dir einen unangenehmen Schlag versetzen. Genau wie sie es jetzt bei Mariah tun."

Mariah war von durchschnittlicher Statur und Größe, und sie hoben sie leicht hoch. Reuben führte sie den Gang entlang, die Treppe hinunter und durch die verwinkelten Kellerräume. Es war knifflig, und sie stießen gegen Wände und schlurften durch Gänge, bis Reuben sie in einen Raum in der Mitte des Bereichs führte und mit der Hüfte eine Tür aufstieß.

„Legen wir sie erst mal auf den Boden."

Sie ließen sie hinab und Alex überprüfte seine Runen erneut. Reuben sah sie aufleuchten, als er sie verstärkte, und Mariah zuckte zusammen.

„Wie lange werden sie halten?", fragte Reuben Alex.

„So lange, wie ich sie brauche. Aber sie wird irgendwann essen und trinken müssen." Er starrte sie an. „Ich kann sie so anpassen, dass sie um ihre Knöchel und Handgelenke liegen. Sie vielleicht an einer Wand befestigen.“

„Aber wir können sie nicht ewig hier unten festhalten.“

„Natürlich nicht. Wir müssen unsere Optionen überdenken. Und wir haben nicht viele.“

„Wir haben mehr als vor einer Stunde. Ich hole mein Entführerset – du weißt schon, Decken und so einen Scheiß. Kommst du eine Weile klar?“

„Ich komme bestens klar.“

Newton überblickte das riesige Chaos im Empfangsbereich des White Haven Museums und tobte innerlich. *Das hätte einfach sein sollen. Rein, raus, und niemand wäre bis zum nächsten Morgen schlauer gewesen.* Aber der Ort war ein verdammtes Katastrophengebiet. Und er musste so tun, als wüsste er von nichts. Zumindest vor dem anderen Team.

Normalerweise war das nicht sein Zuständigkeitsbereich. Das hier war Diebstahl, nicht Mord, aber mit seltsamen Explosionsspuren an den Wänden, einem Krater auf dem Parkplatz und einem Loch im Boden zwischen dem Keller und dem Erdgeschoss deutete alles darauf hin, dass dies eindeutig *nicht normal* war. Er hatte ungeduldig auf den Anruf warten müssen, so getan, als wüsste er von nichts, und dann versucht, nicht zu schnell am Tatort anzukommen.

Er hatte sich halb gefragt, ob er überhaupt hinzugezogen werden würde. Alex hatte sich am Telefon kurzgefasst, daher fehlten die Details, aber gerade als er anfing zu zweifeln, rief ihn sein Vorgesetzter an, und pflichtbewusst rief er Moore und Kendall an. Seine neue Sergeant konnte die Begierde in ihrer Stimme nicht verbergen.

Sie untersuchte gerade die Wand, vorschriftsmäßig in ihren weißen Schutzanzug gekleidet, und sah zu ihm herüber. „Was könnte diese Brandspuren verursacht haben?"

Er schluckte. „Energiestöße ... *Magie*. Sowas habe ich schon einmal gesehen."

„Magie!" Sie schnellte in die Höhe. „Hexen? Zauberer?"

„Vielleicht. Viele Dinge haben magische Fähigkeiten. Machen wir einen Rundgang durch das Gebäude und lassen die Spurensicherung ihre Arbeit machen."

Moore warf ihm einen amüsierten Blick zu, sagte aber nichts, als Detective Johnson, ein Bär von einem Mann mit einem riesigen, buschigen Bart, der als Erster hinzugezogen worden war, auf sie zukam. „Danke fürs Kommen, Newton. Sieht aus, als hätte es einen Kampf gegeben, also vermute ich, dass ein paar Banden zur gleichen Zeit hier aufgetaucht sind."

Johnson war kompetent, hasste aber Komplikationen, besonders paranormale. Newton sah sich im Raum um und versuchte, nicht zu viel preiszugeben. „Sagen Sie uns doch, was Sie bisher haben."

„Ausgezeichnet." Sein Kopf nickte. „Keine der Ausstellungshallen ist in Mitleidenschaft gezogen worden ... na ja, bis auf die mit dem Loch im Boden, aber die Ausstellungsstücke sind unbeschädigt. Der Kampf fand hier, auf dem Parkplatz und im Keller statt. Und jemand hat den Wachmann angegriffen."

Das war unerwartet. „Geht es ihm gut?"

„Gut, nur geschockt. Sagt, er kann sich an nichts erinnern."
Er nickte hinter Newton und seinem Team zur ersten Ausstellungshalle, als er zur Tür zum Keller ging. „Wir haben ihn da drin gefunden."

„Und definitiv keine Leichen?", fragte Newton und folgte ihm die Treppe hinunter, seine Sergeants im Schlepptau.

„Nein. Aber", er verzog genervt das Gesicht, „es gibt jede Menge Brandspuren an den Wänden, also weiß Gott, was die verursacht hat." Er warf Newton einen finsteren Blick zu. „Ich überlasse es Ihnen, das herauszufinden."

„Kein Problem. Und wissen wir, was gestohlen wurde?"

„Die Museumsdirektorin ist gerade angekommen – sehr aufgebracht", fügte er mit gedämpfter Stimme hinzu. „Anscheinend geht es um den Schatz, der heute in der Zeitung war."

Newton gab sich Mühe, angemessen schockiert auszusehen. „Ah! Das ging ja schnell."

Newton betrachtete die Spuren im Korridor und hoffte, dass es seinen Freunden gut ging, doch Johnson grunzte, als er um eine Ecke bog und an die Decke deutete. „Das ist das Loch, das in die Ausstellungshalle darüber führt. Und der Raum, in dem der Schatz war, ist der letzte auf der rechten Seite. Die Direktorin ist im Raum gegenüber. Ich dachte, Sie möchten vielleicht ein Wort mit ihr wechseln."

Kendall meldete sich zu Wort. „Ich dachte, die hätten mehr Sicherheitsvorkehrungen als nur einen Wachmann!"

Johnson sah sie an, als würde er sie zum ersten Mal bemerken. „Sie sind normalerweise nicht in diesem Team!"

„Sie fängt heute an", sagte Newton und erkannte, dass es bereits nach Mitternacht war. „Und das ist ein guter Punkt. Was ist mit der Sicherheit?"

„Zusätzlich zum Wachmann ist der Ort vollständig mit einer Alarmanlage gesichert, aber die wurde lahmgelegt. Und es gibt eine Sicherheitspatrouille, die sagt, sie hätte nichts gehört oder gesehen. Und", grunzte er erneut, „die Überwachungskameras sind ebenfalls lahmgelegt."

Erleichterung durchströmte Newton, aber er setzte wieder einen verärgerten Gesichtsausdruck auf. „Das ist das Problem mit dem Paranormalen – es untergräbt alles, was wir normalerweise benutzen."

Als sie in dem Raum ankamen, in dem die Museumsdirektorin wartete, fanden sie eine Frau vor, die zerzaust, müde und völlig fassungslos auf einem einzelnen Stuhl saß. Sie war umgeben von Kisten und ungenutzten Ausstellungsstücken.

Johnson stellte sie vor. Gegenüber der Öffentlichkeit wurde Newtons Team als Sondereinsatzkommando bezeichnet, da sie das Wort *paranormal* gerne vermieden. „Das ist Ms. Natalie Hughes, die Direktorin des Museums."

Natalie erhob sich, wobei sie Newton mit ihrer Größe überraschte, und schüttelte ihm die Hand. Sie war fast so groß wie er, in den Vierzigern, schätzte er, mit blondem Haar und blauen Augen und einem sehr festen Händedruck. „DI Newton. Ich würde gerne sagen, es ist mir eine Freude, aber das ist es wirklich nicht. Ich verstehe nicht, was hier vor sich geht! Wer war das?"

„Es ist noch zu früh, um das zu wissen, fürchte ich, aber wir werden natürlich alles tun, was wir können, um sie und Ihren Schatz zu finden."

„Aber die Brandspuren", hakte sie nach. „Wodurch sind die entstanden?"

„Wahrscheinlich ein Flammenwerfer", schlug er vor und dachte, was für eine schreckliche Lüge. „Keine übliche Waffe, aber alle Diebe haben ihre Vorlieben. Sobald wir unsere Ermittlungen abgeschlossen haben, werden wir mehr wissen. Sie sind sicher, dass nur der Schatz gestohlen wurde?"

„Es scheint so. Oh, und ein Lieferwagen vom Parkplatz."

„Ein Lieferwagen?" Newton wusste nicht, ob das gut oder schlecht war, aber er hielt seine Miene neutral. „Okay. Sergeant Moore wird Sie befragen, während ich mich mit Sergeant Kendall genau umsehe. Sie können nach Hause gehen, sobald das erledigt ist."

Sie sah entsetzt aus. „Auf keinen Fall! Ich muss bleiben!"

Er schüttelte den Kopf. „Nein. Sie werden nur im Weg sein. Sie können zurückkommen, wenn wir fertig sind. Und außerdem wird das Museum morgen geschlossen sein."

„Aber-"

Er wandte sich ab, bevor sie zu Ende sprechen konnte, da er wusste, dass Moore alles durchgehen würde, und führte stattdessen Kendall hinaus.

„So, Kendall", sagte er mit einem Lächeln, als sie draußen im Korridor waren. „Zeit, dich mit unseren Abläufen vertraut zu machen."

Sechzehn

Avery betrachtete Briar, die immer noch bewusstlos auf dem Lager lag, das sie für sie auf dem Boden vor dem Kamin hergerichtet hatten, und sagte: „Eli ist in wenigen Minuten hier."

El umklammerte Briars Hand fester. „Ich bin nicht sicher, ob das überhaupt etwas nützt! Er hat keine magischen Fähigkeiten wie wir!"

„Aber er ist ein Heiler", beharrte Avery, „und ich glaube, wir können jede Hilfe gebrauchen, die wir kriegen können."

„Einverstanden", sagte Hunter mit einem leisen Grollen tief in seiner Kehle. „Alles, was er tun kann, ist von Nutzen."

„Und", fügte Avery hinzu, „Eli wird dein verletztes Bein viel besser verbinden als ich oder El."

„Vergiss mich. Briar ist wichtiger." Er hielt Briars andere Hand, doch obwohl seine Augen vor Wut brannten, war sein Griff sanft. „Ich muss nur raus und diesen Bastard zur Strecke bringen."

„Nein!", schoss Avery zurück. „Ich weiß nicht, was mit Harrys Magie los ist, aber er ist mächtig. Und ich weiß, du bist schnell und tödlich, Hunter, aber wir können nicht riskieren, dass du wieder verletzt wirst. Außerdem würde Briar uns das nie verzeihen." Sie streckte die Hand aus und drückte seine Schulter. Sie hatte sich gefragt, ob ihre Beziehung am Abklingen war, aber an Hunters Gefühlen bestand im Moment kein Zweifel. „Lass uns zuerst einen besseren Plan schmieden."

Sie und El hatten gerade mehrere Heilzauber gewirkt, und Avery hatte versucht, es Briar gleichzutun und ihre Energiestufen zu spüren, aber Avery war bei Weitem nicht so fähig und hatte das Gefühl, im Dunkeln zu tappen.

„Ich mache uns was zu trinken", sagte El, erhob sich und ging in die Küche. „Ich brauche einen Tee, um mich abzulenken. Was zum Teufel machen die Jungs eigentlich?"

„Was sie tun müssen", sinnierte Avery und hoffte, dass Mariah nicht entkommen war und nichts schrecklich schiefging. „Sobald Eli hier ist, gehe ich zu Reuben und schaue nach, was los ist."

„Du musst nicht warten", beruhigte El sie. „Geh jetzt. Ich bin genauso gespannt wie du, was vor sich geht. Und wenn du schon mal da bist, schau, ob wir den Schatz auch dort verstecken können. Ich will das Zeug hier nicht haben." Sie funkelte die Kisten an, die immer noch mitten auf dem Boden standen. „Ich hasse es."

„In Ordnung. Hunter, versprich mir, noch nichts zu unternehmen!"

Er grunzte. „Ich schätze, ich kann vorerst warten. Ich kann sowieso besser spüren, wenn mein Bein verheilt ist. Aber ich warte nicht lange!"

„Keine Sorge, das werden wir auch nicht."

Sekunden später stand Avery auf Reubens Einfahrt, und unbeeindruckt von seiner Flut an Schutzzaubern, benutzte sie Magie, um die Haustür zu öffnen. Im Inneren war das Haus jedoch sehr still. Sie erkundete das Erdgeschoss, und als sie die offene Tür zum Keller sah, ging sie hinunter, erleichtert, als sie Stimmen vor sich hörte.

Nackte Glühbirnen erhellten den Raum, und sie durchquerte Zimmer und passierte offene Türen, bevor sie endlich die richtige fand. Als sie eintrat, stöhnte sie.

„Das kann nicht euer Ernst sein!"

„Verdammt, Ave!", sagte Reuben und wirbelte herum. „Du hast mir fast einen Herzinfarkt beschert!"

„Ich glaube, *ich* habe gerade einen! Was zum Teufel macht ihr zwei da?"

„Wir bauen ein magisches Gefängnis, natürlich!"

Alex sprach nicht, da er sich darauf konzentrierte, den Käfig fertigzustellen, der aus lodernden Runen in der Ecke des großen, staubigen und feuchten Raumes konstruiert war. Die Wände waren aus Ziegeln und der Boden aus gestampfter Erde, aber in der Ecke stand ein primitives Bett, auf dem Mariah lag, immer noch mit Runen gefesselt. Sie war mit Schmutz beschmiert und ihr Haar war zerrauft, aber ihre Augen funkelten wild, als sie Avery anstarrte.

Avery stöhnte erneut. „Das ist ein Albtraum."

Alex beendete seinen Zauber und wandte sich ihr zu. „Ich weiß, aber welche Wahl haben wir denn? Wenn ich sie jetzt freilasse, werden wir wieder kämpfen müssen."

„Aber wir müssen sie irgendwann gehen lassen!"

Er nickte. „Natürlich. Wenn wir einen Plan haben."

Man musste Alex und Reuben zugutehalten, dass sie beide müde und erschöpft aussahen, und Reuben schenkte ihr ein gequältes Lächeln. „Ich wollte Mariah hier nicht haben, Ave, aber was hätten wir sonst tun sollen?"

„Du hast recht. Aber sie wird irgendwann auf die Toilette müssen und Essen und Wasser brauchen!"

„Ich kann die Runenketten anpassen", sagte Alex. „Und den Zungenbann aufheben, aber erst, wenn sie im Käfig gesichert ist. Wenn ich neben Reubens auch auf deine Magie zurückgreife, wird das den Käfig noch mehr verstärken. Bist du damit einverstanden?"

Avery starrte Mariah an, hasste die Tatsache, dass sie in einem Keller gefesselt war, und fragte sich, wozu sie geworden waren. An ihrer Stelle wäre Avery wütend und verängstigt. Aber Mariah war gefährlich und war an mehreren Todesfällen mitschuldig gewesen. „Ich bin nicht glücklich darüber, aber natürlich mache ich das."

Alex drückte ihre Schulter. „Danke. Machen wir es jetzt."

Gemeinsam standen sie Mariah innerhalb des Runenkäfigs gegenüber, und alle drei fassten sich an den Händen. Alex begann eine Beschwörung, und der Runenkäfig loderte in einem feurigen Licht auf. Andere Runen vermehrten und verdichteten sich, und sie wusste, dass Alex' potenter Magie Luft und Wasser hinzugefügt wurden. Bald sah der Käfig aus wie ein Kettengeflecht, so dicht waren die Runen, und als Alex zufrieden war, vollendete er den Zauber. Dann änderte er Mariahs persönliche Runenketten, ließ sie nur um ihre Handgelenke und entfernte den Zungenbann. Sekunden später war Mariah auf den Beinen, ein Schwall von Flüchen strömte von ihren Lippen.

„Es ist sinnlos, Mariah", sagte Alex zu ihr. „Nichts kann diesen Käfig verlassen. Keiner Eurer Zauber, Flüche oder Tricks."

„Ihr haltet euch wohl für furchtbar schlau, was?", zischte Mariah. „Ihr scheinheiligen Narren. Ihr könnt mich hier nicht ewig festhalten! Ich werde hier rauskommen."

„Ihr werdet hierbleiben, so lange wir es für nötig halten", warnte Alex sie mit einer leisen, befehlenden Stimme. „Und wir werden auch die anderen finden. An Euren Händen klebt Blut, und das Karma verlangt nach Gerechtigkeit."

Mariah sprach nicht, sondern schleuderte eine Reihe von Feuerbällen und Magiestößen auf den Käfig. Trotz Alex' Zusicherungen wich Avery zurück, aber das Runenkettenhemd wehrte sie alle ab. Mit einem letzten finsteren Blick wandte sich Mariah ab, legte sich auf das Feldbett und starrte an die Decke.

Sie gingen auf die andere Seite des Raumes und berieten sich mit leisen Stimmen.

„Ich hole noch einen Stuhl und einen Tisch und ein paar andere Sachen", sagte Reuben. „Ich kann die erste Wache halten. Unabhängig vom Käfig will ich sie nicht allein lassen."

„Das ist gut. Wir werden uns abwechseln", stimmte Alex zu und sah Avery mit einer hochgezogenen Augenbraue an. „Was ist mit dir?"

„Ich übernehme meine Schicht, und ich bin sicher, El wird das auch tun, aber Briar ist immer noch ohnmächtig, und wir haben Eli hergerufen."

„Immer noch bewusstlos?", fragte Alex mit großen Augen.

„Ihre Kleidung und ihre Haare waren angesengt", erzählte Avery ihnen. „In was für einen Zauber ist sie geraten?"

Alex zuckte mit den Schultern. „Schwer zu sagen. Es war eine riesige Gewitterwolke aus Blitzen. Briar ist schnell und stark, also muss es, was auch immer es war, sie übermannt haben." Er wandte sich wieder Mariah zu. „Wir können sie befragen, sobald sie sich beruhigt hat. Vielleicht erfahren wir etwas."

Reuben schnaubte. „Das bezweifle ich. Gebt mir fünf Minuten, um alles zu regeln, dann bin ich wieder da."

Er verschwand und Avery senkte erneut ihre Stimme. „Was zur Hölle für eine Magie haben die benutzt, Alex? War das irgendeine Art planetarische Kraftsache?"

„Ich weiß es nicht, aber vielleicht weiß Cornell es." Er strich ihr über die Wange, und sie schmiegte sie in seine Hand, sofort beruhigt durch seine Berührung. Alles, was sie wollte, war, ins Bett zu gehen und Alex festzuhalten, aber das würde in nächster Zeit nicht passieren.

„Das wird nicht schnell vorbei sein, oder?"

„Ich fürchte nicht. Und im Moment habe ich keine Ahnung, was wir mit ihr machen sollen." Er deutete mit dem Kopf auf Mariah.

„Uns wird schon etwas einfallen. Ich finde, wir sollten Genevieve Bescheid sagen." Sie nahm seine Hand in ihre. „Und wir müssen es unserem Team sagen. Oh, und noch etwas. El will den Schatz nicht in ihrer Wohnung haben ... und ich kann es ihr nicht verübeln. Sie hat das Gefühl, er sei verflucht. Ich könnte ihn hierher bringen, aber ich glaube, Mariah und den Schatz an einem Ort zu haben, ist eine schlechte Idee. Was, wenn wir ihn bei uns aufbewahren?"

„Ich finde, wir sollten ihn tatsächlich rotieren lassen. Wir können ihn heute Nacht haben, und vielleicht will Cornell ihn haben, aber wenn wir ihn rotieren, muss El trotzdem ihre Schicht übernehmen!" Er zuckte mit den Schultern. „Was ist in sie gefahren? Normalerweise bekommt El keine Muffensausen."

„Ich weiß nicht. Ich werde mit ihr darüber reden." Sie drückte seine Hand. „Ich sollte besser gehen. Ich will nach Briar sehen. Bist du dir sicher mit deinem Käfig?"

„Er wird halten." Ein besorgter Ausdruck huschte über sein Gesicht. „Mir ist gerade etwas eingefallen. Ich kann heute Nacht nicht mit dir nach Hause kommen. Ich will hier bleiben, ein Auge auf Mariah haben und sicherstellen, dass es Reuben gut geht. Vielleicht solltest du auch hier bleiben oder bei El."

Sie streckte sich und küsste ihn. „Mir wird es zu Hause gut gehen. Aber sei vorsichtig. Wir sehen uns morgen."

Newton stand auf dem Parkplatz hinter dem Museum, hob den Kopf und atmete tief ein. „Riecht nach Ozon."

„Von einem Zauber?", fragte Moore.

„Vielleicht."

Moore lehnte sich an die Wand, die Hände in die Taschen vergraben. „Unsere Freunde, die Hexen, waren hier, nicht wahr?"

Newton stöhnte und rieb sich die Augen. „Ist es so offensichtlich, dass sie es waren?"

„Nein. Nur für mich. Sie wären aber nicht so zerstörerisch gewesen, also gegen wen haben sie gekämpft?"

Kendall blickte zwischen ihnen hin und her, ihr Mund klappte auf. „Ihr wisst, wer das war? *Hexen*?"

„Sprich leiser, um der Götter willen", beschwerte sich Newton, erleichtert, dass niemand nah genug war, um sie zu hören.

Sie waren gerade durch das ganze Museum gegangen, hatten rekonstruiert, was ihrer Meinung nach passiert war, und der Spurensicherung bei der Beweisaufnahme zugesehen, aber er wusste, dass sie nicht viele materielle Hinweise finden würden. Er musste mit den Hexen sprechen, um die Details zu erfahren. Aber zuerst musste er Kendall reinen Wein einschenken.

Er wandte sich ihr zu. „Du musst wissen, dass ich fünf gute Freunde habe, die ebenfalls Hexen sind; sie helfen uns bei vielen unserer paranormalen Ermittlungen. Und es gibt auch noch andere. Du wirst sie alle bald genug kennenlernen. Sie waren heute Abend hier, um den Schatz zu holen, weil sie verhindern mussten, dass ihn jemand anderes stiehlt. Andere Hexen, die, wie wir glauben, schlimme Dinge damit anstellen wollen. Sie sind für all die jüngsten Todesfälle verantwortlich."

Sie runzelte die Stirn und sah Moore an. „Du kennst sie auch?"

„Ja. Nicht so gut wie Newton, aber sie helfen uns ständig bei unseren paranormalen Problemen." Er schenkte ihr ein schiefes Lächeln. „Wir brauchen etwas Paranormales auf unserer Seite, wenn wir es bekämpfen müssen."

Kendall nickte. „Das ergibt Sinn. Aber sie sind kein offizieller Teil des Teams?"

„Überhaupt nicht", sagte Newton, „aber sie sind ein wesentlicher Bestandteil davon."

Sie verschränkte die Arme vor der Brust. „Warum sagen Sie das nicht Johnson?"

„Weil wir die Dinge innerhalb unseres Teams halten! Unsere Kontakte gehören allein uns. Johnson muss das nicht wissen. Und glaub mir, er *will* es auch nicht wissen. Er mag diese Ermittlung begonnen haben, aber jetzt ist sie unsere. Leider erstreckt sich unser Aufgabenbereich auf mehr als nur Morde. Er umfasst alles Paranormale, und das hier gehört eindeutig in diese Kategorie."

„Sie meinen, wir erledigen den Job, aber die andere Polizei will die Details, wie, nicht wissen?"

„Ganz genau. Wir tun das, wovon sie nicht einmal anerkennen wollen, dass es existiert. Und außerdem mischen wir uns nicht in die Angelegenheiten anderer Teams ein." Er musterte ihren neugierigen Ausdruck. „Was hast du über uns gehört, das dich dazu bewogen hat, dich zu bewerben?"

„Dass ihr euch mit seltsamen Dingen befasst, die nicht leicht zu erklären sind, und dass sie ein eigenes Team brauchten, da in Cornwall häufig merkwürdige Dinge passieren. Ich hatte seltsame Erlebnisse, wie ich Ihnen in meinem Vorstellungsgespräch erzählt habe. Ich war fasziniert. Aber", sie lächelte, „Sie haben recht. Jeder macht einen Bogen um das, was ihr tut. Es ist, als ob ihr in einer anderen Dimension existiert."

Newton und Moore lachten, und Moore sagte: „Und manchmal fühlt es sich auch so an."

„Also operieren wir gewissermaßen im Verborgenen", sagte Kendall mit einem Glanz in den Augen.

„Ja. Obwohl Berichte und Ergebnisse trotzdem erwartet werden", sagte Newton, nur damit sie keinen falschen Eindruck bekam.

„Cool! Das gefällt mir! Aber es ist gefährlich."

Newton seufzte. „Inez ist bei der Arbeit gestorben. Ja, es ist gefährlich. Aber wir versuchen natürlich immer, so sicher wie möglich zu sein."

Moore lenkte das Gespräch zurück auf den Diebstahl. „Wenigstens haben sie den Wachmann nicht umgebracht. Ich nehme an, unsere Freunde waren zuerst hier. Geht es ihnen gut?"

„Ich glaube schon", sagte Newton. Er schaute auf seine Uhr. „Ich rufe Alex an. Aber", er warf Kendall einen warnenden Blick zu, „wir werden sie nicht offiziell befragen. Das bleibt unter uns."

Sie hatte die Hände in die Hüften gestemmt und stand breitbeinig da. „Das ist doch ein Witz, oder?"

„Nö. Ihre Beteiligung bleibt geheim. Das ist der Preis für ihre Hilfe."

„Sie haben gerade einen Schatz aus einem Museum gestohlen! Sie können damit nicht einfach so davonkommen."

Newton massierte sich die Stirn und versuchte, nicht zu schreien. Offensichtlich entgingen ihr die Feinheiten ihrer Abmachung. „Sie kommen mit gar nichts davon! Sie helfen uns. Sie haben den Schatz gestohlen, um jemanden daran zu hindern, etwas Schlimmes damit anzustellen. Und eigentlich ist das meine Schuld", gab er widerwillig zu und kam sich wie ein Idiot vor. „Ich habe das Gold freigegeben, weil ich dachte, es wäre etwas Gutes und das Museum würde davon profitieren, es in seine Ausstellung aufzunehmen. Ich hatte keine Ahnung, was ich damit auslösen würde." Er fügte nicht hinzu, dass Stan ihn tagelang im Namen des Museums bearbeitet hatte.

Hilfesuchend blickte er zu Moore, der sagte: „Sie muss sie kennenlernen. Und außerdem haben wir im Moment keine Spuren. Nur das, was sie uns geben können."

Newton zog sein Handy aus der Tasche. „Lasst mich Alex anrufen und sehen, was ich tun kann – aber das wird heute Abend nichts mehr. Ich schlage vor, ihr geht beide nach Hause. Und denkt daran, ich fahre morgen nach London. Moore, du hast das Sagen, während ich weg bin."

Er fragte sich, ob er seine Reise angesichts der ganzen Vorkommnisse absagen sollte, aber Maggie danach zu treffen, schien eine noch bessere Idee zu sein. Und außerdem musste er wirklich aus Cornwall raus. Der Wolf war hier.

Als Avery in Els Wohnung zurückkehrte, war Eli da und überraschenderweise auch Zee. Die beiden Männer schienen in Els Wohnzimmer eine Menge Platz einzunehmen, mehr als ein durchschnittlicher, menschlicher Mann. Es lag nicht nur an ihrer Größe und ihrem Körperbau, sondern auch an ihrer gebieterischen Präsenz. Sie war es gewohnt, sie im Pub oder im Laden zu sehen, aber die beiden zusammen schienen ihre Größe zu vervielfachen.

Sie trugen Jeans und T-Shirts, ihre Flügel auf ihre geheimnisvolle Art verborgen. Bei ihrer Ankunft drehten sie sich schnell um, die Hände fuhren zu den Schwertern an ihren Seiten, doch dann entspannten sie sich, als sie erkannten, wer es war, und Eli setzte sein Gespräch mit El fort. Von Hunter war keine Spur zu sehen, aber Avery hörte die Dusche laufen und nahm an, dass er im Badezimmer war.

„Avery", sagte Zee. „Du hattest eine interessante Nacht."

„Das kann man wohl sagen. Wie kommt es, dass ihr *beide* hier seid? Nicht, dass das ein Problem wäre, natürlich."

„Wir sind allein im Farmhaus. Unsere Brüder sind mit Shadow nach Frankreich gefahren. Eli wollte mich nach unserem Angriff neulich Abend nur ungern allein lassen. Obwohl", er warf ihm einen amüsierten Blick zu, „ich wäre schon klargekommen. Auf mich haben sie es ja nicht abgesehen. Und ich habe mir Sorgen um Briar gemacht."

Sie musterten sie beide, und Avery war erleichtert zu sehen, dass ihre Gesichtsfarbe besser aussah. „Was hat Eli gemacht?"

„Irgendeinen Trank gemischt und El bei einem weiteren Heilzauber angeleitet. Er hat nicht deine Magie, aber er ist ziemlich gut im Diagnostizieren."

„Und wie lautete das Urteil?"

Bei Averys Frage drehte Eli den Kopf. „Ich glaube, sie hat eine Reihe von Stromschlägen erlitten. Deshalb ist sie an den Rändern angesengt." Er fuhr sich mit den Händen durchs Haar, eine Falte bildete sich auf seiner Stirn. „Hunter hat mir erzählt, dass sie in einen elektrischen Sturm geraten ist."

Avery nickte. „Wir glauben schon ... einen magischen."

„Ein Blitzeinschlag kann tödlich sein – selbst wenn man geerdet ist – und Briar *schwebte* darin. Aber sie ist eine Erdhexe, geerdet und beständig in ihrer Magie, und der Grüne Mann wohnt in ihr. Ich glaube, das hat sie gerettet. Aber sie steht unter Schock. Ich denke, sie braucht Erde unter sich, um zu heilen. Ich habe auch einen speziellen Tee mitgebracht für den Fall, dass sie wieder zu sich kommt, und habe weitere Edelsteine empfohlen, um ihre Genesung zu unterstützen.“

El sah Avery hoffnungsvoll an. „Kannst du etwas Erde reinbringen?“

Avery lachte verwirrt. „Klar. Ich habe welche in meinem Geräteschuppen. Ich kann sie gleich holen. Diese Nacht wird immer seltsamer.“

El runzelte die Stirn. „Geht es den Jungs gut?“

„Ihnen geht es gut, obwohl Reubens Keller zu einem Gefängnis geworden ist“, sagte sie und erklärte, was sie getan hatten.

Zee pfiff. „Bei Hernes Hörnern. Das ist unerwartet.“

„Und wie.“

Er schüttelte den Kopf, als er Eli ansah. „Und wir dachten, unsere Brüder würden den ganzen Spaß haben.“

Avery sank auf das Sofa, als die Erschöpfung sie übermannte. „Wir waren stundenlang auf den Beinen! Ich glaube, ich bin noch nie in so kurzer Zeit so viel Hexenflug geflogen.“

Zee setzte sich neben sie. „Ihr habt im Museum nicht mit so einem Kampf gerechnet?“

„Nein! Ich meine, wir dachten, wir könnten ihnen über den Weg laufen, aber nichts dergleichen, was dann tatsächlich passiert ist.“

El ließ sich anmutig im Schneidersitz auf den Teppich fallen. „Das war weitaus mehr, als ich erwartet hatte. Und ich kann immer noch nicht glauben, dass Alex Mariah gefangen genommen hat."

„Wir müssen uns mit der Wache abwechseln", sagte Avery. „Auch wenn sie in einem Runenkäfig sitzt. Ich kann nicht fassen, dass wir in dieser Situation sind."

Zee und Eli musterten sie beide, tauschten vielsagende Blicke, und Zee sagte: „Nun, wir helfen gerne. Wir sind nicht immun gegen Magie, aber sie wirkt bei uns nicht so stark wie bei anderen. Wir können bei Bedarf auch Wache halten. Und helfen, die anderen zu jagen."

„Bist du sicher, dass du dich einmischen willst?", fragte Avery. „Es ist schon jetzt ein Chaos und könnte noch viel übler werden."

Zee lachte. „Oh, Avery. Du kennst uns überhaupt nicht, wenn du glaubst, wir würden bei der Androhung von *übel* einen Rückzieher machen. Wir alle lieben einen guten Kampf – sogar der Schönling Eli."

„Witzbold", sagte Eli mit gespielter Empörung.

Zee drückte Averys Hand. „Trink eine Tasse Tee mit El und ruh dich aus. Ich fliege zu dir rüber und hole den Kompost, und dann betten wir Dornröschen auf ihr Erdenbett. Und während ich weg bin", blickte er auf, als Hunter hereinhumpelte, ein Handtuch tief um die Hüften geschlungen, das bereits von Blut durchtränkt war und an seinem Bein heruntertropfte, „kann Eli den Wolf saubermachen, bevor er Els Boden ruiniert." Er stand auf und ließ die Schultern kreisen. „Und dann, glaube ich, werde ich Alex und Reuben einen Besuch abstatten."

·······))) ● (((·······

Zee landete in Reubens Einfahrt, gerade als Newton aus seinem Auto stieg, und er bereute es, ihn erschreckt zu haben.

Newton wich gegen das Auto zurück. „Verdammte Scheiße! Ich dachte, ich werde angegriffen!"

„Tut mir leid, Newton. Gutes Timing aber. Ich kann mit dir reingehen."

Newton beäugte ihn misstrauisch, während er seine Flügel zusammenfaltete und sein T-Shirt überzog. „Was machst du hier?"

„Avery hat Eli gerufen, um bei Briar zu helfen, und ich dachte, ich schaue mal nach, was hier los ist."

Newton erstarrte. „Briar? Was ist mit ihr?"

Scheiße. „Wusstest du das nicht? Sie wurde von Mariah angegriffen. Sie ist bewusstlos, aber es wird ihr wieder gut gehen."

„Bewusstlos!" Newton geriet ins Straucheln und sah aus, als wollte er wieder in sein Auto steigen. „Wo ist sie?"

Zee hatte vergessen, wie sehr Newton Briar mochte. Es musste wehtun, dass Hunter hier war. „Sie ist in Els Wohnung und in Sicherheit. Avery, Hunter und Eli sind auch da. Sie ist in guten Händen."

Für einen Moment schien es, als hätte Newton seine Gefühle unter Kontrolle, aber dann brach es aus ihm heraus. „Scheiß drauf! Bastard! Mist!" Er trat mehrmals gegen seinen Autoreifen, dann schritt er über den Kies und schrie weitere Obszönitäten in den Himmel. „Ist das die Schuld dieses verdammten Wolfs?"

„Nein. Es ist einzig und allein Mariahs Schuld."

„Ich drehe ihr den verdammten Hals um!"

Zee hockte sich auf die niedrige Steinmauer, die Reubens geschwungene Treppe säumte, verschränkte die Arme vor der Brust und war bereit, zuzuhören. Er mochte Newton. Sie hatten sich an manchen Abenden über Fußball unterhalten, während Newton an der Bar saß, und jetzt war er ein Mann, dem viel durch den Kopf ging und der zudem erschöpft aussah.

Newton schritt weiter auf und ab. „Ich muss Mariah verhören und die anderen finden! Ich muss sie alle aufhalten!"

„*Wir* müssen das, nicht nur du. Du hast ein ganzes Team. Und du kannst sie jetzt nicht finden. Es ist irgendeine dämliche Zeit am Morgen und Mariah wird noch nicht reden."

„Wenn Briar irgendetwas zustößt ..."

„Mach dir keine Sorgen um Briar."

„Sag mir nicht, was ich tun soll!", fuhr Newton ihn an und drehte sich zu ihm um. „Briar ist verletzt und in Reubens Keller ist eine verdammte Hexe! Entführt, noch dazu! Was soll ich denn dagegen tun?"

„Nichts. Du hast deine Seite der Ermittlungen und wir haben unsere." Zee hatte keine Ahnung, an welchem Punkt das Problem zu *unserem* geworden war. Seit er einer erschöpften Avery seine Unterstützung angeboten hatte, schätzte er.

„Entführung ist immer noch Entführung, ganz gleich, dass sie Leute getötet und Briar verletzt hat!"

„Und wo genau willst du sie einsperren, Newton?"

Newton starrte ihn wütend an. „Hör auf, so verdammt logisch zu sein!"

„Warum bist du überhaupt hier? Das solltest du nicht sein. Misch dich nicht in diese Seite der Dinge ein."

„Ich leite die verdammten Ermittlungen!"

„Den polizeilichen Teil. Vertraust du Alex und Reuben?"

„Natürlich tue ich das!" Newton sah ihn an, als wären ihm zwei Köpfe gewachsen.

„Dann weißt du, dass sie Mariah in Sicherheit bringen werden. Sie werden sie nicht misshandeln oder foltern."

„Ich weiß, dass sie das nicht tun werden! Sie sind keine Monster!"

„Genau. Ich könnte mir vorstellen, dass sie beide gerade ausflippen. Wenn du da drin wütest, wird das nicht helfen."

Newton sah aus, als würde ihm der Lebenswille entgleiten, und er sank auf den Kies und lehnte sich an sein Auto. „Das ist ein Albtraum."

Zee wusste, dass Newton etwas tun wollte. *Irgendetwas.* Er ging hinüber und setzte sich neben ihn auf den Kies. „Du wirst sie aufhalten – so oder so. Konzentriere dich darauf, was du tun kannst, wenn du den Rest von ihnen schnappst."

Newton nickte und starrte geistesabwesend auf Reubens Haus. „Das ist auch ein Grund, warum ich morgen zu Maggie fahre. Für all den anderen Mist, mit dem wir uns befasst haben, gab es eine Lösung, aber vorher habe ich mir keine Sorgen um abtrünnige Hexen gemacht, die zufällig echte Menschen sind."

Zee war sich ziemlich sicher, dass das nicht ganz stimmte. Newton hatte sich schon früher mit gewöhnlichen Menschen befasst, die in paranormale Seltsamkeiten verwickelt waren, aber darüber wollte er jetzt nicht streiten. „Du wirst das schon hinkriegen. Hast du etwas geschlafen?"

„Nicht wirklich. Leute", er warf ihm einen verärgerten Blick zu, „neigen dazu, mich aufzuwecken, um Angriffe zu melden."

„Tut mir leid. Und du trauerst immer noch um Inez. Fahr nach Hause, schlaf ein bisschen und genieß London. Ich glaube, du brauchst eine echte Auszeit."

„Das hat Caspian auch gesagt, aber das ist mein Job!"

„Das heißt nicht, dass du nicht für ein oder zwei Nächte weg kannst. Ihr zwei solltet euch betrinken und flachlegen lassen. Dann würdest du dich viel besser fühlen."

Newton grunzte. „Ich will nicht mit Caspian schlafen."

Zee brüllte vor Lachen. „Ich meinte nicht ihn, aber jedem das Seine. Falls es dir hilft, ich glaube nicht, dass Briar für immer bei dem Wolf bleiben wird. Er ist ein guter Kerl, aber er ist nicht ihr Mann für die Ewigkeit." Und das meinte er auch so. Hunter gab Briar etwas, was sie im Moment wollte. Für ihr zukünftiges Glück brauchte sie etwas anderes.

„Bist du jetzt eine Art Kummerkastentante?"

Seltsam, Alex hatte fast dasselbe gesagt. „Wenn der Schuh passt."

„Okay. Du hast recht. Ich fahre nach Hause und schlafe eine Runde. Bist du sicher, dass es ihr gut geht?"

„So sicher, wie ich sein kann. Eli ist zuversichtlich, was ihre Genesung angeht. Soll ich ihr was ausrichten?"

„Richte ihr nur meine besten Wünsche aus." Newton rappelte sich auf und auch Zee stand auf.

„Kannst du noch fahren?"

„Ich bin müde, kein Schwachkopf", sagte er, als er in sein Auto stieg. „Sag den Jungs, sie sollen vorsichtig sein – und das gilt auch für dich."

Zee zwinkerte und salutierte, sah ihm nach, wie er davonfuhr, und wandte sich dann dem Haus zu.

Zeit zu sehen, wie eine eingesperrte Hexe aussah.

Siebzehn

Als Caspian am Donnerstagmorgen in Els Wohnung ankam, waren die Jalousien heruntergelassen, die Lichter gedimmt und die Stimmung bedrückt.

„Ich wünschte, einer von euch hätte mich früher angerufen", beschwerte er sich bei El, während er eine Tasse Tee annahm. Er blickte zu Briar hinüber, die bewusstlos auf dem Erdbett vor dem Kamin lag. Der Raum war für seinen Geschmack zu warm, aber es war sinnvoll, es für Briar angenehm zu halten. „Was meinst du, wie es ihr geht?"

El seufzte und zerzauste ihr Haar. Ohne Make-up sah sie anders aus. Jünger, verletzlicher, aber nicht weniger hübsch. „Schwer zu sagen. Es scheint, als ob sie jetzt eher schläft, als dass sie nur bewusstlos ist. Ihr Energieniveau scheint besser zu sein … nicht, dass ich das besonders gut lesen könnte."

„Sie riecht besser", sagte Hunter und drehte sich zu ihnen um. Er saß bei ihr und sah aus, als hätte er die ganze Nacht neben ihr gelegen.

„Riecht besser?", fragte Caspian verwirrt.

Hunter tippte sich an die Nase. „Wir sind gut darin, alle möglichen Gerüche wahrzunehmen. Wir können Krankheit und

Gebrechen riechen." Er sah sie liebevoll an. „Sie hat jetzt definitiv einen normaleren Briar-Geruch."

Caspian hatte nie zuvor darüber nachgedacht, dass Gestaltwandler Krankheiten riechen konnten, aber es ergab Sinn. Heutzutage wurden Hunde für solche Dinge ausgebildet. „Das sind gute Nachrichten. Dann kann ich wenigstens etwas optimistischer nach London fahren." Er musterte Els besorgten Gesichtsausdruck. „Ich wünschte, ich wäre letzte Nacht mit euch gekommen."

„Ich bin froh, dass du es nicht getan hast, angesichts deiner Verletzung. Es war härter, als wir dachten. Außerdem geht es uns gut – mehr oder weniger. Eli hat an Hunters Bein Wunder gewirkt."

Caspian sah sich schockiert um. „Du wurdest auch verletzt?"

„Eine verdammte Glasscheibe hat mir das Bein aufgeschlitzt, aber Eli hat einen seiner Wunderumschläge benutzt, und es fühlt sich fantastisch an." Er streckte sein Bein mit einem leichten Zucken aus, sodass Caspian den zerfetzten Riss in seiner Jeans und das getrocknete Blut daran sehen konnte. „Das wird nur eine weitere Kriegswunde sein. Ich habe jede Menge davon."

„Sieht aus, als wäre sie tief gewesen. Ich bin froh, dass es euch allen gut geht."

„Wer hat dich angerufen?", fragte ihn El.

„Reuben. Er war gerade aus dem Keller gekommen, nachdem Alex die zweite Wache übernommen hatte. Er entschied, dass sechs Uhr eine anständige Zeit für einen Anruf sei." Er lachte. „War es nicht. Aber ich war froh, von ihm zu hören. Klingt nach einer verrückten Nacht."

El stieß ein sehr undamenhaftes Grunzen aus. „Das war sie. Er hat mich ungefähr zur gleichen Zeit angerufen, aber nur kurz. Er war auf dem Weg ins Bett.“

„Ich habe bereits Avery angerufen.“ Er zuckte schuldbewusst zusammen, als er sich an ihren mürrischen Ton erinnerte. „Ich glaube, ich habe sie geweckt.“

El kicherte. „Wenn du sie vor acht angerufen hast, dann mit Sicherheit. Sie ist keine Frühaufsteherin!“

„Ach, was soll's. Ich habe ihr gesagt, sie soll einen Teil des Schatzes behalten – ihn noch nicht ganz an Cornell übergeben. Ich denke, es ist besser, ihn aufgeteilt zu lassen, als der ursprüngliche Plan, ihn hin- und herzubewegen.“ Er zuckte mit den Schultern, unfähig, das Gefühl zu erklären, das ihm sagte, dass er das tun müsse. „Es ist nur so ein Gefühl.“

„Großartig. Das bedeutet wahrscheinlich, dass ich doch etwas davon hierbehalten muss. Wie auch immer. Wie lange planst du, in London zu bleiben?“, fragte El.

„Nur ein paar Tage. Hoffentlich bin ich morgen Abend zurück, wenn nicht, dann am Samstag. Es hängt davon ab, wie schnell Olivia Zeit hat und welche anderen Geschäfte Newton hat.“

El lächelte, was ihr Gesicht erhellte. „Das ist so gut von dir, dass du ihn mitnimmst. Ich mache mir Sorgen um ihn. Er verarbeitet Inez' Tod nicht wirklich. Er gibt sich immer noch selbst die Schuld! Und ich weiß, dass er von dieser Ermittlung frustriert ist.“

„Ich werde froh über die Gesellschaft sein. Und ich habe uns in ein gutes Hotel eingebucht.“

„Das wird ihm sicher gefallen", sagte Hunter, der zu ihnen in die Küche kam und seine Tasse mit Tee nachfüllte. „Wem würde das nicht gefallen?"

Caspian zuckte mit den Schultern. „Hoffentlich hilft es ihm, Stress abzubauen. Ein bisschen Luxus sollte helfen."

„Kostet ein Vermögen, was?", fragte Hunter und hob eine Augenbraue.

„Eigentlich nicht, aber es ist London, da zahlt man für alles halbwegs Anständige mehr. Und es ist *sehr* anständig. Ich werde anbieten, zu zahlen, aber ich bezweifle, dass er es annehmen wird."

„Natürlich wird er das verdammt noch mal nicht tun!", sagte Hunter schockiert. „Er hat seinen Stolz!"

„Ich finde es reizend von dir", sagte El und warf Hunter einen warnenden Blick zu. „Manchmal müssen Männer einfach akzeptieren, dass Freunde gerne nett sind, und ihre verdammten Egos beiseitelegen."

Freunde. Da war wieder dieses Wort. Und El hatte recht, was die Egos anging. Jeder einzelne seiner neuen männlichen Freunde hatte ein sehr gesundes Ego. Er zuckte mit den Schultern. „Ich schätze, das werde ich bald herausfinden, nicht wahr?" Er sah auf seine Uhr. „Ich hatte gehofft, nach Alex und Reuben zu sehen, aber ich glaube nicht, dass ich Zeit haben werde. Ich bin mir auch nicht sicher, wie ich mich dabei fühle, Mariah zu sehen."

El ging um die Küchentheke herum und setzte sich auf einen Hocker. „Ich hasse ehrlich gesagt, was Alex getan hat, obwohl ich akzeptiere, warum er es getan hat. Und ich hasse es, dass Reubens Haus in ein Gefängnis verwandelt wurde! Ich hasse es auch", sagte sie mit lauter werdender Stimme, „dass ich sie abwechselnd bewachen muss!“

Caspian tauschte einen besorgten Blick mit Hunter und sagte: „Ich werde auch Wache halten, bis wir uns eine bessere Lösung ausgedacht haben. Ich nehme an, niemand hat Genevieve informiert?“

„Ich jedenfalls nicht.“

„Jemand muss es tun.“

„Das kann Alex machen. Es ist seine verdammte Schuld“, beschwerte sich El.

Caspian hatte El noch nie jemanden aus ihrem Zirkel kritisieren hören, daher war dies besorgniserregend. Und er hätte nie gedacht, dass er sich selbst dabei ertappen würde, Alex zu verteidigen. „Er hat getan, was er tun musste. Es war das Richtige.“

El starrte beide Männer wütend an. „Sie ist eine Frau, die in einem Keller gefangen ist, eingesperrt von zwei Männern! Was zum Teufel?“

„Sie ist eine Hexe, die deine Freundin beinahe umgebracht hätte“, sagte Hunter, wobei sein kumbrischer Akzent durch seinen Tonfall noch verstärkt wurde. „Es war die richtige Entscheidung. Und ein Grund mehr für dich, bei ihr vorbeizuschauen und nach ihr zu sehen. Vielleicht freut sie sich, eine andere Frau zu sehen. Vielleicht öffnet sie sich dir sogar.“

El wirkte besänftigt. „Vielleicht. Aber ich bezweifle es. Sie hasst uns alle. Und ich weiß, dass Alex und mein verrückter Freund recht haben, aber ich fühle mich dabei so unwohl!“ Sie vergrub das Gesicht in ihren Händen, und als sie wieder aufsah, atmete sie tief durch. „Ich werde duschen und dann gehe ich. Hunter, kommst du allein mit Briar klar?"

„Ja, natürlich. Ich rufe dich an, wenn etwas passiert. Dich auch, Caspian."

Caspian trank seinen Tee aus. „Danke. In dem Fall mache ich mich auf den Weg, und wenn mir etwas Hilfreiches einfällt oder ich irgendetwas Nützliches erfahre, rufe ich an."

El lehnte sich über die Theke und gab ihm unerwartet einen Kuss auf die Wange. „Gute Reise, Caspian. Komm auch du sicher wieder nach Hause. Sie könnten dich in London immer noch erwischen. Euch beide."

Avery lag immer noch im Bett, obwohl sie wusste, dass sie aufstehen und sich für die Arbeit fertig machen sollte. Beide Katzen hatten es sich zu beiden Seiten von ihr gemütlich gemacht und genossen es sichtlich, mehr Platz im Bett zu haben als sonst.

Trotz der späten Stunde und der wirren Gedanken hatte Avery einigermaßen gut geschlafen, aber die Vorstellung, aufzustehen und sich dem Tag zu stellen, war eine andere Sache. Nach Caspians Anruf war sie wieder eingenickt, doch nun dachte sie über seine Bitte nach. Den Schatz aufzuteilen, ergab durchaus Sinn, aber ein Teil von ihr wollte Cornell alles übergeben. Doch aus demselben Grund, aus dem sie ihn letzte Nacht nicht dabeihaben wollte, widerstrebte es ihr auch, ihm alles zu geben.

Sie schlug sich mit der Handfläche gegen die Stirn. Sie musste wirklich aufhören, so misstrauisch zu sein. Cornell half ihnen, und Claudia vertraute ihm. Und sie vertraute Claudia und Caspian, also würde sie tun, worum er sie gebeten hatte.

Nachdem sie die Katzen ein letztes Mal gestreichelt hatte, stand sie auf und ging auf den Dachboden. Ihr Blick fiel auf die Kisten, die sie letzte Nacht mitten auf dem Teppich stehen gelassen hatte. Mit einem Luftwirbel hob sie sie an, stellte sie auf die andere Seite des Raumes, und umhüllte sie mit Schatten und Glamour, sowohl um sie zu verbergen als auch um sie zu schützen. Sie wollte sie wirklich nicht ansehen und merkte, dass Els Abscheu auf sie übergegangen war.

Als sie geduscht, die Katzen gefüttert und den Laden erreicht hatte, war es schon nach neun und Happenstance Books war bereits geöffnet, wenn auch ohne Kunden. Dan ließ Louis Armstrong über die Anlage laufen, und der Laden fühlte sich wie ein warmer, sicherer Hafen an.

Dans Miene sprach jedoch Bände. „Bei Hernes Hörnern, Avery, ihr habt letzte Nacht ein ganz schönes Chaos angerichtet!"

„Steht es in den Nachrichten?"

Er verdrehte die Augen. „In den Nachrichten? Natürlich steht es da, verdammt noch mal! Die Presse ist jetzt beim Museum. Und wie immer gibt es endlose Spekulationen!"

„Mist", stöhnte sie, fasste sich an den Kopf und setzte sich zu ihm auf einen Hocker hinter die Theke. „Die Nachwirkungen hatte ich ganz vergessen."

„Sowas wie Polizei, Spurensicherung und all die gewöhnlichen Begleiterscheinungen einer Straftat?"

Sie sah ihn schockiert an, aber er zog sie nur auf, ein Lächeln zuckte um seine Lippen. „Verzieh dich. Wir mussten den Schatz holen, bevor die anderen es taten. Und wir haben es geschafft – gerade so." Sie erklärte, was passiert war und erzählte ihm, wie Briar verletzt worden war, ließ aber aus, wie sie Mariah gefangen genommen hatten. Dabei fühlte sie sich wie ein Monster.

„Was verschweigst du mir?"

Mist. Sie war so eine schlechte Lügnerin. „Es ist wahrscheinlich besser, wenn du es nicht weißt. Wo ist Sally?", fragte sie, als ihr plötzlich auffiel, dass sie nirgends zu sehen war.

„Die ist los, um Kaffee und Kuchen für den Vormittag zu holen. Wir haben beschlossen, dass es einer *dieser* Tage wird. Außerdem hat man so den zusätzlichen Bonus, den Stadtklatsch zu hören. Möglicherweise hat sie einen Umweg über das Museum gemacht."

Avery kicherte. „Obwohl das komplett in die falsche Richtung ist?"

„Sie erkundet neue Cafés."

„Ihr zwei! Was würde ich nur ohne euch tun?"

„Pleitegehen, zum Beispiel, da wir deinen Laden am Laufen halten. Ich nehme an, du wirst heute irgendwohin verschwinden?"

Sie nickte und wurde wieder ernst. „Ja. Ich fahre bald zu Reubens Haus. Und ich nehme das Du-weißt-schon-was mit."

Dans Augen weiteten sich. „Es ist *hier*?"

„Nicht mehr lange. Es fühlt sich an, als würde man eine Stange Dynamit aufbewahren."

Dan schloss die Augen und kniff sich in den Nasenrücken. „Großartig. Und gibt es Neuigkeiten über aufgeladene Steinkreise?"

„Nein. Das setze ich auf meine Liste der Dinge, die ich herausfinden muss.“

„Ich rufe Dylan trotzdem mal an. Ich bin fasziniert. Und besorgt. Alles fühlt sich katastrophal aufgeladen an.“

„Danke. Du sagst immer so beruhigende Dinge.“

„Ich weiß. Was passiert jetzt?“

„Gute Frage.“ Es schien so viel gleichzeitig abzulaufen, dass Averys Kopf schwirrte. „Cornell arbeitet an einer Strategie, die mit Planeten und Korrespondenzen zu tun hat. Wir glauben, dass Harry das auch tut, also versuchen wir, es entweder selbst zu nutzen oder seine Pläne zu durchkreuzen.“

„Von denen du glaubst, dass sie mit den alten Steinkreisen zusammenhängen?“

„Ja. Ehrlich gesagt habe ich keine Ahnung, wie das im Moment läuft, aber wir dachten, der Schatz könnte helfen.“

„Ich schätze, dann musst du ihm heute etwas davon bringen. Es ist doch heute Abend, oder? Die Planetenparade?“

Avery stöhnte auf, als ihr klar wurde, welcher Tag war. „Verdammt. Meine Woche scheint an mir vorbeizurasen. Dann sollte ich das wohl tun. Aber ich werde fahren müssen. Ich habe keine Ahnung, wo er wohnt, also kann ich mein bevorzugtes Transportmittel nicht nutzen.“

„Du solltest nicht allein gehen.“

„Nein. Ich sollte besser zu Reuben gehen und zuerst nachsehen, was dort los ist.“ Sie stand mit einer Grimasse auf und freute sich nicht darauf, die gefangene Hexe zu sehen.

Dan blieb hartnäckig. „Was *ist* denn bei Reuben los?“

„Gar nichts! Ist es in Ordnung für dich, wenn ich jetzt kurz weggehe?"

Einen Moment lang sagte er nichts, sondern betrachtete sie nur mit besorgtem Stirnrunzeln. „Du verheimlichst etwas Großes, das weiß ich. Sei einfach vorsichtig, Avery."

Els Magen drehte sich vor Sorge und Wut um, während sie zusah, wie Mariah wieder und wieder Alex' vergoldeten Runenkäfig testete. Funken sprühten dort, wo ihre Magie mit seiner kollidierte.

„Bei der großen Göttin, Alex! Das ist unglaublich!"

„Mein fantastischer Käfig? Ich weiß. Ich habe mich sogar selbst beeindruckt."

Sie starrte ihn wütend an, zornig über seine flapsige Art. „Das ist nicht witzig!"

Alex wurde schnell wieder ernst. Er sah müde aus. Sein Haar war aus seinem Gesicht zurückgebunden und auf dem Kopf zusammengefasst, was einen Kiefer enthüllte, der mit mehr Bartstoppeln als gewöhnlich bedeckt war, und dunkle Schatten unter seinen Augen. „Ich versuche nur, das Positive in einer beschissenen Situation zu sehen. Aber erinner mich noch mal, wie geht es Briar?"

Alex' Bemerkung stach, aber sie war eine rechtzeitige Erinnerung daran, was Mariah getan hatte. Sie antwortete nicht, sondern starrte wieder Mariah an, die endlich mit dem Wirken von Zaubern aufhörte und El böse anfunkelte. „Zufrieden mit sich?"

El ging auf sie zu und überbrückte die Distanz zwischen ihnen, bis sie nur noch wenige Meter vom Käfig entfernt war. Mariah sah schmutzig und ungepflegt, aber unverletzt aus. „Das haben Sie sich selbst zuzuschreiben, Mariah! Ich hasse die Tatsache, dass Sie da drin sind, aber noch mehr hasse ich, dass Sie Menschen getötet und Briar verletzt haben – der es übrigens wieder gut gehen wird!"

„Wie schade. Diese einmischende Schlampe hätte sich besser raushalten sollen. Das hättet Ihr alle tun sollen!" Sie blickte über El hinweg dorthin, wo Alex von der Ecke aus zusah. „Das ist etwas, das Sie nicht gewinnen werden."

Alex lachte hohl. „Mutige Worte von der Hexe im Käfig."

„Ich werde einen Weg finden, hier rauszukommen." Ihr Blick glitt zurück zu El, in ihren Augen blitzte Bosheit auf. „Sie haben keine Ahnung, womit Sie es zu tun haben."

El dachte nicht daran, ihr zu sagen, was sie wussten. Mariahs Aussage war ein Versuch, sie auszuhorchen. Und falls sie doch entkam, wollte El nicht, dass sie die anderen informierte. Stattdessen sagte sie: „Ich weiß, dass Lowen sich im Moment wahrscheinlich nicht besonders gut fühlt. Die Hälfte Ihres Teams ist ausgeschaltet, Mariah, und glauben Sie mir, wir arbeiten an den anderen beiden."

Ein Anflug von Vergnügen schien über Mariahs Gesicht zu huschen, bevor sie sich umdrehte und sich aufs Bett legte und spöttisch sagte: „Das können Sie ja versuchen."

El kehrte zu Alex' Seite zurück und, sicher, was Mariahs Gesichtsausdruck bedeutete, formte sie mit den Lippen die Worte: *Es gibt noch mehr von ihnen.*

Er nickte, aber als er sprach, war seine Bemerkung harmlos. „Ich hätte liebend gern eine Tasse Tee."

„Soll ich dir eine runterbringen oder willst du dir die Beine vertreten?"

„Geh du", sagte er und lehnte sich in seinem Stuhl zurück. „Ich halte es noch eine Stunde aus, bevor ich ihren Anblick nicht mehr ertragen kann."

El ging in die Küche, wo sie Reuben nur in Badeshorts bekleidet vorfand, wie er Kaffee kochte und Speck briet. Wie üblich hatte er einen Waschbrettbauch und war tief gebräunt, jetzt, da es Sommer war, noch tiefer als sonst.

„Hey, Schatz", sagte sie und küsste seine Wange. „Ich dachte, du würdest noch stundenlang schlafen. Wie geht es dir?"

„Nicht so schlecht, wenn man bedenkt, dass eine mörderische Hexe in meinem Keller ist. Wie geht's Briar?"

„Immer noch bewusstlos, aber besser, glauben wir. Hunter ist bei ihr."

„Gut", sagte er und drehte den Speck um. „Willst du auch was?"

„Ja, bitte." Reuben schien für zehn Personen zu kochen. „Erwartest du noch mehr Gäste?"

Er zwinkerte. „Alex und ich waren fleißig und ich habe einen Bärenhunger. Und außerdem habe ich damit gerechnet, dass du vorbeischaust. Warum bist du nicht bei der Arbeit?"

Sie holte Teller aus dem Schrank. „Zoe vertritt mich, und sie konnte ihre Freundin Petra überreden, zu helfen. Ich kann meine Schicht bei Mariah übernehmen."

„Das ist nett von dir, aber wir haben das im Griff. Ich weiß, du hasst, was wir getan haben."

„Aber ich weiß auch, dass ihr keine andere Wahl hattet. Es ist einfach eine beschissene Situation."

„Und wir haben keine Ahnung, wann sie enden wird."

Sie hörten beide eine Bewegung hinter sich und drehten sich um, um Avery zu sehen, die aus dem Wohnzimmer kam. „Hey, Leute. Mmm! Speck."

„Siehst du?", sagte Reuben. „Ich wusste, ich würde eine Menge Frühstück brauchen." Er spähte an Avery vorbei durch die offene Tür. „Darf ich den Schatz sehen?"

Avery nickte. „Ich wollte ihn nicht in meinem Laden lassen."

El betrachtete ihn mit Abscheu. „Nein, natürlich nicht."

„Ich brauche einen Gefallen von jemandem. Ich muss einen Teil des Goldes zu Cornell bringen. Ich habe ihn bereits angerufen, und er ist zu Hause und arbeitet an einem Zauber. Kann jemand mit mir kommen?"

Reuben deutete auf El. „El kann. Alex und ich haben das hier im Griff."

El schenkte ihm ein dankbares Lächeln, eine Welle der Erleichterung durchströmte sie. Es würde guttun, ein paar Stunden mit Avery zu verbringen und alles durchzusprechen. „Danke. Aber ich werde meine Schicht übernehmen. Es ist nur fair."

„Das werden wir beide", beharrte Avery. „Aber das hier müssen wir zuerst erledigen."

„Aber erst, nachdem ihr gefrühstückt habt", bestand Reuben darauf, als er anfing, die Teller zu füllen. „Kann jemand das hier zu Alex und Mariah runterbringen?"

„Ich mach das", sagte Avery sofort. Sie zog eine Augenbraue in Els Richtung hoch. „Ich werde sehen, ob ich diese Situation heute Morgen genauso sehr hasse wie gestern Abend."

Achtzehn

Zee hörte, wie die Tür des *Wayward Son* aufschwang, und sah, wie Moore und eine große, sportliche Frau mit kurzen Haaren und einem herzförmigen Gesicht auf das Ende der Theke zusteuerten, wo Newton und die Hexen normalerweise saßen. Ein Anflug von Unbehagen durchfuhr ihn, als er hinüberging, um mit ihnen zu sprechen.

„Morgen, Sergeant. Ist alles in Ordnung?"

Moore hob die Augenbrauen. „So gut es nach den jüngsten Ereignissen eben sein kann." Er nickte der Frau neben sich zu. „Ich habe Sergeant Kendall mitgebracht, damit Sie sie kennenlernen. Es ist Teil ihrer ...", er zögerte, „*Einführung*, würde ich es wohl nennen. Kendall, das ist Zee."

Zee schüttelte Kendalls Hand und freute sich über ihren festen Händedruck. Sie musterte ihn und nahm seine Statur und seine blauen Flecken in Augenschein. „Sie hatten wohl einen Kampf."

Er grinste. „Das kann man wohl so sagen." Er sah zu Moore. „Haben Sie ihr von Montagnacht erzählt?"

„Ich dachte, das mache ich jetzt, bei einem Pint." Er blickte die Theke entlang. „Kein Alex da?"

„Er ist bei Reuben und kümmert sich um ein paar Angelegenheiten." Er hatte keine Ahnung, was Moore wusste, obwohl dieser Newtons vertrauter Sergeant war, und er würde es ihm mit Sicherheit nicht über die Theke hinweg auseinandersetzen. Zee griff nach einem Pintglas. „Was möchten Sie trinken?"

„Ein Pint Doom für mich. Kendall?"

„Für mich auch, bitte." Sie stützte sich auf die Theke, ihre Augen waren überall.

Es war Donnerstag zur Mittagszeit, der Pub also ziemlich gut besucht, und der Duft von gutem Essen lag schwer in der Luft. Simon, der Geschäftsführer, stand am anderen Ende der Theke und warf einen fragenden Blick herüber. Aber Zee nickte nur. Simon redete nie viel, aber Zee wusste, dass er so einiges von dem verstand, was Alex tat. Er war sich jedoch ziemlich sicher, dass er nichts über Zee wusste, und er wollte, dass das auch so blieb. Alles, was er ihm über die Montagnacht erzählt hatte, war, dass das Farmhaus Ziel eines Raubüberfalls geworden war.

„Das ist ein netter Pub", bemerkte Kendall und nahm das Pint, das Zee über die Theke schob.

„Sie waren noch nie hier?", fragte Zee.

„Ich wohne in der Nähe von Truro, also nein. Moore hat mir aber erzählt, dass Newton Stammgast ist und hier", sie senkte die Stimme, „gute paranormale Kontakte hat."

„Das hat er wohl." Zee sah zu Moore. „Ich kann mich nicht erinnern, dass Inez eine Einführung bekommen hat."

„Inez hatte mehr Erfahrung in der paranormalen Polizeiarbeit, aber im Nachhinein war es ein Fehler, sie nicht früher vorzustellen. Ich dachte, wenn Kendall einige unserer Schlüsselpersonen kennenlernt, könnte es ihr helfen zu verstehen, wie die Dinge hier laufen. Und", gestand Moore mit einem Seufzer, „unser Vormittag war frustrierend."

„Keine Spuren von letzter Nacht?", fragte Zee.

Moore setzte sich auf einen Barhocker und deutete Kendall an, es ihm gleichzutun. „Keine Fingerabdrücke oder Hinweise darauf, wo die Täter sein könnten. Harrys Auto wurde auf einer Videoüberwachung gesehen, ist dann aber verschwunden. Wir haben nichts mehr gefunden, seit er White Haven verlassen hat. Alles, was wir haben, ist Alex' Version der Ereignisse und die vage Erinnerung des Wachmanns, angegriffen worden zu sein."

„Und keine Spur von Zane, Lowen oder Mariah?" Wieder war er sich nicht sicher, ob sie wussten, dass Mariah in Reubens Keller eingesperrt war.

„Nein. Wir suchen Freunde und Familie ab, wo wir können. Tatsächlich werden wir heute Nachmittag Harrys Frau noch einmal befragen."

„Ist das klug?"

„Klug oder nicht, wir brauchen Spuren. Sie verstecken sich irgendwo, und irgendjemand da draußen muss etwas wissen." Er griff nach einer Speisekarte und nickte zu einem Tisch in der Ecke. „Wir setzen uns dorthin und ich werde Kendall über Ihre Brüder aufklären."

Zee stöhnte leise auf, als er ihnen zusah, wie sie sich am Tisch niederließen, und wusste, dass Kendall ihn später mit weit mehr als nur beiläufiger Neugier ansehen würde.

Verdammt.

Briar blinzelte und zuckte zusammen. Alles schmerzte und irgendetwas roch komisch. Verbrannt. *Wo zum Teufel war sie?*

Alarmiert hob sie den Kopf, konzentrierte sich und erkannte Els Wohnzimmer. Erleichtert, dass sie an einem sicheren Ort war, legte sie sich wieder hin und fragte sich dann, worauf sie lag. Es fühlte sich seltsam an, aber auf eine merkwürdige Weise beruhigend.

Sie hob ihre Hände, sah Erde unter ihren Nägeln und stöhnte verwirrt auf.

„Briar!", sagte Hunter und landete mit einem Flattern neben ihr und ergriff ihre Hand. „Du bist wach."

„Hunter! Ich dachte, ich wäre allein." Sie kämpfte sich hoch, und er half ihr, sich aufzusetzen. „Was ist los? Warum liege ich auf einem Haufen Erde?"

„Erinnerst du dich nicht?" Er forschte in ihrem Gesicht. „Es ist gut, dich wach zu sehen. Ich habe mir solche Sorgen gemacht. Wir alle!"

Hunters Haare standen zu Berge und er schien Schmerzen zu haben. Sie konnte es spüren. „Du bist verletzt."

„Nur mein Bein. Eli hat mich verarztet. Das wird schon wieder. Wie fühlst du dich?"

Sie rieb sich mit der freien Hand den Kopf und bemerkte dann, dass sie sich mit Dreck beschmierte. „Würdest du mir bitte sagen, warum ich bei El bin und auf einem Haufen Erde liege!" Sie wusste, dass sie gereizt klang, aber sie konnte sich absolut nicht daran erinnern, warum sie hier war.

„Du wurdest von einem seltsamen, magisch erzeugten Gewitter erwischt. Erinnerst du dich nicht?"

Echte Panik begann nun in Briar aufzusteigen. „Das Letzte, woran ich mich erinnere, ist, dass ich auf der Straße vor dem Museum war." Sie starrte Hunter an. „Bei der Göttin! Wie viel habe ich vergessen?" Sie blickte sich in Els dunkler, warmer Wohnung um. „Wo sind all die anderen?"

„Denen geht es allen gut. Keine Panik. Du warst die Einzige, die verletzt wurde – also, schwerwiegend. Die Erde sollte dich erden und dir bei der Heilung helfen."

Geduldig erklärte er, was passiert war, und hielt ihre Hand fest in seiner eigenen starken. Sie konnte die Schwielen von seinen früheren Kämpfen fühlen. Hunter war schon immer ein Kämpfer. Es lag ihm im Blut. Er grübelte und stolzierte umher und setzte sich für sich selbst und jeden ein, auf den er aufpassen musste, einschließlich ihr. Aber er hatte ein großes, gütiges Herz, und bei ihm fühlte sie sich sicher.

Briar stiegen die Tränen in die Augen. „Ich habe das Gefühl, einen Teil von mir verloren zu haben. Ich kann mich an nichts davon erinnern!"

„Du warst allein, weil du mich reingeschickt hast. Ich werde dich nicht wieder allein lassen!"

Sie drückte seine Hand. „Wenn ich dich weggeschickt habe, dann aus gutem Grund. Du sagst, den anderen geht es allen gut?"

„Ja." Er erhob sich. „Ich mache den Tee, den Eli dagelassen hat. Er hat darauf bestanden, dass du ihn trinkst, sobald du aufwachst."

Briar wurde plötzlich bewusst, dass es sich sehr spät anfühlte. „Wie spät ist es?"

„Fast zwei Uhr nachmittags, am Donnerstag. Du hast keine Tage oder so verloren."

„Mein Laden!"

„Um den kümmern sich Eli und Cassie."

Sie versuchte aufzustehen und schaffte es nicht. Sie fühlte sich, als wäre ihr alle Kraft entzogen worden, und sie erkannte jetzt, wozu die Erde da war. Aber sie musste sich richtig darin erden. Das würde mehr helfen als alles andere.

„Ich muss nach draußen."

„Und das wirst du auch, schon bald. Zuerst der Tee."

„Aber-"

„Nichts da mit Aber!" Er ging lachend in die Küche. „Weißt du, wie du auf Reuben schimpfst, wenn er dir nicht zuhört? Du machst gerade dasselbe."

„Stimmt gar nicht! Ich weiß, was ich brauche!"

„Und Eli auch!" Er zwinkerte ihr zu. „Ich massiere dich, wenn du brav bist."

Sie schmolz bei dem bloßen Gedanken dahin. Hunters starke Hände gaben die perfekte Massage. „Na gut, du Schlawiner. Und dann gehe ich raus. Und dann heile *ich* dich!"

„Nur, wenn du stark genug bist."

Er kehrte mit dem Gebräu zurück und sie schnupperte anerkennend daran. „Eli ist so gut im Teekochen." Sie nippte daran und spürte, wie es ihr bereits neue Energie gab. Als ihre Konzentration zurückkehrte, bemerkte sie ihre angesengte Kleidung und sah, dass auch ihre Haarspitzen verbrannt waren. „Bei Hernes Klöten! Sieh mich an!"

„Du bist immer noch wunderschön", sagte er und küsste sie. „Eli meinte, der Grüne Mann hat dir geholfen zu überleben."

Briar wusste, dass sie nicht unbesiegbar war, aber sie hatte sich für fähig gehalten, sich gegen vieles zu verteidigen. Es war ein Schock, sich so wiederzufinden. Aber die Erwähnung des Grünen Mannes löste tatsächlich eine Erinnerung aus. „Ich hatte seltsame Träume."

„Was für welche?"

„Eine sengende Hitze. Es war furchtbar. Ich konnte fühlen, wie meine Haut verbrannte, und dann spürte ich plötzlich nur noch kühle Erde und den Klang von Gesang. Eine schroffe Stimme." Sie hatte in ihren Tee gestarrt, aber jetzt sah sie Hunter an. „Eli hat recht. Es *war* der Grüne Mann. Es war, als hätte er mich in eine Decke gewickelt und für mich gesungen." Sie lächelte. „Ein seltsames, erdiges Lied von Blättern und Wurzeln und feuchten, dunklen Orten." Die Erkenntnis durchströmte sie. „Er hat mich gerettet."

„Dann stehe ich in seiner Schuld."

„Ich auch." Sie war sich nicht sicher, ob sie dem Grünen Mann diese Schuld jemals zurückzahlen konnte, aber sie würde einen Weg finden, etwas für ihn zu tun. „Es tut mir leid, Hunter. So wollte ich dich letzte Nacht nicht wieder in White Haven willkommen heißen."

Er küsste ihre Finger. „Ich wüsste nicht, was ich getan hätte, wenn ich dich verloren hätte. Ich sehe dich vielleicht nicht sehr oft, Briar, aber ich kann dir versichern, dass ich die ganze Zeit an dich denke, und ich habe nicht vor, in nächster Zeit zu gehen. Hast du deinen Tee ausgetrunken?"

Sie nickte und leerte schnell den Rest, während ihr Herz bereits hämmerte.

„In diesem Fall", sagte er, trat hinter sie und begann, ihre Schultern zu kneten, „ist es Zeit für eine Massage. Und dann eine Dusche. Eigentlich", sagte er, küsste sie auf den Hals und jagte eine Welle des Verlangens durch sie, „hat El sicher nichts dagegen, wenn wir zusammen duschen."

Cassie bediente gerade eine Kundin fertig und verpackte Briars handgemachte Seifen und Kerzen sorgfältig, bevor sie die Kundin aus dem Laden verabschiedete. Dann hörte sie Elis Handy piepen, das weiter unten auf der Theke lag, wo er Kräuter abwog.

Er sah nach und grinste sie an. „Briar ist wach."

Cassie wollte gerade ein paar Regale auffüllen, lehnte sich stattdessen aber gegen die Theke. „Das ist ausgezeichnet. Und es geht ihr gut?"

„Ein Gedächtnisverlust, laut Hunter. Das überrascht mich nicht, aber vielleicht kommt es wieder."

Sie musterte Eli, immer wieder beeindruckt von seinen Heilfähigkeiten und seinem Wissen über Kräuter, besonders wegen seines kriegerischen Körperbaus und seiner Vergangenheit. Sie fand ihn rätselhaft. Und er war umwerfend gut aussehend, selbst mit seinen aktuellen blauen Flecken und Schnittwunden. Wenn sie ehrlich war, stand sie ein bisschen auf ihn, auch wenn sie das niemals jemandem erzählen würde.

Cassie nickte. „Sie steht unter Schock."

„Ihr Körper hat eine traumatische Erfahrung gemacht, und das Gehirn blockiert solche Dinge. Das ist ein Schutzmechanismus. Aber sie ist stark." Er füllte noch ein paar Kräuter ab. „Ich habe herausgefunden, dass Barak letzte Nacht auch verletzt wurde."

„Oh, nein! Geht es ihm gut?"

„Er wurde vergiftet, aber anscheinend hat er eine Art Heilung erfahren, die von seinem Vater kam. Latente Kraft, von der er nichts wusste. Es scheint", sagte er mit einem Lächeln, „dass unsere Väter die Macht haben, uns zu überraschen, selbst jetzt noch."

„Eure Engel-Väter." Sie beobachtete ihn, neugierig, wie sehr er oder einer der anderen ihren Vätern wohl ähneln mochten.

„Gefallene Engel", erinnerte er sie.

„Es waren trotzdem Engel! Wow. Ich kann nicht fassen, dass ich das überhaupt sage. Ihr seid faszinierend. An den meisten Tagen", gestand sie, „vergesse ich eure Herkunft, und dann bricht sie wieder über mich herein. Es ist so seltsam!"

„Für mich auch! Besonders, wenn ich mich frage, ob er noch irgendwo da draußen ist und zusieht."

„Aber Engel sterben doch nicht, oder?"

„Doch, das tun sie. Nur nicht so einfach. Viele sind nach dem Fall gestorben." Er arbeitete weiter, während er sprach, sein Blick in die Ferne gerichtet. „Es gab einen Krieg ... einen großen."

Cassie wusste das von gelegentlichen Bemerkungen, die Eli zuvor gemacht hatte, aber er sprach nicht oft über seine Vergangenheit. Sie beschloss, die Gelegenheit zu nutzen. „Aber du wurdest doch nach all dem geboren."

Er blickte zu ihr hinüber. „Es war ein Krieg, der nicht endete. Er tobte noch zu meinen Lebzeiten, und wir nehmen an, dass er nach der Sintflut weiterging. Jetzt bin ich mir da nicht mehr so sicher." Er zuckte mit den Achseln. „Solange sie uns in Ruhe lassen, ist es mir ziemlich egal. Aber genug davon. Das ist Geschichte – uralte Geschichte."

Cassie beschloss, nicht nachzubohren, und fragte: „Barak arbeitet doch in Caspians Lagerhaus, oder?" Sie hatte ihn nie getroffen, aber von ihnen allen gehört.

„Ja. Vorerst. Das könnte sich ändern, je nachdem, wie viel Arbeit wir bekommen. Ich jedoch werde hier bleiben."

„Glaubst du nicht, dass du verpassen wirst, wohin sie gehen und was sie tun?"

Er zwinkerte ihr zu. „Nö. Seien wir ehrlich, es ist ja nicht so, dass es hier langweilig wäre. Und ich bin beschäftigt genug."

Cassie wusste genau, was das bedeutete. Eine seiner Freundinnen war an diesem Tag schon vorbeigekommen, und er hatte sich mit ihr für nach der Arbeit verabredet. Sie hatte über seine Verletzungen geturtelt, und Cassie hatte sich in den Kräuterraum verzogen, um die beiden allein zu lassen.

„Also", fuhr er fort, schob die Waage beiseite und ließ sich auf einem Hocker nieder, „hast du mehr über die Steinkreise herausgefunden?"

Sie nickte und ließ sich ebenfalls auf einen Hocker fallen. „Ben und Dylan sind gestern bei Tageslicht zu King Arthur's Hall in Bodmin Moor gegangen und haben herausgefunden, dass dieser auch aktiviert wurde – falls das überhaupt das richtige Wort ist."

„Die Steine bündeln Energie?"

„Das ist die einzige Art, wie wir es beschreiben können. Wir haben gestern Abend darüber gesprochen und beschlossen, zu ein paar Kreisen im Süden von Cornwall zu fahren, aber interessanterweise sind die nicht betroffen."

Eli nickte, sein Blick war für einen Moment in die Ferne gerichtet, bevor er sie mit seinem verführerischen Blick fixierte – denn er *war* verführerisch, ob er es beabsichtigte oder nicht. „Es scheint also, dass nur Bodmin betroffen ist."

„Und die beiden nur wenige Meilen entfernt. Vielleicht ist es eine Nachwirkung. Dylan und Ben werden heute die anderen Kreise im Süden überprüfen. Sie wollen sie alle ausschließen."

„Und wir hätten es nie erfahren, wenn du nicht nachgeforscht hättest?"

„Nein. Es ist beängstigend", gab sie zu. „Wir haben immer noch keine Ahnung, was passieren könnte. Es könnte nichts sein ..."

„Oder es könnte *etwas* sein."

Avery betrachtete den Steinaltar in Cornells Garten mit Überraschung. „Der ist ja riesig!"

Er lächelte. „Ich dachte mir, wenn ich schon einen Altar in einem Hain habe, dann kann ich auch gleich klotzen statt kleckern!"

El schlenderte durch den heiligen Raum und sah beeindruckt aus. „Wow. Vielleicht sollte Reuben auch so einen haben. Er hat den Platz. Sie auch, Avery!"

Avery schüttelte den Kopf. „Ich habe keinen Hain. Und wenn ich einen massiven Steinaltar hätte, müsste er wirklich am richtigen Ort stehen, nicht mitten in meinen Gartenbeeten."

Sie waren kurze Zeit zuvor bei Cornells Haus angekommen, aber etwas später als geplant. El und Avery hatten Mariah ins Badezimmer begleitet, anstelle von Reuben und Alex. Sie hatten eine umständliche Vorkehrung mit geschlossenen Türen und Runenketten getroffen, also hatten Avery und El angeboten zu helfen. Mariah war mürrisch und schweigsam, aber Avery hatte das Gefühl, dass sie dankbar war, Frauen bei sich zu haben. Avery schloss die Augen bei der Erinnerung daran. Sie hatte sich irgendwie in eine Gefängniswärterin verwandelt. Sie schüttelte den Gedanken ab und betrachtete Cornells Hain.

Er befand sich hinter seinem Haus, das außerhalb von Perranporth am Rande eines Dorfes lag. Cornells Cottage und sein Grundstück waren rustikal, und er lebte dort mit seiner Freundin, die anscheinend keine Hexe war, obwohl sie wusste, dass er einer war. Sie war gerade bei der Arbeit. Cornell hatte sie den Gartenweg entlang zu seinem Hain geführt, und an dessen Rand stand ein Gartenschuppen, der gleichzeitig als sein Zauberzimmer diente. *Dieser Ort passt zu ihm*, dachte sie, während sie ihn musterte. Er strahlte mit seinem zerzausten Haar, dem sonnengebräunten und leicht wettergegerbten Gesicht und den alten Jeans mit T-Shirt eine gewisse Wildheit aus. Sie konnte sich vorstellen, dass er viel Zeit im Freien verbrachte.

„Also", sagte Cornell mit einem Blick auf Averys Reisetasche, „wie viel haben Sie mir mitgebracht?"

Sie wuchtete sie hoch und legte sie auf den Altar. „Ich habe die Tasche damit gefüllt. Es war eine Menge Schatz, und wir dachten, Sie brauchen wahrscheinlich nicht alles. Außerdem", sie dachte, sie sollte ehrlich zu ihm sein, „haben wir beschlossen, ihn aufzuteilen."

Er öffnete bereits die Tasche und nickte geistesabwesend. „Das ist ein guter Plan." Er hob die Münzen hoch, und sie glitzerten im Sonnenlicht, das sich durch die Wolken kämpfte. „Wow. Das ist wirklich etwas."

„Was werden Sie damit machen?", fragte El.

„Ich werde heute einige von ihnen reinigen, und ich habe ein Ritual entworfen, um diese Münzen mit der Kraft des Saturns aufzuladen. Es ist so, wie wenn man Kristalle im Vollmond auflädt – was ich morgen ebenfalls tun werde. Die andere Hälfte lasse ich, wie sie ist."

„Warum Saturn?", fragte Avery und versuchte, sich an das zu erinnern, was sie erst vor ein paar Tagen gelesen hatte.

„Es ist der Planet der Grenzen, der Einschränkung – der Disziplin. Ich denke, wir müssen hart zurückschlagen, mit etwas, das sie binden und einschränken kann."

El runzelte die Stirn. „Aber Jupiter hat mächtige positive Entsprechungen. Wären wir nicht besser beraten, diese Stärken zu nutzen?"

Cornells Augenbrauen schossen in die Höhe. „Sie kennen sich mit planetarischen Entsprechungen aus?"

„Ich bin kein Experte, aber ich nutze sie bei meiner Arbeit mit Metallen."

Er sah Avery und El misstrauisch an. „Es ist schwer zu wissen, was man am besten mit dem Gold macht, nicht wahr? Ich habe vor, direkt gegen das anzukämpfen, was auch immer unsere Gegner planen. Feuer mit Feuer bekämpfen! Ich habe beschlossen, heute Nacht einen der Steinkreise auf Bodmin zu benutzen, und ich brauche Ihre Hilfe." Er sah sie beide mit hoffnungsvollem Gesichtsausdruck an.

Avery warf El einen Blick zu und sah dann wieder Cornell an. „Wir haben uns schon gefragt, ob Sie vielleicht etwas geplant haben, und helfen gerne, aber ich mache mir Sorgen, dass wir den anderen im Moor über den Weg laufen."

„Es ist ein großes Moor", gab er zu bedenken. „Und sie können nicht alle Steinkreise benutzen. Außerdem sollten wir sehen, ob sich heute Nacht etwas ändert. Hemani wird kommen, und ich werde auch Ulysses, Eve und Nate fragen."

El runzelte verwirrt die Stirn. „Wieso fragen Sie erst jetzt? Sie arbeiten doch schon seit etwa einem Tag daran."

„Ich hatte gehofft, es nur mit mir und Hemani zu schaffen – wie Sie wissen, arbeitet sie gerne mit Steinen –, aber ich glaube, wenn wir so viel Energie wie möglich bündeln wollen, brauchen wir mehr Hexen."

„Es könnten nur wir beide sein", warnte ihn Avery. „Alex und Reuben werden nicht wegkönnen, und Briar würde letzte Nacht verletzt. Ich bin nicht sicher, ob sie fit genug dafür sein wird. Und Caspian ist natürlich nicht da.“

Cornell hob die Tasche auf und trug sie in seinen Schuppen, und sie folgten ihm hinein, wobei Avery den gut organisierten Raum und die Regale voller magischer Utensilien in Augenschein nahm.

„Das ist in Ordnung“, sagte er und legte die Tasche auf die Werkbank. „Das sind sieben von uns – eine gute, mächtige Zahl.“ Er zog eine Schublade auf und nahm einen großen, polierten, schwarzen, ovalen Stein heraus, der wie Gagat aussah. „Den werden wir aufladen.“

„Heilige Scheiße!“, sagte El und inspizierte ihn. „Das sieht aus wie ein riesiges Ei! Woher haben Sie das?“

„Hemani. Sie ist voller Überraschungen.“

Auch wenn Avery es nur ungern zugab, sie war verwirrt. „Und was passiert dann?“

„Wie jeder andere Kristall wird er Energie speichern – eine ganze Menge davon.“ Er fuhr sich besorgt mit den Fingern über die Unterlippe. „Ich vermute, unsere abtrünnigen Mitglieder werden negative, zerstörerische Energie bündeln, die zu einem späteren Zeitpunkt freigesetzt werden soll. Zur Sonnenwende vielleicht. Das wird Teil unseres Gegenangriffs sein.“ Er lachte trocken. „Nicht, dass ich die Einzelheiten, wie *der* aussehen wird, schon ausgearbeitet hätte.“

Avery lehnte sich an den Türrahmen. „Wir haben wirklich keine Ahnung, was hier vor sich geht, oder? Nur vage Vermutungen, die auf dem basieren, was Ghost OPS herausgefunden hat.“

„Wenigstens wissen wir, dass sie etwas planen, und versuchen, eine Antwort vorzubereiten", warf El ein. „Ich werde morgen alle meine Kristalle aufladen – wie viele Hexen es tun werden –, und ich kann auch meine Waffen vorbereiten. Es gibt ein Ritual, das ich gerne bei Vollmond anwende."

Avery sprach etwas an, das ihr den ganzen Morgen schon Sorgen bereitet hatte. „Was, wenn Lowen heute Nacht durch Geisterwandern zurückkehrt? Wir werden im Freien schutzlos sein."

„Wenn er es überhaupt kann", erinnerte sie El. „Die Zauber und die Puppe, die wir neulich benutzt haben, wurden verstärkt. Er sollte zu schwach sein, um irgendetwas zu tun. Und vielleicht haben wir auch Zane in Mitleidenschaft gezogen."

„Leider", sagte Cornell, „glaube ich nicht, dass wir irgendetwas als gegeben hinnehmen dürfen. Und nach dem, was Sie von letzter Nacht geschildert haben, benutzen sie sehr mächtige Magie."

„Wann wollen Sie uns haben?", fragte Avery. „Und wo?"

„Wo, sage ich Ihnen kurz vorher Bescheid, aber treffen wir uns um elf am Ort des Geschehens. Das gibt uns die Gelegenheit, alles vorzubereiten."

„In dem Fall", sagte Avery und kramte ihre Schlüssel aus der Tasche, „lassen wir Sie mal machen und sehen uns heute Abend."

Erst als sie in Averys Lieferwagen saßen und wegfuhren, sagte sie zu El: „Ich glaube, ich werde heute Abend auch ein paar Kristalle aufladen, bevor wir uns den anderen anschließen."

„Wieso das?", fragte El und griff nach der Tüte mit Süßigkeiten, von der sie wusste, dass Avery sie im Handschuhfach aufbewahrte.

„Etwas, das Helena neulich vorgeschlagen hat. Sie hat mich auf Jupiter hingewiesen. Ich glaube, ich sollte darauf hören."

„In Ordnung. Warum bringe ich nicht meine Waffen und Kristalle zu dir und wir laden ein paar Sachen zusammen auf? Wenn es Briar besser geht, will sie vielleicht helfen. Und mein Laden ist heute versorgt, also kann ich den ganzen Nachmittag mit dir an dem Zauber arbeiten."

„Ausgezeichnet. Ich kann es nicht erklären, aber ich habe einfach das Gefühl, dass es wichtig ist."

El bot Avery eine Süßigkeit an und lehnte sich dann in ihrem Sitz zurück. „Großartig. Und jetzt machen wir ein bisschen Mördermusik an und singen mit."

Neunzehn

Am Donnerstagnachmittag hatte Newton Caspian verlassen, der sich gerade auf ein Treffen mit einigen Geschäftspartnern vorbereitete, da Olivia noch in Nottingham war, und war nach ein paar Stunden im Imperial War Museum auf dem Weg zu seinem Treffen mit Maggie Milne.

Sie hatten eine angenehme Reise nach London genossen, sich eine Weile über die Arbeit unterhalten, bevor sie in behagliches Schweigen verfielen. Newton war sich nicht sicher gewesen, was er von der Reise mit Caspian halten sollte. Es kam ihm seltsam vor. Aber nach seinem Gespräch mit Zee gestern Abend hatte er gewusst, dass er wegmusste. Er hatte das Gefühl, den Verstand zu verlieren. Den Überblick. Und er schwamm. Er war sich nicht sicher, ob Maggie ihm überhaupt helfen konnte, und wenn er ehrlich war, kam er sich albern vor, überhaupt gefragt zu haben, aber dies war eine neue Situation und er war sich nicht zu schade zuzugeben, wenn er Hilfe brauchte. Sie hatte am Telefon gereizt geklungen, sogar schroff, und vielleicht würde er sie nicht mögen, aber wer sonst konnte ihm einen Rat geben? Bei dem Gedanken schüttelte er den Kopf. *Verdammter Rat! Man könnte meinen, er sei Luke Skywalker und bräuchte Obi-Wan.*

Die gute Nachricht war, dass es Briar gut ging. Ausgerechnet Zee hatte ihn angerufen und war Alex zuvorgekommen. Und Alex war bezüglich Mariah zugeknöpft gewesen und hatte nur gesagt, dass es ihr gut ginge. Newtons Haut kribbelte vor Unbehagen über die Situation.

Er stieß die Tür des Curryhauses in Lambeth auf und sagte der Frau, die ihn begrüßte, dass ein Tisch auf den Namen Maggie reserviert sei. Sie führte ihn dorthin, und nachdem er ein Bier bestellt hatte, setzte er sich und wartete, während er die Speisekarte studierte. Das Essen roch fantastisch. Es war ein unscheinbarer Ort, und er vermutete, dass Maggie oft hierherkam.

Innerhalb von Minuten ließ sich eine Frau auf den Stuhl ihm gegenüber gleiten. Sie war von durchschnittlicher Statur, hatte hellbraunes, schulterlanges Haar und blaue Augen, und sie war absolut unauffällig. Aber ihr Blick war durchdringend, und sie sah amüsiert aus, als sie ihm die Hand schüttelte. „DI Newton, nehme ich an?"

„DI Milne."

„Verdammt noch mal, nenn mich Maggie."

Er grinste, als sie fluchte. „Ah ja, diese sanften Töne würde ich überall wiedererkennen. Nenn mich Newton. Ich ignoriere meinen Vornamen gern." *Außer wenn Briar ihn leise sagte, wenn sie ihn aufzog.*

„In Ordnung." Sie schenkte sich und Newton Wasser ein, aber ihr Bier wurde schnell geliefert, und sie nickte dankend. „Schön, dich nach unseren sporadischen Telefonaten endlich persönlich kennenzulernen."

„Ganz meinerseits. Die Nephilim und die Schatten sprechen in den höchsten Tönen von dir."

Sie schnaubte. „Quatsch, das tun sie doch nicht! Herrgott, die machen mir vielleicht einen Ärger!"

„Da haben wir etwas gemeinsam", sagte Newton mit einem Grinsen und merkte, wie er mit ihr warm wurde. Sie mochte schroff sein, aber sie war sehr sympathisch. Er blickte sich im Restaurant um. „Du bist wohl Stammgast hier."

„Sozusagen. Nichts geht über das Lamm-Maas. Und verdammt scharf ist es auch."

„Gut", sagte er und legte die Speisekarte weg. „Das nehme ich. Und reichlich Naan-Brot. Und ein paar Vorspeisen. Ich habe einen Bärenhunger."

Maggie grinste und winkte den Kellner herbei, und nachdem sie bestellt hatten, fragte sie: „Also, was beschäftigt dich, Newton?"

„Alles!"

„Wegen deiner verdammten Nephilim und dieser Schatten-Dame kann ich nicht viel tun."

„Ich kann auch nicht viel gegen sie tun. Sie haben in letzter Zeit eine beachtliche Anzahl an Leichen angehäuft."

„Und ich dachte, sie heben sich ihre Mordserien für mich auf. Wenigstens sind sie die Guten ... glaube ich."

„Das sind sie", sagte Newton, der das endlich sagen konnte, nachdem er ihnen monatelang misstraut hatte. „Obwohl ihre Ankunft gewalttätig war."

Sie lehnte sich über den Tisch und beobachtete ihn. „Wir leben aber auch in einer anderen Welt, nicht wahr? Das mit deinem Sergeant tut mir leid."

Da war er wieder, dieser Stich des Schuldgefühls. „Danke. Ich habe deinen Sergeant am Dienstag getroffen, als er zur Beerdigung kam. Ihr Schwager. Na ja, Ex-Schwager."

„Er war überraschend mitgenommen deswegen. Ich schätze, es ist eine deutliche Erinnerung an unsere Sterblichkeit – besonders im Umgang mit dem unberechenbaren Paranormalen." Sie nippte an ihrem Bier. „Ich nehme an, du willst über deine abtrünnigen Hexen reden. Etwas, das du nicht am Telefon besprechen wolltest?"

„Ja, all das, unter anderem." Er starrte in ihre blauen Augen und bemerkte die feinen Linien in den Augenwinkeln. Sie trug nicht viel Make-up. Er konnte sich vorstellen, dass sie sich nicht darum scherte. Sie schien keine umständliche Frau zu sein. Sie würde eine direkte Art zu schätzen wissen, also legte er los. „Ich fühle mich nutzlos. Ich habe das Gefühl, nicht einmal mehr die Ermittlungen zu leiten. Die Hexen, mit denen ich arbeite, scheinen die Kontrolle zu übernehmen. Und die Sache ist, ich muss sie lassen! Wie zum Teufel soll ich mit Hexen fertigwerden, die Menschen getötet haben? Ich habe keine Magie! Ich habe eine verdammte Schrotflinte mit Salzpatronen." Er starrte sie an, aufgewühlt, aber auch erleichtert, dass er seine Bedenken nun ausgesprochen hatte. „Ich fühle mich wie ein verdammter Versager!"

Einen Moment lang sprach sie nicht, dann seufzte sie. „Ich weiß, was du meinst. Da sind wir nun, furchtbar machtlos ohne

Magie oder andere paranormale Fähigkeiten, und doch sind wir damit beauftragt, uns damit zu befassen, denn, seien wir ehrlich – nicht viele wollen das."

„Genau! Ich musste meinem neuen Sergeant gestern Abend erklären, dass es den anderen DIs scheißegal ist, was wir so treiben, solange sie sich nicht damit herumschlagen müssen. Glücklicherweise versteht es mein anderer Sergeant."

„Das wird der neue auch, irgendwann." Sie hielt inne, während der Kellner ihre Vorspeisen brachte, und sagte dann: „Du trauerst und fühlst dich schuldig. Das trübt deine Sicht der Dinge."

Er grunzte, als er nach einem Zwiebel-Bhaji griff. „Das sagen mir die Leute ständig. Was ich lernen muss, ist, was ich mit all meinen verdammten Hexen anfangen soll!"

Maggie brach ihr eigenes Bhaji in Stücke, nahm einen Bissen und kaute nachdenklich. „Du arbeitest noch nicht so lange im paranormalen Bereich, oder?"

„Erst seit letztem Jahr, und das hat sich aus meinen Angelegenheiten mit den Hexen von White Haven ergeben."

„Wie hat alles angefangen?"

Newton runzelte die Stirn. „Gute Frage. Es fing mit Dämonen in White Haven an. Avery – sie ist eine von ihnen – hatte eine Information erhalten, die darauf hindeutete, dass es verschwundene Grimoires gab, die den ursprünglichen fünf Hexenfamilien von White Haven gehörten. Sie beschloss, sie zu finden, und jemandem passte das nicht. Es stellte sich heraus, dass es die Frau eines anderen Hexers war. Sie war mit den Favershams verwandt, die hinter allem steckten." Er schüttelte den Kopf. „Obwohl ich eigentlich mit einer von *ihnen* hierhergekommen bin." Er fasste zusammen, was sich im Laufe des Jahres ereignet hatte.

Maggie schob ihren leeren Teller beiseite. "Ja, Bündnisse können sich ändern, aber so ist das Leben. Du hattest ein ereignisreiches Jahr."

"Allerdings. Die Hexen waren schon immer in White Haven, aber bis zum letzten Jahr haben sie sich bedeckt gehalten. Ich meine", bemühte er sich zu erklären, "das tun sie immer noch. Aber jetzt passieren eben *Dinge*."

"Manchmal braucht es nur einen Auslöser."

Newton nippte an seinem Bier. "Ich schätze schon. Vielleicht habe ich es vorher einfach nicht gesehen. Vielleicht sind diese seltsamen Vorkommnisse einfach unter dem Radar durchgerutscht."

"Das werden sie auch sein. Wie du schon sagtest, die anderen Polizisten *wollen* nicht sehen, was du siehst. Du hast keine Wahl mehr. Außerdem", fügte sie hinzu, "klingt es so, als wärst du zu streng mit dir selbst. Du kommst mit den Dingen sehr gut zurecht. Du hast eine halbe Theatergruppe verhaftet."

Er grunzte und dachte an das Chaos von Beltane. "Und musste sie dann wieder laufenlassen, weil sie verflucht worden waren! Berge von Papierkram für nichts!"

Maggie lachte unerwartet. "Hey, du musst zugeben, das sorgt für interessanten Gesprächsstoff beim Abendessen!" Bei seinem düsteren Gesichtsausdruck wurde sie wieder ernst. "Was du damals getan hast, hat einen Unterschied gemacht. Du hast dafür gesorgt, dass die Öffentlichkeit sicher war – und dass *sie* es auch waren. Du hast sie davon abgehalten, sich gegenseitig zu verletzen, als sie sich nicht unter Kontrolle hatten. Ich habe gelernt, uns als Torwächter und Friedensstifter zu sehen. Wir sind ein wichtiger Teil im Umgang mit paranormalen Regelbrechern. Das vorzeigbare Gesicht der Sache."

„Das machtlose Gesicht der Sache."

„Nein, überhaupt nicht!" Sie beugte sich weiter zu ihm vor und stützte ihre verschränkten Arme auf den Tisch. „Für die Öffentlichkeit bist du nicht machtlos. Du bietest Schutz. Und wie das Beispiel, das ich dir gerade genannt habe, zeigt, ist es genau das, was du getan hast. Deine Hexen mögen hinter den Kulissen gehandelt haben, um sich um den Fluch und den Täter zu kümmern, aber du hast alles andere geregelt! Du legitimierst ihre Handlungen. Ich tue hier dasselbe. Größeres Team, derselbe Scheiß. *Viel* mehr Scheiß. Wir haben andere Regeln." Sie lehnte sich zurück und nippte an ihrem Bier. „Ich habe zum Beispiel von Gabes und Shadows Team Fingerabdrücke genommen. DNA, das volle Programm. Ich war wahrscheinlich ein bisschen hart zu ihnen ... schließlich war es ein riesiges Chaos, das sie nicht angerichtet hatten. Sie waren die Guten, trotz des Gemetzels. Sie haben sich einfach darum gekümmert. So ähnlich wie das, was dir vor ein paar Tagen passiert ist."

Er nickte und dachte an das Blutbad auf Gabes Bauernhof. „Ich habe dasselbe getan – Aussagen und alles. Es gefiel ihnen nicht, aber sie haben mitgemacht. Und wir haben einen Haufen Leichen, die gerade in der Gerichtsmedizin bearbeitet werden."

„Genau. Jedes Ereignis, das wir dokumentieren, zeichnet eine Karte der weiteren paranormalen Welt. Einige Leute werden also auf alternative Weise für ihre Verbrechen zur Rechenschaft gezogen." Sie zuckte mit den Schultern. „Mir ist es scheißegal, wie sie zur Rechenschaft gezogen werden, solange es nur jemand tut. Die meisten werden nicht im Gefängnis landen, weil die paranormale Welt nicht so funktioniert ... und die Gefängnisse sind auch nicht dafür ausgestattet. Du musst deine Denkweise ändern, Newton."

Er verstummte und dachte darüber nach, wie bei früheren Ereignissen Recht gesprochen worden war. Die Hexen hatten sich um Gils Frau und um Suzanna, Averys Vorfahrin, gekümmert. Die Nephilim und die Hexen hatten sich um die Meerjungfrauen gekümmert – obwohl er gezwungen gewesen war, die Todesfälle, die die Nephilim verursacht hatten, einem unbekannten Angreifer anzulasten. Ein Kompromiss, den er damals gehasst, aber jetzt widerwillig akzeptiert hatte. Sie hatten alle zusammengearbeitet, um sich um die Vampire zu kümmern ... einschließlich des verdammten Wolfs. Und es war eine gemeinsame Anstrengung gewesen, die Empusa zur Strecke zu bringen, die vom Rabenkönig zusammen mit ihren menschlichen Verschwörern verbannt worden war.

Schließlich sprach Newton. „Du hast recht. Aber ich glaube, zivile Todesfälle – denn so nenne ich sie – machen mich mürrisch. Ich muss ihren Familien gegenübertreten und ihnen irgendeinen Mist auftischen. Ich kann ihnen nicht erzählen, dass ein verdammter Spriggan ihre Angehörigen getötet hat."

Maggies Gesichtsausdruck wurde weicher. „Nein. Das ist natürlich der schwierigste Teil. Du musst ihnen erzählen, was am meisten Sinn ergibt."

Der Kellner räumte ihre Teller ab und brachte den Hauptgang, und als sie wieder allein waren, sagte Maggie: „Du hast immer noch das Sagen und eine wichtige Aufgabe zu erfüllen. Du bist immer noch das Gesicht in der Öffentlichkeit und derjenige, der deine Vorgesetzten auf dem Laufenden hält. Denk daran, du bist der Torwächter."

„Und es spielt keine Rolle, wie Recht gesprochen wird", sagte er grimmig. „Im Keller meines Freundes ist gerade eine Hexe. Eingesperrt von irgendeinem verdammten Zauber."

„Eine böse Hexe?"

„Ja."

„Also lass sie sich darum kümmern, aber bleib involviert! Es wird für Gerechtigkeit gesorgt und die Öffentlichkeit wird in Sicherheit sein." Sie tippte sich an den Kopf. „Einstellungssache. Andere Regeln für andere Jobs. Ich habe mich längst damit abgefunden, dass das meiste, was ich erreiche, niemals von jemandem außerhalb meines Teams anerkannt werden wird. Damit komme ich klar." Sie spießte etwas Curry auf ihre Gabel. „Ich weiß, dass ich meinen Teil der Welt zu einem sichereren Ort mache. Das tust du auch." Sie grinste ihn spitzbübisch an. „Ich breche genauso gerne Regeln wie ich fluche. Es macht mich glücklich. Deshalb mache ich es auch so verdammt oft."

Newton lachte und fühlte sich plötzlich leichter. „Du bist sehr gut darin."

„Im Fluchen? Ich weiß."

„Und den Job", räumte er ein. „Also, ich schätze, ich muss es einfach mögen, jenseits der normalen Polizeigrenzen zu arbeiten", sagte er, bevor er endlich einen Bissen vom Curry nahm und dachte, wie absolut fantastisch es schmeckte. Er brauchte mehr Bier. Plötzlich schien sich alles in seinem Kopf zu ordnen, und eine Vorgehensweise kristallisierte sich heraus, während die Probleme, die ihn monatelang gequält hatten, einfach dahinschmolzen. „Du hast recht. Ich muss es annehmen."

„Absolut. Du musst voll und ganz hinter dem Scheiß stehen. Das ist der einzige Weg."

Newton winkte dem Kellner. „Noch zwei Bier, bitte." Er wandte sich wieder Maggie zu. „Danke. Dein Rat ist genau das, was ich gebraucht habe."

„Gut, denn ich habe noch mehr auf Lager. Das wird eine lustige Nacht."

Alex beobachtete Mariah und war zunehmend beunruhigt, weil sie so still war. Sie hatte sich seit Stunden nicht bewegt und lag auf ihrem provisorischen Bett, wobei sie die Balkendecke des Kellers anstarrte.

Er ging zum Käfig hinüber, erleichtert zu sehen, dass sie noch atmete. Er verstärkte seine Zauber, bevor er in die Ecke des Raumes zurückkehrte und sich in einen der alten Sessel setzte, die sie vom Dachboden heruntergeholt hatten. Es wurde spät, nur noch wenige Stunden bis Mitternacht, und gerade als er sich fragte, was die anderen wohl taten, kam Reuben mit zwei Bieren herein. Er warf Mariah einen flüchtigen Blick zu und setzte sich dann neben Alex.

„Ich dachte, du könntest ein Bier vertragen", sagte er und reichte ihm eins. „Schläft sie?"

Alex zuckte mit den Schultern. „Sieht so aus. Es sei denn, sie reist gerade in der Geisterwelt umher und trommelt ein paar Freunde zusammen." Tatsächlich hatte er sich darüber schon seit Stunden Sorgen gemacht, aber das Haus war gut geschützt und bisher war alles ruhig.

„El hat angerufen." Reuben beugte sich näher, sodass seine Lippen direkt an Alex' Ohr waren. „Sie werden sich heute Abend Cornell und den anderen bei einem Steinkreis anschließen."

„Was? Warum?"

„Sie laden Kristalle auf."

„Ich schätze, Cornell weiß, was er tut."

„Briar und Hunter werden auch zu ihnen stoßen."

„Geht es ihr gut genug?"

„Scheint so", sagte Reuben und nippte an seinem Bier. „Mariah zu beobachten, scheint nicht mehr so aufregend zu sein."

Alex drehte sich zu Mariah um und bemerkte, wie sie sich regte. „Da wäre ich mir nicht so sicher."

Sie streckte sich, setzte sich auf und sah sie an. „Plant ihr, mich verhungern zu lassen?"

„Das Essen liegt auf dem Boden, wo du es vor Stunden hast liegen lassen", erklärte ihr Reuben. „Und das war einer meiner besten Burger."

Sie verzog das Gesicht. „Jetzt ist er kalt."

„Pech gehabt. War er nicht, als ich ihn dir gegeben habe."

Sie nahm den Burger auf einem Plastikteller und kehrte zum Bett zurück. „Na, na. Bist du nicht ein wahres Goldstück?"

„Das bin ich immer. Nicht wahr, Alex?"

„Immer, Kumpel. Bist du bereit, mit uns statt gegen uns zu arbeiten, Mariah?"

Sie schluckte ihren Bissen Burger hinunter und wischte sich den Mund mit dem Handrücken ab. „Das wird niemals passieren. Seid ihr bereit, mich für immer zu beobachten?"

Alex beschloss, sie zu reizen. „Das müssen wir nicht. Ich habe den ganzen Tag über dein Schicksal nachgedacht und gehofft, du würdest dich entscheiden, uns zu helfen. Aber ich sehe, dass es sinnlos ist. Ich werde morgen Genevieve anrufen, und wir können planen, deine Kräfte richtig zu binden. Dann kannst du frei gehen."

Sie erstarrte. „Das würdet ihr nicht wagen."

„Du bist zu gefährlich, um es nicht zu tun. Du bist für viele Tode verantwortlich."

„Nicht nur ich."

„Du warst beteiligt. Ich glaube, die Tage nach dem Vollmond sind am besten für Bindungszauber geeignet, stimmst du nicht zu, Reuben?"

„Absolut, Kumpel."

Mariah musterte sie mit einem abschätzenden Blick. „Ihr könntet es versuchen, nehme ich an, aber ihr werdet nicht stark genug sein. Euch ist vielleicht aufgefallen, dass ich über eine sehr potente Magie verfüge."

„Das ist mir nicht entgangen", sagte Alex und unterdrückte seine wachsende Wut. „Vor allem, als du Briar fast getötet hast."

„Sie war überheblich. Ihr alle seid es!" Mariah stand auf, ihr Burger war vergessen. „Seit ihr eure Grimoires gefunden habt, denkt ihr, ihr wärt besser als alle anderen."

Alex und Reuben blieben sitzen, und Alex zwang sich zur Ruhe. Ein Streit war besser als ihr mürrisches Schweigen. „Das haben wir nicht gedacht und niemals getan. Ein Teil unserer Magie war in einem anderen Bindungszauber gefangen, zu dem unsere Vorfahren gezwungen wurden. Sie zurückzubekommen, war unser Geburtsrecht."

„Also riskiert ihr, sie wieder zu verlieren, indem ihr mich bindet?"

Das war eine gute Frage. „Wir werden den Cornwall-Zirkel hinter uns haben. Niemand sonst wird seine Macht verlieren. Nur du."

„Genevieve wird es nicht zulassen."

Tatsächlich hatten sie sie noch nicht einmal gefragt, aber das würde er ihr nicht verraten, und Reuben offensichtlich auch nicht, denn er grinste nur. „Sie ist nur zu froh, wenn sie sich nicht mit einer abtrünnigen Hexe herumschlagen muss."

Mariahs Augen verengten sich misstrauisch. „Wir werden sehen. Denn wenn ihr glaubt, das sei vorbei, seid ihr dümmer, als ihr ausseht." Dann setzte sie sich wieder auf das Bett und widmete sich erneut ihrer Mahlzeit.

Reuben zog Alex aus dem Zimmer. „Ich denke, wir sollten einen Schutzkreis um ihren Käfig ziehen. Was, wenn sie planetarische Energie anzapft und später alles in die Luft fliegt? Vielleicht ist es jetzt an der Zeit, ihre Haare und ihren Schmuck zu benutzen."

Alex wollte gerade höhnisch schnauben, doch als er sich an Mariahs Selbstbewusstsein und seine anfänglichen Schwierigkeiten, sie in Runen zu binden, erinnerte, nickte er.

„Na gut. Ich bin mit dem Kreis einverstanden, aber die Haare und das Zeug heben wir uns auf. Das wird für die vollständige Bindung nützlich sein. Bring alles runter, und dann legen wir los.“

Briar betrat Averys wohlgepflegten Rasen und grub ihre Zehen in seine saftige Frische. Sie fühlte sich bereits so viel stärker, und nachdem sie Elis Tonika getrunken hatte – stündlich eines, wie aufgetragen –, fühlte sie sich fast wieder wie ihr altes Ich. Und natürlich hatte ihr auch der ständige Kontakt mit der Erde den größten Teil des Nachmittags über neue Energie verliehen.

Avery beobachtete sie mit einem kühlen, leidenschaftslosen Blick. „Bist du sicher, dass du dem gewachsen bist, Briar?“

Während sie immer noch mit den Zehen wackelte, sagte sie: „Klar doch. Wenn nicht, wäre ich nicht hier. Und Hunter hätte es mir auch nicht erlaubt.“

Avery schnaubte. „Als ob er dich aufhalten würde!“

„Ich hätte auf ihn gehört!“

Hunter trat lautlos aus der Dunkelheit, als Mensch so leise wie als Wolf. „Zur Hölle, das hättest du nicht.“ Er zog eine Augenbraue in Averys Richtung hoch. „Für so eine kleine Frau hat sie eine Menge Kampfgeist in sich.“

Briar sah erfreut aus. „Ja, das habe ich. Also haltet ihr beide jetzt den Mund? Erinnere mich mal, Avery, was machen wir hier?“

„Wir laden Amethyst und Rosenquarz mit den Kräften von Jupiter und Venus auf und außerdem einige von Els Waffen.“

Avery führte sie über den Rasen zu dem kreisförmigen Bereich, in dem sie ihre Rituale durchführte. Ihr ummauerter Garten war ein privater, ruhiger Ort, perfekt für Arbeiten im Freien, und als sie sich dem Bereich näherten, sah Briar Kerzenlicht und Els schattenhafte Gestalt, die sich um den vorbereiteten Kreis bewegte.

Briar rieb sich den Kopf und dachte, dass sie vielleicht doch etwas verpasst hatte. „Ich dachte, das machen wir mit Cornell?"

„Das ist etwas anderes", sagte El, als sie zu ihnen stieß. „Er lädt Gagat mit den Eigenschaften des Saturn auf. Helena meinte jedoch, Jupiter sei der richtige Weg. Positiv schlägt negativ."

„Gefällt mir", sagte Hunter sofort. „Man muss den Feind untergraben."

„Genau." Avery strahlte ihn an. „Auf diese Weise haben wir zwei Strategien. Ich vertraue darauf, dass Helena mir den richtigen Weg gewiesen hat."

Briar klatschte in die Hände. „Ich bin so froh, dass Helena wieder bei uns ist. Du hast wirklich Glück, sie zu haben, Avery."

Avery lächelte. „Ich weiß. Ich habe das nicht immer so gesehen, aber ich habe wirklich angefangen, sie zu schätzen. Sie ist ein interessanter Charakter."

„Stell dir vor, wie sie in Fleisch und Blut wäre!" Briar wünschte sich nur, sie hätte ihre eigene geisterhafte Ahnin, die ihr helfen und sie beraten würde.

Hunter starrte in den Himmel. „Erinnert mich noch mal, was das für eine Planetenkonstellation ist. Sollte ich sie sehen können?"

El schloss ihre Vorbereitungen ab. „Ich glaube, nur mit einem Teleskop." Sie deutete auf einen Abschnitt des Himmels. „Ich glaube, da sind sie. Erstaunlich, nicht wahr? Es erinnert mich wirklich an unseren Platz im Kosmos. Tatsächlich", sie breitete die Arme aus, „kann man die sich sammelnde Energie spüren, wenn man sich konzentriert."

„Wo willst du mich haben?", fragte Hunter.

Avery war bereits in den Kreis getreten. „Hier drinnen bei uns. Du kannst deine Energie mit unserer vereinen, während wir die Rituale durchführen. Ist das in Ordnung?"

Briar lächelte ihn an, wohl wissend, wie mächtig seine wilde Wandlerenergie war. „Ich glaube, du wirst dem Zauber noch etwas ganz Besonderes hinzufügen."

Er packte ihre Hand und zog sie hinter sich in den Kreis. „In dem Fall, lass uns loslegen."

Zwanzig

Dylan fuhr auf den Parkplatz bei den Hurlers Stone Circles und stellte den Motor ab. „Ich denke, wir sollten uns auf der Anhöhe dort drüben einrichten. Von dort werden wir eine gute Sicht auf das ganze Gelände haben."

„Bist du sicher, dass das klug ist?", fragte Cassie, während sie sich ihren Rucksack schnappte und aus dem Van stieg.

„Ja!" Er sah sie ungläubig an. „Heute Nacht ist es so weit. Ich hoffe, wir sehen etwas Beeindruckendes. Das ist der größte und mächtigste der Steinkreise und er liegt auf einer Ley-Linie."

„Und", fügte Ben hinzu, während er seinen Rucksack überprüfte, um sicherzugehen, dass er alles dabeihatte, „wir haben die Drohne."

Dylan grinste, erfreut über die Modifikationen, die er am Nachmittag vorgenommen hatte. Es hatte länger gedauert als erwartet, aber er wusste, dass es der perfekte Weg war, um die beste Sicht zu bekommen.

„Na gut", sagte Cassie und reihte sich hinter ihnen ein, als sie in der Dunkelheit über das Moor marschierten und ihre Taschenlampen die Senken und Anhöhen des unebenen Bodens beleuchteten. „Ich bin mir aber nicht ganz sicher, ob uns das mehr verraten wird, als wir ohnehin schon wissen.“

„Alle Daten sind nützlich“, wandte Ben ein, „das weißt du doch.“

„Wenn ich ehrlich bin“, sagte Dylan und dachte an die Stunden, die sie in den letzten Tagen damit verbracht hatten, „habe ich die Nase voll von Steinkreisen. Aber was hier passiert, ist faszinierend und ungewöhnlich, und wir können es nicht ignorieren. Außerdem kann ich, wenn ich die Drohne hoch genug bekomme, vielleicht Bilder von den anderen Kreisen in der Nähe machen.“

Eine Weile stapften sie schweigend dahin. Das Moor fühlte sich unheimlich still an. Sogar der Wind hatte sich gelegt. Die einzigen Geräusche waren der gelegentliche Ruf einer Eule und das Plätschern von Bächen.

„Also gut“, sagte Dylan schließlich und musterte das Gebiet, das sie erreicht hatten. „Das hier sollte passen.“

Die alten Minenanlagen waren ganz in der Nähe, die verbliebenen Mauern des Pumpenhauses hoben sich dunkelgrau vom Nachthimmel und der endlosen Weite des Moores ab. Cassie breitete eine wasserdichte Decke auf dem Boden aus, und sie stellten ihre Campinghocker darauf. Sie hatten sich auf ein paar Stunden vorbereitet.

„Du hast doch die Zauber mitgebracht, oder?“, fragte sie und hielt bei ihrer Arbeit inne.

Ben klopfte auf die Tasche, die er über der Schulter trug. „Alles hier.“ Er blickte über das Moor und zeigte mit dem Finger. „Dylan, kannst du die Drohne auch dorthin schicken?“

Dylan schaute verwirrt auf und sah die unebenen Steine des Cheesewrings vor den Sternen. „Ja, sollte kein Problem sein. Warum dorthin?"

„Die liegen auch auf der Ley-Linie. Sie könnten von dem, was hier vor sich geht, ebenfalls betroffen sein."

„Einverstanden."

Der Cheesewring war ein Felsvorsprung, der durch aufeinandergestapelte Granitplatten entstanden war und nach der Käsepresse benannt wurde, mit der man früher Käse herstellte. Ein sehr unpassender Name, wie Dylan immer fand, für eine so majestätische und ungewöhnliche Formation. Es schien den Ort eher herabzusetzen als ihn zu würdigen. Mythen besagten, dass ein Riese die Steine geformt hatte, als Teil eines Wettstreits zwischen Riesen und Heiligen, ob die Riesen das Christentum annehmen sollten. Natürlich gewann das Christentum, wie immer in diesen Geschichten; das war ja der Sinn der Sache. Sie thronten am äußersten Rand des Tors, wo die Hänge steil zum Moor und zu einem ehemaligen Steinbruch am Fuße des Hügels abfielen, aber neben dem Cheesewring gab es Anzeichen einer alten Siedlung. Eine von vielen auf Bodmin.

Dylan hob seine Wärmebildkamera und schwenkte sie über den Horizont. „Verdammte Scheiße, Ben. Ich kann es von hier aus sehen. Es ist wie ein verdammtes Leuchtfeuer!"

Ben und Cassie ließen sofort alles fallen und rutschten zu ihm hinüber, um auf den Bildschirm zu schauen.

„Heilige Scheiße! Was bedeutet das?", fragte Cassie mit einer Mischung aus Entsetzen und Aufregung.

Dylan senkte die Kamera und sah seine Freunde an. „Ich habe keine Ahnung, aber das scheint eine größere Sache zu sein, als ich anfangs dachte. Das ist nicht gerade nah am Steinkreis." Als er über Cassies Schulter blickte, sah er ein Licht bei dem alten Maschinenraum, der jetzt ein kleines Besucherzentrum war, und zog beide zu Boden. „Schalte die Taschenlampe aus, sofort!"

Cassie war die Einzige mit einer Taschenlampe, und diese war unter ihr gelandet. Einen Moment lang fummelte sie herum und sagte dann: „Sie ist aus. Was ist los?"

Dylan rollte sich zur Seite und zeigte auf das alte Pumpenhaus. „Ich habe ein Licht gesehen, nur ganz kurz, am Eingang der alten Mine."

„Vielleicht eine Einbildung?", flüsterte Ben trotz der Entfernung.

„Ich glaube nicht, aber vielleicht bin ich auch nur schreckhaft", gab Dylan zu und starrte auf die Stelle. „Lass uns abwarten."

Ein paar Minuten lagen sie regungslos da, dann sagte Ben: „Ich habe etwas am Rand des Gebäudes gesehen. Richte deine Kamera darauf, Dylan."

„Was, wenn es die Hexen sind?"

„Was, wenn es ein verdammter Spriggan ist?", zischte er zurück.

Dylan sah ihn entsetzt an. „Mann! Warum musstest du das sagen?"

„Wir sind zu weit weg und zu nah am Boden, um von hier aus gesehen zu werden", beharrte Cassie. „Ich kann das verdammte

Gebäude kaum sehen, so dunkel ist es. Hol deine verdammte Kamera raus!"

„Na gut." Vorsichtig rollte Dylan zur Seite und zog seine Kamera hervor, die unangenehm unter seinem Bauch eingeklemmt war. Er achtete darauf, dass der Bildschirm zu ihm zeigte, schaltete das Video ein, und sofort sprangen drei Gestalten ins Bild. „Oh, verdammt! Da ist jemand."

Cassie und Ben rückten dicht zusammen, Cassie so nah, dass er ihren Atem auf seiner Wange spüren konnte, als sie sich vorbeugte. „Männer oder Frauen?" „Spielt das eine verdammte Rolle? Einer von ihnen wird von den anderen beiden gestützt."

Die Gestalten gingen auf den größten Steinkreis zu, der ebenfalls auf der Kamera zu sehen war, wobei die Steine im orangefarbenen Licht glühten.

Cassie stöhnte. „Erinnert ihr euch, dass ich euch erzählt habe, dass Reuben und El hofften, sie hätten Lowen gebunden? Was, wenn er das ist?"

„Mit Harry und Zane?", fragte Ben und kniff die Augen zusammen, um die Gestalten zu erkennen. „Mariah ist noch bei Reuben, oder?"

„Richtig", sagte Dylan, dessen Herz nun hämmerte. „Sie müssen hier sein, um mithilfe der Planetenparade irgendein Ritual durchzuführen."

Ben funkelte ihn an. „Ich dachte, du hättest gesagt, das wäre eine Sache für die Sonnenwende!"

„Ich habe doch keine verdammte Ahnung, oder? Sie könnten planen, es für beides zu nutzen!"

„Hört auf zu zanken!", sagte Cassie. „Das ist die perfekte Gelegenheit, um zu sehen, was sie vorhaben, und es aufzunehmen. Das könnte unseren Leuten den entscheidenden Vorteil verschaffen. Was mich im Moment viel mehr interessiert, ist, woher sie gekommen sind!" Dylans Augen hatten sich jetzt an das Licht gewöhnt, und er konnte das trotzige Stirnrunzeln auf Cassies Gesicht sehen. „Auf dem Parkplatz stand kein anderes Auto. Wenn sie also nicht im Dorf geparkt haben und früher gekommen sind, was haben sie dann im Pumpenhaus gemacht? Sind sie aus einem alten Bergwerk hochgekommen?"

Ben klang entnervt. „Die sind alle versiegelt, du Dummkopf."

Dylan riss seinen Blick von den drei Gestalten los, die sich auf den Weg zur Mitte des Kreises machten, und starrte Cassie an. „Meinst du das ernst?"

„Nein. Ich denke mir nur irgendeinen Scheiß aus! Natürlich meine ich es ernst." Sie stieß Dylan gegen den Kopf. „Denk nach. Sie verstecken sich irgendwo. Zane und Lowen leben in Bodmin. Bodmins Steinkreise sind hell erleuchtet wie ein verdammter Weihnachtsbaum. Unter uns sind alte Bergwerksstollen. Wahrscheinlich ein ganzes Labyrinth davon! Sie verstecken sich unter uns. Das Dorf Minions ist in der Nähe. Dort können sie sich mit Vorräten eindecken."

Dylan sah Ben an. „Sie hat recht. Das ist sehr gut möglich. Seien wir ehrlich, sie sind auf der Suche nach Coppingers Gold in alle möglichen Höhlen eingebrochen."

„Und", fügte Cassie hinzu, „hier unten gibt es auch Schmugglertunnel. Das ist Bodmin! Das Epizentrum aller Schmuggelrouten." Sie blickte hinüber zum Pumpenhaus. „Wir müssen da reinsehen."

„Bist du verrückt?", fragte Ben. „Während die da draußen sind!"

Sie überprüften erneut den Bildschirm und sahen, wie eine Gestalt einen Kreis abschritt, während die zweite neben der dritten Gestalt kauerte, die auf dem Boden saß.

„Seht!", sagte Cassie. „Sie sind in ihren Zauber vertieft! Wir haben Zeit, zumindest nachzusehen. Ich schlage ja nicht vor, dass wir da runtergehen oder so!"

„Sie hat recht", gab Dylan zu. „Das ist eine großartige Gelegenheit zu sehen, woher sie gekommen sind."

„Das können wir auch bei Tageslicht tun", wandte Ben ein. „Ich versuche, an unsere Sicherheit zu denken. Ich will nicht als ein weiteres ihrer Opfer enden."

„Dann gehe ich", sagte Dylan, als er die Frustration auf Cassies Gesicht sah und befürchtete, sie würde allein dorthin gehen. „Du kannst es filmen. Mit Glück sind wir in fünfzehn Minuten zurück."

Ben funkelte ihn an. „Großartig, jetzt lässt du mich wie einen Deppen dastehen. Na gut. Ich gehe mit Cassie und du filmst. Seid einfach vorsichtig!"

Dylan seufzte. *Manchmal konnte Ben so eine Nervensäge sein.* „Das habe ich nicht gemeint!"

„Zu spät", sagte er und ging in die Hocke. „Komm, Cassie."

„Na, dann sei du auch vorsichtig. Fall nicht in irgendwelche Schächte", zischte Dylan.

Aber es war zu spät. Sie waren schon weg.

El stand in der Mitte des Stannon-Steinkreises, bereit, mit dem nächsten Zauber der Nacht zu beginnen.

Ihr neuer Jagdzirkel, wie sie ihn für sich nannte, nur um ihm einen Namen zu geben, hatte sich auf dem Weg unweit des Kreises getroffen, wo ein paar Autos die Stelle markierten, und sie waren gemeinsam über den von Grasbüscheln übersäten Boden gestapft, wobei ordentlich geflucht wurde.

Das Moor war ein abweisender Ort, erst recht bei Nacht, mit Wolken, die über den fast vollen Mond jagten. Die Luft und die Erde fühlten sich aufgeladen mit Potenzial an. Sie hatten sich Sorgen gemacht, dass sie zu spät kommen könnten, nachdem sie endlich die Zauber bei Avery vollendet hatten, aber sie dachten, das sei gut gelaufen. Sie hatten eine Auswahl an Steinen, Piratengold und Waffen mit den expansiven Energien des Jupiters aufgeladen und dann beschlossen, auch einige der Korrespondenzen des Planeten zu kombinieren. Eines von Els Schwertern war jetzt an ihrer Seite, und es war eine beruhigende Präsenz in der düsteren Landschaft.

Auch Hunters Energie hatte dem Zauber eine zusätzliche Dimension verliehen. An diesem hier beteiligte er sich jedoch nicht. Er hatte sich bereits in seinen Wolf verwandelt und erkundete den Steinkreis. Und der war groß, so groß, dass es bei diesem Licht schwer war, ihn ganz zu überblicken. Während Cornell seine Vorbereitungen mit Hemani abschloss, versammelten sich die anderen Hexen und sprachen mit leisen Stimmen, als könnte sie jemand hören.

Eve untersuchte den Beutel mit Münzen, den Cornell mitgebracht hatte. „Wow! Das ist also ein Teil von Coppingers Gold?"

Avery beäugte es misstrauisch. „Ja, aber es gibt noch so viel mehr."

„Geplündert von Wracks und verdient durch Blutvergießen", sagte Nate. Er nahm eine Münze und hielt sie gegen den Mond. „Wenn diese Münzen sprechen könnten! Ich wette, die Geschichten wären grauenhaft."

Eve schauderte. „Nein, danke. So faszinierend diese Geschichte auch ist, ich bin froh, dass sie hinter uns liegt."

„Außer, dass sie das nicht ist", erinnerte Avery sie. „Sie hat genau jetzt Auswirkungen."

Auch Ulysses hatte eine Handvoll Münzen genommen, und sie glitten durch seine Hände. „Wisst ihr", sagte er, seine tiefe, volle Stimme rollte um sie herum, „wir vergessen die Macht des Goldes." Er sah scharf auf. „Oder vielleicht vergesse ich sie. Wir kennen den potenziellen Wert dieser Münzen und wie selten es ist, so viele zu haben, aber wir müssen an sein Potenzial für die Zauberei denken. Das ist *Gold*! Wie oft haben wir Zugang zu so viel davon?"

„Nie!", antwortete El, als sie begriff, worauf er hinauswollte. „Ich kaufe es in kleinen Mengen, um damit Schmuck herzustellen, aber niemals in diesem Ausmaß."

Ulysses' Augen blitzten im Dunkeln. „Genau. Und welche Eigenschaften hat es?"

„Selbstvertrauen, Macht, innere Stärke. Ich kombiniere es mit bestimmten Edelsteinen, um seine Eigenschaften zu verstärken." El zuckte mit den Schultern. „Das mache ich mit all meinem Schmuck, egal welches Metall ich verwende."

„Und es ist mit der Sonne verwandt – seine stärkste Korrespondenz."

„Das wissen wir alle", sagte Briar verwundert. „Worauf willst du hinaus?"

Ulysses blickte über sie hinweg zum Gewimmel der Sterne und zum Mond. „Irgendwo da oben stehen fünf Planeten in einer Linie. Es ist eine kraftvolle Zeit. Alchemisten strebten danach, Blei, das wandelbarste aller Metalle, in Gold zu verwandeln. Nicht nur wegen des Reichtums, den es bietet, sondern auch wegen seiner magischen Eigenschaften."

„Cornell und Hemani laden es heute Nacht mit den Kräften des Saturns und natürlich mit dem Gagat auf", warf Nate ein.

„Und das ist es auch wert. Aber", sagte Ulysses und betrachtete erneut das Gold in seiner Hand, „den größten Wert wird es zur Sonnenwende haben. Wir denken zu klein. Wir brauchen so viel davon, wie wir nur kriegen können."

„Um es als Teil der Sonnenwendfeierlichkeiten zu nutzen, meinst du?", fragte Avery.

„Ja. Wir wissen nicht, was Mariah und die anderen planen, aber es ist etwas Großes. Wir brauchen etwas ebenso Großes, um dem entgegenzuwirken. Wir wissen das ... darüber haben wir schon gesprochen. Aber vergesst das Blut auf diesem Gold", sagte er, als er Els Grimasse bemerkte. „Wir können es morgen alles unter dem Vollmond reinigen und es dann zu Litha verwenden.

Es wird Schutz bieten – und eine Reinigung für uns. Wir werden es wahrscheinlich brauchen.“

Nate ließ die Münze durch seine Finger schnippen. „Du schlägst also vor, dass wir, anstatt eine traditionelle Sonnenwendfeier abzuhalten, sie erweitern?“

„Ich bin mir nicht sicher, ob Genevieve das gefallen wird“, sagte El. „Sie will da nicht mit reingezogen werden. Die meisten Leute wollen das nicht.“

„Wir haben es mit vier abtrünnigen Hexen zu tun und einer weiteren, von der wir glauben, dass sie verwickelt sein könnte“, sagte Ulysses. „Sie kann es sich jetzt nicht leisten, zimperlich zu sein. Schlechte Energie baut sich auf. Energie, die wir verbannen müssen.“

Cornells Stimme unterbrach ihr Gespräch. „Ich bin bereit. Bringt das Gold und nehmt eure Plätze ein. Wir müssen anfangen.“

Ohne ein weiteres Wort zu sagen, hievte Ulysses den Sack hoch, trug ihn in den großen, von Kerzen erleuchteten Kreis, und die anderen folgten ihm.

El stieß Avery an. „Er hat recht. Ich schätze, es ist gut, dass wir so viel davon haben. Ist es sicher?“

„Es ist gerade auf Reubens Dachboden. Ich wollte es nirgends unbeaufsichtigt lassen.“

Els Magen zog sich zusammen. „Aber Mariah ist dort.“

„In einem Käfig gefesselt.“

„Aber die anderen wollen es unbedingt. Und wir wissen nicht, wo Harry ist. Was, wenn sie einen Angriff planen und wir praktischerweise sowohl das Gold als auch Mariah an einem Ort gelassen haben?"

Avery drückte El beruhigend die Schulter. „Sie werden jetzt sicher ihre eigenen Rituale durchführen. Wir müssen Reuben und Alex vertrauen."

Avery eilte zu den anderen, und nach kurzem Zögern folgte El ihr. Reuben war viel zuversichtlicher, nachdem er neulich mit Caspian den Fluch gebrochen hatte. Aber El wusste auch, dass er tief im Inneren immer noch an sich zweifelte. Sie konnte nur hoffen, dass es ihm gut gehen würde, falls etwas Schreckliches passieren sollte.

Einundzwanzig

Reuben trat von dem vollendeten Schutzkreis zurück, den sie um Mariahs Runenkäfig gelegt hatten, und blickte dann auf Mariah, die im Schneidersitz darin saß. Ihre Augen waren geschlossen und ihre Hände ruhten auf ihren Knien, als ob sie Yoga machen würde, doch Reuben bezweifelte, dass sie nur meditierte.

Kerzen loderten rings um den Kreis, und obwohl der Zauber stark war, konnte Reuben sein Unbehagen nicht abschütteln. Er zog Alex wieder hinter den Türrahmen zurück und beobachtete Mariah, während er sprach.

„Irgendwas stimmt nicht, Alex."

Alex' Kiefermuskeln spannten sich an, als er sie beobachtete. „Ihre Gelassenheit ist unheimlich."

„Sie führt etwas im Schilde."

„Der Kreis und mein Käfig sind stark."

„Ich will Verstärkung. Ich hole die Puppe."

„Du hast eine für sie gemacht?", fragte Alex schockiert. „Ich dachte, wir heben sie auf."

„Ich habe sie angefangen, aber nicht fertiggestellt." Reuben sah, wie sich Mariahs Lippen lautlos bewegten. „Ich werde sie jetzt fertigstellen und bin dann gleich wieder unten. Wenn wir sie nicht brauchen, umso besser.“

Alex nickte und kehrte in den Keller zurück, und Reuben raste den Gang entlang, zurück ins Haupthaus und vorbei am Billardzimmer, dessen Rückwand immer noch herausgesprengt, aber mit einer Plane gesichert war. Es hatte ihn geärgert, dass die Bauarbeiter erst nächste Woche kommen konnten, aber jetzt war er erleichtert. Er hielt inne, um zu überprüfen, ob alle seine Zauber noch wirkten, und schloss dann die Tür ab und belegte sie ebenfalls mit einem Zauber. Er wusste, dass er nervös war, und er vertraute Alex, aber ... nun ja, er hatte ein ungutes Gefühl, das er einfach nicht loswurde.

Als er endlich den Dachboden erreichte, überprüfte er die Puppe. Dieses Mal hatte er sie angepasst und sie weiblicher aussehen lassen. Er hatte nicht nur Mariahs Haare mit einer Auswahl passender Kräuter hineingestopft, sondern auch einige Haare um ihr Gesicht genäht. Nun sprach er den Zauber, der der Puppe Macht verlieh, und steckte sie dann vorsichtig in seine Tasche, zusammen mit Mariahs Silberkette, die Avery gestohlen hatte.

Die riesigen Kisten voll Gold glänzten in der Ecke des Raumes, und Reuben belegte sie mit einem Schattenzauber und legte dann ebenfalls einen Schutzkreis um sie. Er kam sich vor wie eine besorgte alte Frau, die so viele Schutzschichten anlegte, aber die Luft fühlte sich gefahrengeladen an. Gerade als er sich umdrehte, um den Raum zu verlassen, ließ ihn ein Aufblitzen von Flammen und Rauch mit erhobenen Händen herumfahren. Die erste Puppe, die sie gemacht hatten, hatte auf der Ecke des Tisches gelegen, aber jetzt verzehrten Flammen die Fäden, die sie umgaben, und dann die Puppe darunter. Sie verbrannte schnell und hinterließ nur Asche und einen verkohlten Fleck, während ein Donnergrollen über ihnen zu hören war. Er löschte die Überreste mit Wasser – *das Letzte, was er gebrauchen konnte, war ein Hausbrand* – und raste die Treppe wieder hinunter.

Cassie schlich über den unebenen Boden und blickte ständig zur Mitte des Steinkreises, hatte aber Schwierigkeiten, die Gestalten im Zentrum zu erkennen. Sie stolperte und wäre beinahe gestürzt, doch Bens Hand schoss vor und packte ihren Arm.

„Pass auf, wo du hintrittst. Du könntest dir den Hals brechen. Es gibt immer noch gewaltige Senken im Boden."

„Entschuldigung." Ihr Herz pochte, mehr aus Angst vor der Entdeckung als vor dem Fallen. „Du sagtest, die alten Schächte wären abgedeckt."

„Nicht besonders gut!"

Ein Licht flackerte auf, und beide erstarrten und blickten dorthin, wo ein von Kerzen erleuchteter Kreis im Zentrum des größten Steinrings loderte.

„Das fühlt sich nicht so an, wie wenn unsere Hexen das tun", murmelte Cassie Ben zu, während sie weitergingen. „Ich empfinde immer ein Gefühl des Wunders, wenn sie Magie anwenden. Hier habe ich einfach nur Angst."

„Ehrlich gesagt", sagte Ben freundlich, „ich auch. Jetzt sei still und konzentriere dich auf den Boden."

Ihre Nervosität brachte sie zum Plappern. „Ich wünschte, ich hätte Elis Augen. Sie sehen nachts genauso gut wie am Tag."

„Ich wünschte, ich hätte seine Muskeln und sein Händchen bei den Frauen. Scheiß auf seine Augen", grummelte Ben, was Cassie zum Kichern brachte.

Sie konzentrierte sich. Dies war nicht der richtige Zeitpunkt, um die Gefahr zu vergessen, in der sie schwebten.

Der dunkle Klotz des Heimatmuseums von Minions war nahe; es war einst ein Maschinenhaus für die Süd-Phoenix-Mine gewesen. Der größte Teil des Gebäudes war heute eine Ruine. Das Dach war längst verschwunden, und die Fenster waren den Elementen ausgesetzt. Nur das untere Stockwerk war versiegelt worden, um das winzige Besucherzentrum einzurichten.

Sie umrundeten die Rückseite des Gebäudes, weit außer Sichtweite von Harry und den anderen, die ihre Zauber wirkten, und Cassie sagte: „Ich habe mir diesen Ort neulich angesehen. Der Boden ist absolut solide. Sie können nicht von hier drinnen gekommen sein."

„Aber es gibt eine Ebene darunter", sagte Ben, während er sich an der Seite entlangtastete und auf einen niedrigen, gewölbten Eingang auf der anderen Seite zeigte.

Sie waren nun durch eine niedrige Steinmauer geschützt, die den alten Maschinenraum teilweise umschloss, und Cassie schnappte nach Luft. Das Holz, das das untere Fenster versiegelte, lag auf dem Boden. Ben kroch darauf zu und steckte seinen Kopf hinein, während Cassie nervös Wache hielt. Sie hob den Kopf über die Mauer und beobachtete, wie zwei Gestalten in der Mitte des Kreises ihre Arme hoben.

Sie war sich nicht sicher, ob es ihre Einbildung war, aber die Luft schien dicker zu werden, und der fast volle Mond, der ihnen den Weg erhellt hatte, wurde von dunklen Wolken verdeckt. Sie blickte in Richtung des Dorfes und fragte sich, ob es jemandem auffallen würde. *Vielleicht war es ihnen egal. Oder vielleicht hatten die Hexen den ganzen Ort verzaubert.*

Sie schlich zurück zu Ben, als er wieder herauskam, und sagte: „Schau mal rein – geh nur nicht hinein. Da ist ein riesiger Schacht."

Ihre Neugier überwand ihre Nervosität, und sie folgte seinen Anweisungen und keuchte. Ein schmaler Schacht war in der Mitte des kleinen Raumes sichtbar, und ein Licht schien aus seinen Tiefen. Sie rutschte zurück. „Scheiße. Wie tief geht der runter?"

„Schwer zu sagen. Da runter möchte ich aber nicht. Ich wette, das ist eine Todesfalle." Er zog an ihrem Arm. „Komm, es ist Zeit zu gehen."

Kaum hatten sie sich auf den Rückweg gemacht, als sie eine seltsame Störung in der Luft spürten und der Boden unter ihren Füßen sich zu verschieben schien. Die Steinkreise schimmerten auf, und eine Energiewelle rollte von ihnen aus, die Cassie und Ben zu Boden warf. Ein Riss in der Erde zog sich vom Kreis den Hügel hinauf zu der Stelle, von der aus sie zugesehen hatten, und sie hörte einen unterdrückten Schrei von Dylan.

Avery spürte, wie die Macht des Stannon-Steinkreises in ihr widerhallte, was sie an die Wegkreuzung in Schottland erinnerte. Sie hatte keine Wahl gehabt, dort zu sein, doch sie hatte Hecate um Hilfe beschworen. Und es war der Ort, an dem Caspian ihr seine Gefühle offenbart hatte.

Aber heute Nacht war es anders. Zunächst einmal war Caspian jetzt in London, und sie war unter Freunden und anderen mächtigen Hexen. Obwohl sie nicht gewusst hatte, was sie erwarten würde, war Cornells Zauber eigentlich wie jeder andere gewesen. Sie standen innerhalb des Schutzkreises, die Münzen und ein großes Stück Gagat in der Mitte, und riefen Saturn an, wobei sie spürten, wie sich die Atmosphäre mit einer uralten Macht auflud, die binden und zügeln konnte. Sie wünschte nur, sie könnte die Steine um sie herum so sehen, wie Dylan es auf seiner Kamera konnte. Ihre Macht schimmerte und regte sich und verdichtete die Luft in diesem Bereich.

Cornell näherte sich dem Ende seines Zaubers, seine Worte verwoben sich mit denen von Hemani. Ihre Magie fühlte sich anders an als ihre eigene, und so nah bei Ulysses zu sein, war noch seltsamer. Seine Magie ließ sie beinahe erschaudern, weil sie der der Meerjungfrauen so ähnlich war. Aber ein Blick auf sein starkes Profil beruhigte sie. Als Cornell und Hemani den Zauber gemeinsam abschlossen, durchfuhr ein Ruck von Macht den Kreis, und dann blitzte Licht durch die Gegenstände, die sie aufluden.

„Fertig", sagte Cornell mit einem Lächeln. „Ich werde diese für Litha sicher aufbewahren. Wenn wir uns mit den anderen vereinen, wird unsere Magie das, was wir heute Nacht getan haben, verstärken, und wir werden in der Lage sein, die Macht unserer Feinde zu binden."

Während er sprach, erschütterte ein Beben den Boden und hätte sie fast von den Füßen gerissen. Briar schrie auf und fiel auf die Knie, und El war sofort bei ihr.

„Briar?"

„Mir geht's gut. Irgendwas Seltsames passiert ... etwas Gewaltiges."

Eve blickte zum Himmel. „Es fühlt sich an, als würde ich Energie für einen Wetterzauber sammeln. Es kommt aus der Ferne."

„Aus dem Süden", sagte Ulysses und deutete über die Moore.

Hunters Heulen durchbrach die tiefere Stille der Moore, als er herbeiraste, um sich ihnen anzuschließen, und er verwandelte sich, nackt vor ihnen erscheinend. „Das habe ich bei Castlerigg gespürt – unserem örtlichen Steinkreis. Die Hexen nutzten seine Energie, wenn sie mächtige Magie einsetzen wollten." Er warf Avery ein spitzbübisches Grinsen zu. „Bevor wir sie verbannt haben."

Hemani blickte die anderen verwirrt an. „Aber das haben wir doch erwartet."

Cornell runzelte die Stirn. „Wir haben erwartet, dass sie ihr Gold aufladen, aber was tun sie sonst noch?"

„Etwas Großes", sagte Eve stirnrunzelnd, als über ihnen Donner grollte, „und sie ziehen eine Menge Macht dafür ab. Mit Hilfe kann ich sie vielleicht stören."

„Ich bin bereit, es zu versuchen", sagte Nate sofort.

Die ganze Nacht über hatten Averys Gedanken kaum davon abgelassen, sich um Reuben und Alex zu sorgen, die Mariah bewachten. Sie hasste es, dass sie einer so unberechenbaren Hexe so nahe waren, und jetzt stöhnte sie. „Was, wenn sie versuchen, Mariah zu befreien? Schließlich haben Saturn und Mars kriegerische, aggressive Eigenschaften."

Cornell richtete sich auf, als ob er eine Entscheidung getroffen hätte. „Das ist möglich, und mir gefällt Eves Vorschlag. Wir müssen versuchen, ihren Zauber zu stören. Ich werde uns mit Eves Hilfe anführen."

„Ausgezeichnet." Eve blickte zu Avery und El hinüber. „Vielleicht solltet ihr zwei gehen. Ich sehe, dass ihr euch Sorgen macht."

Avery fühlte sich völlig hin- und hergerissen. Wenn sie blieben, könnte Eve ihre Macht nutzen, aber wenn Reuben und Alex in Gefahr waren ... Sie wandte sich an El. „Ich kann zwei von uns mitnehmen, aber", sie blickte zu Briar und Hunter, „es tut mir leid, euch kann ich nicht auch noch mitnehmen."

„Das ist in Ordnung", sagte Briar und beruhigte sie. „Ich helfe hier. Geht ihr zwei, jetzt!"

Alex sah entsetzt zu, wie Mariah schwebte und wilde Energiefinger um sie herum knisterten.

Was tat sie?

Er hatte ihre Kräfte nicht gebunden; sie hatte sie immer noch. Aber sie waren im Käfig eingesperrt, und bisher hatte das sehr gut funktioniert. Aber jetzt fragte er sich, ob Reuben die ganze Zeit recht gehabt hatte. Er war auf Eierschalen um sie herumgetanzt, hatte sich gesträubt, die Kräfte einer Hexe zu binden, und gehofft, Mariah würde bereuen. Er hatte nicht einmal Genevieve kontaktiert, um ihr zu sagen, dass sie sie gefangen genommen hatten. Reuben und El hatten bei Lowen nicht gezögert und ihm dadurch wahrscheinlich das Leben gerettet.

Alex zapfte seinen Käfigzauber an und steckte mehr von seiner Magie hinein, wodurch die Runen erneut mit Macht anschwollen, aber die Wände des Käfigs begannen sich zu wölben, als die Energiefinger dagegen stießen und ihre Stärke auf die Probe stellten. Er zog Magie tief aus seinem Inneren und kämpfte wütend mit Mariah. Plötzlich flogen ihre Augen auf, und sie starrte ihn triumphierend an, als Macht aus ihr explodierte und den Runenkäfig zerschmetterte.

Alex taumelte zurück, spürte, wie seine eigenen Abwehrkräfte schwächer wurden, und schrie: „Reuben! Ich brauche dich, jetzt!"

Im Moment hielt der äußere Schutzkreis stand, aber Mariah schwebte immer noch auf halbem Weg zwischen Boden und Decke, gefangen in einem Nimbus aus knisternder Magie, die nun die letzte Barriere auf die Probe stellte. Alex wusste, dass er sie nicht aufhalten konnte. Sie starrte ihn immer noch an, fast durch ihn hindurch, und es war furchterregend. Er war nichts für sie, und er wusste, sie würde ihn zermalmen.

„Reuben!"

Vielleicht war Reuben oben angegriffen worden. Vielleicht stand Harry vor der Tür und zerschmetterte den Schutz des Hauses.

Alex schlich zur Tür und warf seine ganze Kraft in den Schutzzauber, erleichtert, als er hörte, wie Reuben ins Zimmer schlitterte.

„Scheiße! Dein Käfig!"

„Ich brauche deine Hilfe! Sofort!", konzentrierte sich Alex voll und ganz auf Mariah, die stachelige schwarze Magiesplitter auf die schwächer werdende Barriere schoss. „Ich kann nicht..."

Aber er konnte seinen Satz nicht beenden, denn Mariah brach durch, und er flog rückwärts gegen die Wand.

In der Hoffnung, dass die Hexen noch auf ihre Zauber konzentriert waren, rannte Cassie in einer seltsam huschenden Hocke über das Moor, Ben neben ihr, und landete auf einem Haufen neben Dylan, der nach Luft schnappend auf dem Rücken lag. Der Riss in der Erde endete nur wenige Fuß entfernt und Dylan blinzelte, die Hand auf die Augen gepresst.

„Dylan! Was ist passiert?", fragte Cassie.

„Ich glaube, ich bin erblindet!"

„Sei kein Idiot", flüsterte Ben, während er seine Tasche durchsuchte. „Du bist nur geblendet."

„Was zum Teufel ist passiert?", fragte er und versuchte immer noch, scharf zu sehen. „Der ganze Bildschirm hat nur so vor Licht geflammt."

Er mühte sich ab, sich aufzusetzen, aber Cassie drückte ihn wieder nach unten, als eine der Gestalten im Kreis sich zu ihnen umdrehte.

„Verdammt", stöhnte sie. „Ich glaube, wir sind entdeckt worden. Wir müssen abhauen."

„Ich kann nichts sehen!", sagte Dylan.

„Bleibt unten", befahl Ben mit ruhiger, gebieterischer Stimme. „Ich habe Averys Schattenzauber gefunden. Cassie, zieh alles nah heran. Ich weiß nicht, wie weit er uns abdeckt."

Cassie lag auf dem Bauch, aber sie rappelte sich auf, um alles zusammenzusuchen, und rollte die Ränder der Decke ein, gerade als eine Gestalt den Kreis verließ und den Hügel heraufkam.

„Ben ..."

Er lag auf der anderen Seite von Dylan, eine Flasche in der Hand. „Wart's ab ..."

Dylan war still, die Hände wieder über die Augen geschlagen, aber Cassie beobachtete, wie die Gestalt näherkam, während Ben sich mit dem Korken abmühte.

Kaum atmend wiederholte sie: „Ben!"

Der Korken löste sich, und Ben flüsterte den kurzen Auslösezauber. Mit einem Zischen legte sich etwas wie Bodennebel über sie, der mit jeder Sekunde dicker wurde, bis Cassie ihre beiden Begleiter kaum noch sehen konnte.

Aber den Mann, der auf sie zukam, konnte sie nur allzu deutlich sehen. Der Mond trat unter den Wolken hervor und erhellte eine schmale Gestalt und ein hageres Gesicht mit einem gemeinen, berechnenden Ausdruck, der schnell der Enttäuschung wich, als er die Gegend absuchte. *Es war Zane.* Sie erkannte ihn an Averys Beschreibung.

Er kam näher, folgte dem Verlauf der aufgerissenen Erde und musterte die Anhöhe. Cassies Atem stockte in ihrer Brust, das

Pochen ihres Herzens hämmerte gegen den Boden. Sie packte Dylans Arm und wünschte sich inständig, er möge still sein.

Ein Ruf ließ Zane sich umdrehen, und er antwortete: „Hier ist nichts. Muss ein Spiel des Lichts sein.“

Nach einem letzten, misstrauischen Stirnrunzeln ging er zurück zum Steinkreis und Cassie sank erleichtert in sich zusammen. Sie warteten einige Zeit, bevor sie schließlich sprachen.

Ben flüsterte: „Das war zu knapp.“

„Wer war das?“, stöhnte Dylan, blinzelte und versuchte, scharf zu sehen.

„Das war Zane“, sagte Cassie zu ihm, „und wir waren nur Sekunden vom Tod entfernt.“

Es klang, als ob sie übertrieb, aber sie wusste, dass Zane nicht gezögert hätte. Er hätte sie mit etwas Schrecklichem verflucht, und sie hatte noch nie in ihrem Leben so viel Angst gehabt.

„Wann können wir gehen?“, fragte Dylan.

„Noch lange nicht“, sagte Ben und tastete nach der Kamera. „Wir bleiben hier, bis sie gehen. Hoffen wir einfach, dass sie nicht die ganze Nacht brauchen.“

Reuben spürte, wie eine sengend heiße Druckwelle seinen Arm erfasste und ihn herumwirbelte, sodass er rückwärts aus dem Raum und in den dahinterliegenden Gang stürzte. Er schlug mit einem dumpfen Geräusch gegen die Wand.

Mariah war von rot-schwarzen, zackigen Energieblitzen umgeben, aber ihr eiskalter, bösartiger Gesichtsausdruck war noch furchterregender, als sie Alex anstarrte, der für Reuben hinter der Tür verborgen war.

Sie schrie: „Das ist, was passiert, Alex Bonneville, wenn Ihr nicht stark genug seid, mich gefangen zu halten!" Sie hob die Hand und zielte.

Aber Reuben schlug zuerst zu. Er zog Wasser aus dem feuchten Gang und feuerte es auf Mariah, was sie völlig unvorbereitet traf. Sie wirbelte herum und schlug gegen die Rückwand, und während sie orientierungslos war, zog er die Puppe aus seiner Tasche und fummelte nach der Kette.

Doch Mariah rückte bereits vor, die Hände ausgestreckt, und feuerte Machtblitze auf sie beide ab. Es schien alles in Zeitlupe zu geschehen. Er sah Feuer auf sich zurasen, konnte aber, behindert durch seinen verletzten Arm, die verdammte Kette immer noch nicht finden. Er rollte einer Druckwelle aus dem Weg, die gegen die Wand schlug und Putz und Ziegel zerspringen ließ. Sie schleuderte einen weiteren Blitz aus nur wenigen Metern Entfernung, während sie unaufhaltsam vorrückte.

Reuben rollte sich erneut weg, wobei ihm die Puppe aus der Hand glitt und zu Boden fiel, als er rückwärts krabbelte. Er hatte seine Chance vertan. Mariah rückte wie der Engel des Todes vor, und sie würde sie töten.

Aber sie hatte nicht gesehen, was er fallen gelassen hatte, und das Feuer, das aus ihren Fingerspitzen schoss, traf alles ... einschließlich der Puppe.

Sie ging in Flammen auf, und Mariah verbrannte mit einem markerschütternden Schrei.

Reuben sah mit dem Rücken zur Wand wie gebannt und entsetzt zu, wie Mariah brannte.

Eine letzte Energiewelle explodierte von ihr, zertrümmerte die Lichter, und Reuben reagierte instinktiv, indem er einen Schild aus Wasser emporschleuderte, der sie in die Ecke des Raumes trieb, dabei das Feuer löschte und sich schließlich über sie ergoss und die Flammen erstickte.

In völliger Dunkelheit warf Reuben ein Hexenlicht in den Keller, das enthüllte, dass das Einzige, was von Mariah übrig geblieben war, ein rauchender, geschwärzter Haufen war.

Zweiundzwanzig

Avery brachte sie mit einem Hexenflug zum Fuße der Kellertreppe und wäre in der Dunkelheit beinahe gestürzt.

„Wo zum Teufel ist das Licht?", fragte sie, fast atemlos vor Sorge, während sie ein halbes Dutzend Hexenlichter in die Luft warf.

El stand vornübergebeugt, die Hände auf den Knien, und keuchte. „Geh du. Ich bin direkt hinter dir."

„Nein. Sieh du oben nach. Ich gehe hier lang."

Els Mund verzog sich, als wollte sie widersprechen, doch stattdessen nickte sie nur und machte sich, an der Wand gestützt, auf den Weg ins Erdgeschoss.

Avery rannte den Gang entlang. Ihre Stimme klang blechern, als sie schrie: „Alex! Reuben!"

Ihre Hände waren erhoben und Energie ballte sich darin, als sie Reuben rufen hörte: „Uns geht's gut!"

Erleichterung durchströmte sie, doch sie wurde erst langsamer, als sie den Eingang des Raumes erreichte, in dem Mariah gefangen gehalten worden war. Der Gestank von beißendem Rauch und etwas weitaus Schlimmerem schlug ihr entgegen. „Was ist passiert?“

„Mariah ist passiert“, sagte Reuben mit hohler Stimme.

Sie wirbelte herum und sah ihn an der Wand lehnen, blutig und verletzt, sein Arm hing schlaff an seiner Seite herab.

„Reuben! Wo ist Alex?“

Er nickte in Richtung der Tür, und mit dem Herzen in der Kehle spähte sie um die Ecke und sah Alex auf dem Boden zusammensacken. Sein T-Shirt war zerfetzt und rauchte, und eine schreckliche Brandwunde auf seiner nackten Haut zog sich von seiner Brust bis zu seinem Hals. Er stöhnte auf, als er zu ihr hochblickte, seine wunderschönen Augen schmerzverzerrt, doch er bemühte sich, fröhlich zu klingen. „Hey, Süße. Wie geht's dir?“

Sie schaffte es noch bis zu ihm, bevor ihre Beine unter ihr nachgaben. Sie streichelte sein Gesicht, mehr als dankbar, dass er am Leben war, und sprach dann sofort einen Heilzauber, um seinen Schmerz zu lindern. „Bei der Göttin! Was ist passiert? Wo ist Mariah? Ist sie entkommen?“

Er zuckte zusammen. „Ja und nein.“

„Was meinst du damit?“ Ihre Zunge fühlte sich dick in ihrem Mund an, und sie konnte kaum Sätze bilden, entsetzt bei dem Gedanken, El in den Tod geschickt zu haben. „Ich habe El nach oben geschickt.“

Es war Reuben, der antwortete. „Mariah ist in der Ecke. Was von ihr übrig ist, jedenfalls.“

„*Was?*“ Avery wirbelte herum, die Hände wieder erhoben und mit Energie geladen, und fragte sich, warum die anderen beiden nichts unternahmen. Sie verstand nicht, wovon Reuben sprach. Mariah war nirgends zu sehen.

Reuben humpelte zu ihr und drückte ihre Hände nach unten. „Das wirst du nicht brauchen. Mariah ist tot."

„Tot?" Sie sah zu ihm auf und folgte dann mit wachsendem Entsetzen seinem Blick in die Ecke des Raumes zu dem rauchenden Haufen, der dort zusammengekauert lag.

Sich auf Reuben stützend, richtete sie sich auf und trat näher, bis sie schließlich verdrehte Gliedmaßen und verbrannte Kleidung, die mit dem Fleisch verschmolzen war, erkennen konnte. Ihre Hand flog zu ihrem Mund.

„Wer ... Wie?"

Reubens Arm legte sich um ihre Schultern und zog sie an sich. „Sie hat es sich selbst angetan. Bei dem Versuch, mich zu töten, hat sie ihre eigene Puppe in Brand gesetzt. Sie ist in Sekundenschnelle in Flammen aufgegangen."

Für einen Moment konnte Avery nicht aufhören, auf Mariahs Überreste zu starren, wie gebannt, dann riss sie ihren Blick los, sah wieder Reuben an und nahm seine Verletzungen wahr. Er hatte eine Brandwunde an seinem rechten Arm, rot und nässend, und seine Kleidung war blutig und zerrissen. Sein Gesicht war von Schock und Schmerz gezeichnet. Als sie wieder zu Alex blickte, sah sie denselben Ausdruck auf seinem Gesicht. Was auch immer hier passiert war, es musste schrecklich gewesen sein, und sie holte ein paar Mal tief Luft, um sich zu beruhigen und ihre zerrütteten Gedanken zu sammeln.

„Bringen wir euch hoch in die Stube. Darum können wir uns später kümmern."

„Nimm Alex. Ich schaffe es allein nach oben, und ich muss sowieso den Sicherungskasten reparieren. Sie hat die Stromkreise überlastet."

Er verließ bereits den Raum, als Avery neben Alex kniete. „Tut mir leid. Ich weiß, du hasst den Hexenflug, aber das ist der beste Weg."

„Nein! Meine Beine funktionieren", stöhnte er. „Dadurch fühle ich mich nur noch beschissener. Zieh mich hoch!"

Anstatt zu streiten, tat Avery, worum er bat, und nach einem letzten besorgten Blick auf die verkohlte Leiche in der Ecke machten sie sich langsam auf den Weg durch den Gang und hinauf ins Haupthaus, wo ihnen El entgegenkam.

„Alles ist sicher, aber ... Alex, was ist passiert?" Ihre Augen weiteten sich bei seinem Anblick. „Ist Reuben ..."

„Er ist verletzt, aber es geht ihm gut", beruhigte Avery sie. „Er repariert den Sicherungskasten."

El nickte. „Ich suche ihn."

„Wir sehen uns in der Stube!", rief Avery ihr nach.

Als sie dort angekommen waren, brannten die Lampen wieder, und obwohl die Nacht warm war, entfachte Avery mit einem Zauber das Feuer, zündete Kerzen an und schälte Alex dann aus seinem Hemd, um die Wunde endlich richtig zu begutachten.

„Sie ist hässlich, aber oberflächlich. Was ist passiert?"

„Gib mir einen Whiskey, dann erzähle ich es dir." Er hob ihre Hand und küsste sie. „Ich bin froh, dass es dir gut geht. Was ist am Zirkel passiert?"

„Jede Menge seltsames Zeug. Deshalb sind wir hier." Sie half ihm, sich in einen Sessel zu setzen. „Ich werde ein paar grundlegende Heilzauber wirken und dann dorthin zurückkehren. Wir brauchen Briar hier." Sie stockte. „Ich kann nicht glauben, dass Mariah tot ist. Das ist schrecklich."

„Avery, ich schwöre, es war nicht unsere Schuld. Wir haben versucht, sie in Schach zu halten! Ihre Kräfte schienen sich nur zu vervielfachen und explodierten dann. Ich dachte, ich würde sterben. Ich dachte, wir beide würden sterben. Reuben hat uns gerettet."

„Die Puppe hat es getan."

Er nickte und zuckte zusammen, als er sich in seinem Stuhl zurücklehnte. „Sie war eine absolute Mistkerlin."

„Dann bin ich froh, dass sie tot ist." Sie zog ihr Handy heraus. „Wenn ich es mir recht überlege, hole ich Eli zu Hilfe. Briar ist vielleicht immer noch mit einem Zauber beim Stannon Circle beschäftigt. Ich lasse El bei dir und komme zurück, wenn es erledigt ist."

Er griff nach ihrer Hand. „Warte. Was ist dort los gewesen?"

„Das wird El dir erzählen." Sie küsste ihn auf die Wange und ging dann.

Ben war dankbar für die wasserdichte Decke, auf der sie lagen, denn es wurde kalt und der Tau lag dick auf dem Gras. Alle drei zitterten inzwischen, aber sie konnten ihre Augen nicht von den Geschehnissen im Zentrum der Hurlers-Steinkreise abwenden.

Da sie wussten, dass Mariah in Reubens Haus gefangen war, schlussfolgerte die Gruppe, dass sie Harry, Zane und einen anscheinend wieder genesenen Lowen beobachteten. Mitten in ihrem Ritual schüttelte er ab, was auch immer ihn behindert hatte, und schloss sich den beiden anderen an. Etwas befand sich zwischen ihnen im Kreis, aber niemand hatte auch nur die leiseste Ahnung, was es war. Wolken hatten sich zusammengezogen und wirbelten in einem immer größer werdenden Kreis über ihren Köpfen.

Ben konnte ihren Singsang hören und ein Schauer lief ihm über den Rücken. Das hier fühlte sich böse, dunkel und bedrohlich an. Ganz und gar nicht so, wie wenn ihre Freunde Magie benutzten. „Ich glaube, du hast recht, Cassie. Sie müssen Minions Village bezaubert haben, sonst wäre inzwischen jemand hier und würde zusehen."

„Ich würde lieber gar nicht mehr zusehen", gestand sie. „Wenn wir uns wegschleichen, meinst du, Averys Zauber folgt uns dann?"

„Vielleicht."

Dylan grunzte. „Wir gehen nirgendwohin." Seine Sehkraft hatte sich mehr oder weniger erholt und er schaute wieder auf seinen Wärmebildschirm – diesmal nur auf den kleinen. „Das ist der helle Wahnsinn."

„Ein Grund mehr", sagte Cassie ungläubig, „dass wir gehen sollten. Wir könnten in etwas hineingezogen werden, auf das wir nicht vorbereitet sind, und ernsthaft verletzt werden."

Ben rückte näher an Dylan heran und schätzte die wachsende Energie ein. „Lass uns ein Stück zurückweichen, nur zur Sicherheit. Wir können immer noch filmen und zusehen, aber Cassie hat recht, Dylan. Wir brauchen mehr Abstand."

Widerwillig nickte Dylan und sie robbten rückwärts, wobei sie die Decke und die Taschen mit sich zogen. Glücklicherweise folgte ihnen der Schattenzauber.

Ein Donnerschlag und ein Blitz ließen sie zusammenzucken, und dann grollte der Boden unter ihnen.

„Meint ihr, wir sollten uns Sorgen machen", sagte Dylan und starrte auf die wirbelnde Energie über ihnen, „dass wir uns über riesigen Bergwerksanlagen befinden und anscheinend gerade ein Erdbeben erleben?"

Ben blickte sich nervös um und dann wieder zu den Hexen. „Wenn die sich keine Sorgen machen, mache ich es auch nicht. Film weiter."

Briar war mehr als müde, aber sie gab Eve so viel von ihrer Kraft, wie sie nur konnte, und bohrte ihre Füße in die Erde, um so viel aufzunehmen, wie sie gab, wie eine Art Leiter.

Sie fühlte sich wie in Zeit und Raum schwebend, umgeben von einem wachsenden Energiewirbel, der die sich sammelnden Wolken näher zu ziehen schien, während die Erde vor Kraft vibrierte. Manchmal hatte sie das Gefühl, sie könnte auseinandergerissen werden. Sie spürte auch, anstatt es zu sehen, wie Avery in den Kreis glitt und ihre kühle, reine Magie allen einen willkommenen Schub gab.

Briar spürte, wie sich Schweiß auf ihrer Stirn sammelte, den die Nachtluft sofort auf ihrer Haut abkühlte. Gerade als sie dachte, sie könne es nicht mehr lange aushalten, feuerte Eve ihre gebündelte Magie wie eine Kanone in den Himmel. Der Himmel schien in eine Million Stücke zu zerspringen. Donner explodierte, Blitze zuckten und die Wolken kochten.Und dann löste sich plötzlich alles auf wie ein geplatzter Ballon.

Die Wolken verzogen sich und der Mond schien wie ein Auge herab. Briar fühlte sich darunter entblößt und nackt, als sie auf dem Rücken lag und zusah, wie die Sterne an den Nachthimmel zurückkehrten. Um sie herum ertönte Stöhnen, und sie drehte den Kopf und sah, dass auch alle anderen auf dem Boden lagen.

„Was zum Teufel?", fragte Nate und richtete sich langsam auf. „Eve? Was hast du getan?"

Sie kicherte und klang dabei am Rande der Hysterie. „Ich dachte, ich sollte einmal mit allem, was wir haben, draufhauen. Hat anscheinend funktioniert. Aber eigentlich war es Cornell, der es gelenkt hat."

„Worauf genau *draufgehauen*?", fragte Hemani, die sich ebenfalls aufrichtete. Ihr langes, dunkles Haar hatte sich gelöst und fiel ihr über die Schultern, ihr Gesicht einrahmend.

„Kosmische Energie", sagte Cornell, der etwas gefasster wirkte als der Rest von ihnen.

Briar stöhnte und setzte sich auf, wohl wissend, dass sie es übertrieben hatte. Sie fühlte sich schlaff wie eine Puppe, aber vielleicht lag das auch daran, dass sich ihr Geist ebenfalls leicht anfühlte. Hunter stupste ihre Hand an, und sie streichelte sein dickes, dunkles Fell und vergrub dann ihr Gesicht darin. *Bei der Göttin, er fühlte sich gut an. Warm, ehrlich und ganz.*

Als sich ihre Gedanken beruhigten, sah sie hinüber zu Avery. Ihr Haar war zerzaust; tatsächlich sahen sie alle aus, als kämen sie von einer verrückten Hippie-Veranstaltung. Jeder schien wie benebelt zu sein. Ihre Kleidung war zerknittert, ihre Haare standen wild ab und jeder hatte diesen entrückten Blick in den Augen, während sie darum kämpften, wieder zur Normalität zurückzufinden.

Ulysses rieb sich die Augen, eine merkwürdig kindliche Geste für einen so großen Mann. „Ich fühle mich, als wäre ich unter Drogen gesetzt worden. So habe ich mich dem Universum noch nie geöffnet." Er blinzelte Eve und Cornell an. „Ein Glück, dass ich euch vertraue."

„Und ich dir", sagte Eve mit einem spitzbübischen Grinsen.

„Danke euch – euch allen", sagte Cornell und schenkte ihnen ein dankbares Lächeln. „Das wurde rapide toxisch. Ich hoffe nur, wir haben gestoppt, was auch immer sie vorhatten."

„Haben wir nicht", sagte Avery, ihre Stimme kaum mehr als ein Flüstern. „Mariah ist aus ihrem Käfig ausgebrochen und hat Reuben und Alex angegriffen. Es klingt, als wäre sie mit Macht angeschwollen." Sie zeigte nach oben. „Der Macht des Kosmos."

„Oh, nein." Briar vergrub ihre Hände in Hunters Fell. „Geht es ihnen gut?"

„Sie leben." Ihr Blick wanderte um den Kreis der Hexen, die Kerzen waren längst ausgeblasen. „Aber sie sind verletzt. Und Mariah ist tot."

Es trat eine schockierte Stille ein, und dann redeten alle durcheinander und bombardierten Avery mit Fragen. Sie hob die Hand und brachte sie zum Schweigen. „Sie hat sich umgebracht, als sie ihre eigene Puppe mit Feuer getroffen hat. Sie ist bei lebendigem Leibe verbrannt."

Briar schloss fest die Augen, als ungewollte Bilder ihre Gedanken überfluteten.

„Und was jetzt?", fragte Eve, ihre Euphorie war verflogen. „Was können wir tun, um zu helfen?"

Avery blickte über die Moore und dann hinauf zum Mond. „Wir müssen nach Hause gehen, uns ausruhen, unsere Kräfte sammeln und uns auf das vorbereiten, was auch immer kommen mag, denn das ist noch nicht vorbei. Noch lange nicht."

El konnte das Zittern ihrer Hände nicht unterdrücken. Tatsächlich zitterte sie am ganzen Leib, und während sie einen stärkenden Tee aufbrühte, atmete sie tief und beruhigend ein und aus und ballte die Finger zu Fäusten.

Sie war in Reubens Küche und starrte aus dem Fenster aufs Meer, beobachtete den seidenen Pfad des Mondlichts auf dem Wasser. Es sah so ruhig aus, so wunderschön, und doch entwickelte sich diese Nacht zu einer Nacht des Grauens. Reuben war *schon wieder* verletzt, und er hatte sich kaum von seiner Stichwunde erholt. Jetzt hatte Alex auch noch schreckliche Verbrennungen an Brust und Hals, und Briar war, allen Protesten zum Trotz, immer noch ausgelaugt und sah furchtbar blass aus.

Und Mariah war tot. Ihr Körper ein zerfetzter, verdrehter Haufen im Keller irgendwo unter ihren Füßen. Els Zehen krümmten sich vor Abscheu, als sie sich an den Anblick ihrer Überreste erinnerte. Für den kürzesten Augenblick hatte sie Wut auf Reuben und Alex verspürt, weil sie sie überhaupt erst eingesperrt hatten. Wäre sie nicht hier gewesen, dann wäre sie jetzt nicht tot. Doch dann kehrte der rationale Gedanke zurück. Mariah hatte versucht, Briar, Alex und Reuben zu töten. Sie war eine Schlampe. Es war besser, dass sie tot war als einer von ihnen.

Als sie bemerkte, dass der Kessel schon lange kochte, goss sie das Wasser in eine große Teekanne und atmete für einen Moment nur die reichen Kräuterdüfte ein. Kamille, Lavendel, Honig. Wenn es ihr beim Schlafen helfen würde, würde sie literweise davon trinken.

„Brauchst du Hilfe?", sprach Zee von hinten.

Sie zuckte zusammen, ihr Herz pochte, und drehte sich um, bemüht zu lächeln. „Nein. Mir geht's gut."

„Dir geht es alles andere als gut." Zee war vorhin mit Eli angekommen. Seine Augen waren gütig und seine Statur und ruhige Art waren beruhigend. Er strahlte Frieden aus, und sie fragte sich, ob er das absichtlich tat oder ob es seine Natur war. Sie hatte es noch nie zuvor bemerkt, aber sie war auch noch nie mit ihm allein gewesen. Er nahm eine Auswahl an Tassen und stellte sie auf ein Tablett. „Ich bin mir nicht sicher, ob Reuben dir für Tee danken wird."

„Er wird ausnahmsweise tun, was man ihm sagt."

Sie wollte den Deckel auf die Teekanne legen, stellte jedoch fest, dass sie sich nicht bewegen konnte, und stattdessen lehnte sie unbeweglich an der Arbeitsplatte und fragte sich, warum ihr Gehirn nicht zu funktionieren schien.

Zee zog sie in eine Umarmung. „Du stehst unter Schock, und das überrascht mich nicht. Es kommt nicht jeden Tag vor, dass jemand in Reubens Keller stirbt ... hoffe ich zumindest.“

Sie versuchte, an seine Brust gedrückt zu lachen, sackte beinahe gegen ihn, aber es kam stattdessen als Schluchzer heraus. „Es ist wirklich, wirklich schrecklich. Und es hätten Reuben oder Alex sein können! Wie furchtbar bin ich, dass ich froh bin, dass sie es war?“

„Ich bin auch froh, dass sie es war, wenn dich das tröstet. Wäre ich hier gewesen, hätte ich sie selbst mit Freuden getötet.“

El weinte jetzt richtig, dicke Tränen liefen ihr über die Wangen. „Ich bin einfach so erleichtert, dass Reuben es nicht absichtlich getan hat. Er hätte es sich nie verziehen. Ich weiß schon jetzt, dass er sich so oder so die Schuld geben wird!“

Zee hielt sie weiter fest, seine Handfläche auf ihrem Kopf, während er sie an seine Brust drückte. „Er hat sie beide gerettet. Das weiß er. Möglicherweise hat er auch das Haus gerettet. Er hat sie mit einer Menge Wasser übergossen.“

Sie löste sich aus seinen Armen und sah zu ihm auf. „Wie gehst du damit um?“

„Mit dem Tod? Dafür sind wir geboren. Dafür sind wir ausgebildet. Es erfordert eine gewisse mentale Disziplin, die du, da bin ich sehr froh, nicht besitzt.“

Sie schniefte und wischte sich die Tränen ab. „Ich weiß, wir waren schon in Kämpfen, und ich habe Schwerter und Magie benutzt, aber es war immer gegen paranormale Kreaturen. Oder unsere Kämpfe sollten Angriffe stoppen. Ich hatte nie die Absicht, jemanden zu töten. Keiner von uns!"

„Natürlich nicht. Aber diese Situation war völlig anders. Ihr habt versucht, sie mit den alten Regeln zu bewältigen, aber jetzt braucht ihr neue."

„Ich will keine neuen. Ich mag die alten."

Er lachte kurz und scharf auf. „Wir bekommen nicht immer, was wir wollen, El. Aber nach dem, was Avery uns erzählt hat, klingt es, als hättet ihr alle die Sache heute Abend gut gemeistert."

El nickte. Avery hatte sie über den letzten Zauber informiert, den Eve und Cornell gewirkt hatten, um die sich sammelnden dunklen Energien zu vertreiben. „Es war aber nicht genug, oder? Lowen hat sich von seiner Fesselung befreit, wenn wir dem trauen, was mit seiner Puppe passiert ist."

„Dann werdet ihr einen anderen Weg finden, mit ihm fertigzuwerden. Mit ihnen allen. Wenigstens gibt es jetzt einen weniger."

„Hoffen wir es", sagte sie und dachte an Charlie.

Zee schob sie beiseite, hob die Teekanne auf und stellte sie zu den Tassen auf das Tablett. „Komm schon. Du musst dich hinsetzen und aufwärmen und dann ins Bett gehen. Schlaf wird bei dir Wunder wirken."

Er bedeutete ihr, vor ihm in das gemütliche Zimmer zu gehen, und mit einem weiteren dankbaren Lächeln ging sie hinein und setzte sich auf den Teppich vor Reuben, wand sich zwischen seine Beine, drückte sein Knie, als sie sich setzte, und bemerkte, dass er nun einen Verband auf seiner Wunde hatte.

Eli war gerade dabei, Alex' Verletzung zu versorgen und einen Verband um seine Brust zu wickeln, wobei er Briar halb abwehrte, während Avery jede seiner Bewegungen beobachtete. „Briar, benimm dich. Ich hab das im Griff. Du musst dich ausruhen."

Sie schmollte. „Aber ich kann helfen."

„Hilf erst mal dir selbst." Er starrte Hunter an. „Ich will sie morgen nicht im Laden sehen. Sie muss sich ausruhen – den ganzen Tag!"

Er salutierte. „Du hast mein Wort, dass sie zu Hause bleiben wird. Wir gehen, sobald sie ihren Tee getrunken hat."

„Du bist ganz schön bestimmend", sagte sie zu ihm, aber El konnte sehen, dass es ihr gefiel, umsorgt zu werden, und sie lächelte.

Zee hatte das Tablett auf den Couchtisch gestellt und die Getränke eingeschenkt. Er reichte zuerst El eine Tasse, bevor er die anderen verteilte. Wie erwartet nahm Reuben seine mit einer Grimasse entgegen.

„Ich nehme an", sagte Avery mit einem Seufzer, „dass ich Moore anrufen sollte."

Reuben stöhnte. „Müssen wir das jetzt erledigen?"

„Natürlich müssen wir. Wir können ihre Leiche nicht die ganze Nacht da unten lassen."

„Ich schlage vor", sagte Zee, „dass ihr zuerst Newton anruft. Auch wenn er nicht kommen kann, ist er derjenige, der das Sagen hat. Er muss es wissen."

„Ich hatte gehofft, ihn seine Auszeit in London genießen zu lassen", gestand sie.

„Er wird fuchsteufelswild sein, wenn du es nicht tust“, sagte Alex und zuckte zusammen, als Eli ihn endlich wieder in seinem Stuhl zurücksinken ließ.

„Du siehst aus wie eine verdammte Mumie“, witzelte Reuben und nickte zu dem Verband, der sich auch um seinen Hals wand. „Wenigstens ist dein hübsches Gesicht unversehrt. Das könnte helfen, wenn wir im Gefängnis sitzen.“

Alex funkelte ihn nur an, während eine Welle des Gelächters durch den Raum ging. „Bitte hör auf, vom Gefängnis zu reden. Eigentlich, hör einfach auf zu reden.“

Hunter grinste. „Ihr werdet nicht ins Gefängnis gehen. Sie hat sich umgebracht. Newton wird froh sein zu wissen, dass es eine Hexe weniger gibt, über die man sich Sorgen machen muss.“

„Und Moore“, fügte Eli hinzu, der sich vor das Feuer setzte und sich einen Tee nahm, „wird genau dasselbe denken. Es wird eine gute Übung für Kendall sein, die neue Sergeant.“

Alle sahen überrascht zu ihm auf und Avery fragte: „Du hast sie getroffen?“

„Moore hat sie in den Laden mitgebracht. Zee hat sie auch getroffen.“

Zee nickte. „Sie kamen zum Mittagessen in den Pub. Er hat seine Runde gemacht – Teil ihrer Einarbeitung.“

El zuckte mit den Schultern. „Niemand von uns war heute bei der Arbeit. Oder besser gesagt, gestern.“ Sie schätzte, dass es jetzt fast drei Uhr morgens sein musste.

Zee schien Mitleid mit ihnen zu haben. „Lasst mich Newton anrufen. Ihr seht alle furchtbar aus. Und außerdem möchte ich mit ihm plaudern“, sagte er rätselhaft, als er aufstand und in die Küche ging.

Eli nippte an seinem Getränk und musterte sie nachdenklich. „Ihr *alle* müsst morgen zu Hause bleiben und euch ausruhen. Eure Geschäfte kommen alle für einen Tag ohne euch aus.“

„Mir wird es gut gehen“, sagte Avery, „aber ich werde ausschlafen und zuerst dafür sorgen, dass Alex es bequem hat. Ich muss mich beschäftigen, sonst drehe ich durch.“

Alex stöhnte. „Ich könnte tatsächlich den ganzen Tag schlafen. Ich fühle mich erschöpft. Diesen Käfig aufrechtzuerhalten war harte Arbeit. Ich hatte bei weitem nicht mehr genug Energie übrig, um mit Mariah fertig zu werden, als sie ihn durchbrach.“

„Ja, das solltest du.“ Avery küsste ihn auf die Wange, bevor sie sich an El wandte. „Ich finde, wir haben heute Abend Glück gehabt. Es hätte alles so viel schlimmer kommen können.“

El nickte, aber sie fühlte sich trotzdem vom Pech verfolgt, als ob eine riesige Last auf ihnen allen hing, und sie wusste, dass diese nicht verschwinden würde, bis die anderen Hexen neutralisiert waren. Für immer gebunden. Und es half nicht, dass sie das Gefühl hatte, etwas zu übersehen. Irgendein wichtiges Puzzleteil dessen, was sie eigentlich taten.

Zee schritt zurück ins Zimmer. „Also gut. Moore wird bald unterwegs sein. Nur er und Kendall. Keine Spurensicherung. Newton sagt, ihr sollt alle nach Hause gehen, und Moore kann sich morgen mit Alex unterhalten. Die meisten Informationen können sie von Reuben bekommen. Klingt gut?“

„Ich bleibe natürlich", sagte El und versuchte, sich aufzuraffen und alle aufzuheitern. „Ich kann Reuben nicht zutrauen, keinen Ärger zu machen. Und außerdem will ich Kendall kennenlernen." *Und sicherstellen, dass Reuben nichts auch nur im Entferntesten kompromittierendes tut oder sagt.*

Die anderen blieben nicht lange, alle wollten nur noch ins Bett, und obwohl Zee und Eli ihre Hilfe anboten, verscheuchte El sie in der Hoffnung, dass Moore umso schneller sein würde, je weniger Leute da waren. Als sie endlich ankamen, führte sie sie in den Keller, bevor sie irgendetwas anderes tat, und ließ Reuben im Kaminzimmer zurück.

Moore begutachtete schweigend Mariahs Leiche. „Nun gut. Das ist heikel. Wie lange war sie hier unten?"

„Kaum vierundzwanzig Stunden", sagte El und hatte das Gefühl, es sei der längste Tag ihres Lebens gewesen. Sie wollte gerade ‚sie' sagen, erklärte aber stattdessen sorgfältig: „Wir hatten gehofft, sie würde es bereuen und uns helfen, aber das hatte sie nicht die Absicht."

Kendall fragte Moore: „Holen wir den Gerichtsmediziner dazu?"

„Nicht hier." Er sah zu El hinüber. „Da steht ein Lieferwagen vom Museum in der Einfahrt. Was habt Ihr damit vor?"

El stockte. „Den hatte ich vergessen. So haben sie sie hergebracht."

„Dann werden wir sie auch so hier wieder wegschaffen."

„Was?" El dachte, sie hätte ihn falsch verstanden.

„Newton will nicht, dass Ihr in ihren Tod hineingezogen werdet, besonders angesichts des Chaos, das Mariah zu Lebzeiten angerichtet hat. Ich denke, das Beste ist, wenn wir sie in einem ausgebrannten Lieferwagen des Museums entdecken. Einverstanden?" Er richtete seinen ruhigen, abschätzenden Blick auf sie.

Els Mund war trocken. „Sie meinen, ihre ... Überreste in den Lieferwagen legen?"

„Und ihn anzünden. Ich nehme an, Eure Magie kann uns dabei helfen?"

Nicht in ihren schlimmsten Albträumen hätte El gedacht, dass sie so etwas tun würde. Aber es würde viele Probleme lösen. „Äh, ja, ich schätze schon."

Kendall blickte zwischen ihnen hin und her und sagte schließlich: „Wir verändern den Tatort?"

Moore zögerte nicht. „Hier gibt es kein Verbrechen. Sie hat sich umgebracht, nach allem, was ich gehört habe. Richtig, El?"

„Ja. Sie hat ihre eigene Puppe in Brand gesetzt, als sie versuchte, Reuben und Alex zu töten."

„Da haben Sie es." Moore tippte sich an den Kopf. „Andere Regeln für paranormale Verbrechen, Kendall. Sie wurde ihrer gerechten Strafe zugeführt. Wenn Ihnen das Unbehagen bereitet, dann ist dies vielleicht das falsche Team für Sie. Obwohl ich zugeben muss, dass dies selbst für uns ein *sehr* ungewöhnlicher Umstand ist."

Kendall schluckte. „Nein. Ich verstehe schon."

El sah sie mitfühlend an. Sie war jung, fit und ehrgeizig, und sie war El sympathisch. Es musste schrecklich sein, in ein neues Team zu kommen und sich mit so etwas auseinandersetzen zu müssen. Sie war eine Polizistin und hatte keinen Bezug zu dem, was sie hier taten. Sie versuchte zu lächeln, doch es gefror ihr auf halbem Weg im Gesicht. „Ich kann Ihnen versichern, dass wir normalerweise nicht so handeln, und sie war eine schreckliche Frau.“

Kendall straffte die Schultern. „Dann bringen wir es hinter uns.“

Dreiundzwanzig

Caspian starrte Newton über den Frühstückstisch im Hotel an, völlig schockiert von seinen Neuigkeiten. So sehr, dass er für einen Moment sprachlos war und vergaß, dass er selbst Neuigkeiten zu verkünden hatte.

„Tut mir leid", sagte Newton mitfühlend, „ich dachte, ich sollte es einfach hinter mich bringen."

„Natürlich." Caspian stellte seine Kaffeetasse auf den Tisch, bevor er sie noch fallen ließ und überall Kaffee verschüttete. „Das ist so ziemlich das Letzte, was ich erwartet hätte." Er versuchte zu verarbeiten, was Newton ihm gerade erzählt hatte. „Du sagtest, Reuben und Alex wurden verletzt?"

„Verbrennungen – Brust und Arme. Aber es geht ihnen gut. Die Mädels waren nicht da. Hunter auch nicht."

Er grunzte Hunters Namen, als ob es ihm Schmerzen bereitete, ihn auszusprechen, und Caspian wusste nur zu gut, wie sich das anfühlte. Aber Caspian wusste auch, dass Avery sich Sorgen um Alex machen würde. Und stinksauer sein würde.

„Verdammt. Wir haben uns wirklich einen schlechten Zeitpunkt ausgesucht, um abzuhauen."

Newton schüttelte den Kopf und griff nach seinem Kaffee. „Nicht wirklich. Sie haben das geregelt, und ich weiß, dass Moore gute Arbeit leisten wird. Gutes Training für Kendall ist es auch."

Caspian stützte die Ellbogen auf die schneeweiße Tischdecke, legte sein Kinn auf die verschränkten Hände und musterte Newton. Er sah strahlender aus, entschlossener. Absolut gefasst. „Ich nehme an, du hattest ein gutes Treffen mit Maggie Milne?"

„Das Beste", sagte er und schenkte sich Kaffee aus der Kanne nach. „Ich habe mich an die Polizeivorschriften gehalten, Caspian, und Maggie hat mir klargemacht, dass man mit Regeln bei der paranormalen Polizeiarbeit nur bis zu einem gewissen Punkt kommt."

Caspian blinzelte und dachte, er sei durch eine Art seltsames Raum-Zeit-Kontinuum gereist und würde nun eine alternative Version von Newton anstarren. „Was?"

Newton grinste wie ein Honigkuchenpferd. „Ich versuche ständig, die normale Polizeiarbeit auf diesen Job unter dem Radar anzuwenden, aber das muss ich gar nicht. Jedenfalls nicht immer."

„Ist dein neuer Name Maverick Newton?"

„Nenn mich, wie du willst, Caspian. Ist mir egal."

Trotz der Nachricht von Mariahs schrecklichem Tod und den Verletzungen seiner Freunde konnte Caspian sich ein Lächeln nicht verkneifen. „Du hast die Fesseln der Polizeiwelt abgeschüttelt."

„Sozusagen." Newton griff nach seinem Toast und bestrich ihn aggressiv mit Butter. „Es gibt natürlich Zeiten, in denen die Spurensicherung, Verhöre und alles andere ihren Zweck erfüllen.

Natürlich tun sie das. Ich brauche Informationen, Datenbanken, Quellen, Beschreibungen ... all das. Aber was zählt, ist, dass der Gerechtigkeit Genüge getan wird, und", er nahm seinen Toast und stach damit in Caspians Richtung, „Mariah ist durch ihre eigene Hand Gerechtigkeit widerfahren. Damit kann ich absolut leben."

„Sogar mit der Tatsache, dass sie von deinen beiden guten Freunden gefangen gehalten wurde?"

„Ja. Sie hat Briar fast umgebracht, und die beiden haben sie sicher von der Straße ferngehalten und verhindert, dass jemand anderes in Gefahr gerät. Das wusste ich natürlich rein logisch, aber ich hatte trotzdem mit der Art und Weise zu kämpfen, wie sie es getan haben. Aber jetzt nicht mehr."

Caspian war sich nicht sicher, was er von diesem neuen Newton halten sollte. Es war unerwartet. Er trug immer noch ein gebügeltes Hemd und einen Anzug, aber die Krawatte war verschwunden, und er sah erfrischt aus. Er war glatt rasiert, hatte markante Gesichtszüge und ein entschlossenes Funkeln in den Augen. „Du hattest schon immer eine harte Seite, Newton", sinnierte er. „Verständlich, wenn man bedenkt, dass du Mörder jagst. Aber diese neue Einstellung hat dir definitiv das gewisse Etwas verliehen."

Newton grinste erfreut. „Ja, ich habe beschlossen, dass ich von nun an nur noch mir selbst verantwortlich bin, und meine Vorgesetzten werden sich mit meinen unorthodoxen Methoden abfinden müssen. Es fühlt sich ziemlich befreiend an. Und auch beunruhigend, einige dieser alten Gewohnheiten über Bord zu werfen. Früher hatte ich das Gefühl, einen legitimen Kriminellen übergeben zu müssen. Das Kästchen ankreuzen, damit es zählt. Und jetzt?" Er zuckte mit den Schultern. „Ich bekomme immer noch Antworten. Das Problem wird gelöst, nur eben auf eine weniger konventionelle Art."

„Auf die Maggie-Milne-Art?"

„Absolut."

„Aber Newton, um ehrlich zu sein, das passiert doch schon seit einem Jahr so."

„Aber ich habe mich *ständig* schuldig deswegen gefühlt. Maggie hat mich darauf hingewiesen, dass ich das nicht muss. Klarheit ist alles." Er zögerte und sagte dann: „Danke für die Einladung. Du hattest recht. Ich musste mal raus."

„Gern geschehen." Caspian fragte sich, ob er im Begriff war, nach Hause zu stürmen und Briar zurückzuerobern, beschloss aber, dass eine solche Frage viel zu vertraulich wäre, und wusste, dass Newton ohnehin nicht antworten würde. Stattdessen sagte er: „Ich habe auch Neuigkeiten. Gabe hat sich bei mir gemeldet, um mir zu sagen, dass sie ihren letzten Fall in Frankreich abgeschlossen haben und es allen gut geht, einschließlich Estelle." Caspian war unerwartet erfreut, das zu hören, trotz der Art, wie sie sich getrennt hatten.

Newtons Augen verengten sich. „Ich habe gehört, sie sei losgezogen, um den Nephilim und Shadow zu helfen. Ungewöhnliches Timing."

„Estelle tut, was sie tun muss ... schon immer. Wie auch immer", sagte er und nahm sich vor, bei ihrer Rückkehr zivilisierter mit ihr zu sprechen, „was machst du heute sonst noch so?"

„Ich treffe mich mit Maggies Spurensicherungsteam. Es ist ein Ableger des regulären Teams, der sich der paranormalen Polizeiarbeit widmet. Ich dachte, ich könnte mir vielleicht ein paar Leute aus unserer eigenen Einheit als meine Hauptansprechpartner aussuchen. Und dann, ich weiß nicht, vielleicht mit dir abhängen, wenn du dich mit Olivia verabredet hast.“

„Ich treffe sie zum Mittagessen in Chelsea. Sie wohnt anscheinend dort. Ein spätes Mittagessen, um genau zu sein. Du kannst gerne mitkommen.“ Er lächelte, als ihm eine weitere Idee kam. „Was, wenn ich dich zur Spurensicherung begleite?“

„Du meinst, einen Zivilisten mitbringen?“ Er sah skandalisiert aus. „Ich bin nicht sicher, ob das angemessen ist.“

Caspian wusste, dass er scherzte. „Aber du bist doch jetzt ein Regelbrecher.“

„Oh ja. Na gut, dann. Keine Geschäftstreffen heute?“

„Die habe ich alle gestern erledigt. Und außerdem sind sie langweilig.“ Er hatte sie unbedingt früh abschließen wollen, um Zeit für interessantere Aktivitäten in der Stadt zu haben.

„Das Geschäft hat dich reich gemacht.“

„Stimmt. Aber wie du gesagt hast, Newton, die Regeln ändern sich alle, und ich würde auch ganz gerne über meinen eigenen Schatten springen.“

Avery starrte Alex über die Überreste ihres späten Frühstücks hinweg an, während die warme Sommerbrise durch die offenen

Flügeltüren ihre Haut streichelte und die Servietten auf dem Tisch zerzauste.

Er sah müde und zerstreut aus und stocherte in seinem Speck mit Eiern herum, schob sie auf dem Teller hin und her, anstatt sie wie sonst zu verschlingen. Sie wollte ihn in den Arm nehmen und beruhigen, so wie sie es im Bett getan hatte, aber sie wusste, dass das seine kreisenden Gedanken an die vergangene Nacht nicht vertreiben würde.

„Bist du sicher, dass du klarkommst, wenn ich dich allein lasse?", fragte sie ihn.

Alex blickte auf. „Natürlich. Wahrscheinlich gehe ich wieder ins Bett, sobald ich eine Dosis Schmerzmittel genommen habe." Er seufzte. „Ich bin erschöpft. Ich dachte, es würde mir heute Morgen besser gehen, aber das tut es nicht."

„Wie du schon sagtest, du hast eine Menge Energie verbraucht, um den Käfigrunenzauber aufrechtzuerhalten. Es wird eine Weile dauern, bis sich dein Körper erholt hat."

Er schob seinen Teller weg und starrte sie an. „Du hattest recht. Ich hätte sie niemals gefangen nehmen dürfen."

Sie streckte die Hand aus und umfasste seine. „Nein. Ich lag falsch. Du hast das Richtige getan. Mariah war gefährlich. Ihre Taten letzte Nacht haben das bewiesen. Sie hätte versuchen können, Briar im Museum bewegungsunfähig zu machen, aber das hat sie nicht. Ich kann immer noch nicht ganz verstehen, warum sie uns umbringen wollte, aber ich schätze, das spielt jetzt keine Rolle mehr." Ihr Blick glitt über seinen Halsverband, der einzige, der zu sehen war, da die anderen unter seinem weiten Hemd verborgen waren. „Ich kann nicht fassen, dass sie dich so schwer verletzt hat."

„Es hätte viel schlimmer kommen können. Und außerdem", er drückte ihre Finger, „hat Eli großartige Arbeit geleistet. Ehrlich, es fühlt sich wirklich nicht so schlimm an. Und er kommt später vorbei, um nachzusehen."

„In Ordnung." Sie seufzte, zog ihre Hände zurück und sammelte die Teller ein, um sie zur Spüle zu bringen. „Ich bringe dir später einen Kaffee."

Er lächelte, obwohl es sein Unbehagen nicht wirklich verbarg. „Und einen Kuchen. Ich glaube, den werde ich brauchen."

„Natürlich! Obwohl es ein guter Anfang wäre, wenn du dein Frühstück aufessen würdest."

Er stand auf und fuhr sich mit der Hand durchs Haar. „Ich gehe zurück ins Bett. Sei vorsichtig. Ich traue Harry und den anderen nicht zu, dass sie nicht doch etwas versuchen."

Avery stand ebenfalls auf. „Sie wissen noch nicht, dass Mariah tot ist. Was wird Moore verkünden?"

Er zuckte mit den Schultern. „Im Moment ist mir das egal. Ich hoffe nur, dass er nicht zu früh für meine Aussage kommt." Er küsste sie und ging nach oben, und Avery sah ihm schweren Herzens nach.

Dan und Sally fingen sie ab, als sie endlich im Laden ankam; Dan trug ein weiteres furchtbares T-Shirt mit einem Wortspiel und Sally eine besorgte Miene.

Sally umarmte sie, was in letzter Zeit zu einem täglichen Ereignis wurde. „Ich mache mir solche Sorgen um dich!", erklärte sie.

„Das macht uns schon zu zweit", sagte Dan und musterte sie genau. „Du hast doch die seltsamen Fotos von den Wolken über Bodmin letzte Nacht gesehen, oder?"

„Welche seltsamen Fotos?"

„Die Wolken, die sich zusammenballten, als würde gleich ein außerirdisches Raumschiff dahinter auftauchen?"

Sie verzog das Gesicht. „Ich war da. Na ja, ein kleines Stück vom Epizentrum entfernt, aber ich weiß, was du meinst."

Sally holte scharf Luft. „Ich wusste es! Was ist passiert?"

„Ich bin mir nicht ganz sicher, wie es angefangen hat, aber wir haben es beendet", sagte sie und brachte sie über ihre Rituale auf den neuesten Stand. Verdutzt fragte sie: „Wo sind die Fotos?"

„Online – soziale Medien, die Nachrichten." Dan lehnte sich gegen das Bücherregal hinter der Theke. „Eigentlich überall. Ich habe die Berichte heute Morgen beim Frühstück gesehen. Du weißt, dass Dylan versucht hat, dich anzurufen?"

„Nein! Wann?" Avery zog ihr Handy aus der Tasche ihres langen Sommerkleides und bemerkte, dass sie es stundenlang kaum eines Blickes gewürdigt hatte. „Scheiße. Jede Menge Nachrichten."

Es waren ein halbes Dutzend, alle von Cassie, Dylan und Ben. Sie starrte Dan alarmiert an. „Geht es ihnen gut?"

„Du kannst sie selbst fragen", sagte er und nickte zur Ladentür, als Dylan und Ben eintraten und zur Theke eilten.

„Wenigstens haben wir einen von euch gefunden!", sagte Ben mit einer Mischung aus Erleichterung und Verärgerung in der Stimme. „Wir versuchen seit Stunden, dich – und alle anderen – zu erreichen!"

Beide beugten sich über die Theke, und aus der Nähe konnte Avery sehen, dass sie müde und besorgt aussahen. „Warum? Was ist passiert?"

Dylan sah sich um, um sicherzugehen, dass keine Kunden in der Nähe waren. „Was passiert ist, sind verdammt verrückte Hexen im Bodmin Moor! Wo warst du?"

„Zufälligerweise auch in Bodmin beschäftigt!" Sie war entrüstet. Seit wann war sie Ben und Dylan Rechenschaft schuldig? Und dann wurde ihr klar, was er gesagt hatte. „Ihr wart in Bodmin? Letzte Nacht? Wo?"

„Bei den verdammten Hurlers Steinkreisen, da waren wir!", sagte Ben. „Haben Kopf und Kragen riskiert, um diese verrückten, verdammten Hexen zu filmen, wie sie irgendetwas Wahnsinniges beschwören!"

Avery war vorübergehend sprachlos, aber Sally fragte: „Ihr wart dort? Warum?"

Dylan sah sie an, als wäre sie verrückt geworden. „Weil die Planetenparade war und die Steinkreise Energie sammeln. Wir haben beschlossen, nachzusehen, ob sich etwas ändern würde."

„Und, wow, haben wir uns den falschen Ort ausgesucht", sagte Ben. „Na ja, eigentlich den richtigen Ort, schätze ich."

„Wer war da?", fragte Avery.

„Wir glauben", Dylan sah Ben unsicher an, „dass es Zane, Harry und Lowen waren. Na ja, nein, wir *wissen*, dass es Zane war. Er hätte uns fast gefunden."

„Und hätte es auch", fügte Ben hinzu, „wenn dein Zauber nicht gewesen wäre."

Sie gaben sich alle Mühe, leise zu sprechen, aber je mehr sie erzählten, desto aufgeregter und lebhafter wurden sie. Avery sehnte sich verzweifelt nach einem normalen, ruhigen Tag, wusste aber tief im Inneren, dass das unmöglich war.

„Und", sagte Dylan und senkte seine Stimme, als er die verwirrten Blicke einiger Kunden bemerkte, „Cassie hat uns von Mariah erzählt. Sie ist heute bei Eli."

„Was ist mit Mariah?", fragte Sally.

Avery seufzte und schloss die Augen. Das war das Gespräch, vor dem sie sich gefürchtet hatte. Als sie die Augen wieder öffnete, starrten Ben und Dylan sie mit zusammengepressten Lippen und großen Augen an, und ihr Blick wanderte von ihnen zu Sally und Dan. „Sie ist tot."

Sally schnappte nach Luft und schlug entsetzt die Hände vor den offenen Mund, während Dan nur stumm *Wow* formte.

„Ich erzähle euch später alles, versprochen. Im Moment versuche ich nur, das alles zu verarbeiten."

Aber Ben ließ nicht locker. „Aber Reu und Alex wurden verletzt, oder?"

Sie funkelte ihn wütend an. „Ja! So ziemlich jeder ist verletzt, außer mir und El!"

Sally umklammerte ihren Arm. „Aber es geht ihnen *doch* gut?"

„Ja. Oder besser gesagt, es wird ihnen wieder gut gehen."

„Wir haben Neuigkeiten", sagte Dylan und versuchte, Averys Aufmerksamkeit wiederzuerlangen. „Deshalb haben wir versucht, dich zu finden." Er lehnte sich ganz über den Tresen, sodass er nur noch wenige Zentimeter von ihr entfernt war. „Wir glauben zu wissen, wo sie sich verstecken."

Alle anderen Gedanken verflüchtigten sich aus Averys Kopf. „Was? Wo? Wie?"

„Nicht hier", sagte Ben und warf Dylan einen verärgerten Blick zu. „Hinterzimmer, sofort."

Alex beendete das Telefonat mit Genevieve und fühlte sich beschissen.

Er legte das Telefon auf den Nachttisch und presste die Finger auf seine Augen, um die Bilder der vergangenen Nacht auszublenden, die ihm ständig durch den Kopf schossen. Bilder des Runenkäfigs, der zerbarst und zischend zerfiel, was ihn und seine Magie wie ein Schlag verletzte. Mariahs anschwellende Magie, die mit zackiger, schwarz-roter, blitzähnlicher Energie um sich schlug. Und dann ihr brennender Körper.

Er stöhnte und drückte sich tiefer in die Kissen, dann spürte er, wie sich eine der Katzen leise miauend auf seinem Schoß niederließ. Er musste unweigerlich Mariahs Tod mit Helenas Schicksal vergleichen. Wenigstens war Mariah schnell gestorben. Helena war in den Tod geschleift worden, im vollen Bewusstsein ihres Schicksals und unfähig, etwas dagegen zu tun.

Und der Geruch. Er hing ihm immer noch in den Nasenlöchern und im Haar, und er konnte wegen seiner blutigen Verletzungen nicht duschen. *Verdammt!* Auch ihre Schreie waren entsetzlich, aber schnell erstickt. Sie war in einem Augenblick verschwunden. *Ein einziger, schrecklicher Augenblick.*

Als er seine Augen wieder öffnete, zuckte er zusammen. Helena stand im Türrahmen und beobachtete ihn mit einem beinahe mitfühlenden Blick. Er unterdrückte seinen natürlichen Widerwillen gegen sie. „Helena! Sie haben mich erschreckt, und wie Sie an meinen Verbänden sehen können, tut das weh!"

Sie nickte und zog sich zurück, und sowohl er als auch die Katze sahen ihr nach. Er war noch nie so dankbar für den Zauber gewesen, der sie aus dem Schlafzimmer verbannte. Er streichelte gedankenverloren Circe, während er über Genevieves Worte nachdachte. Er hatte auf Unterstützung, Verständnis und vielleicht sogar Lob gehofft, aber alles, was er bekam, war ein schockiertes Schweigen und dann eine knappe Antwort, in der sie ihre Beweggründe infrage stellte. Schließlich hatte sie gesagt: „Ich muss darüber nachdenken."

„Worüber denn?", hatte er alarmiert gefragt. „Es war ein *Unfall*."

„Aber eine Hexe ist tot, Alex."

Er war so wütend, dass er sein Telefon am liebsten durch den Raum geworfen hätte. Stattdessen hatte er gesagt: „Nun, vielleicht hätten Sie von Anfang an etwas hilfreicher sein sollen, Genevieve. Sie sind schließlich die Hohepriesterin, und ehrlich gesagt haben Sie uns überhaupt nicht geholfen."

Daraufhin beendete er das Gespräch, ohne sich darum zu scheren, was noch folgen mochte.

Soll sie doch zur Hölle fahren. Er hatte recht. Sie hatte nicht geholfen, und er hatte aus Averys Worten herausgehört, dass der Rest des Rates schockiert war, dass sie nicht ebenfalls in den Hunt-Zirkel verwickelt war.

Ein Klopfen an der Hintertür ließ ihn aufstehen. Er zog sich eine Jeans an und drapierte sein Hemd vorsichtig über seine Verbände, ließ es aber offen und schlurfte nach unten. Zwei Gestalten standen an der Hintertür, sichtbar durch die Milchglasscheibe, und er wusste, dass einer von ihnen Moore war, weil die Sonne auf sein kurzes, rotes Haar fiel.

Sobald er die Tür öffnete, wanderte Moores Blick über ihn und erfasste seine Verletzungen. „Sie sind übel zugerichtet, Alex", sagte er zur Begrüßung.

„Mir ging es schon besser." Er trat zurück, um sie hereinzubitten, und sah die große, junge Frau mit dem Pixie-Schnitt neben Moore an. „Sergeant Kendall, nehme ich an?"

Er streckte seine Hand aus, und sie schüttelte sie vorsichtig, als ob sie befürchtete, er würde sie gleich mit einem Zauber belegen.

Moore bemerkte es und schüttelte ebenfalls Alex' Hand. Ein kräftiger, herzlicher Händedruck, als wolle er sie beruhigen. „Tut mir leid, Ihre Ruhe zu stören, aber ich muss Sie darüber aufklären, wie Mariah gestorben ist."

„Was? Ich weiß, wie sie gestorben ist."

Moore presste die Lippen zusammen, obwohl in seinen Augen ein Funken Neugier lag. „Es lässt sich besser besprechen, wenn wir unter uns sind."

Alex führte sie die Treppe hinauf, während er bemerkte, dass sich beide mit großem Interesse umsahen, was Alex noch mehr Unbehagen bereitete. *Wovon zum Teufel redete Moore?*

„Setzen Sie sich, Alex", sagte Moore und wies ihm einen Stuhl zu.

Alex setzte sich an den Tisch und nicht auf das Sofa. Es fühlte sich irgendwie formeller an, und ihm wurde vor Sorge schlecht. Plötzlich wünschte er, Newton wäre hier. „Was ist hier los?"

„Mariah wurde in den frühen Morgenstunden in einem ausgebrannten Lieferwagen gefunden, der aus dem White Haven Museum gestohlen worden war. Sie war gegen eine Steinmauer gekracht und muss dabei den Tank aufgerissen haben. Das ganze Ding ist in Flammen aufgegangen." Er zuckte mit den Schultern. „So ist es einfacher. Hätte man sie bei Reuben zu Hause gefunden, wäre das eine Katastrophe gewesen. Zu viele Fragen, warum sie überhaupt dort war."

„Und zu viele Fragen", sagte Kendall, „warum Reuben einen vom Museum gestohlenen Lieferwagen hatte."

Alex war von Mariahs Gefangennahme so abgelenkt gewesen, dass er den Lieferwagen völlig vergessen hatte. Er rang nach Worten. „Äh, ich schätze, Sie haben recht. Das ist eine gute Idee. Dann brauchen Sie keine Aussage von mir, oder?"

„Haben Sie den Lieferwagen irgendwo gesehen, nachdem er gestohlen wurde?" Moore machte große Augen. „Der Fundort war nämlich ein ganzes Stück von Reubens Haus und von hier entfernt."

Alex kam sich wie ein kompletter Idiot vor, als er die ganze Tragweite der Täuschung begriff, und sagte: „Nein! Nein, natürlich nicht. Ich habe rein gar nichts gesehen."

„Und Sie haben sich mit heißem Wasser verbrüht, ja?"

Alex blickte auf seine Verletzungen hinab. „Lagerfeuer im Garten, um genau zu sein. Ist außer Kontrolle geraten. Meine eigene Schuld ... ich habe zu viel Brandbeschleuniger benutzt."

Moore nickte wissend. „Natürlich. Man muss vorsichtig sein. Halten Sie sich nächstes Mal am besten an Papier und Holz."

„Was ist mit der Presse?"

„Die waren kurz nachdem wir die Überreste geborgen hatten am Tatort. Sie haben gewartet, bis wir ihre Familie benachrichtigt hatten, bevor sie die Meldung veröffentlichten."

„Sie wissen es?"

„Ihre Mutter wurde heute Morgen informiert. Ich nehme an, sie hat alle anderen benachrichtigt." Er sah auf seine Uhr. „Es kommt in den Mittagsnachrichten, falls Sie sich die Meldung ansehen wollen. Ich habe mich kurzgehalten. Eine traurige Angelegenheit."

Alex' Gedanken überschlugen sich. „Warum sollte Mariah in einem Lieferwagen des Museums sein?"

„Eine ausgezeichnete Frage, und eine, die wir im Rahmen unserer laufenden Ermittlungen zum Raub im Museum zu beantworten suchen werden. Harry wurde als Person von Interesse genannt. Wir werden seine Frau erneut befragen."

„Aber wie haben Sie das alles arrangiert?"

„El war sehr hilfreich."

Alex sackte auf dem Stuhl zusammen, entsetzt darüber, dass El, die hasste, was sie getan hatten, geholfen hatte, es zu vertuschen. Er war sprachlos.

Moore stand auf und strich sich mit der Hand sein rotes Haar glatt, und auch Kendall stand auf, ihre Augen huschten immer noch durch den Raum. Alex war plötzlich dankbar, dass sie all ihre magischen Utensilien auf dem Dachboden aufbewahrten.

Er wusste, dass sie es wussten, aber irgendwie fühlte er sich dadurch besser.

„Ich schlage vor", sagte Moore, als er sich auf den Weg zur Treppe machte, „dass Sie eine Weile vorsichtig sind. Wir finden allein hinaus."

Sobald Alex hörte, wie die Haustür ins Schloss fiel, ging er zum Sofa und ließ sich darauf fallen, seine Beine waren schwach. *Was ist hier gerade passiert?* Er hatte erwartet, befragt zu werden und Dinge erklären zu müssen, und obwohl er wusste, dass Newton keine Anklage erheben würde, hatte er dennoch gedacht, dass er etwas würde sagen müssen. Und El ... wie könnte er ihr jemals danken? Er musste sie anrufen, aber im Moment war er nicht dazu in der Lage.

Er schaltete die Nachrichten ein und zappte gerade durch die Kanäle, als unten die Tür aufgerissen wurde und Avery die Treppe heraufstürmte, begleitet von aufgeregtem Stimmengewirr. Sie wirkte atemlos, Ben und Dylan direkt hinter ihr.

„Alex! Ich habe Neuigkeiten!"

Vierundzwanzig

Newton musterte Olivia James über den Tisch hinweg und dachte, wie verdammt gut sie aussah und wie perfekt sie in diese schicke Bar in Chelsea passte.

Ihr schulterlanges Haar war kunstvoll zerzaust und ihre kastanienbraunen Strähnchen waren fachmännisch gesetzt. Ihre Kleidung war teuer und fiel wunderschön über ihre schlanke Figur, aber sie wirkte keineswegs steif. Sie war elegant und doch entspannt, und sie hatte ein spitzbübisches Lächeln im Gesicht, als sie die beiden betrachtete. Als Newton einen Blick auf Caspian warf, fragte er sich, ob dieser nicht ein wenig hin und weg war. Er sah wie betäubt aus.

„Also", sagte sie, während ihre Finger lose ihr Weinglas umfassten und ihre manikürten Nägel gegen das Glas tippten, als die Feuchtigkeit ihres gekühlten Weißweins am Stiel herunterlief, „Sie suchen also nach Schwarzmarkthändlern für Gold. Das ist ein großer Markt. Erzählen Sie mir mehr über die Objekte."

„Es ist ein großer, dampfender Haufen Piratenschatz", begann Newton. „Eine ganze Menge davon."

Olivias Blick schnellte zu ihm. „Über wie viel reden wir hier?"

„Kistenweise. Hunderte, wenn nicht Tausende von Guineen und Dublonen. Auch einige Juwelen – Edelsteine, Ketten. Es wäre ein Vermögen wert."

Sie nickte. „Das hat mit dem Diebstahl in Cornwall zu tun, nicht wahr? Dem Museum?"

„Sozusagen", sagte Newton und nippte an seinem Pint. Es war kein Doom, aber ein anständiges Ale. „Da war mehr als nur das. Den Hort des Museums konnten wir sicherstellen, aber sie haben noch mehr in ihrem Besitz."

Olivias Lächeln wurde noch breiter. „Wir? Mein lieber Detective Inspector. Sie sind eine Überraschung." Sie wandte sich an Caspian. „War das Ihr Werk?"

Er blinzelte. „Nein. Ein paar Freunde haben es beschafft."

Sie beugte sich vor und ihr Duft wehte über den Tisch. „Andere Hexen, meinen Sie?"

Sie war eine Verführerin, und Newton gefiel das. Caspian gefiel es sogar noch mehr. Er beschloss, dass er besser für ihn antworten sollte. Caspian schien es die Sprache verschlagen zu haben. „Ja. Ich glaube, Sie haben zwei von ihnen bereits kennengelernt, Alex und El?"

„Oh, ja! In Angel's Rest. Sie kamen, um das Haus mit Zaubern zu schützen. Das waren ein paar interessante Tage. Die Nephilim sind faszinierend!"

Caspian sah überrascht aus. „Sie sind in den Tempel der Dreifaltigkeit gegangen?"

„Das hätte ich mir nicht für eine ganze Saison Louboutins entgehen lassen! Und wenn Sie mich kennen würden, wüssten Sie, dass das etwas heißen will!"

„Aber die haben Sie da drinnen nicht getragen, oder?", fragte Caspian sichtlich amüsiert, als sein Blick zu ihren Füßen wanderte.

Sie wackelte mit den Zehen, die in Riemchensandalen steckten, und lächelte. „Natürlich nicht. Nur Stahlkappenstiefel für die Grabräuberei."

„Übrigens, es tut mir leid, vom Tod des Sekretärs der Orphischen Gilde zu hören", sagte Newton und erinnerte sich an sein Gespräch mit Maggie über Black Cronos. Er begann sich wie das fünfte Rad am Wagen zu fühlen und beschloss, das Gespräch von Louboutins wegzulenken ... was auch immer das sein mochte. Eine Art edler Schuh, nahm er an.

Olivias kokette Art verschwand sofort und ihr Griff um das Weinglas wurde fester. „Ja, das war schrecklich. Armer Robert. Mason ist am Boden zerstört. Er kommt heute zurück. Ich bin einfach nur erleichtert, dass alle anderen überlebt haben – na ja, größtenteils." Sie atmete tief durch, als wollte sie die Erinnerung abschütteln. „Also gut. Der Schatz. Warum verkaufen sie ihn nicht einfach an ein Museum oder einen seriösen Sammler? Sie würden trotzdem eine Menge Geld verdienen."

Caspian zuckte mit den Schultern. „Möglich, dass sie das tun, aber warum so ein Geheimnis darum machen? Sie sind auf der Flucht. Sie haben deswegen Menschen getötet. Sie wollen es eindeutig geheim halten."

Newton dachte an das, was Zanes Mutter gesagt hatte. „Jemand meinte, dass die Ereignisse, die mit dem Gold verbunden sind – es wurde während der Schmugglerjahre größtenteils durch Mord und Diebstahl erworben – ihm eine zusätzliche Begehrlichkeit verleihen würden.“

Caspian nickte zustimmend. „Ein mächtiges Metall, das mit Tod und Blutvergießen in Verbindung gebracht wird, ist in der Magie nützlich.“

„Natürlich!“, nickte Olivia, ihre Augen nahmen einen abwesenden Ausdruck an, bevor sie sich scharf fokussierten. „Gold, das durch Blutvergießen erlangt wurde, hinterlässt einen dunklen, gewalttätigen Makel. Das ist wirkungsvoll. So viel Gold mit so viel dunkler Geschichte hat einen gewissen Reiz. Sie wollen nicht nur Schwarzmarkthändler für Gold. Sie wollen auch einen Okkulthändler, und das“, sie breitete ihre Hände aus und lächelte, „ist genau mein Ding.“

„Wissen Sie, wo oder wie es verkauft werden könnte?“, fragte Newton, der endlich das Gefühl hatte, dass sie vorankamen. „Ich hoffe, dass wir sie auf diese Weise finden können, wenn wir die Hexen schon nicht aufspüren können.“

Olivia nickte. „Wir nutzen hauptsächlich das Auktionshaus Burton und Knight, das die seriöse Seite für zum Verkauf stehende okkulte und arkane Objekte darstellt. Aber es gibt Untergrundhändler, die weitaus weniger Skrupel haben, woher die Gegenstände stammen und wofür sie verwendet werden könnten. Ich könnte einige Nachforschungen anstellen, sehen, welche Informationen es da draußen gibt.“ Sie lächelte. „Es wird eigentlich immer getuschelt.“

Newtons Telefon summte, und er murmelte eine Entschuldigung, ging in eine ruhige Ecke der Bar, beobachtete mit einem halben Auge, wie Olivia und Caspian flirteten, und versuchte, nicht zu grinsen. „Hallo, Alex. Ist alles in Ordnung?"

„Nicht wirklich. Es scheint, als hätten Harry und die anderen an etwas viel Größerem gearbeitet, als nur Gold anzuhäufen und es in Ritualen zu verwenden. Es sieht so aus, als hätten sie neue, mächtige Objekte hergestellt. Möglicherweise, um sie gegen uns einzusetzen, oder wir glauben, dass sie vorhaben, sie zu verkaufen."

„Perfektes Timing. Erzählen Sie mir alles, was Sie wissen."

Reuben starrte auf den Fernsehbildschirm und dann auf die Leute, die sich in der Kneipenecke versammelt hatten. Alle Hexen waren da, plus Hunter, Ghost OPS, und Eli und Zee. Alle waren von den Ereignissen auf dem Bildschirm gefesselt.

Dylan hatte seine Aufnahmen von den Filmaufnahmen der vorigen Nacht aufbereitet, und sie hatten gerade ein Aufflackern von Macht um Lowen herum beobachtet – oder zumindest nahmen sie an, dass es Lowen war. Der vom Feuer erleuchtete Kreis war trotz des beinahe vollen Mondes voller Schatten, und obwohl Dylan herangezoomt hatte, waren sie nicht nah genug dran, um Details zu erkennen.

„Das war, als sie deinen Bannzauber gebrochen haben", sagte El und stieß Reuben an. Sie hatte das ganze Haus gereinigt, besonders den Keller, und sich danach den ganzen Tag kaum von seiner Seite gerührt, sichtlich besorgt um ihn.

Alex grunzte. „Die Kraft, die Energien der Planeten zu nutzen, nehme ich an."

„Ungefähr zu diesem Zeitpunkt", sagte Cassie, „begannen die Wolken sich über uns wirklich zusammenzuziehen." Sie riss ihren Blick vom Bildschirm los. „Wir dachten, sie würden langsam zum Ende kommen, aber in Wirklichkeit fingen sie gerade erst richtig an."

„Was auch zu dem Zeitpunkt passen würde, an dem wir ebenfalls einen Anstieg der sich sammelnden Energien spürten", sagte Avery und starrte El und Briar an.

Briar saß neben Hunter auf dem langen Sofa und schüttelte verwirrt den Kopf. „Aber Eve schien die Macht, die sich da sammelte, aufgelöst zu haben."

„Ja", nickte Hunter, „dieser gewaltige Magiestoß, der in den Himmel schoss!"

„In dieser Phase war es schwer für uns, zu erkennen, was vor sich ging", gestand Dylan. „Wir waren in einen Schattenzauber gehüllt, nachdem Zane uns beinahe erwischt hätte, und aus Paranoia habe ich auf meinen größeren Bildschirm verzichtet, aus Sorge, das Licht könnte uns verraten, und stattdessen nur den kleinen Bildschirm der Kamera benutzt. Die Wärmebildaufnahmen zeigten aber definitiv, wie die Steine leuchteten ..."

„Sogar der Quarzpfad unter der Erde", unterbrach ihn Ben und nickte Briar zu.

Cassie zeigte auf den Bildschirm. „Schaut, da! Es ist, als ob Harry einen weiteren Magiestrahl gebündelt und ihn in das Gold zu seinen Füßen gezogen hätte."

„Ein Magiestrahl!“, schnaubte Hunter und beugte sich vor, die Ellbogen auf die Knie gestützt, während er auf den Bildschirm starrte. „Was ist das hier? *Unheimliche Begegnung der dritten Art?*“

„Moment mal“, sagte Reuben, der sich abmühte, es zu verstehen, aber den ganzen Ablauf der Ereignisse für äußerst verdächtig hielt. „Ihr drei“, er sah El, Briar und Avery an, „habt an irgenddeinem Ritual im Stannon Stone Circle teilgenommen, bei dem Kristalle aufgeladen wurden, aber wegen der sich über euch sammelnden Energien – die ganze Sache mit den großen, wirbelnden Wolken – hat Eve was? Die Macht manipuliert, um sie aufzulösen?“

„Ja“, sagte El und runzelte die Stirn. „Wir dachten, wir würden aufhalten, was da passierte. Sie hat unsere Magie angezapft.“

„Wessen Idee war das?“

El warf Briar und Avery einen unsicheren Blick zu. „Eves?“

„Nein.“ Avery starrte Reuben an. „Es war Cornells Vorschlag. Er hat sie um Hilfe gebeten. Er hat das Ganze geleitet.“ Ihre Augen weiteten sich, und er wusste, dass sie genau dasselbe dachte wie er. „Willst du damit sagen, dass wir reingelegt wurden?“

Reuben spürte, wie sich eine schreckliche, aber sichere Gewissheit in seiner Magengrube breitmachte. „Ich halte das für sehr wahrscheinlich.“ Eine Welle des Unbehagens ging durch den Raum. „Denkt mal drüber nach. Cornell besteht darauf zu helfen und scheint ein guter Kerl zu sein. Claudia empfiehlt ihn, und wir vertrauen ihr. Es gibt keinen Grund, das nicht zu tun ... sie hat uns immer sehr unterstützt. Also wird Cornell Teil des kleineren Teams. Er ist zufällig auch ein kosmischer Hexer und versteht es weitaus besser als wir, die Kraft der Planeten zu nutzen. Ausgezeichnet! Genau das, was wir brauchen. Er bietet an, mit Hemanis Hilfe etwas Gold und Kristalle aufzuladen, und schlägt dann vor, dass ihr auch mitmacht. Hat er den Ort ausgewählt?"

Avery nickte langsam. „Ja. Als El und ich ihn gestern gesehen haben, hatte er sich noch nicht für den Ort entschieden, aber er sagte, er würde es uns später mitteilen. Und das hat er getan. Ein paar Stunden vorher sagte er uns, wir sollten ihn am Stannon Stone Circle treffen."

Alex stöhnte. „Der auf der Nordseite des Bodmin Moors liegt?"

„Jep", sagte Dylan und fummelte nach seinem Handy. „Ich rufe die Karte auf, aber meiner Erinnerung nach liegt er fast gegenüber von Hurlers." Sekunden später sagte er: „Scheiße. Er liegt fast direkt gegenüber, in einer geraden Linie. Aber er ist ein paar Meilen entfernt."

Fast gleichzeitig suchten alle entweder auf ihren Handys nach der Karte der Steinkreise oder reckten sich über die Schultern anderer, um einen Blick zu erhaschen.

„Verdammte Scheiße", sagte Hunter und starrte auf sein eigenes Handy. „Er liegt *tatsächlich* fast in einer geraden Linie! Hat das was zu bedeuten?"

Avery explodierte vor Wut. „Verdammt! Er hat uns benutzt! Wir haben zu der ganzen Sache beigetragen!" Sie sprang vom Sofa auf, wobei sie Alex beinahe umstieß, und begann im hinteren Teil des Raumes auf und ab zu gehen, während Wut von ihr ausstrahlte. „Wir haben wahrscheinlich Mariah mit Energie versorgt!"

„Wie?", fragte Zee. Er war früher mit Eli angekommen, der Verbände gewechselt und Wunden überprüft hatte, und hatte alles schweigend in sich aufgenommen. „Das klingt weit hergeholt."

„Ich weiß nicht, wie!" Ihre Augen waren wild. „Aber sie sind alle miteinander verbunden! Lowens Bannzauber wurde gebrochen und Mariah ist aus ihrem Käfig ausgebrochen. Ich weiß nicht, wie sie verbunden sind, aber sie sind es!"

„Vielleicht", schlug Alex vor und versuchte, ruhig zu bleiben, „haben sie alle einen Zauber gewirkt, um sich zu verbinden, bevor irgendetwas davon geschah. Sie haben den Boden schon eine ganze Weile dafür bereitet."

„Moment!", erhob Dylan seine Stimme, um alle zum Schweigen zu bringen. „Ihr habt noch nicht gesehen, was später passiert ist. Ich habe vorgespult – wir waren ewig dort. Nach dem großen Energieausbruch haben sie ihren Zauber oder was auch immer in der Mitte weiter gespeist. Sie fingen an, Dinge zu formen ..."

Ben unterbrach ihn. „Objekte der Macht, soweit ich das beurteilen konnte. Sie hatten einen Kessel aufgestellt und ein heftiges Feuer darunter."

„Und Gussformen", fügte Cassie hinzu. „Sie gossen Gold in verschieden geformte Dinge – große und kleine."

Hunter sah verblüfft aus. „Mitten in einem verdammten Steinkreis? Das klingt wahnsinnig. Was wäre gewesen, wenn das Wetter schlecht gewesen wäre oder sie jemand unterbrochen hätte?"

„Es ist kein Verbrechen", merkte Eli an. „Und die meisten Leute würden es vermeiden, seltsamen Aktivitäten in der Mitte eines Steinkreises zuzusehen. Es sieht aus wie das, was es ist. Ein okkultes Ritual."

Die Aufnahme lief jetzt und die Aufmerksamkeit aller war auf die Bilder gerichtet. Dylan hatte recht. Sie stellten definitiv irgendwelche Ritualgegenstände her. *Schalen, Schmuck, Kelche, vielleicht sogar Athame,* dachte Reuben und kniff die Augen zusammen, um das Bild besser zu erkennen.

„Das ist ja eine richtige kleine Schmiede", sagte El, trotz allem beeindruckt.

„Ich habe es Newton gesagt", sagte Alex in die Runde, „sobald ich das Nötigste wusste. Ich dachte, es könnte wichtig sein."

„Und natürlich", fuhr Ben fort, „waren sie ganz in der Nähe, wie wir euch vorhin schon erzählt haben. Sie kamen unter dem alten Maschinenraum hervor, der jetzt das Besucherzentrum ist."

„Also", sagte Eli und begann zu lächeln, „sind sie möglicherweise immer noch da unten. Vielleicht sollten wir ihnen einen Besuch abstatten."

„Du willst in die Minen hinabsteigen?", fragte Ben und zog die Stirn kraus. „Spinnst du? Das ganze Gebiet ist von Schächten und Tunneln durchzogen. Das wäre eine Todesfalle."

Eli lächelte nur. „Aber sie sind da unten."

„*Waren*!", erinnerte Ben ihn. „Das heißt nicht, dass sie es immer noch sind. Und es wäre ein Labyrinth! Man könnte sich leicht verirren. Oder ersticken. Ganz zu schweigen davon, lebendig begraben zu werden."

„Ich bin bereit, das Risiko einzugehen", sagte Eli mit einem Schulterzucken. Er sah Reuben an. „Du hast doch noch etwas von dem Gold, oder?"

„Wir haben eine ganze Menge davon. Es ist immer noch oben. Ich hoffe, sie haben nicht vor, es zu stehlen."

Alex schüttelte den Kopf. „Das bezweifle ich nach dem, was mit Mariah passiert ist. Ich schätze, sie haben ihre Verluste abgeschrieben." Er beobachtete die Aktivitäten der drei Hexen auf dem Video. „Es scheint, sie hatten genug Gold, um zu tun, was sie tun mussten."

„Wissen sie, dass Mariah tot ist?", fragte Cassie.

„Inzwischen müssen sie es wissen", meinte Briar. „Es war in den Nachrichten."

„In einer Mine bekommt man nicht viel mit", wandte Hunter ein.

Avery hatte endlich aufgehört, auf und ab zu gehen, aber ein Ausdruck grimmiger Entschlossenheit hatte sich auf ihrem Gesicht festgesetzt. „Also, was macht Cornell? Bestand seine Aufgabe nur darin, uns zu täuschen, damit wir ihren Zauber füttern?"

„Wir vermuten es", erinnerte Alex sie. „Wir dürfen keine voreiligen Schlüsse ziehen, bevor wir es nicht sicher wissen. Es könnte ein Zufall sein."

Sie neigte den Kopf zu ihm. „Zufall? Das kaufe ich dir nicht ab. Und was jetzt? Verschwinden sie einfach mit ihrem Gewinn, um nie wieder von sich hören zu lassen? Einer von ihnen könnte genau jetzt verkaufen, was auch immer sie letzte Nacht hergestellt haben!"

„Und genau deshalb", erinnerte Briar sie, „ist Caspian immer noch mit Newton in London."

Reuben nickte. „Sie warten darauf, dass sich Olivias Kontakte mit Neuigkeiten melden." Alex hatte sie vorhin auf den neuesten Stand gebracht, aber das Gespräch hatte eine andere Wendung genommen, als Ghost OPS ankam. Alex tat ihm leid. Er schien immer noch Schmerzen zu haben, trotz Briars Heilung und Elis Verbänden, und Reuben fühlte sich schuldig, dass seine eigene Wunde weniger schwer gewesen war. „Alex, erinnere mich, was Newton gesagt hat."

Alex zuckte zusammen, als er nach seinem Bier griff. „Olivia hatte ein paar Ideen, wen sie kontaktieren könnte, und schlug vor, dass sie in London bleiben, bis sie von ihnen gehört hat. Anscheinend ist es ungewöhnlich, diese Gegenstände monatelang zu lagern. Es gibt eine schnelle Umschlagzeit und hohe Gewinnspannen. Natürlich könnten Harry oder Zane bereits ihren eigenen privaten Käufer haben, aber Olivia sagte, der größte Markt sei in London."

„Und in der Zwischenzeit müssen wir etwas tun", sagte Avery und trieb die anderen an. „Sie sind wahrscheinlich immer noch irgendwo hier."

„Die Minen!", sagte Eli und weigerte sich, seinen Vorschlag fallen zu lassen. „Ich gehe gerne da runter und scheuche sie auf."

Reuben schnaubte. „Ich dachte, du wärst der Friedensstifter und Heiler? Jetzt willst du sie finden?"

„Sie haben gute Menschen verletzt, andere getötet, und sie müssen aufgehalten werden. Sie sollten ganz sicher nicht mit viel Geld und einem selbstgefälligen Ego in den Sonnenuntergang verschwinden. Zee weiß, dass ich bereit bin, zu tun, was nötig ist, wenn es darauf ankommt."

Zee lachte. „Ja, die blauen Flecken des Schönlings stammen von einem sehr brutalen Kampf am Montag. Eli kämpft, wenn er muss. Und ich auch." Er warf Eli einen Seitenblick zu. „Wir haben erst neulich gesagt, dass wir nicht finden, unsere Brüder sollten den ganzen Spaß haben."

„Heute Nacht also?", sagte Avery, grimmig, aber entschlossen.

„Woah!", sagte Alex alarmiert. „Wer hat was davon gesagt, dass *du* gehst?"

„Diese Feinde sind Hexen. Eli und Zee werden Hilfe brauchen."

Eli sah Zee an, der den Kopf schüttelte, und schenkte Avery dann ein schiefes Lächeln. „Ich denke, wir werden ganz gut klarkommen. Tatsächlich könntest du da unten ein Hindernis sein. Bleib du hier und überleg dir, was du mit Cornell machen sollst – und finde heraus, was er vorhaben könnte. Es steht immer noch eine Sonnenwende bevor." Eli stand auf. „Komm, Zee. Wir müssen los."

Unbeirrt hatte Avery ihr Argument noch nicht beendet. „Aber wie wollt ihr sie ohne Magie fangen?"

Elis Grinsen wurde breiter. „Wer sagt, dass wir sie fangen wollen?"

Zee stand ebenfalls auf und schlug Eli auf die Schulter. „Ich schlage vor, wir besorgen uns unterwegs ein paar Waffen. Und Alex", fügte er hinzu, als er zur Tür ging, „bleib morgen zu Hause. Der Pub kommt auch ohne dich klar."

Mit einem raubtierhaften Lächeln verschwanden die Nephilim, während ihnen Rufe wie „Seid vorsichtig" aus der Tür folgten.

„Eli hat recht", sagte El und wandte sich an Avery und Briar. „Was, wenn wir Cornell geholfen haben, die Sonnenwendfeier des Zirkels zu untergraben?"

„Ha! Untergraben? Eher in die Luft jagen!", spottete Hunter. „Ist das nicht so eine Sache, bei der alle zusammen feiern? Euer ganzer Zirkel wird da sein."

„Er hat recht, Ave", sagte Reuben und versuchte, vernünftig mit ihr zu reden. Sie war offensichtlich immer noch stinksauer, weil sie nicht mit in die Mine durfte. „Wenn Cornell etwas plant, wird er zu diesem Zeitpunkt zuschlagen. Wir brauchen unseren eigenen Plan, um ihn aufzuhalten, und solange er an diesem Wochenende nichts verrät, haben wir nichts in der Hand."

„Ich stimme zu", sagte Alex. „Und ehrlich gesagt weiß ich nicht, was in Genevieve gefahren ist, aber sie war vorhin nicht bereit, sich meine Seite der Geschichte anzuhören. Ich habe das Gefühl, sie dachte darüber nach, mir eine Art Buße aufzuerlegen."

„Wir könnten ihr die Aufnahmen zeigen", schlug Cassie vor.

„Ich denke, wir sollten das für uns behalten", sagte Reuben zu ihr. „Im Moment vertraue ich außer Caspian und Newton niemandem außerhalb dieses Raumes."

„Was ist mit Eve und Nate?", fragte Briar. „Sie waren uns doch immer gute Freunde!"

„Vielleicht ... aber lasst uns nicht einfach davon ausgehen, dass sie es immer noch sind."

Die Stimmung im Raum war gedrückt und Els Hand, die auf seinem Oberschenkel ruhte, verkrampfte sich. „Okay, lasst uns das logisch angehen. Wir glauben, dass Cornell uns manipuliert hat. Vielleicht sollte einer von uns dieses Wochenende mit ihm reden, nur um zu hören, wie er klingt, und um zu überprüfen, ob er bei den Feierlichkeiten zur Sonnenwende dabei sein wird. Charlie steht auch unter Verdacht – das dürfen wir nicht vergessen. Es kann gut sein, dass er mit Cornell zusammenarbeitet. Ich bin sicher, er wird da sein, ungeachtet seines Streits mit uns neulich. Vielleicht geht es bei all dem darum, den Cornwell-Zirkel aufzulösen ... oder ihn umzustrukturieren.“

Briar stieß einen erstickten Schrei aus. „Aber es gibt über dreißig Mitglieder! Ihr wollt mir doch nicht erzählen, dass sie glauben, wir würden uns einfach allem fügen, was sie vorschlagen! Das ist Wahnsinn!“

Reuben tat der Kopf weh. Alles klang verrückt. Er persönlich hatte sich nie nach Macht gesehnt, daher konnte er dieses Bedürfnis bei anderen nicht verstehen oder was sie überhaupt damit anfangen würden. Er mochte Freiheit und Entscheidungsfreiheit; aber andererseits führten seine Entscheidungen nicht dazu, dass jemand verletzt wurde. „Vielleicht ist Freiheit das, worum es hier geht“, überlegte er laut. „Vielleicht haben sich einige Mitglieder, ohne unser Wissen, mehr Freiheit gewünscht, um andere Magie zu praktizieren, die von Genevieve und den älteren Mitgliedern missbilligt wurde.“

„Welche Arten von anderer Magie?“, fragte Ben. „Ich dachte, ihr habt ohnehin alle verschiedene Arten von Magie. Unterschiedliche Stärken.“

Avery hatte sich kaum hingesetzt, als sie schon wieder auf und ab ging. „Aber wir halten uns an bestimmte Regeln der Hexerei. Dass wir niemandem schaden und stattdessen mit der Natur und den Jahreszeiten arbeiten, um das Leben zu bereichern – unser eigenes und das anderer. Gesundheit und Wohlbefinden verbessern. Positive Dinge. Andere wählen manchmal egoistischere Pfade.“

„Die dunklen Künste!“, neckte Hunter sie mit einem verschmitzten Grinsen.

„Benimm dich!“, schalt Briar ihn und gab ihm einen spielerischen Klaps. „Das ist nicht witzig!“

Alex rutschte auf seinem Stuhl hin und her und verzog das Gesicht bei der Bewegung. „Ich gehe immer wieder dieses Gespräch durch, das ich mit Genevieve hatte. Es war seltsam! Überhaupt nicht ihre Art. Ich frage mich, ob sie bedroht wird.“

Alle erstarrten und sahen Alex an, die Getränke auf halbem Weg zu den Lippen, die Hände regungslos in den Chipsschüsseln.

„Das ist doch nicht dein Ernst!“, sagte Reuben schließlich.

Briar stolperte beinahe über ihre Worte. „Genevieve? Unsere Hohepriesterin? Die mächtigste Hexe in unserem Zirkel? Nein! Das glaube ich nicht!“

Alex rieb sich die Bartstoppeln und starrte in die Ferne. „Oder vielleicht hält sie sich aus irgendeinem Grund zurück. Hält sich absichtlich nicht zu sehr raus. Ich habe keine Ahnung, warum.“

Auch Briar sprang von ihrem Stuhl auf und tigerte ebenfalls umher, um ihre nervöse Energie abzubauen. „Vielleicht bewahrt sie einen klaren Kopf. Konzentriert ihre Energie.“

„Hoffen wir es", sagte Avery. „Wir müssen nur herausfinden, was an Litha passieren wird – und wie wir es aufhalten können."

„Vielleicht sollte ich zu Genevieve gehen", schlug Briar vor. „Nachsehen, ob es ihr gut geht?"

„Nein!", sagte Alex sofort. „Das könnte sie kompromittieren oder dich in Gefahr bringen. Lassen wir es einfach. Wir sehen sie am Montag. So oder so wird sich dann alles aufklären."

Reuben stöhnte. Er wollte wirklich schlafen gehen, nur um am Morgen klar denken zu können. Und er wollte surfen. Das machte seinen Kopf immer frei. Aber mit den Verbänden an seinem Arm würde das nicht einfach werden. „Hört auf, bitte. Wir sind alle fix und fertig. Keiner von uns denkt klar. Wir stehen unter Schock und sind verletzt. Leute, denen wir vertraut haben, sind jetzt ein Risiko. Lasst uns ins Bett gehen und uns am Sonntag mit frischen Ideen und klaren Perspektiven treffen."

„Wartet!", sagte El plötzlich. „Ulysses hat letzte Nacht etwas gesagt, das mir nicht aus dem Kopf geht. Wir haben einen ganzen Haufen Gold, den wir nicht benutzen, und das ist Wahnsinn. Es ist die Sonnenwende. Die Sonne wird mit Gold in Verbindung gebracht. Es wird unsere stärkste Waffe sein, gegen was auch immer Harry und die anderen planen. Und gerade jetzt ist da draußen ein fetter Vollmond." Sie stand auf. „Wir müssen das Gold heute Nacht reinigen, und dann bringe ich es morgen zu Dante." Ihre Augen leuchteten vor Aufregung. „Genevieve benutzt doch manchmal einen Stab, oder?" Sie nickten und sie redete weiter. „Ich werde einen neuen aus Gold machen und ihn dann als Holz tarnen. Und die Spitze wird ein riesiger Stein sein. Bernstein vielleicht oder Citrin. Ich schau mal, was ich habe."

Reuben sah bewundernd zu ihr auf. *Seine wunderschöne, kluge Freundin.* „Das klingt fantastisch. Aber wird sie ihn benutzen?"

El beugte sich zu ihm und küsste ihn auf die Wange. „Das muss sie." Sie blickte die anderen an. „Ich werde mit ihr reden. Überlasst es einfach mir, und ich werde euch morgen über alles auf den neuesten Stand bringen."

„Brauchst du Hilfe?", fragte Avery.

El umarmte sie. „Nein. Ich habe einen Plan. Bring du Alex nach Hause. Er sieht immer noch fix und fertig aus."

„Oh, danke", sagte er und erhob sich. „Aber ich kann nicht leugnen, dass ich es bin."

„Wo treffen wir uns?", fragte Dylan und packte seine Ausrüstung weg. „Denkt bloß nicht, dass ihr uns hier raushaltet!"

„Ehrlich gesagt", gab Reuben zu, „ohne euch wüssten wir nicht einmal die Hälfte von dem, was los ist. Wollt ihr euch wieder hier treffen?"

Avery schüttelte den Kopf und ging hinüber, um ihn auf die Wange zu küssen. „Nein. Ihr habt genug getan, und euer Zuhause wurde überfallen, in die Luft gejagt und beinahe in Brand gesetzt." Sie wandte sich an die anderen. „Kommt zu uns. Ich melde mich wegen der Uhrzeit. Und bringt Ideen mit – egal wie verrückt sie auch erscheinen mögen. Verrückt ist im Moment vielleicht das Beste."

Fünfundzwanzig

Eli kreiste über dem Bodmin Moor, Zee in kurzem Abstand hinter ihm, und suchte den Boden nach ungewöhnlichen Aktivitäten ab.

Der Vollmond stand hoch am Himmel, ein paar Wolken zogen über ihn hinweg, und es war riskant, bei so hellem Mondschein zu fliegen. Aber das Bodmin Moor war eine Szenerie aus wogenden Graswellen, verlassenen neolithischen Siedlungen, verkümmerten Bäumen und Stille, selbst als sie über den Steinkreisen der Hurlers schwebten. Es gab keine Anzeichen für okkulte Aktivitäten, und abgesehen von ein paar hell erleuchteten Fenstern in den Häusern von Minions Village wirkte auch dieser Ort ruhig.

Er landete neben dem umgebauten Maschinenhaus und ging zu der Stelle, an der Ben und Cassie in der Nacht zuvor den Tunnel gefunden hatten. Es war einfach, die Holzabdeckung zu entfernen, und er spähte hinein, als Zee neben ihm landete.

„Erfolg?", fragte er.

„Ich habe ein Loch gefunden, falls du das meinst." Er konnte etwas sehen, das wie eine Holzabdeckung auf dem Boden aussah.

„Keine Lichter?"

„Ich glaube, der Schacht ist abgedeckt." Er zog seinen Kopf aus der kleinen Lücke und sah zu Zee auf. „Vielleicht sollte ich allein gehen und du hältst Wache."

Zee verzog das Gesicht. „Jetzt spiel dich nicht wie Rambo auf, Bruder. Ich komme auch mit. Wir können die Abdeckung wieder darüberziehen."

Eli widerstand dem Drang, Zee den Stinkefinger zu zeigen. Er schob sein Schwert vor sich her, legte seine Flügel vollständig an, zwängte sich durch das Loch und fiel einige Fuß tief auf den Boden.

Der Raum unter dem Besucherzentrum war größer, als er zunächst aussah. Obwohl es sich nur um einen einzigen quadratischen Raum handelte, muss die untere, ungenutzte Etage irgendwann einmal Teil des Arbeitsbereichs gewesen sein. Steinwände säumten den Raum, auch der Boden bestand daraus, aber die Decke war aus dicken, schweren Balken gefertigt. In der Mitte befand sich eine große, runde Holzabdeckung, die er leicht beiseite heben konnte und die einen breiten Schacht freilegte, der in die Dunkelheit hinabführte.

„Bei Hernes Eiern", murmelte Zee, als er neben ihm hinunterkletterte. „Das sieht so aus, als ob es verdammt tief runtergeht."

Eli rümpfte die Nase, als ihm der intensive Geruch von Moder, Feuchtigkeit und Metallen entgegenschlug. Es war stockdunkel, aber ihre Augen waren gut genug, um gut sehen zu können. „An der Seite ist eine Leiter befestigt. Ich hoffe, sie hält uns aus."

„Für unsere Flügel ist er nicht breit genug", murmelte Zee. Er sah über den Schacht hinweg zu Eli. „Also schätze ich, wir werden sie da unten in die Falle locken? Sie töten?"

„Das ist doch sicher besser, als wenn die Hexen versuchen, ihre Magie zu binden. Und ich kann mir nicht vorstellen, dass sie sich entschuldigen und ihren üblen Machenschaften den Rücken kehren wollen, oder? Mariah hat es auch nicht getan." Eli beugte sich vor, ergriff die Metallleiter und zog kräftig daran, aber sie hielt, gerade so. „Ich schlage vor, du wartest, bis ich unten bin, bevor du folgst." Ohne auf eine Antwort zu warten, schwang er sein Bein über die Kante und begann seinen langsamen Abstieg.

Erst auf halbem Weg nach unten dachte er an abgestandene Luft und giftige Dämpfe, aber wenn er sich richtig erinnerte, musste man sich bei Zinn- und Kupferminen darüber keine Sorgen machen. Und außerdem konnte er sehen, wie an manchen Stellen kleinere Schächte abgingen, und ein schwacher Luftzug strich ihm über das Gesicht. Als er schließlich unten ankam, trat er in ein flaches Wasserbecken und sah einen Gang vor sich, der lang und gerade verlief und weit über Kopfhöhe lag. Die Wände und die Decke waren grob behauen, in einigen Abschnitten waren alte Balken eingeklemmt. Es wäre leicht, sich hier unten zu verirren, obwohl er einen guten Orientierungssinn hatte. Er zog Kreide aus seiner Tasche, markierte die Wand, und wenige Minuten später kam Zee neben ihm an.

„Das erinnert mich", sagte Zee und zog sein Schwert, „an die Zeit, als wir die Smaragdminen in Ägypten betreten haben. Das wurde alles sehr chaotisch, und ich bin fast gestorben."

Eli grinste, während er den Weg anführte. „Dann mach hier besser nicht die gleichen Fehler, Bruder."

Caspian lockerte mit dem Finger den Kragen seines T-Shirts und war erleichtert, dass er seinen Anzug ausgezogen hatte. Der Pub, The Alley Cat, war heiß und überfüllt, und die Ecke, in der sie saßen, war dunkel, nur von gedämpften Lichtern erhellt, die die Wärme noch zu betonen schienen. Der Geruch von Schweiß und Parfüm kämpfte um die Vorherrschaft, und er nippte an seinem Bier und beobachtete Olivia, um sich abzulenken.

Newton war an der Bar, um eine zweite Runde zu holen, aber Olivia saß an einem anderen Tisch und beugte sich ernsthaft vor, während sie sich mit einem zwielichtig aussehenden, mittelalten Mann mit Bauchansatz und ergrauendem Haar unterhielt. Es war jedoch Olivia, die seine Aufmerksamkeit fesselte. Sie war wirklich umwerfend. Ihre durchtrainierten Arme glänzten im weichen Licht, sahen seidig und glatt aus, und ihr aufgewecktes, spitzbübisches Gesicht, während sie mit dem Mann sprach, schrie förmlich danach, geküsst zu werden.

Wow. Er lehnte sich in seinem Stuhl zurück und trank sein Bier aus. *Wo war dieser Gedanke hergekommen?* Aber wen wollte er eigentlich an der Nase herumführen? Er hatte das schon den ganzen Nachmittag gedacht. Er war Single, und sie war es anscheinend auch, warum also fühlte er sich lächerlich schuldig, dass seine Gedanken von Avery abschweiften? *Das war einfach,* dachte er und beantwortete sich die Frage selbst. *Weil er ein ver-*

liebter Narr war, der endlich weitermachen musste. Sein Verstand machte schon weiter, bevor sein Herz nachgekommen war.

Als ob sie bemerkt hätte, dass er sie ansah, blickte Olivia zu ihm zurück, ihre Lippen zu einem Lächeln geformt, bevor sie ihr Gespräch wieder aufnahm.

Schau weg. Er tat es schließlich und sah, wie Newton mit zwei Pints und einem Glas Weißwein zurückkam. Er schnaufte, als er sich setzte. „Redet sie immer noch mit diesem zwielichtigen Kerl?"

„Das tut sie, was wohl bedeutet", antwortete Caspian, als er das frische Pint nahm, „dass er Neuigkeiten hat."

„Gut. Ich fühle mich, als würde ich schwänzen, nur hier zu sitzen und zu trinken."

„Es ist fast Mitternacht, Newton! Du darfst an einem Freitagabend in einer Bar trinken. Und außerdem, neue Regeln, erinnerst du dich? Oder besser gesagt", seine Lippen zuckten belustigt, „keine Regeln."

Newton runzelte die Stirn. „Es *gibt* einige Regeln! Ich mag Regeln. Es sind nur andere."

„Und außerdem", argumentierte Caspian, „ist das hier Arbeit! Mit etwas Glück sind wir in den nächsten Stunden auf einer Auktion und begutachten, was auch immer Harry und die anderen hergestellt haben."

„Aber was dann? Wir können nichts kaufen. Und was ist, wenn Harry oder einer der anderen da ist? Sie werden dich erkennen. Und mich vielleicht auch."

Caspian hatte den ganzen Tag immer wieder darüber nachgedacht, seit Olivia gesagt hatte, dass sie sie in eine Auktion bringen könnte, falls es eine gäbe. „Die Gegenstände sind jetzt hergestellt und sie werden so verwendet, wie der Käufer es für richtig hält. Es muss ja nicht für etwas Schlechtes sein!“, wies er darauf hin, überrascht von der Intensität in Newtons Blick. „Ich will nur Harry ... oder Zane. Ich bezweifle, dass Lowen hier sein wird. Ich wurde in meinem eigenen Zuhause zur Zielscheibe und sie haben versucht, mich umzubringen.“ Allein bei dem Gedanken daran wurde er wütend. „Ich habe vor, sie zurückzuholen, um sie *unserer* Art von Gerechtigkeit zuzuführen.“

„Und wie willst du das anstellen?“

Er fragte sich, wie viel er preisgeben sollte, aber er hatte hier nur wenige Verbündete und brauchte Newtons Unterstützung. „Indem ich meine Magie einsetze, natürlich.“

„Aber Harry ist stark, das hast du selbst gesagt. Und er hat diesen mächtigen Ring, der Magie verschießt wie ein verdammter Laserstrahl.“

„Ich habe da ein paar Ideen. Obwohl dir die Magie, die ich anwende, vielleicht nicht gefallen wird.“

„Solange du sie schnappst, ist es mir scheißegal, was du benutzt.“

Caspian war sich nicht sicher, ob er sich jemals an Newtons neue Einstellung gewöhnen würde. „Nun, ich werde tun, was ich kann.“

Newton starrte ihn immer noch an, mit einem spekulativen Ausdruck im Gesicht, als Olivia jubelnd an den Tisch zurückkehrte.

„Habe ich etwas unterbrochen?“, fragte sie, und ihr Lächeln verblasste.

„Nein", antwortete Caspian etwas zu schnell. „Hast du Neuigkeiten?"

„Ja. Sam veranstaltet von Zeit zu Zeit kleine, ausgewählte Auktionen. Vor ein paar Wochen wurde er von einem Mann namens Harry Pedrick kontaktiert, der sagte, er habe neue, mächtige Gegenstände und eine Menge Gold zu verkaufen, aber er warnte, dass er einen hohen Preis verlange. Die Auktion ist morgen Abend." Ihre Augen verengten sich. „Harry ist doch der Name des Mannes, den du erwähnt hast, oder?"

„Richtig", sagte Caspian und versuchte, nicht auf ihre verlockenden Lippen zu schauen. „Wo genau?"

„Sie findet in Räumen am Embankment statt. Angemessen machiavellistisch. Aus Sicherheitsgründen gibt es verschiedene Ein- und Ausgänge, einer davon führt von hier aus dorthin. Weil er mich kennt und ich für dich gebürgt habe, kannst du hingehen. Aber", sie starrte sie eindringlich an, „ihr sollt keinen Ärger machen."

„Als ob wir das tun würden!", sagte Caspian gespielt beleidigt. „Wird Harry da sein?"

„Ich glaube schon. Ich habe nicht zu sehr nachgebohrt, da Sam langsam misstrauisch wurde. Ich habe gesagt, du wärst ein reicher Geschäftsmann, der okkulte Gegenstände sammelt und seit ein paar Jahren die Orphische Gilde nutzt. Zufrieden?"

„Sehr."

„Gut." Olivia nahm ihr Weinglas, nahm einen kräftigen Schluck und strahlte die beiden an. „Und nur, damit das klar ist – ich komme mit!"

Zee fühlte sich in der Dunkelheit wohl, zuversichtlich in seine eigenen Fähigkeiten und die seines Bruders, aber er musste zugeben, dass die Mine echt unheimlich war.

Der Pfad war uneben und zu beiden Seiten fielen große Höhlen ab. Der Boden war stellenweise von Tümpeln unbekannter Tiefe durchzogen und das ständige Rieseln von Wasser klang wie Flüstern um sie herum. Die Vorstellung, hier unten stundenlang zu arbeiten, war deprimierend. Sie waren noch nicht einmal weit gekommen und soweit er sich an das Moor erinnern konnte, waren sie auf dem Weg zu anderen verlassenen Minengebäuden etwas weiter nordöstlich.

Ein großer Wassertümpel erschien vor ihnen und zwang sie zu einem Umweg nach links. Zee war kaum auf halbem Weg um den Tümpel herum, als der Boden bröckelte, Holz splitterte und sich unter ihm ein Schacht auftat. Innerhalb von Sekunden fiel er. Instinktiv und trotz des engen Raums entfaltete er seine Flügel und stemmte sie gegen die Seiten, was ihn über dem sicheren Tod schweben ließ.

„Halt!", schrie er und drehte den Kopf, um zu sehen, wie Eli nach ihm hechtete. „Mir geht's gut. Warte nur. Der Boden bewegt sich noch."

Die Wand zu seiner Linken war nur wenige Meter entfernt und sein Flügel war seltsam gefaltet, als er sich verdreht hatte, um Halt zu finden, aber auf seiner Rechten war sein anderer Flügel vollständig ins Wasser ausgestreckt. Die Tiefe war ungewiss.

„Verdammt", murmelte er. „Die Bastarde haben eine Falle gestellt."

Eli war immer noch ein paar Meter hinter ihm, beobachtete den Boden und stocherte vorsichtig mit seinem Schwert nach vorne. „Das hier fühlt sich fest an."

Zee starrte in die Dunkelheit unter sich, seine Füße schwangen hin und her. „Ich kann die Ränder des Schachts sehen. Er ist nicht so groß."

„Groß genug, um einen Menschen zu töten", wies Eli ihn hin. „Nur deine Flügel haben dich gerettet."

Eli schlug mit den Händen das restliche Holz und die Erde weg, sodass die Ränder des Schachts deutlich zu sehen waren. „Sie haben ein morsches Stück Holz darüber gelegt und es mit Dreck bedeckt. Hinterhältige Scheißkerle."

„Und jetzt haben sie uns wahrscheinlich gehört", sagte Eli. „Ich springe über dich und ziehe dich auf der anderen Seite raus. Hoffen wir, dass da nicht noch ein versteckter Schacht ist."

Eli trat ein paar Meter zurück und rannte dann los, sprang über den Schacht und Zee und landete sicher ein paar Meter weiter. Für einen Moment erstarrte er, als ob er erwartete, dass der Boden wieder nachgeben würde, aber dann atmete er aus und sah Zee erleichtert an. Er legte sich auf den Bauch und streckte seinen Arm aus. Zee schwang leicht, um einen besseren Halt zu bekommen, ergriff Elis Hand und wurde innerhalb von Sekunden über den Rand gezogen.

Zee umklammerte seinen Arm fest. „Danke, Bruder."

„Lass es uns langsam angehen."

Sie waren noch nicht weit gekommen, als sich das Licht fast unmerklich veränderte und er eine Hand ausstreckte, um Eli aufzuhalten. „Ich sehe etwas vor uns."

Eli war stehen geblieben, um in die Dunkelheit eines anderen Ganges auf der rechten Seite zu starren, aber jetzt drehte er sich um und sprach kaum lauter als ein Flüstern. „Gut. Ich hab jetzt schon die Schnauze voll davon."

Sie gingen schweigend weiter, der Gang wurde breiter, bis sie schließlich an der Schwelle einer riesigen Höhle standen, deren Boden nach oben anstieg, wo er sich am Dach verengte. Auf dem erhöhten Boden knisterte ein Feuer, und Kerzen und Lampen beleuchteten etwas, das wie ein Lager aussah, über dem ein Schacht aufstieg. Aber niemand war zu sehen.

Mit dem Rücken an die Höhlenwand gepresst, musterten sie beide in der Dunkelheit den Bereich. Irgendjemand musste hier irgendwo sein, aber zweifellos hatte sein früherer Schrei sie vor ihrer Ankunft gewarnt.

Eli zeigte zur Decke hoch über ihnen und entfaltete langsam seine Flügel, bevor er schnell in die Dunkelheit aufstieg und sich dabei weit vom Feuerschein entfernt hielt. Zee umrundete die Höhle, schlich sich den ansteigenden Boden hinauf und hielt sich an die Schatten, als er sich dem Lagerfeuer näherte.

Aus der Dunkelheit wurde ein Feuerball auf ihn geschleudert, und Zee hechtete zu Boden und rollte sich ab, das Schwert in der Hand. Sekunden später folgten weitere Feuerbälle, und er rollte sich immer wieder ab, sprang schließlich auf und ging hinter einem Haufen herabgefallener Felsen in Deckung. Ein seltsames Gefühl durchfuhr seine Füße, sein Kopf summte, und er erkannte, dass jemand versuchte, ihn mit einem Zauber zu belegen. Er war noch nie dankbarer für sein Engelsblut gewesen. Magie wirkte bei ihnen nie wirklich, und er spürte, wie die Wirkung schnell verflog. Er konzentrierte sich auf die Höhle. Es schien, als käme der Angriff aus zwei verschiedenen Richtungen, und er schoss hervor, um ihr Feuer auf sich zu ziehen, damit Eli von oben angreifen konnte.

Alte Bergbauwerkzeuge und riesige, mannshohe Metalleimer lagen auf dem Boden verstreut, und er rannte zwischen ihnen hindurch, wobei er nur sekundenlang anhielt, während er den Hang hinauflief. Seine Geschwindigkeit war von Vorteil, da die mächtigen Energiestöße ihn ständig verfehlten.

Ein Schrei ertönte von oben, als Eli herabstürzte und einen zappelnden Mann hochzog, aus dessen ausgestreckten Händen Magie strömte. Er versuchte, Eli anzugreifen, konnte sich aber nicht weit genug herumdrehen. Ein weiterer Feuerball flog aus der Dunkelheit, und Eli wich ihm mit dem immer noch schreienden Mann in seinem festen Griff aus, während Zee mit voller Geschwindigkeit den Hang hinaufrannte, um den Angriff der zweiten Person auf sich zu ziehen. Er erreichte schließlich den Lagerbereich und hechtete hinter einen großen Metallcontainer, der auf den Überresten einer alten Schiene umgestürzt war.

Feuerbälle und Energiegeschosse zischten nun durch die Höhle und drohten, die Decke zum Einsturz zu bringen. Ein weiterer wilder Schrei ertönte von oben, endete aber abrupt, als der Kopf eines Mannes vor Zee auf den Boden krachte, gefolgt von seinem Körper. Überall spritzte Blut.

Ein weiteres gewaltiges Krachen von Macht war auf die Decke gerichtet, und dieses Mal brach ein riesiger Teil ab und Felsen stürzten zu Boden. Zee sprang aus dem Weg und sah dann mit Entsetzen, wie der Weg, durch den sie eingetreten waren, durch einen massiven Felsrutsch versiegelt wurde.

Trümmer schossen durch die Höhle, und Zee breitete seine Flügel aus und flog zu der Stelle, von der die Magie gekommen war. Aber eine weitere magische Explosion wirbelte ihn hoch und außer Reichweite, wobei die Kraft ein weiteres Stück Fels löste. Die ganze Höhle drohte einzustürzen.

„Siehst du den anderen Hexer?", schrie er Eli zu, verzweifelt bemüht, ihren Angreifer zu fassen, bevor sie ihre Chance verloren.

„Dort entlang!", Eli zeigte auf einen schmalen Gang, der sich am hinteren Ende der Höhle öffnete und fast von einem Felsvorsprung verdeckt war. Er wich einem weiteren herabstürzenden Steinblock aus. „Aber-"

Bevor er zu Ende sprechen konnte, ließ eine weitere gewaltige Explosion den schmalen Eingang unter ihm einstürzen, was sie effektiv daran hinderte, ihn zu verfolgen.

„Verdammt!", schrie Zee. „Er ist entkommen!"

„Wir haben ein dringenderes Problem, Bruder! Die Decke stürzt ein, und wir sind eingeschlossen."

Ein unheilvoller Riss zog sich im Zickzack über die Höhlendecke, und Zee wirbelte hektisch herum und suchte nach einem Ausweg. Ihre einzige Möglichkeit war der Schacht, der wieder nach oben führte.

„Hier entlang!", rief er Eli zu, als er zur Öffnung aufstieg. Der Schacht erstreckte sich über ihnen, und indem er seine Flügelspannweite verringerte, flog er aufwärts, erleichtert, als er sah, dass Eli folgte.

Aber dem Schacht erging es nicht besser als der Höhle darunter. Risse liefen an den Seiten entlang, und Steine bröckelten ab, prallten von seinen Schultern und verfingen sich in seinen Flügeln. Er erreichte die Spitze und fand sie mit einer Steinplatte versiegelt. Er ergriff die Überreste einer wackeligen Leiter, und innerhalb von Sekunden war Eli neben ihm.

Sie untersuchten die Platte über ihnen und stellten fest, dass sie auf einem Felsvorsprung ruhte, aber der Schacht war breiter als die Platte, und Eli sagte: „Wenn wir die losreißen können, sollte alles darüber herunterkommen, und wir sollten rauskommen können."

„Aber wir riskieren, von dem Steinschlag erfasst zu werden."

„Und wenn wir es nicht versuchen, sitzen wir hier fest." Das Grollen von herabfallendem Gestein hielt unter ihnen an, und Staub wirbelte um sie herum, obwohl sie so weit über der Höhle waren. Eli grunzte und hustete. „Weißt du noch, wie wir sagten, wir sollten unsere ruhigen Abende damit verbringen, Bier zu trinken und Spiele auf der Konsole zu spielen? Wir hätten bei dem Plan bleiben sollen."

„Das war deine Idee!", erinnerte Zee ihn.

„Ja, nun, erinnere mich das nächste Mal daran, was für ein Dummkopf ich bin, und sag mir, ich soll mich daran halten, Frauen zu verführen und Wunden zu heilen." Eli zog seinen kurzen Dolch. „Wenn ich den Fels auf dieser Seite ausmeißele und du dich um die andere Seite kümmerst, sollten wir in der Lage sein, sie zu lösen."

Zee nickte und balancierte unsicher, seine Füße und Flügel gegen die Wand verkeilt, um sich zu stabilisieren. Gemeinsam arbeiteten sie schnell. Als der Fels aufbrach, hackten sie weiter, und Zee war dankbar für die Zauber, die die Klingen ungewöhnlich stark machten.

Mit einem gewaltigen Krachen begann die Platte frei zu rutschen, und sie drückten sich flach an die Wände und gaben ihr beide einen letzten Ruck. Mit einem unheilvollen Grollen stürzte der Steinpfropfen an ihnen vorbei und riss sie beinahe mit sich. Ein Schwall von Gestein und Erde folgte, scheinbar endlos, bis er schließlich aufhörte und frische Luft um sie herumströmte. Über ihnen war ein weiterer Schacht, sicherlich schmaler, aber er konnte den Nachthimmel sehen.

Zee zog sich hoch, Hände und Arme gegen die Seiten gepresst, und arbeitete sich im Krebsgang an die Oberfläche, um sich schließlich oben ins Gras zu werfen. Sekunden später rollte Eli neben ihm her, und sie starrten zum Vollmond hinauf.

„Ich hatte mich schon gefragt", gab Eli zu, „ob ich den jemals wiedersehen würde."

Zee richtete sich langsam auf und stellte fest, dass sie sich immer noch im Bodmin Moor befanden, aber ein Stück vom Maschinenhaus entfernt. Und nirgends war eine Spur von einem fliehenden Hexer zu sehen. Der Boden bebte immer noch unter ihnen, und er zog Eli auf die Beine. „Glückwunsch zum Abschuss. Einer weniger, fehlen noch zwei."

Sechsundzwanzig

Briar starrte Eli ungläubig an. „*Du* hast Lowen getötet?"

„Er muss es gewesen sein. Jedenfalls nicht der schmalgesichtige Kerl, den Dylan gefilmt hat." Er nickte Cassie zu, die ebenfalls mit offenem Mund und weit aufgerissenen Augen zuhörte.

Sie befanden sich am frühen Samstagmorgen in Charming Balms, Briars Laden, und hatten gerade keine Kunden. Hunter hatte versucht, sie zu überreden, zu Hause zu bleiben, aber sie hatte schon genug Arbeitstage verpasst. Außerdem hatte sie sich von Mariahs Angriff vollständig erholt, und sie genoss es, ihre Seifen, Kerzen, Lotionen und Balsame herzustellen, ihre Stammkunden zu sehen und ein wenig zu plaudern. Das beruhigte sie und gab ihr ein Gefühl der Zufriedenheit und des Erfolgs.

Jetzt aber wurde ihr einfach nur schlecht. „Du hast ihn geköpft?"

„Jep. Der kleine Mistkerl hat versucht, mich mit diesen Magie-Salven zu treffen", er wackelte mit seinen großen Händen, „und er hatte es auf Zee abgesehen. Da hatte ich die Schnauze voll." Er lehnte sich auf den Tresen und nippte an seinem Kaffee. „Ich dachte, du würdest dich freuen."

„Ich find's verdammt genial", sagte Hunter grinsend und hob seine Tasse zum Gruß. Er war mit ihr zur Arbeit gekommen und hatte versprochen, sie zum Mittagessen auszuführen.

Eli erwiderte sein Grinsen. „Ich wusste, dass du es verstehen würdest."

„Ich *freue* mich ja", gestand Briar und fühlte sich furchtbar schuldig. Sie presste die Hände auf ihre Augen. „Ich dachte nur, wir würden sie mit weniger gewaltsamen Mitteln aufhalten."

„Dann hast du dich getäuscht", sagte Eli, aber nicht unfreundlich. „Und das liegt daran, dass du ein guter Mensch bist."

Als sie die Augen öffnete, blickte er sie besorgt an, und Hunter stimmte ihm bereits zu. „Aber das ist es ja, was so liebenswert an ihr ist."

„Ich bin Briars Meinung", sagte Cassie, „aber ich muss sagen, dass ich wirklich erleichtert bin, dass er tot ist. Es hat mir nicht gefallen, sie am Donnerstagabend zu beobachten. Sie waren furchteinflößend. Ich glaube, Zane hätte uns umgebracht, wenn er uns gesehen hätte."

Eli verzog das Gesicht. „Tja, leider ist er immer noch da draußen. Der kleine Scheißkerl ist in einen anderen Gang abgehauen und hat ihn dann blockiert. Und von Harry keine Spur."

„Aber", sagte Hunter, „ein Feind weniger ist eine gute Sache. Ich glaube, ich fahre zum Moor, schaue mich um und versuche, eine Fährte aufzunehmen."

Briar fuhr zu ihm herum. „Nein! Das ist zu gefährlich!"

„Ich werde mich nur umschauen, als mein Wolf! Ich werde mich von Leuten fernhalten.“

Eli stand auf und streckte seine riesige Gestalt. „Das ist eine gute Idee, aber sei vorsichtig. Wir haben gestern Abend einen Schacht freigelegt und es dann der Polizei gemeldet, als wir nach Hause kamen. Wir hatten Sorge, dass ihn jemand übersehen und hineinfallen könnte. Es ging *verdammt* tief hinunter.“

Briar wechselte einen nervösen Blick mit Cassie. „Das klingt, als wäre es schrecklich gewesen.“

„Faszinierend, um genau zu sein. Da unten liegt jede Menge verlassenes Gerät herum. Inzwischen ist es aber wahrscheinlich unter der Erde begraben. Viel zu unsicher, um noch einmal hineinzugehen.“ Er ließ die Schultern kreisen. „Ich fange mit der neuen Ration Balsam an, die wir brauchen. Ich habe eine Menge davon für Alex und Reuben verbraucht.“

Cassie rutschte von ihrem Hocker. „Ich helfe. Und außerdem will ich die Details wissen.“

Sie gingen in Richtung Kräuterkammer, und Briar wandte sich an Hunter. „Ich weiß, ich kann es dir nicht ausreden, aber bitte sei vorsichtig.“

Er zog sie in seine Arme, während er sich an den Tresen lehnte, ein verführerischer Blick in seinen Augen. „Natürlich. Ich habe noch ein paar Tage mit dir vor mir, und ich habe nicht vor, bei auch nur einem davon verletzt zu sein.“ Er küsste sie, seine Hände in ihrem Haar, und sie seufzte in ihn hinein, weil sie es liebte, wie sich seine Hände auf ihrer nackten Haut anfühlten. Er setzte sie in Flammen. Die Türglocke bimmelte und sie zog sich zurück, hitzig und verwirrt, als Stan, der Pseudo-Druide der Stadt, hereinkam.

Er lächelte nachsichtig. „Entschuldigung, dass ich die junge Liebe störe! Mache nur meine Runde. Später ist die Sonnenwendparade!"

Briar wand sich aus Hunters Armen. „Natürlich! Die schauen wir uns an, oder?" Sie stieß Hunter an.

„Klar doch. Und später sind wir am Strand. Ich liebe ein gutes Feuer!"

„Ausgezeichnet!" Stan strahlte, während sein Blick durch ihren Laden schweifte, den sie mit Sonnenblumen und Sommergirlanden geschmückt hatte. „Wie immer schön hier bei dir, Briar. Dann bis später!"

Sobald er gegangen war, gab Briar zu: „Ich hatte die Parade fast vergessen!"

„Ich finde, das Timing ist perfekt. Wir brauchen eine Nacht ohne die Jagd auf verdammte Hexen. Je eher ich zum Moor komme, desto eher bin ich wieder zurück. Und ich bestehe immer noch auf das Mittagessen!" Er küsste sie erneut, ließ sie atemlos zurück, und schlenderte aus dem Laden. Briar hoffte, dass er recht hatte. Sie brauchten einen stressfreien Tag. Hoffentlich auch einen ohne weiteres Blutvergießen.

Alex hatte beschlossen, zur Arbeit zu gehen, begierig darauf, aus dem Haus zu kommen. Er fühlte sich viel besser, da seine Wunde dank Briar und Eli gut verheilt war.

Allerdings hatte Jago, sein Koch, aus Mitleid wegen seiner Verletzungen ein riesiges Frühstückssandwich auf knusprigem Brot für ihn gemacht. Es war überladen mit Speck, Eiern, Tomaten und Wurst. Das Essen sah köstlich aus, gab ihm aber auch das Gefühl, ein Idiot zu sein, denn er war bei seiner Geschichte geblieben, er hätte zu viel Brandbeschleuniger für das Feuer im Garten verwendet.

„Bitte sehr, Alex", sagte er und stellte es auf die Theke. „Du siehst ein bisschen blass um die Nase aus! Das wird dich aufpäppeln. Hat Avery dich in letzter Zeit nicht gefüttert?"

„Natürlich hat sie mich gefüttert! Ich kann auch kochen, weißt du!"

„Na ja, du siehst verdammt übel aus. Bist du sicher, dass du hier sein solltest?"

Alex war empört. „Ja, danke! Und um genau zu sein, fühle ich mich viel besser!"

Jago verschränkte die Arme vor seiner breiten Brust und stützte sie auf seinen wohlgenährten Bauch. „Ich frag ja nur. Werd nicht gleich zickig! Ich weiß, dass du außerhalb der Arbeit ein paar interessante Sachen treibst."

Alex hielt inne, als er nach seinem Sandwich griff, und sah Jago misstrauisch an. *Was wusste er?* Aber Jago zwinkerte nur, und Alex beschloss, ihn zu ignorieren, während er einen Bissen von dem zugegebenermaßen grandiosen Brunch nahm. Jago war unverbesserlich.

Jago ging zurück in die Küche und Zee grinste Alex an. „Ich glaube, er ist dir auf die Schliche gekommen."

„Das will ich verdammt noch mal nicht hoffen. Oder zumindest nicht der unglückliche Vorfall mit du-weißt-schon-wem, jedenfalls. Sonst verliere ich meine Leute."

„Ja", sagte Zee und senkte die Stimme, „es war eine gewalttätige Woche für uns alle. Ich bin nur froh, dass es Shadow und meinen Brüdern gut geht."

Alex schluckte den letzten Bissen seines Sandwiches hinunter. „Wann kommen sie zurück?"

„Montag, glaube ich. Sie genießen Frankreich, solange sie können. Estelle ist auch da."

„Das habe ich von Caspian auch schon gehört." Eine unerwartete Gestalt betrat den Pub, während sie sich unterhielten, und Alex runzelte die Stirn. „Cornell ist hier."

„Dein mutmaßlicher Kollaborateur?", fragte Zee.

„Jap. Was will der denn?" Alex wischte sich Krümel vom Kinn und lächelte Cornell an, als dieser den Tresen erreichte. „Hey! Dich hätte ich hier nicht erwartet. Du bist weit weg von zu Hause."

Cornell lächelte und lehnte sich an den Tresen, während er den Pub und dann Zee musterte. „Ich suche Avery, aber sie ist nicht in ihrem Laden und ihre Angestellten wissen nicht, wo sie ist."

Interessant. Sally und Dan wussten normalerweise über alles Bescheid.

„Sie vertritt sich wahrscheinlich gerade in der Stadt die Beine. Wofür brauchst du sie?"

Cornell sah Zee unbehaglich an. „Ich wollte nur noch etwas mehr von dem Zeug, das sie mir neulich geliehen hat." Seine Augen wurden vielsagend größer.

Das Gold, das sie nicht die geringste Absicht hatten, ihm zu geben.

„Ah, das! Du kannst vor Zee reden. Er ist ein guter Freund", sagte er, stellte die beiden vor und log dann. „Wir haben es nicht mehr. Es ist jetzt bei der Polizei."

„Polizei!", Cornell sah entsetzt aus. „Warum?"

„Avery war es wirklich unangenehm, es im Haus zu haben, bei all dem Pech, das es gebracht hat, und niemand sonst wollte es auch. Die Polizei hat es jetzt an einem sicheren Ort."

Zorn blitzte in Cornells Augen auf, aber er beherrschte sich schnell wieder. „Das ist bedauerlich, aber ich verstehe es."

„Wofür wolltest du es denn?"

Cornell zuckte mit den Schultern und versuchte offensichtlich, lässig zu wirken. „Nur zur Vorbereitung auf Montagnacht. Ich werde auch ohne zurechtkommen."

Alex nickte und sah so mitfühlend wie möglich aus. „Ja, es war eine plötzliche Entscheidung. Tut mir leid. Du hast von Mariah gehört, nehme ich an?"

Cornell blinzelte und seine Lippen wurden schmal. „Ja. Bedauerlich."

Alex hatte Cornell gemocht. Er war ungefähr im gleichen Alter, unkompliziert und er hatte ihn für vertrauenswürdig gehalten. Jetzt merkte er, wie er bei allem, was er sagte, vorsichtig war. Er senkte seine Stimme. „Ich werde froh sein, wenn das alles vorbei ist, du nicht auch? Danke für deine Hilfe im Moor neulich. Avery meinte, du warst fantastisch."

Er entspannte sich und lächelte. „Es war gut, helfen zu können. Wie auch immer, ich lasse euch dann mal machen und wir sehen uns am Montagabend."

Alex beugte sich vor. „Ich bin froh, dass du auf unserer Seite bist. Es könnte eine heikle Nacht werden. Du sagtest, du hast ein paar Dinge vorbereitet?"

„Ja, absolut." Er nickte, als er vom Tresen zurücktrat, unwillig, sich in ein weiteres Gespräch verwickeln zu lassen. „Tut mir leid, muss jetzt los. Danke, Alex." Er warf Zee einen beunruhigten Blick zu und verließ dann den Pub.

„Ich frage mich", sinnierte Zee, „ob er, falls er auf ihrer Seite ist, mit Zane gesprochen hat und von Lowen weiß."

„Er schien sich jedenfalls für dich zu interessieren." Alex sah Cornell nach, der durch die Fenster zu ihnen blickte, bevor er ging. „Ich wette, das hat er." Er stieß einen langen Seufzer aus. „Scheiße. Das Leben wird einfach immer komplizierter."

„Nicht mehr lange. Montagnacht sollte alles vorbei sein."

„Das will ich auch hoffen", sagte Alex düster. „Ich mache mir nur Sorgen, was er sonst noch für Litha vorbereiten wollte." Er schob den Rest seines Sandwiches von sich, sein Magen drehte sich um. „Ich kann das nicht essen."

„Ausgezeichnet. Ich verhungere." Zees Augen leuchteten auf, als er sich den Teller schnappte. „Und was den Montag angeht, solltest du besser auch ein paar Dinge in petto haben."

Avery war froh, dass die Arbeitswoche vorbei war und sie sich entspannen konnte. Oder es zumindest versuchen konnte. Obwohl sie wusste, dass Lowen tot war, war ihr nur allzu bewusst, dass Harry und Zane immer noch da draußen waren und etwas ausheckten, zweifellos mit Cornell und vielleicht sogar Charlie. Und es könnten sogar noch andere beteiligt sein.

Zu wissen, dass Cornell nach ihr gesucht hatte, war beunruhigend gewesen, und sie war erleichtert, dass sie ihn vom hinteren Teil des Ladens aus entdeckt hatte und entkommen war, bevor er sie sah. Sally und Dan waren nur allzu gerne bereit, für sie zu lügen.

Und nun saß sie mit ihren Freunden auf einer Decke in den Sanddünen, beobachtete das Ende der Parade, während die Teilnehmer zum Strand strömten, wo das Feuer in der Dämmerung bereits loderte, und versuchte verzweifelt, sich zu entspannen und die jüngsten Ereignisse zu vergessen.

Alex stieß sie an. „Du sollst doch Spaß haben!"

Aufgeschreckt drehte sie sich um und lächelte. Alex' dunkles Haar war offen und Stoppeln küssten sein Kinn. Sie strich ihm über die Wange und dachte daran, wie erleichtert sie war, dass er nicht schwer verletzt worden war. „Entschuldige. War meilenweit entfernt."

„Ich verstehe das. Aber wir haben das Ende der Woche erreicht und uns geht es allen gut, also lass es uns genießen." Er griff in den Picknickkorb nach der Weinflasche und füllte ihr Glas nach. „Bitte sehr."

Sie nahm es mit einem Lächeln an, als El sagte: „Leichter gesagt als getan, Alex." Sie hielt eine halbleere Bierflasche in der

Hand, aber ihre Augen überflogen die Menge, bevor sie auf ihren Freunden ruhten. „Ich bin nervös und werde das Gefühl einfach nicht los."

Hunter lag ausgestreckt auf der Decke und blickte in den Himmel, der von Rosa- und Lilatönen durchzogen war, aber er rollte sich auf die Seite und stützte sich auf seinen Ellbogen. „Ich habe heute drei Fährten im Zentrum des großen Kreises bei den Hurlers gefunden und ihren Weg zum Besucherzentrum, aber sie waren nach so vielen Tagen schwach. Weiter entfernt habe ich aber nichts gefunden."

Reuben nickte. „Zane muss woanders rausgekommen sein. Oder er ist noch da unten, in einer anderen Höhle. Die haben bestimmt ein paar Schlupflöcher."

„Ich hoffe, dass Zee und Eli ihn eingeschlossen haben und er da unten verrottet", sagte Briar schmollend. „Aber ich bezweifle, dass wir so viel Glück haben werden."

Avery war erschrocken. Es war untypisch für Briar, so etwas auszusprechen, aber sie waren diese Woche alle an ihre Grenzen gebracht worden.

Hunter sprang auf die Beine, streckte ihr die Hand hin, ein spitzbübischer Ausdruck in seinen Augen. „Komm schon, Briar. Zeit zu tanzen."

„Tanzen?", fragte Briar und sah mit großen Augen zu ihm auf.

„Ja!" Er packte ihre Hand und deutete zu der Menge unter ihnen. Eine Gruppe einheimischer Musiker hatte sich in der Nähe aufgebaut und die Klänge von Akustikgitarren und Stammesgetrommel wehten über den Sand zu ihnen herüber. Es tanzten bereits ein paar Leute um das Feuer. „Das sieht nach Spaß aus und ist genau das, was wir brauchen!“

Sie schenkte ihm ein schiefes Grinsen und ließ sich von ihm auf die Beine ziehen, und Reuben tat dasselbe mit El und sagte: „Der Wolfsmann hat recht. Zeit zu feiern!“

Innerhalb von Sekunden war Avery mit Alex allein, und er beugte sich vor und küsste sie. „Sie haben recht. Lass uns zu ihnen gehen.“

„Aber ich habe ein schlechtes Gewissen. Diese Woche sind Leute gestorben! Und Newton und Caspian sind immer noch in London. Wer weiß, was sie heute Abend bei dieser Untergrundauktion durchmachen müssen!“ Newton hatte angerufen, um ihnen mitzuteilen, was sie an diesem Abend tun würden, und jetzt konnte sie nicht aufhören, sich Sorgen zu machen.

„Sie sind erwachsene Männer, die durchaus in der Lage sind, auf sich selbst aufzupassen. Und obwohl ich mir auch Sorgen mache“, gestand er, „ist Caspian mächtig, und Olivia ist dabei. Es ist Zeit, sich zu entspannen!“ Er stand auf und sah mit einem warmen, einladenden Blick zu ihr hinunter.

Sie rappelte sich auf, stolperte beinahe im weichen Sand und dachte, dass das Feuer und der Tanz tatsächlich nach Spaß aussahen. Die Mitglieder der Parade tanzten ebenfalls und die Feuerjongleure hatten sich aufgebaut, um die Menge zu unterhalten. Er hatte recht. Sie musste loslassen, also nahm sie seine Hand und ließ sich von ihm zum Strand hinunterführen.

Siebenundzwanzig

Der Raum, in dem die Auktion stattfand, glich eher einer Höhle, und Newton musterte ihn misstrauisch.

Die Decke war gewölbt, die Wände bestanden aus Stein, und es gab mehrere Gänge, die zu ihm hinführten, sowie ein paar andere Räume, die von ihm abgingen. Er fühlte sich wie mitten in einem Spinnennetz, und er war nicht die Spinne. Olivia jedoch, stilvoll in einem Kleid und Stöckelschuhen, wirkte gelassen, und Newton nahm an, dass sie schon viele Male hier gewesen war. Sie hatte dem Mann, der den schmalen Eingang in einer Seitenstraße bewachte, ein Passwort genannt, und er hatte sie schweigend hindurchgeführt. Dann hatte sie sie eine Wendeltreppe hinab in einen unterirdischen Gang geführt. Newton ging davon aus, dass alle Eingänge ähnlich geschützt waren.

Caspian wirkte wachsam, als er den Raum überblickte und zweifellos, wie Newton, nach Harry Ausschau hielt. Als Newton jedoch die etwa ein Dutzend Leute musterte, die für die Auktion da waren, war er sich nicht sicher, ob es eine gute Idee war, dass Caspian hier war. Wenn Harry auftauchte und Caspian sah, könnte es ihn zu Gewalt provozieren, und in einem so kleinen, geschlossenen Raum könnte es ein Blutbad geben. Aber er ermahnte sich, dass einige der Anwesenden auf irgendeine Weise paranormale Fähigkeiten besitzen und daher in der Lage sein würden, auf sich selbst aufzupassen. Er musste die Nacht ihren Lauf nehmen lassen.

Alle drei standen im hinteren Teil des Raumes, doch während Olivia und Caspian saßen, hielt sich Newton an der Wand auf und beobachtete die letzten Nachzügler, die den Raum betraten. Ein langer Tisch war mit Häppchen und Wein gedeckt, und an der Vorderseite standen ein weiterer Tisch und ein Podium. Sam, der Mann, mit dem Olivia im Club gesprochen hatte, stand bereits dort oben und unterhielt sich mit einem anderen Mann mit dunklem, zurückgegeltem Haar und einem blassen Gesicht.

Sam hob seinen Hammer und schlug ihn nieder, was die Aufmerksamkeit aller auf sich zog. „Vielen Dank, meine Damen und Herren. Der Raum auf der rechten Seite ist nun bereit, und Sie können die zur Versteigerung stehenden Objekte besichtigen. Bitte nichts anfassen. Und keine Getränke oder Speisen, während Sie die Posten begutachten." Sein Blick verhärtete sich. „Alle, die gegen die Regeln verstoßen, werden rausgeworfen."

Die Gruppe murmelte und nickte, während sie sich auf den Weg in den Raum machte, einschließlich Olivia und Caspian. Newton hielt sich zurück, musterte immer noch die Ausgänge und hoffte, dass Harry oder vielleicht Zane auftauchen würde. Er wusste, wie sie aussahen, war aber zuversichtlich, dass sie ihn nicht erkennen würden. Bisher geschah jedoch nichts Unvorhergesehenes.

Innerhalb weniger Minuten kehrte Caspian mit finsterer Miene zurück und trat an Newtons Seite. „Dort drüben gibt es eine ganze Reihe mächtiger Objekte, und ich glaube, ich weiß, welche Harry gehören. Es gibt Goldringe mit Edelsteinen, Amulette, Kelche und ein paar Anhänger, und alle beziehen sich auf eine Kombination von Planetenkorrespondenzen. Keines davon ist besonders prunkvoll, aber die Macht, die sie besitzen, ist beeindruckend.“

„Gefährlich beeindruckend?“

„Nicht mehr als jedes andere Objekt dort. Es ist nicht die Macht, die sie besitzen, die das Problem ist ... es ist das, was man damit anfängt.“ Caspians Augen verengten sich, als er den Raum überblickte. „Ich glaube, ein paar Leute waren am Donnerstagabend damit beschäftigt, Objekte herzustellen, um sie zu verkaufen. Diese Auktion heißt ‚Kosmische Alchemie‘. Aber nur Harrys Ware scheint altes, blutgetränktes Gold zu enthalten.“

„Du kannst den Unterschied erkennen?“

„Eher fühlen. Er hat etwas Greifbares getan, um es zu verstärken.“

Olivia trat mit einem selbstgefälligen Lächeln zu ihnen. „Harry wird hier sein. Alle Erschaffer sind hier. Sie haben zugestimmt, Fragen zu ihrer Ware zu beantworten. Sam dachte, das würde dem Ganzen mehr Authentizität verleihen – und könnte die Preise in die Höhe treiben.“

Caspian nickte. „Ausgezeichnet. Er wird nicht damit rechnen, mich zu sehen.“

Newton beäugte Sam mit neuem Respekt. Er unterhielt sich gerade mit einer schlanken Frau mit einem stumpf geschnittenen, blonden Bob. „Natürlich. Es ist wie auf einer Kunstausstellung, wo der Künstler zwischen den Gästen flaniert.“ Newton sah eine Bewegung am hinteren Ausgang und blickte über Caspians Schulter. „Wenn man vom Teufel spricht ...“

Olivia sah sich beiläufig um. „Der Mann mit dem grau melierten, schulterlangen Haar?“

„Genau der“, sagte Newton und passte auf, falls Zane neben ihm auftauchen sollte. „Ich glaube, er ist allein. Er redet mit dem Mann mit dem zurückgegelten Haar.“

„Jeremiah“, half Olivia aus. „Sams rechte Hand. Er wird die Auktion ebenfalls leiten. Sam wird nicht lange bleiben.“

Caspian hatte sich absichtlich nicht umgedreht und Harry den Rücken zugekehrt. „Eine Ahnung, durch welchen Eingang er gekommen ist?“

„Ich glaube, von The Alley Cat aus“, sagte Olivia. „Sam gehört die Bar, genau wie dieser Ort hier. Es ist praktisch für ihn, zu kommen und zu gehen, und einer der Angestellten hat Harry höchstwahrscheinlich hierher eskortiert.“

Newton schüttelte den Kopf. Wenn das mal kein Leben im Verborgenen war. *Verdammte, zwielichtige Okkulthändler.* Um sich zu orientieren, fragte er: „Und wir sind unter den Victoria Embankment Gardens, richtig?“

„Ja. Nicht weit von der U-Bahn-Station entfernt.“

„Wo ist Harry jetzt?“, fragte Caspian.

„Er geht gerade zu den Posten“, informierte ihn Newton.

Caspian wandte sich an Olivia. „Wenn er mich sieht, rennt er vielleicht weg. Welchen Weg wird er wahrscheinlich nehmen, um zu verschwinden?“

„Wahrscheinlich durch die Bar. Zweifellos wird er danach feiern – wenn seine Verkäufe heute Abend gut laufen. Was denkst du?"

„Dass ich dort warten sollte. Dort wird es dunkel, voll und laut sein. Ich kann ihn mit einem Glamour belegen, und wir können uns sicher auf die Straße manövrieren."

Newton war besorgt. „Kannst du einen anderen Hexer mit einem Glamour belegen?"

„Es ist knifflig, aber ich schaffe das. Besonders, wenn ich ihn unvorbereitet erwische." Er schenkte Newton ein grimmiges Lächeln. „Wir haben hier nur wenige Möglichkeiten, Newton. Ihn auf der Straße zu schnappen, könnte noch chaotischer werden."

Newton schnaubte. „Na gut. Aber lass uns so diskret wie möglich sein."

„Ich bin doch kein Idiot! Wir sehen uns in der Bar. Pass nur auf, dass Harry sich nicht entscheidet, woanders hinzugehen!"

Newton atmete erleichtert auf, als Caspian ging, und dachte, dass der Plan zwar wackelig, aber unter den gegebenen Umständen der beste war. „Also gut. Olivia, vielleicht sollte ich ein paar Fragen stellen, um wie ein echter Bieter zu wirken?"

Olivia schüttelte den Kopf. „Nicht, dass mit deinem kornischen Akzent etwas nicht stimmt, aber er könnte Misstrauen erregen. Du hältst dich zurück. Ich stelle die Fragen. Ich bin hier ohnehin dein Guide, erinnerst du dich?"

Und ohne auf seine Zustimmung zu warten, schob sie ihn auf einen Stuhl und ging.

Caspian gelang es, eine freie Nische in einem der Räume der Kellerbar zu finden, und er machte es sich mit einem Pint gemütlich.

Es kam ihm vor, als würde er schon eine Ewigkeit warten. Einige Leute sahen ihn vorwurfsvoll an, weil er allein einen ganzen Tisch beanspruchte, aber er sagte ihnen, dass er Freunde erwarte, und sprach dann einen Zauber, um jeden anderen davon abzuhalten, näherzukommen.

Nachdem er fast zwei Stunden lang auf seinem Handy gelesen und dank des kostenlosen WLANs der Bar endlos im Internet gesurft hatte, schrieb Newton ihm eine Nachricht, dass sie an der Theke wären, um Getränke zu holen. Caspian stürzte den Rest seines inzwischen warmen Pints hinunter und fand Newton, der ihn erleichtert begrüßte.

„Er ist mit Olivia am anderen Ende und will gerade eine Runde zur Feier des Tages ausgeben."

„Lief es gut bei ihm?", fragte Caspian und suchte die Menge nach ihnen ab, bevor er sich ihnen näherte.

„Sehr. Er hat ein verdammtes Vermögen gemacht. Können Sie ihn von hier aus bezaubern?"

„Leider nicht." Caspian entdeckte Harry, der mit dem Rücken zu ihm an die Theke gelehnt mit Olivia plauderte. „Wünsch mir Glück."

Noch bevor Harry sich bei seiner Annäherung umdrehen konnte, schlich sich Caspian an ihn heran und sprach den Zauber, um seine Zunge zu versiegeln. Dann trat er vor ihn und

starrte in Harrys verwirrten Blick, als er begann, ihn zu bezaubern. Sobald er Caspian sah, weiteten sich seine Augen vor Wut und er kämpfte darum, zu sprechen. Er wandte seinen Blick ab, während Caspian versuchte, den Augenkontakt zu halten.

Verdammt. Harry war stark. Sehr stark. Bevor Caspian überhaupt registrieren konnte, was geschah, hob Harry die Hände und entsandte einen Energiestoß, der Caspian direkt in die Brust traf und ihn durch den Raum schleuderte, wo er durch einen Tisch krachte und gegen eine Wand prallte.

Doch das war seine geringste Sorge. Harry war es egal, wer ihn sah. Er schickte einen weiteren magischen Blitz auf Caspian, den dieser abwehren konnte. Er traf die Decke und riss ein Stück Stein herunter, woraufhin in der Bar Chaos ausbrach.

Türsteher begannen sich zu nähern, aber Harry packte Olivia, schlang einen Arm um ihren Hals und stieß sie, sie als Schild benutzend, vor sich her, während er sich auf den Weg zum Ausgang machte. Newton war näher dran und stürmte los, um ihn abzufangen, aber Harry schleuderte ihn durch eine schreiende Gruppe von Gästen. Caspian befreite sich mühsam aus den Trümmern des Tisches, sein Kopf pochte von dem Aufprall an der Wand, und rannte Harry nach.

Es war unmöglich, nahe heranzukommen. Harry zerrte Olivia mit sich und schleuderte weiterhin zackige Blitze sengend heißer Magie um sich. Die Wände waren zerschmettert und geschwärzt, Tische schwelten und die Türsteher stießen Leute beiseite, um zu ihnen zu gelangen. Caspian murmelte Zauber, um die Türsteher zu verwirren und zu verblüffen, und sah, wie ein paar von ihnen wegtaumelten. Harry jedoch rannte weiter.

Doch wie Caspian vermutet hatte, gab es in The Alley Cat mehr als nur gewöhnliche Gäste. Er spürte, wie Magie um ihn herum anschwoll, ob zum Angriff oder zur Verteidigung, konnte er nicht sagen. Ein Mann, der wie ein Mitarbeiter aussah, stand am anderen Ende des Pubs und wirkte einen Schutzzauber, der sie einschließen sollte. Harry hatte ihn jedoch entdeckt und startete einen Angriff. Olivia sah ihre Chance und riss sich aus Harrys Griff los, und Caspian schleuderte den größten Zauber, den er in einem so engen Raum wirken konnte. Er riss Harry in einem Wirbel aus Armen und Beinen vom Boden, und Caspian raste ihm nach, schleuderte ihn durch den Mann am Ausgang und die Treppe hinauf. Gäste warfen sich in Deckung und Olivia huschte durch sie hindurch, Caspian folgend. Er hoffte, dass Newton in der Nähe war.

Die nächsten Minuten waren ein einziger Rausch, während Caspian Angriffe abwehrte, die ihn bewegungsunfähig machen und fangen sollten, und Harry im Auge behielt. Als er auf der Straße ankam, sah er, wie Harry sich bereits zu ihm umdrehte.

„Harry! Tun Sie das nicht!", flehte Caspian mit erhobenen Armen, während er eine Schutzmauer errichtete. „Sie stecken schon in genug Schwierigkeiten! Und Sie haben eine Familie, an die Sie denken müssen. Kommen Sie freiwillig mit! Es ist schon genug Blut geflossen."

Harry knurrte ihn beinahe an, und Caspian erkannte, dass sein Zungenbindungszauber verschwunden war. „Es wird noch viel mehr geben, bevor das hier vorbei ist!"

„Aber worum geht es hier eigentlich? Es ergibt keinen Sinn! Sie haben heute Abend eine Menge Geld verdient. Ist das nicht genug? Sie haben sich jetzt einen Namen gemacht – Sie können weitere Waren zum Verkauf herstellen."

„Nicht, wenn Sie meine Kräfte binden, Caspian, und das lasse ich von niemandem zu." Harry richtete sich auf und warf die Schultern zurück. „Der Zirkel braucht eine Veränderung, und wir werden sie herbeiführen – auf die eine oder andere Weise."

Er schlug erneut zu und Caspian ging zum Gegenangriff über, aber Harry floh. Fluchend beschwor Caspian die Luft und erschien wieder in den Victoria Embankment Gardens. Es war spät und es gab wenig Verkehr und glücklicherweise noch weniger Menschen. Er sah Harry die Straße entlangrennen, auf dem Weg zur Embankment Station. Caspian hatte nicht die Absicht, ihn zu verlieren. Bäume säumten eine Seite der schmalen Straße, und er sprach einen Zauber, der mehrere von ihnen zersplittern ließ, und Äste stürzten zu Boden und klemmten Harry unter sich ein.

Caspian hielt nicht an. Er schickte Welle um Welle Magie, ließ weitere Äste herabstürzen und schuf einen riesigen Käfig um Harry, bis es praktisch unmöglich war, ihn unter dem Gewirr aus Ästen und Blättern zu sehen. Er rannte, ohne auf mögliche Beobachter zu achten, verzweifelt darauf aus, ihn endlich zu fangen. Die Ereignisse im Pub waren eine Katastrophe, aber wenn er ihn jetzt festsetzen konnte, wäre es das alles wert gewesen.

Gerade als er sich ihm näherte, traf ihn etwas von hinten und er fiel und landete bäuchlings auf dem harten Boden. Er rollte sich auf den Rücken, gerade rechtzeitig, um zu sehen, wie der Mann aus The Alley Cat einen Zauber auf ihn schleuderte. Baumwurzeln schossen aus dem Boden, fesselten seine Arme und Beine, und der herannahende Mann sprach einen weiteren

Zauber, entzündete die Wurzeln und schloss ihn in eine flammende Fessel ein. Caspian tat das Einzige, was er tun konnte. Er beschwor die Luft und verschwand.

Newton kam am Ende der Straße quietschend zum Stehen und sah entsetzt zu, wie Caspian plötzlich in Flammen gefangen war.

Der Mann, der über ihm stand, war so sehr auf ihn konzentriert, dass er Newton nicht gesehen hatte. Dahinter entdeckte er Harry, der sich aus der Masse der Äste befreite. Als Newton Schritte hörte, drehte er sich um und sah eine Gruppe von Männern auf sich zu rennen.

Olivia zupfte an seinem Arm. „Hier lang."

Sie zog ihn die Straße hinunter und bog scharf ab, lief im Zickzack über enge Gassen, bevor sie eine Treppe hinunter und durch eine Tür in einen weiteren schmalen Durchgang rannte.

„Olivia! Wo gehen wir hin? Wir haben Caspian zurückgelassen! Und dieser Bastard Harry wird entkommen!"

Sie schlug die Tür hinter ihnen zu und zog Newton weiter. „Wenn du nicht stundenlang von Sams Männern verhört werden willst – was keine angenehme Erfahrung sein wird –, halt den Mund und geh weiter."

„Aber ich bin von der Polizei!"

„Deine Autorität bedeutet ihnen nichts."

„Aber was ist mit dir? Er kennt dich!"

„Darüber mache ich mir später Sorgen." Sie bog unzählige Male verwirrend ab und floh dann eine weitere lange Treppe hinunter. Ein Grollen drang durch die Wände, und hinter diesem Geräusch glaubte Newton, Schritte zu hören.

Olivia hielt schließlich vor einer Tür an, die mit einer Panikstange versehen war. Sie schlug kräftig dagegen und versuchte, hindurchzukommen. Die Tür rührte sich nicht vom Fleck. „Newton! Hilf mir!"

Er schlug sie nach unten, stemmte seine Schulter dagegen und rammte sie immer und immer wieder, bis sie schließlich vorwärts in eine U-Bahn-Station fielen.

„Charing Cross", murmelte Olivia, als sie seinen Arm packte und ihn mit sich zog.

Sie betraten einen Bahnsteig, auf dem bereits ein Zug stand. Sie zerrte ihn in den Waggon, gerade als die Tür zu glitt. Als der Zug anfuhr, sah Newton einen Mann auf den Bahnsteig rennen, der sich wild umsah. *Ihr Verfolger*. Aber er war zu spät. Der Zug war zu schnell, um ihn noch zu erwischen.

Newton war stinksauer auf sich selbst. „Wir haben Caspian zurückgelassen! Verletzt! Und dieser Bastard scheint seiner Falle entkommen zu sein."

Olivia setzte sich, während die U-Bahn durch die Tunnel ratterte. „Hast du nicht gesehen? Caspian ist verschwunden."

Newton griff sofort nach seinem Handy und war froh, dass es noch in seiner Tasche war. Innerhalb von Sekunden nahm Caspian den Anruf entgegen und klang atemlos.

„Den Göttern sei Dank", sagte Newton und sank auf seinen Platz zurück. „Geht es dir gut?"

„Leicht angesengt, aber im Hotel. Und dir?"

„In der U-Bahn. Bin bald zurück. Und du plünderst besser die Minibar."

Achtundzwanzig

Alex reichte Caspian ein Bier und bemerkte dabei den angespannten Ausdruck um seine Augen und seinen verbissenen Mund, den nicht einmal die sonntägliche Nachmittagssonne aufhellen konnte.

Die Hexen hatten sich zusammen mit Hunter, Newton und Ghost OPS in Averys und Alex' Garten zu etwas versammelt, das sich wie ein Kriegsrat anfühlte. Er und Avery hatten überlegt, ob sie Ulysses, Hemani, Nate und Eve bitten sollten, sich ihnen anzuschließen, sich aber letztendlich dagegen entschieden. Sie waren alle zu vorsichtig, um noch jemanden einzuladen, und sie hätten ihre Sorgen über Cornell preisgeben müssen.

Caspian und Newton hatten von den Ereignissen ihres Wochenendes berichtet und Newton sah genauso niedergeschlagen aus wie Caspian, als er am Holztisch saß und zerstreut zusah, wie Reuben am Grill Burger und Würstchen wendete.

Alex und Avery waren beschwingt von ihrer vergnüglichen Nacht bei den Sonnenwendfeierlichkeiten in den Tag gestartet. Unglücklicherweise fühlten sie sich jetzt einfach nur mies, weil sie gefeiert hatten, während ihre Freunde allein gegen Harry gekämpft hatten.

„Also“, sagte Avery mit gerunzelter Stirn, „hat Harry so gut wie zugegeben, dass er den Zirkel stürzen wollte?“

Caspian nickte. „Ja. Er sagte, es sei Zeit für eine Veränderung und er würde sie herbeiführen. Das klang alles sehr unheilvoll. Natürlich habe ich Cornell nicht erwähnt.“ Er starrte auf den Tisch, seine Finger rieben über die Maserung, aber schließlich hob er den Kopf und sah die anderen an. „Er war stark, aber ich hatte ihn fast. Hätte sich nur diese andere verdammte Hexe nicht eingemischt.“

„Du hast das gut gemacht“, sagte Newton zu ihm. „In diesem Club herrschte das reinste Chaos. Es war schon ein Erfolg, ihm überhaupt aus der verdammten Tür zu folgen. Und Olivia war fantastisch.“

Caspians Gesicht erhellte sich mit einem seltenen Lächeln. „Kein Wunder, dass Shadow und Gabe sie mögen. Sie ist zuverlässig und findig.“

„Sie hat mir die Haut gerettet“, gab Newton zu.

„Also“, beharrte Avery, „werden sie versuchen, den Zirkel zu übernehmen. Entweder Genevieve binden oder verletzen, vielleicht auch die älteren Mitglieder. Den Rest von uns zwingen, sich zu fügen.“

„Oder einfach diejenigen töten, die nicht einverstanden sind“, warf El ein. „Es scheint ihnen ja egal zu sein.“

„Genau. Also müssen wir sie aufhalten – mit allen notwendigen Mitteln.“

Cassie schüttelte den Kopf. „Ich kapier’s nicht! Warum verlassen sie nicht einfach diesen Zirkel und gründen ihren eigenen? Es ist ja nicht so, als ob jemand sie anfleht, zu bleiben.“

„Aber in der Masse liegt die Macht", erklärte Caspian ihr. „Und der Cornwall-Zirkel ist groß. Sich abzuspalten würde sie schwächer machen. Obwohl wir wissen, dass sie im Moment mächtige Individuen sind, sind sie nicht so mächtig wie wir alle zusammen. Und wir würden es nicht tolerieren, dass sie ihren eigenen Zirkel gründen, wenn sie ihn weiterhin für Gewalt nutzen."

„Kommt schon, Leute!", sagte Hunter und versuchte, sie aufzumuntern. „Zwei von ihnen sind jetzt tot. Ihr wisst, dass sie für morgen Abend etwas planen. Wir wissen, dass sie wissen, dass ihr es wisst. Aber sie wissen *nicht*, dass ihr Cornell und vielleicht auch Charlie verdächtigt. Das müsst ihr auch so beibehalten. Ihr habt einen speziellen Jagdzirkel und ihr habt euch seit Tagen nicht getroffen. Die Sonnenwende ist *morgen*! Ihr müsst euch treffen und Cornell und seine Kumpanen in falscher Sicherheit wiegen. Ihr müsst eine falsche Fährte legen."

„Was?", sagte Ben alarmiert. „Das klingt nach reinem Kauderwelsch!"

Hunter grinste wild und nicht ganz vertrauenswürdig. „Du sagtest, das Anwesen von dem alten Kauz sei groß?"

„Meinst du Rasmus?", Briar nickte. „Ja, er hat Wälder und ein weitläufiges Grundstück in Newquay."

„Ihr solltet mich in der Nähe absetzen, dann kann ich das Gelände umkreisen. Harry und Zane führen dort sicher irgendwo etwas im Schilde. Ich kann ein Auge auf sie haben. Hatte Cornell nicht an einem Plan für die Sonnenwende gearbeitet?"

„Theoretisch", sagte Alex, „aber natürlich trauen wir ihm jetzt nicht mehr."

„Aber ihr müsst ihn glauben lassen, dass ihr es tut. Und dann macht ihr etwas anderes.“

Briar nickte erneut. „Er hat recht. Wir tun so, als würden wir mitmachen, aber stattdessen planen wir etwas mit den Zaubern und Kristallen, die wir am Donnerstagabend aufgeladen haben ... die kosmischen, von denen Cornell nichts weiß.“

El grinste. „Und den goldenen Stab, den ich gestern mit Dante gemacht habe. Er braucht noch ein paar letzte Schliffe, ist aber ansonsten fertig.“

„Aber“, sagte Reuben und kam mit einem Teller Würstchen zum Tisch, „dann wäre unser Team – der Jagdzirkel – leichte Beute. Diejenigen, die uns nicht verraten, wären ungeschützt.“

„Wem vertrauen wir in dieser Gruppe wirklich?“, fragte Caspian. „Ich vertraue Nate, Eve und Ulysses. Bei Hemani bin ich mir nicht so sicher, und wir wissen, dass wir Cornell nicht trauen können. Was die größere Gruppe angeht, ist Charlie definitiv ein Verdächtiger.“

„Ich glaube, du hast recht“, sagte Alex und stimmte Caspian unerwartet zu. Es half, dass er Avery keine schmachtenden Blicke zugeworfen hatte, seit er angekommen war. *Vielleicht versuchte er ja doch, über sie hinwegzukommen.*

„Zwei Treffen also, heute Abend“, sagte Avery. „Wir sagen dem Team, dass ihr Informationen gesammelt habt. Seid ehrlich, was das Auffinden von Harry betrifft, aber dass ihr ihn verloren habt. Du tust so, als wärst du schwerer verletzt, als du wirklich bist, Caspian, und wir tun so, als wären es Reuben und Alex auch. Wir beenden das Treffen, aber“, sie grinste, „die anderen werden wissen, dass sie kurze Zeit später für das *richtige* Treffen zurückkehren sollen, und wir setzen sie darüber in Kenntnis, was wirklich vor sich geht."

Cassie starrte zwischen ihnen allen hin und her. „Das ist ja machiavellistisch!"

Avery sah vergnügt aus. „Ich weiß! Aber es ist notwendig. Caspian? Du bist hier der Anführer. Vielleicht solltest du es organisieren."

„Absolut. Ich werde sie jetzt anrufen und wir treffen uns heute Abend um sieben bei mir. Ich werde diejenigen vorwarnen, denen wir vertrauen – und hoffe, dass es nicht nach hinten losgeht. Aber wir müssen uns für einen richtigen Gegenangriff entscheiden."

„Unsere Kollaborateure könnten bei einem neuen Plan helfen", sagte Reuben. „Sie haben vielleicht ein paar großartige Ideen."

„Und", schlug Briar vor, „lasst Cornell bei dem Scheinplan die Führung übernehmen. Vielleicht diskutiert ihr eine Weile darüber und gebt dann nach."

„Dann wird er gehen und denken, er hätte uns alle in die Irre geführt!", sagte Avery. „Aber unser Wissen über Lowens Tod behalten wir für uns."

„Und haltet euren wahren Plan einfach!", fügte Hunter hinzu. „Wenn Harry und Zane auf dem Gelände sind, werde ich sie finden." Ein berechnender Ausdruck huschte über sein Gesicht. „Was, wenn ihr sagt, dass es Reuben und Alex viel zu schlecht geht, um überhaupt an der Sonnenwende teilzunehmen? Sie könnten mit mir auf dem Gelände sein! Dann seid ihr drinnen."

„Ein Zangenangriff", sagte Dylan nickend. „Brillant!"

„Und Genevieve?", fragte Alex und dachte daran, wie seltsam sie neulich geklungen hatte. „Wir müssen sie mit ins Boot holen, sonst wird es nicht funktionieren."

„Ich rufe sie an", sagte El. „Ich muss ihr sowieso von dem Stab erzählen und eine Übergabe mit ihr vereinbaren." Sie wandte sich an Caspian. „Übrigens wollte ich schon die ganze Zeit erwähnen, dass ich mit Shadow gesprochen habe. Die meisten von ihnen bleiben in Frankreich, aber Barak und Estelle kehren morgen zurück. Wird sie bei Litha dabei sein?"

Caspian sah erschrocken aus. „Sie kommt zurück? Dann wird sie wohl dabei sein."

„Vielleicht solltest du sie anrufen."

„Wenn ich ihr traue", sagte Caspian düster, aber er führte es nicht weiter aus, und es schien, als wollte niemand nachhaken.

Während sie redeten und ihre Pläne Gestalt annahmen, begann Alex sich wieder zu entspannen. *Das könnte klappen.* Er würde nur zu gerne den Verletzten spielen, während er mit Hunter und Reuben über Rasmus' Gelände schlich. Es gefiel ihm nicht, Avery ohne ihn dort drinnen zu lassen, aber sie würde bei den anderen sein.

„An welchem Punkt greifen wir ein?", fragte Avery und nahm sich eine Handvoll Chips zum Knabbern.

„Ich glaube", sagte El langsam und nachdenklich, „wir müssen intuitiv sein. Wir müssen entscheiden, wann der richtige Zeitpunkt ist! Oder besser gesagt, das muss Genevieve."

„Letztendlich", sagte Alex, „obwohl sie stark sind und einen Plan haben, sind wir mehr. Wenn Cornell glaubt, er hätte uns getäuscht, dann wird er unvorsichtig werden. Wir können das schaffen. Aber wir dürfen keine Nachzügler zurücklassen. Morgen ist damit Schluss. Ich habe es satt, mir ständig über die Schulter zu sehen."

„Ich habe es satt, dass mein Haus in die Luft gejagt wird!", sagte Reuben, trug das restliche Essen vom Grill zum Tisch und setzte sich. „Kommt schon, Leute, haut rein!"

Newton hatte zugehört und zugesehen, aber jetzt fragte er: „Und was ist mit mir? Wie kann ich helfen?"

„Und mit uns!", sagte Ben. „Wir machen alles."

„Ihr könnt nichts tun", sagte Briar und griff nach einem Teller. „Ihr müsst einfach Abstand halten."

Die Mitglieder von Ghost OPS stöhnten, aber Newton nickte nur. „Solange ihr für Gerechtigkeit sorgt, ist das für mich in Ordnung. Aber wenn es irgendetwas gibt, das ich tun kann, ruft mich einfach an. Ruft mich auf jeden Fall an, damit ich weiß, dass es vorbei ist."

„In Ordnung." Caspian stand plötzlich auf. „Zeit, den Zirkel für heute Abend einzuberufen. Hebt mir nur etwas zu essen auf, bevor Reuben den ganzen Rest verputzt."

Bislang lief das Zirkeltreffen gut, und Avery gab ihr Bestes, so freundlich wie möglich zu Cornell zu sein und dabei gleichzeitig so besorgt wie möglich auszusehen.

Sie hatten sich in Caspians Esszimmer versammelt, in dem ein großer ovaler Tisch stand – antik, natürlich –, und Caspian hatte sich überschwänglich dafür entschuldigt, dass er sie nicht früher zusammengebracht hatte. „Es tut mir wirklich leid“, wiederholte er, sah blass aus und schwitzte leicht. Er hatte sich ein Kräutergebräu zubereitet, das ausreichte, um ihn vorübergehend unpässlich zu machen. „Ich hatte eine Spur zu Harry und musste sie nutzen.“

Eves dunkle Augen sahen besorgt aus. „Aber dafür sind wir doch da! Um zu helfen. Und du hast uns auch nichts von Mariah erzählt!“

„Ehrlich gesagt“, sagte Avery kleinlaut, „wussten wir nicht, wie wir das ansprechen sollten! Eine andere Hexe zu entführen war extrem und führte zu einigen Streitereien. Und dann starb sie natürlich. So schrecklich Mariah auch war, es war furchtbar, was passiert ist.“

Eve funkelte sie an, und Avery grinste innerlich. Eves Vorstellung war Oscar-reif. Sie hatte Caspian vorgeschlagen, Uneinigkeit innerhalb der Gruppe zu zeigen, um Cornell noch mehr zu täuschen.

Cornells Lippen waren zu einer schmalen Linie zusammengepresst. „Einverstanden. Und wie haben Sie von Harry erfahren?“

„Ich habe Kontakte in London, die in der Okkultismus- und Händlerszene verkehren“, erklärte Caspian. „Sie haben mich über die Auktion informiert, und mir wurde klar, dass einige der Objekte Harry gehörten. Das war ein ziemlicher Schock, das kann ich euch versichern. Leider ist er entkommen.“

„Sehr unglücklich“, pflichtete Nate ihm bei. „Und du siehst nicht gut aus.“

„Nein. Ich wurde verletzt und bin nicht in Bestform. Trotzdem werde ich morgen tun, was ich kann. Was mich zu den Plänen für morgen bringt. Während unseres –", er zögerte, „*Streits* hat Harry verraten, dass er beabsichtigt, den Zirkel zu stürzen. Ich nehme an, er arbeitet immer noch mit Lowen und Zane und vielleicht auch mit Charlie zusammen. Wie halten wir sie auf? Cornell, Sie sind die kosmische Hexe. Wie verwenden wir die Zauber, die Sie vorbereitet haben?"

Cornell leckte sich die Lippen, seine Augen weiteten sich, als er in die aufmerksamen Gesichter am Tisch blickte. Ulysses lauschte, wie es seine Art war, und sagte nicht viel. Nate und Eve spielten immer noch ihre Rolle als Unzufriedene, und Hemani ... nun, es war schwer zu sagen, was Hemani dachte. Sie sah jedoch besorgt aus.

„Wie Sie wissen", sagte Cornell und begann zögerlich, „habe ich mit Ihrer Hilfe ein großes Stück Gagat mit den bindenden Energien des Saturns aufgeladen und auch einige der Korrespondenzen des Mars darin kombiniert. Zwei mächtige Planeten. Ich werde es morgen mitnehmen und Genevieve vorschlagen, dass wir die Macht des Zirkels nutzen, um auf der darin enthaltenen Energie aufzubauen und zu kämpfen. Genevieve kann eine gewaltige Menge an Macht nutzen, und wir können jeden Angriff abwehren."

„Aber", sagte Eve mit gerunzelter Stirn, „wenn Harry, Zane und Lowen außerhalb unseres Kreises arbeiten – oder gar nicht da sind –, könnten wir uns in ihren Angriffsmethoden irren. Wie kann das auf sie wirken?"

„Weil wir es als Teil unseres Schutzzirkels verwenden werden." Cornell lächelte. „Ehrlich, es wird funktionieren – nicht wahr, Hemani?"

Sie sah beunruhigt aus, ihre Augen huschten über den Tisch. „Ja. Aber ich habe trotzdem das Gefühl, dass zur Sonnenwende die Kraft der Sonne die stärkste von allen ist. Das mit Positivität aufgeladene Gold wird eine Kraft des Guten sein. Ich denke, noch mehr negative Energie in den Raum zu bringen, wird eine schlechte Idee sein.“

Das war überraschend, dachte Avery. *Vielleicht war Hemani doch nicht auf Cornells Seite.*

Avery widersprach. „Aber Gleiches mit Gleichem zu bekämpfen – wenn Sie verstehen, was ich meine – ist normalerweise eine gute Idee.“

„Werden wir das Gold verwenden?“, fragte Hemani.

Cornell nickte. „Ja! Natürlich. Das nehme ich auch. Ich habe es von seinen negativen Energien gereinigt. Es ist nur eine Schande, Avery“, er sah sie enttäuscht an, ein Hauch von Vorwurf in seiner Stimme, „dass Sie den Rest der Polizei gegeben haben.“

„Ja, Avery“, sagte Nate und fiel über sie her. „Was sollte das denn? Die Sonne, die Sonnenwende – das alles hängt mit Gold zusammen!“

Avery erschauderte. „Es hat sich schrecklich angefühlt. Selbst als ich es gereinigt habe – zugegebenermaßen vor dem Vollmond. Keiner von uns wollte es, also ist es jetzt in den Tresoren der Polizei eingesperrt, an einem sicheren Ort.“

Ulysses schüttelte den Kopf und seufzte. „Vielleicht besprechen Sie sich das nächste Mal mit Ihrem Team, Avery.“

Avery hoffte, dass auch Ulysses nur schauspielerte. „Das werde ich natürlich.“

Eve schnalzte mit der Zunge, als wäre Avery ein dummes Kind, und wandte sich von ihr ab, um stattdessen ihre Aufmerksamkeit auf Cornell zu richten. „Führen Sie uns da durch, Cornell, und sagen Sie uns, welchen Zauber wir verwenden sollen. Und hoffen wir, dass Genevieve bald zur Vernunft kommt."

Der Rest des Treffens verging wie im Flug, mit Diskussionen über Zaubersprüche und darüber, wie sie den größeren Zirkel davon überzeugen konnten zu helfen. Avery war froh, als es vorbei war. Die Atmosphäre fühlte sich aufgeladen an mit Wut und Groll ihr und ihren Entscheidungen gegenüber. Als endlich alle gegangen waren, trat sie ans Fenster mit Blick auf den Garten hinter dem Haus und schrak zusammen, als Caspian grinsend zurückkam.

„Das lief wirklich gut!"

„Findest du?"

„Cornell hat sich sichtlich gebrüstet, und besonders Eve schien wirklich verärgert über dich zu sein." Er lehnte sich an den Rahmen und beobachtete sie. „Cornell glaubt, er ist am längeren Hebel. Auf deine Kosten."

„Ich glaube, Hemani ist auf unserer Seite. Sie wirkte wegen einiger von Cornells Vorschlägen beunruhigt, hat aber seine Erklärungen hingenommen."

„Mit etwas Glück können wir uns dann morgen auf ihre Hilfe verlassen." Er sah auf seine Uhr. „Die anderen sollten bald zurück sein."

Avery tat es ihm gleich, lehnte sich an den anderen Fensterrahmen und hielt ihren Gin Tonic in den Händen. Sie musterte

Caspians blasses Gesicht und sein versengtes Haar. „Bist du sicher, dass es dir gut geht? Die letzte Nacht klang furchtbar.“

„Mir geht es gut. Ich bin schnell aus dieser Falle rausgekommen. Mein Haar war der schlimmste Verlust. Ich bin froh, dass mein Kräutergebräu mich so schrecklich aussehen lässt.“

Avery hatte bei ihren letzten Treffen eine gewisse Kühle ihm gegenüber bemerkt. Eine Weigerung, ihren Blick zu erwidern. Er war jetzt sachlicher. Sie war sich nicht sicher, ob ihr das gefiel. „Habe ich dich irgendwie verärgert, Caspian?“

Er hatte in den Garten geschaut, doch nun fuhr sein Kopf herum und er starrte sie an. „Nein! Wie kommst du darauf?“

„Du wirkst nur ein wenig distanziert, das ist alles.“

Er lachte kurz auf und starrte in sein Getränk. Als er antwortete, klang er verlegen, fast entschuldigend. „Nein. Zwischen uns gibt es kein Problem, Avery. Ich bewundere dich immer noch so sehr wie eh und je. Aber wir sind Freunde, nicht mehr, und ich glaube, das habe ich endlich akzeptiert.“ Sein Blick traf ihren, sein Ausdruck war in seiner Ehrlichkeit fast schmerzhaft. „Das bin also ich, der dich nicht länger anschmachtet. Ich mache weiter – so wie dein guter Freund Reuben mir geraten hat.“

Sie war für einen Moment sprachlos. „Reuben?“

„Es scheint“, sagte er und sah verlegen aus, was ihn jünger wirken ließ, „dass meine Gefühle von anderen nicht unbemerkt geblieben sind, was ziemlich peinlich ist.“

Avery fühlte sich unsicher auf den Beinen und war froh, dass sie sich zur Stütze an den Rahmen lehnte. „Ich hatte keine Ahnung. Ich hoffe, er hat dir nicht gedroht!“

„Natürlich nicht! Er hat es als Freund gesagt, und ich habe es auch so aufgefasst." Er blickte wieder in den Garten, dessen dichter werdende Dämmerung den Rasen und die Beete in violette Töne tauchte. „Er ist ein guter Mann. Genau wie Alex. Ich bin entschlossen, sie – und euch alle – als Freunde zu behalten."

Avery fühlte sich unerwartet beraubt, aber sie musste zugeben, auch erleichtert. Dies war eine neue Phase in ihrer Beziehung. Eine gute. Sie spürte eine Welle der Liebe für Reuben, weil er sie wieder einmal mit seinem Verhalten verblüfft hatte. „Reuben ist wirklich reizend", sagte sie und blinzelte ein paar heftige Tränen zurück. „Ich bin froh, dass wir noch Freunde sind. Ich habe versprochen, jemanden für dich zu finden, aber ich habe versagt."

Er lachte. „Ich bin ein erwachsener Mann und brauche deine Hilfe nicht. Ich muss zugeben, dass ich Olivia ziemlich mochte ... nicht, dass ich in Zukunft viel von ihr sehen werde, da bin ich sicher. Jetzt muss ich mich nur noch mit meiner Schwester versöhnen." Das Geräusch von Autos draußen unterbrach ihr Gespräch, und er schenkte ihr ein schiefes Lächeln, als er zur Tür ging. „So. Zeit für Teil zwei unseres Treffens."

Sie war froh über die Stille und musste sich erst einmal sammeln. Das war ein unerwartetes Gespräch gewesen. Reuben hatte ihr gegenüber nie, aber auch gar nie angedeutet, dass er irgendetwas über Caspian oder dessen Gefühle für sie wusste. El übrigens auch nicht. Aber er war Alex' bester Freund, also hatten sie ohne Zweifel darüber gesprochen.

Eve platzte in ihre Gedanken, als sie in den Raum stürmte. „Avery! Du hinterhältige Kuh!"

„Oscar-Preisträgerin!“, schoss sie zurück. „Du hast dafür gesorgt, dass ich mich in diesem Treffen sehr unwohl gefühlt habe!“

Eve eilte herbei, ihre Dreadlocks wehten unter ihrem bunten Kopftuch hervor, und umarmte sie, sie in Patschuli hüllend. „Wir haben ihn reingelegt!“

„Meinst du?“

Eve trat einen Schritt zurück und hielt Avery an den Schultern. „Ich *weiß* es! Wir haben uns auf der Fahrt unterhalten. Er meinte so was wie, es sei eine Schande, dass wir dir nicht mehr so vertrauen könnten und dass dein Urteilsvermögen nachließe. Ich habe natürlich zugestimmt.“

Avery taumelte beinahe bei Cornells Täuschung. „Mistkerl!“

„Ich weiß.“

Nate betrat mit Ulysses und Caspian den Raum und grinste breit. „Ich muss zugeben, ich dachte, ihr wärt verrückt geworden“, sagte er und blickte zwischen Avery und Caspian hin und her, „aber das scheint nicht der Fall zu sein.“ Sein Lächeln verblasste. „Ich mochte Cornell immer. Jetzt bin ich nur noch stinksauer auf ihn. Er wurde von den anderen verdorben. Aber Hemani? Da bin ich mir nicht so sicher.“

„Wir auch nicht“, gestand Caspian. „Ich glaube, wir können ihr vertrauen.“

Ulysses legte eine große Hand auf Averys Schulter und drückte sie. „Es ist zu früh zum Feiern. Was ist unser Plan? Ich vertraue darauf, dass wir einen haben!“

„Nehmt Platz“, sagte Caspian und bat sie erneut an den Tisch, auf dem er ein paar Schalen mit Chips und einigen Keksen bereitgestellt hatte. „Lasst uns zuerst unsere Ideen umreißen und uns dann eure anhören. Ich bin sicher, gemeinsam sind wir stärker.“

Als Avery ihren Platz am Tisch einnahm, ließ sie einen Hoffnungsschimmer zu.

Sie konnten das schaffen.

Neunundzwanzig

Avery musterte Sallys besorgtes Gesicht und wiederholte zum gefühlt tausendsten Mal: „Ehrlich, uns wird schon nichts passieren!"

Sallys Hände spielten nervös mit den Tassen, die sie auf der Küchentheke bereitgestellt hatte, während sie darauf wartete, dass der frühmorgendliche Kaffee durchlief. „Die ganze Sache klingt beängstigend!"

„Fast ein ganzer Zirkel wird mit uns zusammenarbeiten. Weit mehr, als sie bei sich haben werden."

„Aber sie sind so stark! Und rücksichtslos!"

Dan legte Sally einen Arm um die Schultern und drückte sie sanft. „Hab ein bisschen Vertrauen in deine Freunde, Sally."

Sie funkelte ihn an. „Ich habe vollstes Vertrauen! Es sind die anderen, um die ich mir Sorgen mache."

Avery lehnte am Kühlschrank und hielt die Flasche Milch in der Hand, die sie gerade herausgenommen hatte. „Ich bin auch nervös, aber", sie konnte sich ein Kichern nicht verkneifen, „es hat eine Menge Spaß gemacht, Cornell bei dem Treffen zu täuschen. Na ja, bei dem ersten Treffen. Eve war unglaublich!"

„Hoffen wir nur, dass er es wirklich geschluckt hat", sagte Dan und schob Sally sanft beiseite, um den Kaffee einzuschenken. „Ich muss zugeben, dass ich die Sonnenwendfeierlichkeiten der Stadt genossen habe."

Avery lächelte. „Es hat Spaß gemacht. Wir waren nicht zu lange unterwegs, aber wir haben eine Weile um das Freudenfeuer getanzt. Ich dachte, ich würde euch beide vielleicht sehen!"

„Wir waren in der Stadt und haben uns die Parade angesehen", sagte Sally, „und sind nicht wirklich lange am Strand geblieben. Die Kinder waren übermüdet, also haben wir sie nach Hause geschafft. Die Kostüme waren wie immer fantastisch. Stan und der Rat leisten großartige Arbeit."

„Ich habe dich auf den Dünen entdeckt", gestand Dan, als er Avery ihren Kaffee reichte. „Aber ich habe beschlossen, Caroline nicht rüberzubringen. Bald aber."

„Man könnte meinen, du schämst dich für uns!", rief Sally. „Du bringst sie ja nicht einmal mit in den Laden!"

„Nicht schämen! Ich lege nur ein solides Fundament, bevor ich darauf aufbaue."

Sally verdrehte die Augen. „Das ist so eine langweilige Metapher. Wo bleibt da die Romantik?"

„Es gibt jede Menge Romantik! Ich mag sie. Ich will nur nicht, dass diese ganzen Heimlichtuereien und das Hexenzeugs sie abschrecken, das ist alles."

Avery sah ihn mit gerunzelter Stirn an. „Glaubst du nicht, dass sie es gutheißen würde?"

„Oh, nein. Sie steht auf Mythen und Folklore, so wie ich, liebt die Vergangenheit und die Hexenstimmung von White Haven, aber die Realität ist etwas anderes, oder? Manchmal verbirgt sich darunter eine dunkle, gefährliche Seite. Besonders jetzt. Ich will sie nur ein bisschen davor beschützen."

„Siehst du!", sagte Avery zu Sally. „Er *ist* romantisch. Er beschützt sie vor mir!" Sie funkelte Dan an.

„Das habe ich nicht gemeint, und das weißt du! Du musst zugeben, die Lage ist im Moment heikel. Und die Zeitungen sind voll davon!" Er lehnte sich zurück an die Theke und sah Avery an. „Hast du es gehört? Sie haben Lowens Leiche gefunden."

Avery hätte beinahe ihre Tasse fallen gelassen, verschüttete stattdessen aber den Kaffee, sodass sie sich die Hände verbrühte. Sie murmelte sofort einen Heilzauber. „Verdammt! Wann?"

Dan verdrehte die Augen. „Siehst du denn nie die Nachrichten? Jemand hat gemeldet, dass ein Schachteingang eingestürzt ist. Besorgt darüber, was das ausgelöst haben könnte, haben sie einen Mann an einem Seil hinabgelassen und eine Leiche gefunden. Eine kopflose!"

Avery schnappte nach Luft. „Scheiße! Aber ich schätze, es ist besser, dass seine Leiche gefunden wurde, als dass er für immer verschwunden ist. Halten sie es für verdächtig?"

„Dem Bericht zufolge dachte die Polizei, er sei in der Mine auf stillgelegte Maschinen geprallt und durch die Wucht des Sturzes enthauptet worden. Ich nehme an, Newton hat sich darum gekümmert."

„Er hat es nie erwähnt!" Avery dachte an ihr Gespräch mit ihm am Sonntag zurück. „Er war in London. Ich schätze, Moore hat es erledigt, mit Kendall, ihrem neuen Sergeant. Sie haben auch

Mariahs Todesursache vertuscht." Sie stöhnte. „Die letzte Woche kommt mir wie eine Ewigkeit vor. Es ist so viel passiert."

„Vielleicht solltest du heute nicht im Laden sein", sagte Sally zu ihr. „Konzentrier dich auf heute Abend."

„Nein." Avery schüttelte den Kopf. „Wir haben gestern eine Menge Arbeit geleistet und sind vorbereitet. Heute muss ich mich einfach nur beschäftigen. Wir werden erst am späten Abend bei Rasmus sein. El wird heute mit Genevieve sprechen." Sie trank ihren Kaffee aus und lächelte ihre Freunde an. „Kommt schon. Setzt euer bestes Gesicht auf. Es ist Zeit, den Laden aufzusperren."

Reuben lehnte an seinem Auto und schirmte mit dem Handrücken die Augen vor der untergehenden Sonne ab, während er neben Hunter und Alex das Gebiet um Rasmus' Land begutachtete.

Rasmus lebte in einem großen Haus am Rande von Newquay, eingebettet in Wälder und Felder. Sein Land war von einer Mischung aus Steinmauern und Zäunen umgeben, obwohl ein öffentlicher Fußweg durch einen Teil davon führte. Ein Waldstück war jedoch vollständig von der Öffentlichkeit abgeriegelt; der Bereich, der für ihre Riten reserviert war.

„Wo ist der beste Platz?", fragte Hunter und folgte seinem Blick.

„Wenn ich mich richtig erinnere, führt ein Weg am Rande des Waldes entlang", sagte Reuben. „Dort kann ich unter den Bäumen halten, und wir können zu Fuß weitergehen."

Alex hatte auf sein Handy gestarrt, blickte nun aber auf. „Laut Karte führen dort einige Fußwege hindurch. Wir müssen entscheiden, wo Harry und Zane am ehesten ihren Angriff starten werden. Es muss irgendwo da drin sein."

„Einverstanden", sagte Reuben nickend. „Die Felder sind viel zu offen, selbst nachts. Und da drüben", er zeigte nach rechts, „ist die Straße, die zu Rasmus' Auffahrt führt. Das ist noch eine gute Meile weiter."

„Ein großes Anwesen also", sagte Hunter und öffnete die Autotür. „Aber nicht so groß für mich. Ich kann diese Strecke leicht zurücklegen. Wir sollten uns besser auf den Weg machen. Sie könnten schon da sein."

Hunters Augen glühten bereits in einem gelben Licht, und es war offensichtlich, dass er begierig darauf war zu jagen.

„Schon gut, Wolfsmensch!", neckte ihn Reuben.

Er fuhr sie noch eine halbe Meile weiter, bis sie an eine Stelle kamen, wo sie von der Straße abfahren und in den Wald hinein konnten, und mit Magie verbargen sie den Wagen. Die Dämmerung war erfüllt von Vogelgezwitscher und dem Sirren von Insekten, als sie sich ihren Weg durch das Unterholz bahnten und schließlich auf einen richtigen Pfad stießen.

Hunter zog seine Kleider aus und reichte sie Alex, der sie in seinen Rucksack steckte. „So, ich bin dann mal weg. Ich finde euch bald." In Sekundenschnelle verwandelte er sich und lief unter den Bäumen davon.

Reuben wandte sich an Alex, während sie den Pfad weitergingen. „Willst du immer noch eine Geisterwanderung machen?"

„Wenn es nötig ist, aber ich versuche es zuerst mit dem Hellsehen. Zwischen Hunter und mir sollten wir in der Lage sein, herauszufinden, wo Harry und Zane sind. Ich denke, wir gehen so nah wie möglich an die Grenze von Rasmus' Land und ich werde dort einen Schutzkreis errichten, in dem ich arbeiten kann."

„Ich mache mir Sorgen, wenn du im Freien eine Geisterwanderung machst", gestand er und bemerkte das rote Mal, das sich über Alex' Hals und unter sein T-Shirt zog, die Überreste seiner Verletzungen, die Mariah ihm zugefügt hatte. „Ich weiß, dass du in einem Schutzkreis sein wirst, aber es erscheint mir trotzdem riskant."

Alex lächelte, aber es war ein schwaches Lächeln, und Reuben wusste, dass er sich ebenfalls Sorgen machte. „Lowen ist tot, also sollte niemand anderes mehr Geisterwanderungen machen. Und falls doch ... nun, ich bin vorbereitet. Ich mache mir nur Sorgen um die Mädchen."

Reuben beschleunigte das Tempo. „Dann lass uns dafür sorgen, dass wir ihnen jede Menge Unterstützung geben."

El schlenderte durch die vielen Zirkel, die sich hinter Rasmus' Haus versammelt hatten, grüßte jeden, an dem sie vorbeikam, manche mit einem einfachen Nicken, plauderte mit denen, die sie besser kannte, und versuchte währenddessen zu entscheiden, auf wen sie sich verlassen konnten.

Es herrschte eine allgemeine aufgeregte Stimmung für die bevorstehende Nacht und aufgeregtes Geplapper, als sie sich auf Rasmus' breiter Terrasse versammelten, bevor die Feier begann. Briar und Avery waren in der Nähe und mischten sich ebenfalls unter die anderen, um ein Gefühl für die Nacht zu bekommen. Caspian sprach mit Jasper, seinen dunklen Kopf dicht an den seinen geneigt und mit einem dringlichen Ausdruck im Gesicht. Zweifellos teilte er einige ihrer Bedenken über die kommende Nacht.

El beobachtete, wie Genevieve sich mit Rasmus unterhielt, ihren Stab in der Hand, und hoffte, dass sie die Pläne für die Nacht zum Abschluss brachte. Ihr Treffen an diesem Tag war gut verlaufen. Genevieve war äußerst skeptisch gegenüber Cornells Verrat gewesen, obwohl sie schließlich eingeräumt hatte, dass sein Verhalten verdächtig war. Sie hatte zugestimmt, den Stab zu benutzen, den El angefertigt hatte, und er war jetzt gut getarnt und sah genauso aus wie ihr alter. Die Falle – so hofften sie – war gestellt.

Cornell tauchte aus der Menge auf und unterbrach das Gespräch zwischen Genevieve und Rasmus. Er sah aufgeregt und eifrig aus, und Genevieve begrüßte ihn gewiss herzlich genug. Aber das Gespräch war kurz, denn schließlich schlug sie mit ihrem Stab auf die Steinplatten, wobei sie gleichzeitig einen Knall von Magie und eine Rauchwolke freisetzte.

Sie rief: „Alle mal herhören!" Sie hielt inne und wartete darauf, dass sich die Menge ihr zuwandte. Sie sah wie gewohnt gebieterisch aus, mit ihrem kunstvoll aufgesteckten dunklen Haar und einem weiten Umhang. „In wenigen Minuten werden wir mit der Prozession zur Lichtung beginnen. Jeder von uns wird eine Kerze tragen – sie liegen dort drüben auf dem Tisch, also stellt sicher, dass ihr euch eine holt – und dann werden wir unseren Tempel um den Altar errichten und unsere Feierlichkeiten beginnen." Sie zögerte einen Moment, ihre Miene verfinsterte sich, aber dann machte sie weiter. „Es gibt heute Nacht bemerkenswerte Abwesenheiten. Für diejenigen, die es nicht wissen, muss ich mitteilen, dass Mariah Rowe und Lowen Gaskill tot sind und ihre anderen Zirkelmitglieder uns, unseren größeren Zirkel, verlassen haben. Zane und Harry werden heute Abend nicht bei uns sein." Ein Murmeln ging durch die Gruppe und El beobachtete ihre Mienen. Es war klar, dass einige es wussten, aber andere sahen schockiert und bestürzt aus. Genevieve hob die Hand. „Wir haben auch Zirkelmitglieder, die krank sind und nicht kommen können. Reuben Jackson und Alex Bonneville vom White Haven Zirkel lassen sich entschuldigen und feiern in aller Stille zu Hause."

„Die heutige Nacht wird also anders sein, denn wir fürchten, dass ein Angriff auf unseren Zirkel stattfinden wird, und wir müssen bereit sein, ihn abzuwehren." Sie machte eine Pause und eine weitere Welle der Beunruhigung ging durch die Menge. „Es scheint, als ob die Zirkel von Looe und Bodmin sich von uns lösen wollen. Ich habe damit kein Problem. Es steht uns allen frei zu tun, was wir wollen. Aber die Nachrichten deuten darauf hin, dass sie den Großen Zirkel möglicherweise vollständig zerstören und versuchen wollen, unsere Macht zu binden. Wir müssen zusammenarbeiten, um sie aufzuhalten."

El sah zu, wie die Hexen die Neuigkeiten aufnahmen. Einige sahen schockiert aus, andere verängstigt und viele stoisch, als sie nickten und ihre Haltung verhärtete Entschlossenheit zeigte. Charlie, bemerkte sie, zog nur eine finstere Miene.

Eine junge Hexe namens Mina, von der El sich erinnerte, dass sie zu Jaspers Zirkel gehörte, stand neben ihr. Sie war im vergangenen Jahr während Samhain von den Fey niedergetrampelt worden, und El wusste, dass Jasper sie beschützte und hegte. Jetzt sah sie verängstigt aus, als sie sich an El wandte. „Unsere Macht binden?"

El nickte und versuchte, so selbstbewusst wie möglich auszusehen. „Wir glauben, dass es möglich ist. Aber wenn wir zusammenhalten, werden wir sie besiegen."

Mina schluckte und nickte, als Genevieve fortfuhr. „Ich schätze jeden von euch und möchte diesen Zirkel so erhalten, wie er ist. Eine mächtige, unterstützende, arbeitende Gruppe. Ich hoffe, ihr tut das auch. Wir werden mit unseren üblichen Litha-Feierlichkeiten beginnen, aber sobald diese beendet sind, wird Cornell uns in einem weiteren Ritus anleiten. Wenn wir mit unseren Annahmen richtig liegen, wird der Angriff um Mitternacht beginnen. Wir werden ihn gemeinsam abwehren und sie mit ihrer eigenen Magie bekämpfen. Bitte seid nicht beunruhigt. Leiht mir eure Macht, so wie ihr es immer tut."

Cornell sah sie offensichtlich überrascht an. „Aber ich –"

Genevieve lächelte und schnitt seinen Protest ab, ihre Hand ruhte auf seinem Arm, während sie sich an den Zirkel wandte. „Ja, Cornell wird die Leitung übernehmen, aber als eure Hohepriesterin werde *ich* eure Magie sammeln." Sie wandte sich an ihn.

„So mächtig Ihr auch seid, Cornell, die Macht, die durch mich fließt, wird noch größer sein."

El hielt den Atem an, als seine Augen sich weiteten und er dann strahlte. „Natürlich. Das wäre ausgezeichnet."

El wagte es nicht, die anderen anzusehen, aus Angst, sie könnte sich verraten, aber sie seufzte erleichtert und spürte die aufgeladenen Steine in ihrer Tasche. *Mit etwas Glück würde das funktionieren. Das musste es einfach.*

Alex fand eine winzige Lichtung am Rande von Rasmus' Land, umgeben von einem Dickicht aus struppigem Gestrüpp und in den gesprenkelten Schatten des langsam aufgehenden Mondes getaucht. Er errichtete einen Schutzkreis, der ihn im Inneren versiegelte, und wandte sich zuerst seinem Hellseher-Spiegel zu, während er es Reuben überließ, Rasmus' Ländereien zu durchstreifen, gehüllt in den Schattenzauber.

Lange Zeit sah er nichts, und Alex war schon kurz davor aufzugeben, als er eine wellenartige Bewegung über das Glas huschen sah, und als wäre ein Schleier zurückgezogen worden, erblickte er Zane und Harry in der Nähe einer Steinmauer. *Rasmus' Schutzwall.* Sie testeten den Schutz, und mehrmals nahm er einen Blitz weißen Lichts wahr, der auf Harrys Versuche, ihn zu durchbrechen, reagierte. Er benutzte wieder seinen Ring, und nach zahlreichen Versuchen meinte er, das Krachen zu hören, als der Teil der Mauer zu Staub zerfiel und sie hineingingen.

Verwirrt hob Alex den Kopf. Er hatte erwartet, dass sie außerhalb des Geländes arbeiten und nicht einbrechen würden. Wie zuvor vereinbart, verband er sich telepathisch mit Reuben, was nicht einfach war, aber die beste Methode, um ihm ein mentales Bild des Ortes zu senden, und spürte sofort Reubens Antwort. *Gut.* Er wandte sich wieder dem Spiegel zu und fuhr mit der Hand darüber. Er musste sehen, ob noch jemand beteiligt war, und wenn nicht, würde er das Gelände ebenfalls betreten.

Briar spürte, wie sich die Atmosphäre veränderte, als Genevieve die Feier zu einem Ende brachte. Es war ein erhebender Anlass gewesen, mit den vor ihnen entzündeten Kerzen, und der Altar in der Mitte war mit einem weißen Tuch bedeckt und mit Sommerblumen geschmückt, zwischen denen weitere Kerzen lodernd brannten.

Mit dem um sie herum errichteten Tempel war ihre Magie greifbar, als sie die Wende der Jahreszeit, den längsten Tag des Jahres und die unaufhaltsame Hinwendung zum Winter feierten. Sie waren im Sonnensinne um den Kreis gegangen, während sie Cernunnos und die Göttin anriefen und sich an den Händen hielten, doch hinter der Feierlichkeit spürte Briar ein Zucken der Angst. Bevor ihre letzten Worte verklungen waren, hörten sie einen Ruf.

Zanes Stimme hallte um sie herum. „Genevieve, Eure Zeit als Hohepriesterin ist zu Ende. Geht freiwillig, und wir werden Euch

Eure Magie lassen. Solltet Ihr Euch widersetzen, werden wir Eure Magie für immer binden."

Genevieve erstarrte, ihre Augen suchten die Dunkelheit um ihren Kreis ab, und alle drehten sich mit ihr um, das Rascheln ihrer Umhänge und Kleider war zu hören. Niemand wagte zu sprechen. Cornell blickte grimmig, aber Rasmus beugte sich vor und flüsterte Genevieve etwas zu. Sie wirbelte herum und starrte nach Süden.

„Zane! Zeigt Euch, wenn Ihr meine Führung anfechtet. Heimtücke steht Euch nicht gut zu Gesicht."

Zane trat aus dem Wald, und eine Fackel loderte in seinen Händen auf, deren Flammen für einen Moment seine Gesichtszüge verdeckten. Dann hielt er die Fackel zur Seite, als er vortrat, sodass sie ihn deutlich sehen konnten.

Briar schauderte.

Sein scharfes, blasses Gesicht war streng, sein blondes Haar aus dem Gesicht zurückgestrichen und seine Lippen zu einem grausamen Hohn verzogen. Er war ganz in Schwarz gekleidet, sein Umhang mit einer glitzernden, goldenen Spange verschlossen. „Hier bin ich, Genevieve. Ich fordere Euch noch einmal auf, als Hohepriesterin zurückzutreten und mich in den Kreis zu lassen."

„Ihr geht davon aus, dass andere Eure Führung wollen. Was, wenn sie das nicht tun?"

„Ihr geht davon aus, dass sie *Eure* wollen!" Er grinste höhnisch, als er sich an den Rest des Zirkels wandte. „Genevieve hat euer Handeln zu lange eingeschränkt. Hat uns an altmodische Praktiken gebunden, die in der heutigen Hexerei keinem Zweck mehr dienen. Ich werde Veränderung bringen. Erneuerung. Modernität. Wer ist bei mir?"

„Ich nicht!", erwiderte Rasmus laut. „Ihr seid hier nicht willkommen. Verlasst mein Grundstück!"

„Ich hätte nie erwartet, dass Ihr Euch mir anschließt, Rasmus. Noch würde ich es wollen. Ihr seid alt und habt den neuen Wegen nichts zu bieten. Eure Magie konnte mich auch nicht fernhalten." Sein Blick schweifte über den Kreis, der noch immer vor Schock erstarrt war, und Briar rief ihre Magie zusammen, bereit für das, was kommen mochte. „Was das Gehen angeht, ich werde gehen, wenn ich habe, wofür ich gekommen bin. Den Zirkel."

Briar war sich nicht sicher, was sie erwartet hatten, aber es war gewiss nicht dieser offene Übernahmeversuch.

Als Nächster ergriff Caspian das Wort. „Ich werde mich Euch gewiss nicht anschließen, Zane. Ich habe die Magie gesehen, die Ihr in letzter Zeit anwendet. Damit will ich nichts zu tun haben."

Zane kam näher. „Ah, Caspian. Welch ein veränderter Mann, seit Euer Vater getötet wurde. Schwächer jetzt. Ich würde Euch in meinem neuen Zirkel auch nicht haben wollen."

Claudia trat aus der Reihe der Hexen, um sich Zane zu stellen. „Ihr seid ein größerer Narr, als ich dachte, wenn Ihr Alter und Erfahrung verwerfen wollt. Sie bringen Weisheit und größere Macht."

„Mit dem Alter kommen Angst und Eintönigkeit. Ihr langweilt mich schon. Aber was Eure Macht angeht, habt Ihr recht." Sein Grinsen wurde breiter und er breitete die Arme weit aus, wobei das Fackellicht zu einer Flammensäule aufloderte. „Ich habe einen Vorschlag. Diejenigen, die sich mir anschließen wollen, sind willkommen, aber diejenigen, die es nicht tun, werden ihre Kräfte verlieren, denn ich werde ihre Kräfte an die meinen binden. Ja, Ihr habt richtig gehört", sagte er, während er den Kreis umschritt, als ein kollektives Keuchen durch den Zirkel ging. „Ich werde die Magie derer nehmen, die sich mir widersetzen, und sie werden für immer aus dem Zirkel verstoßen. Wenn ihr euch entscheidet, euch mir anzuschließen, dann werden eure Kräfte sicher sein. Es ist ganz einfach. Verstoßt diejenigen, die sich mir widersetzen, und schützt euch selbst, oder ich werde *all* eure Macht nehmen."

Trotz all ihrer Pläne durchfuhr Briar echte Angst. Das war so viel schlimmer, als sie es sich vorgestellt hatten. Aber es war klug. Mit Drohungen zu spalten und Zwietracht zu säen. Schon wurde um sie herum geflüstert und getuschelt.

Genevieve schlug mit ihrem Stab auf den Boden, und ein Beben durchlief die Erde, als ihr Schutzkreis aufloderte. Sie richtete sich zu ihrer vollen Größe auf, und mit der Macht, die sie ausübte, sah sie prächtig aus. „Ruhe! Zane Roberts, Ihr fordert allein einen ganzen Zirkel heraus? Ihr seid wahrhaft töricht. Es wird *Eure* Magie sein, die gebunden wird. Nicht unsere."

Zane hielt in seinem Umherschreiten inne und stieß seine Fackel in den Boden. „Ich bin nicht allein, und ich habe mich gut auf diesen Moment vorbereitet. Während Ihr schlaft und träumt und Eure Magie an belanglose Rituale verschwendet, haben wir unsere Macht verstärkt. Wir können einen ganzen Zirkel besiegen ... und wir werden es tun." Er appellierte erneut an die größere Gruppe. „Schließt euch mir jetzt an oder verliert eure Kräfte für immer."

Ulysses schockierte alle, als er lachte, seine Stimme dröhnte laut, und das Getuschel und Geflüster, das wieder begonnen hatte, verstummte plötzlich, als Ulysses sich an den Zirkel wandte. „Ich sehe die Angst in einigen von euch – die Debatte, die ihr führt, ob ihr bleiben oder gehen sollt. Aber ihr seid Narren, wenn ihr jetzt schwankt. Zane und Harry – der sich da draußen irgendwo versteckt – haben nicht die Absicht, euch eure Kräfte zu lassen. Sie werden sie irgendwann binden ... wenn nicht heute Nacht, dann bald." Er blickte zurück zu Zane. „Lügner. Feiglinge. Todesboten. Mariah und Lowen sind wegen eurer törichten Pläne tot, wie so viele andere auch. Der Tod ist auch euer Schicksal." Er wandte sich wieder an Genevieve. „Genug."

„Gut gesprochen, Ulysses. Ihr habt die Wahl, Hexen. Wer auch immer gehen möchte, kann dies jetzt tun, aber er hat die Wahrheit gesprochen. Wer von euch wird gehen? Oder werdet ihr alle bleiben und kämpfen und stattdessen die Mächte derer binden, die euch bedrohen?"

Briar fing Averys und Els besorgte Blicke auf, bevor sie die anderen musterten, und obwohl es verängstigte Gesichter gab, rührte sich niemand. Und zweifellos wollten Zane, Harry und Cornell genau das, trotz Zanes Angebot. Der Versuch einer vollständigen Machtergreifung wäre sauberer und einfacher – besonders mit Cornell, dem Doppelagenten.

„Ausgezeichnet", sagte Genevieve und wandte sich wieder Zane zu. „Sie haben Ihre Antwort. Jetzt haben *Sie* die Wahl. Gehen Sie jetzt, oder Sie werden *Ihre* Kräfte verlieren."

Zane schüttelte den Kopf. „Das werdet Ihr bereuen, Genevieve. Ihr alle werdet es."

Er streckte die Hände aus und seine Roben fielen zurück und gaben große, goldene Armreife frei, die mit Edelsteinen besetzt waren. Sie knisterten vor Macht – heiße, zornige, rote Macht-blitze, die er auf ihren Schutzkreis richtete.

Während sie redeten, hatte Cornell sich eifrig vorbereitet, und nun glänzte ein Haufen Goldmünzen um eine hüfthohe Stein-säule, auf der der große Gagat-Edelstein ruhte.

Genevieve schrie: „Cornell, beginnen Sie!"

Dreißig

Reuben hielt sich im Schatten verborgen, beobachtete, wie Zane seinen Angriff begann, und fragte sich, wo Harry war.

Er hatte die Stelle, an der sie Rasmus' Grundstück betreten hatten, leicht genug gefunden, aber sie ausfindig zu machen, war kniffliger. Zweifellos war Harry von einem Zauber verschleiert. Zane hingegen war jetzt großspurig, und die Armreife erlaubten ihm, große Macht zu handhaben. Aber Harry würde das ... irgendwo speisen.

Reuben sah zu, wie der Zirkel auf Zanes Drohung reagierte, und war froh zu sehen, dass es El und seinen Freunden gut ging. Aber sollte er Zane jetzt angreifen oder im Verborgenen bleiben und Harry finden?

Harry. Er musste Harry finden.

Er ließ sich wieder zwischen die Bäume zurückfallen, und nur Augenblicke später war Hunter neben ihm und drückte seinen riesigen Kopf gegen seine Hüfte. Reuben vergaß immer wieder, wie groß er war, wenn er sich in seinen Wolf verwandelt hatte. Hunter stupste ihn erneut an, seine Augen leuchteten wie winzige Sonnen, und wies den Weg durch die Bäume. Reuben folgte ihm, während seine Aufregung wuchs.

Plötzlich hielt Hunter inne, die Pfote erhoben, die Nase in die Luft gereckt, während er geradeaus starrte. Auch Reuben starrte in die scheinbare Schwärze. Wenn Harry dort war, war er gut geschützt. Reuben ließ sich auf die Knie fallen und grub seine Hände in die Erde, um sich mit dem kühlen Boden zu verbinden. Er sandte sein Bewusstsein aus und tastete nach einer Veränderung. Und dann spürte er sie. Ein Kraftfokus in geringer Entfernung. Und Hitze. Harry musste neben einem Feuer sein, aber Reuben konnte nicht einmal einen Schimmer davon sehen. Doch je länger er sich konzentrierte, desto klarer wurde Harrys Macht. Sie war wie ein schwarzes Loch aus Energie, das alles in sich hineinzog.

Er wandte sich zu Hunter, der in einem stummen Knurren die Lefzen hob. *Zeit, die Party zu sprengen.*

Reuben hob die Hände und bombardierte den Bereich mit einer Welle Magie nach der anderen, und die Schutzmauer um Harry schimmerte und wurde für den kürzesten Augenblick sichtbar. Er hatte gerade noch Zeit, ein Feuer und Harry zu sehen, der mit erhobenen Armen darüberstand. Harry hob sein erschrockenes Gesicht, blickte wild um sich, bevor er wieder verschwand.

Egal. Reuben hatte ihn nun gefunden, und während er in seinen Taschen nach den Steinen kramte, die er mitgebracht hatte, begann er, Harrys Umkreis zu markieren, gerade als er spürte, wie ein Kraftimpuls aus Harrys Kreis ausbrach.

Scheiße.

Alex' Spähspiegel schimmerte wie eine Welle in einem Teich, und plötzlich durchdrang ein blendendes Licht die Dunkelheit. Es war Harry, neben einem Feuer. Dahinter waren Hunter und Reuben im Unterholz kaum sichtbar, aber das Feuer und Harry verschwanden im Nu.

Alex konzentrierte sich auf Zane und wurde belohnt, als er sah, wie dieser den Schutzkreis des Cornwall-Zirkels bombardierte, bis auch diese Vision verschwand und Alex blinzelnd in der Dunkelheit saß.

Trotz aller Bemühungen konnte er niemanden sonst auf Rasmus' Grundstück sehen. Er schauderte, als er merkte, dass die Temperatur gefallen war, und als er durch die verschlungenen Äste nach oben blickte, sah er, wie das Sternenlicht erlosch, als Wolken aufzogen. Ein Blitz durchzuckte den Himmel, und Magie verdichtete die Luft.

Alex stand schnell auf und schulterte seinen Rucksack, bevor er den Kreis auflöste. Von hier aus konnte er nichts mehr tun. Es war Zeit, sich Reuben anzuschließen und den Angriff zu stoppen.

Avery folgte Genevieves Beispiel und stimmte in Cornells Beschwörung ein.

Cornell stand im Zentrum des Kreises, Genevieve neben ihm, und vor ihnen befand sich der große Gagat-Edelstein auf einer Steinsäule. Seine Hände waren schalenförmig darumgelegt, mehrere Zentimeter von der Oberfläche entfernt, und Energie tanzte zwischen seinen Handflächen und dem Stein.

Der gesamte Zirkel war eng zusammengerückt und hielt sich nun an den Händen, während sie Genevieves Beschwörung wiederholten und ihre Macht dabei wuchs. Die Kerzen standen hinter ihnen und säumten den Schutzkreis, und während sie sprachen, loderten die Flammen höher und höher, bis es schien, als befänden sie sich in einer leuchtenden Kammer mit einer schimmernden Kuppel aus weißem Licht über ihnen.

Zane stand regungslos außerhalb des Kreises, die Arme zum Himmel erhoben. Avery hatte Mühe, sich zu konzentrieren, und fragte sich, was er tat, wo Harry war und wie es Alex und Reuben erging.

Als die Beschwörung lauter wurde und ihre Macht sich vervielfachte, spürte Avery eine plötzliche Schwächung, als ob sie ihre Macht nicht mehr gab, sondern etwas sie ihr entzog.

Plötzlich traf eine Kraft mit einem Knistern aus rotem Licht auf ihren Schild, und eine Welle von Macht rollte über sie hinweg. Zornige, bindende Macht. Avery blickte schockiert auf und traf Els Augen. *Sie waren zu spät.* Genevieve hatte nicht schnell genug gehandelt. Der Kreis hielt – aber nur knapp. Das Blatt schien sich gewendet zu haben, als Stränge roter Energie aus dem polierten Gagat-Oval sprossen und nach den Hexen griffen. Gleichzeitig brach rotes Licht aus Zanes ausgestreckten Händen hervor und traf ihren Schild. In Sekunden zerbarst er.

Es war, als ob ein sengender Wüstenwind um den Zirkel heulte. Die Finger aus rotem Licht trafen die Hexen, und Avery spürte einen erschütternden Schmerz in ihrer Brust.

Ihre Macht floss direkt zu Zane zurück.

Reuben war gerade damit fertig, die geladenen Steine um Harrys Kreis zu platzieren, als Alex aus den Schatten unter den Bäumen trat.

„Erfolgreich?", fragte Alex ihn mit leiser Stimme.

„Nun, die Steine sind in Position, aber sein Zauber ist bereits im Gange."

„Ich habe Zane gesehen. Er greift den Zirkel genau jetzt an. Brauchst du mich? Denn –"

„Geh." Reuben wandte sich Harrys Kreis zu und hob die Hände. „Ich schaffe das. Tatsächlich wird es mir ein Vergnügen sein. Nimm du dir Zane vor. Und nimm Hunter mit." Er blickte zu dem Wolf hinab und grinste. „Ich habe das Gefühl, du wirst dort mehr Spaß haben."

Briar spürte, wie die Erde unter ihr bebte, als der Angriff sich verstärkte.

Die rote, fesselnde Macht versuchte, bis in ihr Innerstes vorzu-dringen, aber sie stemmte die Füße in die Erde, schöpfte aus deren

Kraft und leistete Widerstand. Sie fühlte sich von der Hitze des Zaubers versengt, doch tief in ihrem Inneren bot ihr der Grüne Mann seine kühle, reichhaltige, erdige Magie an, in die sie sich wie in einen Mantel hüllte.

Sie blickte zu ihrem vertrauten Team und sah, wie ihre Blicke sich verhärteten, während sie darum kämpften, die Kontrolle zurückzugewinnen. Dann bemerkte sie Hemanis Verwirrung und erkannte, dass diese genauso um die Kontrolle rang wie sie. Viele im Zirkel waren jedoch völlig überrumpelt worden. Einige fielen auf die Knie, und sie verfluchte ihre eigene Dummheit. Sie hätten mehr von ihnen warnen sollen, damit sie vorbereitet gewesen wären. Es war sinnlos, eine Falle zu stellen, wenn die meisten Leute sowieso keine Ahnung hatten, was geschah.

Dann packte Briar die blanke Panik. Trotz all ihrer Planung waren sie viel zu spät dran. Vom Angriff in ihrer Position festgenagelt, beobachtete sie Cornell. Seine Augen waren geschlossen, sein Gesicht zum Himmel erhoben, während seine Verbindung zum Gagat-Edelstein andauerte. *Sie mussten sie durchbrechen.*

Plötzlich loderte Genevieves Stab hell auf, und sie schlug ihn hart auf den Gagat. Er explodierte, die Splitter schossen nach außen, trafen Cornell hart und rissen ihn von den Füßen. Er landete mit einem Krachen auf dem Altar, warf Blumen und Kerzen um und zerschmetterte den Tisch in Stücke.

Augenblicklich verschwanden die greifenden roten Finger aus Licht, und das Chaos brach aus.

Alex kam am Rande der Lichtung quietschend zum Stehen, just in dem Moment, als der Gagat explodierte. Entsetzt sah er zu, wie die meisten Mitglieder des Zirkels zu Boden hechteten, um sich vor den Steinsplittern zu schützen, aber einige Hexen reagierten bereits.

Caspian kämpfte gegen Cornell, der verzweifelt versuchte, Genevieve anzugreifen. Caspian ließ ihm keinen Raum und schleuderte einen Zauber nach dem anderen auf ihn, doch Cornell wehrte sich mit erstaunlich viel Kraft. Estelle eilte an Caspians Seite, um sich dem Kampf anzuschließen. Charlies Frau, Hannah, eilte herbei, um Cornell zu unterstützen, und schleuderte einen Feuerblitz auf Caspian. Doch Avery fing sie ab und erwischte Hannah unvorbereitet mit einem mächtigen Luftwirbel, der sie quer über die Lichtung schleuderte. Charlie ging sofort auf Avery los, aber El reagierte bereits mit einem eigenen Zauber und traf Charlie mitten auf die Brust, wodurch er in die Kerzen geschleudert wurde. Robyn, das andere Mitglied des Polzeath-Zirkels, schritt durch die verwirrten Hexen auf Genevieve zu, doch Ulysses stellte sich ihr in den Weg, und innerhalb von Sekunden kämpften sie gegeneinander, während Zauber zwischen ihnen hin und her zischten.

Hunter zögerte nicht und stürzte mit einem gewaltigen, markerschütternden Heulen in den Kreis, um den Hexen zu helfen.

Aber Alex hielt sich zurück und suchte die Szene nach Zane ab. Scheinbar endlose Augenblicke lang konnte er ihn nicht finden. Und dann kämpfte sich eine Gestalt im Unterholz hoch,

Gliedmaßen wurden erkennbar, als Zane versuchte, auf die Beine zu kommen. Die Explosion musste ihn erwischt haben.

Alex schleuderte ihn rückwärts in die Büsche und sprach dann einen mächtigen Fesselzauber. Runen vervielfachten sich in der Luft, während sie über die Lichtung schossen und sich um Zanes Glieder schlangen. Aber Zane warf sie ab, als wären sie nichts, sprang auf und schickte einen zackigen Blitz roter, fesselnder Kraft auf Alex. Alex hechtete zu Boden und errichtete dabei einen Schutzschild.

Zane überbrückte den Abstand zwischen ihnen schnell. Sein Blick war hart und seine Lippen zu einem Grinsen verzogen, während Macht zwischen seinen erhobenen Händen knisterte, und Alex wusste, dass er ihm alles entgegenschleudern würde, was er hatte.

Reuben sprach den Zauber, den er den ganzen Tag geübt hatte, und die Steine, die er um Harrys Kreis platziert hatte, explodierten wie Dynamit.

Mächtige Magie wälzte sich wie eine Flutwelle nach außen und vernichtete Harrys Schutzkreis. Sie erfasste Harry, schleuderte ihn in die Luft und gegen einen Baum. Er war völlig benommen, sein Kopf sank auf die Brust. Reuben machte sich nicht die Mühe mit Zaubern. Bevor Harry auch nur ansatzweise reagieren konnte, rannte Reuben hinüber, hob seinen Kopf und schlug ihm mit großer Genugtuung ins Gesicht. Harrys Kopf schnellte zurück, was ihn sofort bewusstlos machte.

Reuben fesselte ihn schnell mit dem Seil, das er mitgebracht hatte, versiegelte die Knoten mit Zaubern und entdeckte dann den Ring, der wie ein Laserstrahl Macht verschossen hatte. Er blinkte an Harrys Finger, der rote Edelstein wirbelte vor Macht. Auf keinen Fall würde er ihn an Harrys Hand lassen. In der Hoffnung, dass nichts Seltsames passieren würde, wenn er ihn berührte, zog er ihn ab, steckte ihn in seine Tasche und wandte sich dann den verstreuten Überresten des Kreises zu.

Das Feuer brannte noch, aber die Flammen flackerten. Harrys magische Gegenstände vibrierten jedoch immer noch vor Macht, obwohl der mächtige Magiestrahl, der in den Himmel geschossen war, verschwunden war. Reuben warf die Gegenstände in seine Tasche und versiegelte sie mit einem Schutzzauber. Er spürte sofort, wie ihre Macht gedämpft wurde. Dann löschte er das Feuer mit einem Wasserstrahl, den er aus der Luft zog, und scharrte Erde darüber. Dann wandte er sich Harry zu und stellte zufrieden fest, dass dieser immer noch k. o. war.

Er beschwor Luft, so wie Avery es tat, und kämpfte damit, sie genauso effizient zu beherrschen, aber schließlich manövrierte er sie unter Harrys Körper. Es war Zeit, die anderen zu finden.

Avery war von kämpfenden Hexen umgeben. Es war jetzt klar, wer auf wessen Seite stand. Alle aus Charlies Zirkel kämpften gegen ihre Freunde, und sie musste sich ducken, abrollen und hart zurückschlagen, um nicht verletzt zu werden. *Wenigstens*

reagierte ihre Magie jetzt. Für einige schreckliche Sekunden hatte es sich angefühlt, als hätten sie versagt.

Im Zentrum des Kreises stand Genevieve inmitten des Wahnsinns unerschütterlich. Sie schwang ihren Stab herum und schlug ihn auf den Boden. Hellgelbes Licht loderte von ihm auf, der Stein an seiner Spitze blendete wie die Sonne, und ein Schwall heilender, heller und positiver Magie pulsierte über die Lichtung. Avery spürte, wie er sie durchfuhr und sie atemlos zurückließ, als die Macht von Litha die hässliche, fesselnde Magie verbannte.

Claudia sah entsetzt über Cornells Handeln aus und eilte, alles um sich herum ignorierend, an Caspians Seite, um dessen Angriff auf Cornell zu verstärken.

Genevieve erhob ihre Stimme und rief: „Bringt unsere Angreifer vor mich! Jene, die sich mir anschließen wollen, sollen es jetzt tun!"

Die gehetzte Gruppe von Hexen, die nicht kämpften, mühte sich an Genevieves Seite und alle fassten sich an den Händen. Eine große Gruppe jedoch hatte sich dem Polzeath-Zirkel und Cornell zugewandt und sie mit einer Kombination aus Zaubersprüchen vor Genevieves lodernden Stab getrieben. Viele von ihnen waren blutverschmiert und humpelten. Hunter hatte sich nicht zurückgehalten und schleifte Cornell an seinem Knöchel auf die Lichtung, wobei überall Blut tropfte.

Obwohl sie verletzt waren, kämpften all ihre Feinde immer noch darum, sich zu befreien, und Ulysses erhob seine Stimme und begann ein unheimliches Lied, das Avery einen Schauer über den Rücken jagte. Er benutzte seine Sirenenstimme, um sie mit einem Zauber zur Unterwerfung zu zwingen.

Hunter hatte sich zurückgezogen, doch er stieß ein plötzliches Heulen aus, fuhr herum und raste zurück auf die Lichtung, gerade als Avery entsetzt aufblickte und sah, wie Zane Alex angriff, der sich nur mit Mühe gegen ihn wehren konnte.

Avery hob die Hände, um zu reagieren, aber Hunter war schon da. Er sprang über den verbleibenden Raum zwischen ihnen, streckte Zane nieder und riss ihm die Kehle heraus.

Avery wusste nicht, ob sie entsetzt oder erleichtert sein sollte. Doch als Alex auf die Beine taumelte, entschied sie, dass es ihr egal war, dass Zane gerade auf die schlimmstmögliche Weise getötet worden war. Er hatte es verdient. Sie rannte an Alex' Seite.

„Alex! Geht es dir gut?"

Er fuhr sich mit der Hand über das Gesicht und verschmierte den Schmutz mit seinem Schweiß. „Mir geht's gut. Ich sehe wahrscheinlich schlimmer aus, als ich mich fühle." Er blickte auf Zanes ausgebreiteten, blutigen Körper hinab und verzog das Gesicht. „Besser als er jedenfalls. Danke, Hunter."

Hunter sah ihn nur mit grimmigen gelben Augen an und seine Lefzen kräuselten sich. Avery war überzeugt, dass er lachte. Sie war sehr froh, dass er auf ihrer Seite war.

Avery deutete auf Genevieve. „Sie braucht uns. Komm schon."

Er schüttelte den Kopf. „Ich muss nach Reuben sehen."

Doch als er seinen Satz beendet hatte, trat Reuben mit Harry aus dem Wald und sie rannten los, um ihm zu helfen.

„Gut gemacht, Kumpel", sagte Alex und musterte Harrys bewusstlosen Körper. „Alles klar bei dir?"

Reuben grinste. „Mehr als das. Diesem Idioten eine reinzuhauen, hat gerade mein Jahr gerettet."

Avery und Alex begleiteten ihn, als er Harry mit den anderen in die Mitte des Kreises fallen ließ und auch die Tasche mit den magischen Waren und den Ring hineinwarf.

Avery stand zwischen Reuben und Alex, umklammerte ihre starken Hände, und als sie sich mit dem Rest des Zirkels verbanden, spürte sie, wie Kraft durch sie strömte. Avery verlangsamte ihre Atmung und konzentrierte sich. Genevieve sammelte sich, eine Hand auf dem Stab, die andere in Claudias. Rasmus war auf ihrer anderen Seite, eine Hand ebenfalls auf dem Stab ruhend, seine andere hielt die Hand seiner Tochter.

Während sie sich sammelten, musterte Avery die in Ungnade gefallenen Hexen, die sich in der Mitte drängten. Charlie, seine Frau Hannah und Robyn, das dritte Zirkelmitglied, Cornell und Harry. Sie alle waren auf die eine oder andere Weise mit einer Vielzahl von Zaubern gebunden worden; einige mit silbrigen Lichtseilen, andere wanden sich in feurigen Fesseln, und alle sahen von Ulysses' Sirenenzauber benommen aus. Cornell wirkte am verzweifeltsten, sein Gesicht war schweißgebadet.

Die Stille, die nach dem Kampf eingetreten war, war unheimlich. Von den Hexen des Cornwall-Zirkels waren einige wütend, andere weinerlich, während wieder andere die in der Mitte kaum ansehen konnten. Mina, Jaspers junge Hexe, umklammerte Jaspers Hand fest, und sie sah, wie er ihr ein beruhigendes Lächeln schenkte. Hemani sah finster und nachdenklich aus, auch Oswald schien bekümmert, aber er schien Kraft aus Ulysses zu schöpfen. Eve und Nate standen zusammen und beobachteten

Genevieve. El und Briar schienen unverletzt, doch Caspian sah wieder einmal krank aus. Eine Blutspur zierte seine Wange, aber Estelle stand gefasst an seiner Seite, sein Onkel und seine Cousins neben ihr.

Genevieve brach die Stille und sprach die in der Mitte kauernden Hexen an. „Ihr alle habt versucht, den Willen dieses Zirkels zu untergraben. Ihr habt versucht, nach Macht zu greifen, die euch nicht gehört und die ihr nicht verdient. Drei von euch sind nun tot. Dem Rest von euch werden für immer die Kräfte gebunden."

Cornell kreischte beinahe: „Nein! Alles, nur das nicht!"

Genevieve starrte ihn mitleidlos an. „Ihr habt uns keine Wahl gelassen. Ihr habt eure Zirkelführerin und eure Hexenbrüder und -schwestern verraten."

„Dann lasst mich sterben." Er starrte Hunter an, der jenseits des Kreises stand. „Lasst ihn mich töten, so wie er es mit Zane getan hat!"

„Nein!", schoss Claudia zurück. „Für dich wird es kein leichtes Entkommen geben." Sie wandte sich an Genevieve. „Lass es uns jetzt tun."

Genevieve umklammerte ihren goldenen, lichtstrahlenden Stab und sagte: „Stimmt nun mit mir in die Beschwörung ein. Das wird nicht angenehm sein und Zeit und Konzentration erfordern, aber so wie ihr mir zuvor gefolgt seid, so folgt mir bitte auch jetzt." Sie begann den Zauber mit ihrer gebieterischen, klaren Stimme, und sie wiederholten ihn nach ihr.

Lichtspulen erblühten aus dem Edelstein in Genevieves Stab, und ganz ähnlich wie das zornige rote Licht, das zuvor suchende

Ranken zu den Hexen geschickt hatte, durchbohrte dieses Licht die in der Mitte versammelten Hexen. Als die Worte, die sie wiederholten, lauter und stärker wurden, wob sich das Licht um jeden Einzelnen, fesselte sie in einem Käfig aus Licht und drang in sie ein. Als die Fesselung wirksam wurde, wehrten sich die Hexen in der Mitte, Panik zeichnete sich auf ihren Gesichtern ab.

Avery fühlte sich schrecklich.

Sie hatte niemals jemanden binden wollen. Aber sie wollte auch nicht, dass diese Hexen ihre Magie jemals wieder gegen irgendjemanden einsetzen konnten. Und es schien, als dachte der Rest des Zirkels genauso. Viele Hexen hatten Tränen in den Augen, als der Zauber an Stärke gewann, und das Wimmern der gefangenen Hexen in der Mitte war schrecklich anzuhören.

Avery wollte die Augen schließen, tat es aber nicht. Sie musste das durchstehen, um all derer willen, die gestorben waren. Ihr Blick fiel auf Zanes blutigen Körper außerhalb des Kreises, und ihre Entschlossenheit festigte sich von Neuem. *Das war der einzige Weg.*

Der Zauber schien eine Ewigkeit zu dauern. Genevieve war methodisch und unerbittlich, und bald waren die Hexen in einem feinen Netz aus Macht gefangen. Mit einer letzten Zeile stieß Genevieve ihren Stab erneut in den Boden, und ein Schrei, der von überall und nirgends zu kommen schien, zerriss die Nacht.

Das Licht wurde schwächer, die Fesseln verschwanden, und Genevieve sagte: „Es ist vollbracht. Brecht den Kreis und lasst sie gehen."

Die verstoßenen Hexen rappelten sich auf. Cornell hob sofort die Hände, um einen Zauber zu wirken, aber nichts geschah. Er stand fassungslos und stumm da, dann blickte er zu Genevieve. „Sie können uns nicht einfach so hier zurücklassen!"

„Sie haben uns keine Wahl gelassen. Sie haben versucht, unsere Magie an sich zu reißen."

Er stotterte: „Sie haben das falsch verstanden ...“

„Ich habe gar nichts falsch verstanden. Und auch sonst niemand hier. Ihre Taten waren eindeutig, ebenso wie die Ihrer Mitverschwörer."

Eine Unzahl von Gefühlen spiegelte sich auf Cornells Gesicht wider, und es sah so aus, als würde er erneut das Wort ergreifen oder vielleicht sogar jemanden tätlich angreifen. Doch dann blickte er auf den toten Zane, der auf dem Boden lag, und ging davon. Charlie blickte während der ganzen Szene zu Boden. Er rüttelte Harry wach und zerrte ihn mit Hannahs Hilfe auf die Beine, während Robyn Cornell ebenso schockiert folgte.

Rasmus atmete tief durch und wandte sich an den Zirkel. „Ich werde sie hinausbegleiten. Isolde, hilfst du mir?" Er wandte sich an seine Tochter und Drexel, die anderen Mitglieder des Newquay-Zirkels, und sie eilten herbei, um die in Ungnade gefallenen Hexen vom Gelände zu geleiten.

Schweigend sahen sie den Hexen beim Gehen zu, und dann zauberte Genevieve ein Feuer in die Mitte der Lichtung. „Lasst uns zusammensitzen und unsere Sonnenwendfeier beenden. Wir sollten versuchen, die Nacht mit einem gewissen Maß an Frieden ausklingen zu lassen."

Einunddreißig

Caspian fand einen Platz auf einer Bank neben Estelle.

Es war eine gute halbe Stunde, nachdem der Bindungszauber gewirkt worden war, und die Atmosphäre auf Rasmus' Lichtung hatte sich wieder normalisiert. Gemeinsam hatte der Zirkel Stühle, Bänke und Baumstämme zusammengetragen, den zertrümmerten Altar wieder aufgerichtet und das Essen hingestellt, und nun versammelten sie sich in kleinen Gruppen um das Feuer und unterhielten sich leise.

Estelle blickte ihn misstrauisch an, als er sich setzte, und er sagte: „Ich bin froh, dass du zurück bist und das Dunkelstern-Astrolabium überlebt hast. Und danke, dass du mir auch geholfen hast." Sie wandte den Blick zum Feuer und schwieg, und trotz ihrer Hilfe vorhin wusste er, dass er sich entschuldigen musste, wenn er auch nur die geringste Chance haben wollte, die Beziehung zu ihr zu kitten. „Es tut mir leid, dass wir uns letzte Woche gestritten haben. Ich war enttäuscht, dass du dich entschieden hast, nach Frankreich zu gehen, aber ich hoffe, du hast eine neue Perspektive gewonnen. Freiheit."

Estelle atmete tief durch und nickte. „Es tut mir auch leid. Ich habe nicht geahnt, dass die Ereignisse hier so schlimm werden würden." Sie hob den Kopf und musterte den Cornwall-Zirkel. „Ich hasse es, uns bei den Ratssitzungen vertreten zu müssen, aber diese Gruppe erfüllt einen Zweck. Heute Nacht hat sie ihn definitiv erfüllt." Sie sah ihn endlich an. „Du hast einen wunden Punkt getroffen."

„Wirklich?" Er mühte sich, sich an seine Worte zu erinnern, und seufzte dann. „Barak."

„Barak", wiederholte sie leise seinen Namen, und ein Licht trat in ihre Augen, das Caspian nicht oft sah. Er betrachtete ihr Profil und bemerkte die weicheren Züge und die entspannte Haltung. Er war versucht, es auf das Feuerlicht zu schieben, aber vielleicht war es etwas anderes.

Als klar wurde, dass sie nicht weiter darauf eingehen würde, sagte er: „Er ist ein guter Mann. Ich mag ihn. Wenigstens hast du dir jemanden ausgesucht, der nicht schon in einer Beziehung ist."

Sie zog eine Augenbraue hoch, und ein spöttisches Lächeln umspielte ihre Lippen. „Von den vielen Dingen, die ich falsch mache, habe ich das wenigstens richtig gemacht. Nicht, dass ich schon sicher wäre, was daraus wird."

Auch er lächelte und spürte einen Anflug von Zuneigung zu seiner oft nervigen Schwester. „Du bist gebräunt und siehst gut aus. Sogar sehr gut. Frankreich scheint dir zu bekommen."

„Es war mehr als nur Frankreich. Aber es hat geholfen."

„Du hast dich nicht mit Shadow gestritten?"

„Jeder streitet sich mit Shadow! Das ist unvermeidlich."

Er lachte und nahm dann seinen Mut zusammen. „Wenn du die Firma verlassen willst, dann solltest du das tun. Ich will nicht, dass du gehst", beeilte er sich hinzuzufügen, als sie ihn schockiert ansah, „aber ich weiß nur zu gut, wie das Familienunternehmen uns gefangen hält. Ich habe auch vor, ein bisschen kürzerzutreten."

Sie beugte sich vor, stützte die Ellbogen auf die Knie und starrte ihn an. „Was ist mit dir passiert?"

„Die Erkenntnis, dass mein Leben in mancher Hinsicht schrecklich engstirnig ist."

„Ah. Die Hexen von White Haven."

„Sag das nicht so. Sie sind meine Freunde. Und außerdem bin ich nicht unser Vater und habe nicht die Absicht, mein Leben so zu leben wie er. Nicht mehr."

„Ich glaube, er hat uns beiden ganz schön zugesetzt." Sie starrte wieder ins Feuer und sagte dann: „Ich werde nicht kündigen, aber ich werde meine Arbeitszeit und meine Verantwortung reduzieren. Ich arbeite gerne mit den Nephilim zusammen. Es hat Spaß gemacht, mal etwas anderes zu tun."

Caspian verspürte das unerklärliche Bedürfnis, sie zu umarmen, wusste aber, dass sie das nicht zu schätzen wüsste. So eine Familie waren sie nie gewesen. „Natürlich. Wir reden morgen darüber. Oder wann immer du bereit bist."

„Morgen wäre gut."

Caspian blickte über den Kreis und sah Briar, die dicht neben Hunter saß, sein Arm lag um ihre Schulter. El saß neben Reuben und sah ihm zu, wie er sich angeregt mit Alex und Avery unterhielt, und auch Nate und Eve waren da. Er wünschte sich plötzlich zu hören, wie Reuben Harry gefangen hatte.

„Na los", sagte Estelle und nickte in ihre Richtung. „Geh zu ihnen. Ich fahre nach Hause."

„Kannst du nicht länger bleiben?“

„Ich bin erst heute Mittag zurückgekommen. Ich glaube, ich brauche mein eigenes Bett und meinen eigenen Freiraum.“ Sie erhob sich, und Caspian stand mit ihr auf. Sie schenkte ihm ein rätselhaftes Lächeln und ging dann zu Genevieve, um sich zu verabschieden. Caspian eilte zu seinen Freunden.

Briar rückte auf dem Baumstamm, auf dem sie saß, ein Stück zur Seite und klopfte darauf. „Hier ist noch Platz für einen.“

Er lächelte, als er sich neben sie setzte. „Danke. Ich bin gekommen, um Reubens und Alex' Neuigkeiten zu hören.“

Reuben lachte. „Explodierende Steine und ein guter Schlag sind meine Neuigkeiten!“

„Du hast ihn *geschlagen*?“, Caspian schüttelte den Kopf. „Keine Magie?“

„Oh, es war eine Menge Magie im Spiel. Diese aufgeladenen Amethyste haben gut funktioniert. Als ich ihre Energie freisetzte, sprengten sie Harrys Schutz mit einer solchen Wucht, dass es ihn gegen einen Baum schleuderte.“ Er rieb sich die Faust. „Es hat sich gut angefühlt, dem Mistkerl eine reinzuhauen, nach all dem Ärger, den er verursacht hat. Aber nur dank Hunters Nase habe ich ihn überhaupt gefunden.“

Hunter nickte. „Er hatte sich gut getarnt, aber an seinen Geruch hat er nicht gedacht. Ich wünschte beinahe, ich hätte ihm auch die Kehle herausgerissen.“

Briar verzog das Gesicht. „Das ist schrecklich.“

„Schrecklich, aber manchmal notwendig“, sagte Eve.

Hunters Augen waren verhangen, als er zu Zanes Leiche hinüberblickte, die nun mit einer Decke bedeckt war. „Es tut mir leid, aber als er, von Macht geschwollen, über Alex stand, habe ich die Beherrschung verloren. Ich wollte ihm keine Chance lassen."

Briar kuschelte sich an seine Seite. „Ich weiß. Er hätte euch beide angegriffen, wenn du nicht zuerst gehandelt hättest." Sie sah Alex an. „Geht es dir gut?"

Alex sah schmutzig aus. Dreck verschmierte sein Gesicht, und Zweige und Blätter hatten sich in seinem dichten Haar verfangen. *Und trotzdem sah er immer noch wie ein verdammt gut aussehender Mistkerl aus*, dachte Caspian verärgert.

„Mir geht's gut", sagte er. „Aber Zane war verrückt vor Macht. Als ich ankam, war der Zirkel schon durchbrochen und er war im Gebüsch. Wie viel Macht hat er absorbiert?"

„Viel zu verdammt viel", murmelte Nate, dessen sanfter Geordie-Akzent durch seine Wut stärker zur Geltung kam. „Ich hatte Angst, wir hätten einen großen Fehler gemacht. Ich dachte, Genevieve würde gegen uns arbeiten."

„Ich auch", gestand Avery. Sie sah im Feuerschein sehr schön aus. Ihr rotes Haar war zu einem lockeren, unordentlichen Knoten gebunden, aus dem sich einzelne Strähnen um ihr Gesicht ringelten, und ihre Augen funkelten, aber Caspian schob diese Gedanken beiseite und konzentrierte sich nur auf ihre Worte. „Ich habe es geschafft, nach der Bindung mit ihr zu sprechen. Sie sagte, sie hätte auf den richtigen Zeitpunkt gewartet. Sie wollte Cornell und Zane vollständig in die Falle locken. Und die anderen entlarven." Sie blickte hinüber zu Claudia, die ins Feuer starrte. Lark, ihr anderes Zirkelmitglied, lehnte sich an sie. „Arme Claudia. Sie wurde von Cornells Verrat völlig überrumpelt."

„Wenigstens war Lark nicht verwickelt“, sagte El. „Obwohl Lark Cornell wie einen älteren Bruder gesehen hat. Gott sei Dank hat er sie da nicht mit hineingezogen.“

„Und du hattest recht mit Charlie“, sagte Eve zu Avery. „Dass sein ganzer Zirkel verwickelt ist, ist allerdings ein Schock.“

„Es ist nicht wirklich überraschend, dass seine Frau verwickelt war“, sinnierte sie. „Aber Robyn war eine unerwartete Wendung.“

„Aber wie zum Teufel“, fragte Nate, „haben Harry und Zane sie überhaupt überredet, mitzumachen? Es ist Wahnsinn, sich mit einem ganzen Zirkel anzulegen!“

„Charlie kannte Zane als Kind, und Lowen auch“, erinnerte Reuben sie. „Und Zanes Mutter hat gesagt, dass er schon immer auf Kontrolle aus war.“

Caspian zuckte mit den Schultern. „Macht ist für manche Leute eine berauschende Verlockung. Zweifellos hat er angeboten, die Magie zu teilen, die er von uns zu stehlen versuchte. Ich bezweifle aber, dass er das getan hätte.“ Er deutete auf Zanes Leiche. „Hat jemand Newton angerufen? Er wird brennend darauf warten zu erfahren, was passiert ist.“

„Habe ich“, sagte Avery. Angewidert rümpfte sie die Nase. „Wir werden seine Leiche bald in den öffentlichen Wald schaffen. Sein Tod wird als Angriff eines wilden Tieres verbucht werden. Ich muss zugeben, dass ich froh bin, dass alles vorbei ist.“

„Ich auch“, gestand Eve mit einem müden Lächeln. „Der Cornwall-Zirkel wird sich eine Weile ganz anders anfühlen, wenn drei Zirkel fehlen, aber die Dinge werden sich mit der Zeit wieder einpendeln.“ Sie blickte auf, starrte über Caspians Kopf hinweg, als sie zu Ende sprach, und als er sich umdrehte, sah er Hemani näher kommen.

„Störe ich?", fragte Hemani mit ihrer ruhigen Stimme, obwohl ihre Augen wachsam aussahen.

„Wir unterhalten uns nur", sagte Avery, lächelte und rückte näher an Alex heran, um Platz für sie zu schaffen. „Komm, setz dich zu uns."

„Ich war mir nicht sicher, ob ich willkommen wäre", gab sie zu und zwängte sich in die kleine Lücke. „Ich habe das Gefühl, dass ihr mir nicht ganz getraut habt."

„Entschuldigung", sagte El. „Wir wollten es und dachten, wir könnten es, aber nach den Ereignissen am Stannon-Steinkreis waren wir uns nicht sicher, ob du mit den anderen unter einer Decke steckst. Und um ehrlich zu sein, kennen wir dich nicht so gut wie die Hexen, die uns geholfen haben."

Hemani nickte. „Das verstehe ich. Unser Zirkel neigt dazu, für sich zu bleiben."

„Wir haben uns gestern Abend wieder getroffen", gestand Avery, „und dich nicht eingeladen. Das tut mir leid. Aber ich bin sehr froh, dass du nicht Teil dieser Gemeinheit warst."

Hemani deutete dorthin, wo ihre drei anderen Zirkelmitglieder zusammensaßen. „Ich werde dafür sorgen, dass wir uns in Zukunft mehr unter die Leute mischen. Der Wert von Vertrauen und Freundschaft ist nach den Ereignissen der letzten Wochen noch deutlicher geworden." Sie seufzte. „Ich habe Cornell auch vertraut. Ich mochte ihn und bewunderte seine Magie. Es ist eigentlich niederschmetternd."

„Warum bittest du sie nicht, sich jetzt zu uns zu gesellen?“, schlug Reuben vor. „Ich würde sie alle gerne richtig kennenlernen. Du solltest auch deinen Onkel und deine Cousins holen“, sagte er zu Caspian.

Caspian lachte. „Ich glaube, sie fühlen sich alle irgendwie komisch. Sie mochten Zane und Mariah – Vaters alte Unterstützung. Ich glaube, sie fühlen sich auch betrogen, aber eher, weil sie nicht eingeweiht waren.“ Er blickte zu dem scharf geschnittenen Gesicht seines Onkels hinüber, der sich mit Oswald unterhielt. „Alles verändert sich, nicht wahr?“

„Veränderung ist gut. Na ja, meistens“, sagte Hemani lächelnd. „Und ja, das werde ich tun. Danke, Reuben. Ich hole sie jetzt.“

Sie eilte davon, um ihren Zirkel zu versammeln, und während sie sich neu anordneten, um Platz für die Neuankömmlinge zu schaffen, dachte Caspian über seine eigenen Absichten nach. Die Sonnenwende hatte in der Tat eine Veränderung gebracht, und er war sehr neugierig, wohin das alles führen würde.

Am nächsten Tag, nach dem Mittagsansturm im „The Wayward Son“, konnte Alex endlich seine eigene Pause machen. Er ließ sich mit einem halben Pint und einem Burger an einem kleinen Tisch im Innenhof nieder, und innerhalb weniger Minuten hatte sich Zee mit seinem eigenen Essen zu ihm gesellt.

Es war ein heißer Tag, und Zee trug alte Jeans und ein abgetragenes T-Shirt, das seine tätowierten Arme entblößte. Er zog einen Stuhl heraus. „Stört es dich, wenn ich mich zu dir setze?"

„Überhaupt nicht", sagte Alex und winkte ihm zu, sich zu setzen. „Ich habe den ganzen Morgen versucht, dich zu erwischen. Sollte mich aber nicht beschweren, dass wir so beschäftigt sind."

„Marie ist gut. Sie vertritt mich jetzt, wo es endlich ruhiger geworden ist." Er kaute nachdenklich auf einem Pommes. „Also, wie war die letzte Nacht?"

„So verrückt, wie wir es uns dachten." Alex brachte ihn auf den neuesten Stand. „Zane trug goldene Manschetten mit Edelsteinen, und Harry hatte einen riesigen Ring. Beide verfügten über eine unglaubliche, dunkle Macht. Wir glauben, sie haben sie aus dem Piratengold gefertigt."

„Und die anderen Sachen gemacht, um sie zu verkaufen?"

„Jep. Sie haben es lange geplant, und am Ende war alles umsonst." Es war schrecklich, nur daran zu denken, und Alex schüttelte den Gedanken ab. „Wie ist es jetzt im Haus, wo deine Brüder und Shadow wieder da sind?"

„Verdammt laut", beschwerte er sich. „Am Sonntagabend hatte ich die ganze Bude für mich allein. Eli hat bei einer seiner Frauen übernachtet, und ich konnte alle Spiele spielen und Filme schauen, die ich wollte, ohne dass sich auch nur einmal jemand beschwert hat. Jetzt herrscht wieder das reinste Chaos." Er zog die Augenbrauen hoch und grinste Alex verschwörerisch an. „Shadow und Gabe sind jetzt ein Paar."

Alex hätte beinahe seinen Bissen Burger wieder ausgespuckt. „Wirklich? Seit wann denn?"

„Seit ein paar Tagen. Frankreich hat Wunder gewirkt, und es wurde auch verdammt noch mal Zeit! Zwischen den beiden lag so viel sexuelle Spannung in der Luft, es war unglaublich. Und jetzt ist Barak auch noch total verknallt.“

Alex legte seinen Burger weg, bevor er sich noch daran verschluckte. „Dein Ernst? Mit wem?“

„Estelle!“

„Heilige Scheiße. Damit habe ich *nicht* gerechnet.“ Er musterte Zees markantes, gut aussehendes Gesicht. „Und du bist immer noch Single?“

„Und das gefällt mir auch so, also wage es ja nicht, zu versuchen, mich zu verkuppeln!“

Alex hob abwehrend die Hände. „Auf keinen Fall! Das ist Averys Aufgabe.“

Zee lachte. „Wie auch immer, wir schmeißen eine Party. Großes Lagerfeuer, Grillen, mit allem Drum und Dran. Es ist kurzfristig – morgen Abend. Schaffst du es? Wir haben Caspian und Estelle, Ghost OPS eingeladen, und Newton kommt auch. Anscheinend hat Shadow Gabe dazu überredet.“ Er zwinkerte. „Sie könnte ihn im Moment wahrscheinlich zu allem überreden.“

„Das“, sagte Alex, „klingt super. Avery kann es kaum erwarten, sich wieder bei euch umzusehen.“

„Cool. Ash fragt heute auch Reuben. Die Bude dürfte also voll werden.“

Zee nahm einen weiteren Bissen von seinem Burger und Alex runzelte bei seinem unschuldig-nonchalanten Gesichtsausdruck die Stirn. „Gibt es noch einen anderen Grund für diese Party?“

„So misstrauisch!“

Alex ließ sich nicht abwimmeln. „Also doch!"

Zee lächelte. „Nicht wirklich. Aber bei all dieser Hintergeherei und den Täuschungen, die wir alle in letzter Zeit erlebt haben, dachten wir, es wäre gut, unsere Freundschaften wirklich zu festigen. Denn in dieser seltsamen paranormalen Welt, in der wir leben, ist das manchmal alles, worauf man sich verlassen kann."

Alex hob zustimmend sein Glas. „Darauf trinke ich."

Danke, dass du *Chaosmagie* gelesen hast.

Ich habe auch eine Spin-off-Serie namens White Haven Hunters geschrieben, in der die Nephilim, Shadow und die Orphische Gilde vorkommen. Das erste Buch heißt *Geist der Gefallenen*, und unter www.happenstancebookshop.com.

Newsletter

Wenn dir dieses Buch gefallen hat und du weitere meiner Geschichten lesen möchtest, auf tjgreenauthor.com. Du erhältst zwei kostenlose Kurzgeschichten, *Excalibur erhebt sich* und *Jacks Begegnung*, sowie kostenlose Charakterbögen für alle wichtigen Hexen von White Haven.

Wenn du auf meiner Mailingliste bleibst, erhältst du kostenlose Auszüge aus meinen neuen Büchern sowie Kurzgeschichten, Neuigkeiten über Gewinnspiele und die Chance, meinem Launch-Team beizutreten. Ich werde auch Informationen über andere Bücher in diesem Genre teilen, die dir gefallen könnten.

<u>Ream</u>

Ich habe meinen eigenen Abonnementdienst namens Happenstance Book Club gestartet. Ich weiß, was du jetzt denkst! Was ist Ream? Es ist ein bisschen wie Patreon, das du vielleicht besser kennst, und es ermöglicht dir, mich zu unterstützen und meine Bücher vor allen anderen zu lesen.

Dafür wird eine monatliche Gebühr fällig, und es gibt verschiedene Stufen, sodass du die für dich passende Stufe wählen kannst. Alle Stufen bieten viele weitere Boni, einschließlich Merchandise, aber eines haben alle gemeinsam: Du kannst meine neuesten Bücher lesen, während ich sie schreibe – es handelt sich also um eine Rohfassung. Ich werde jede Woche ein paar Kapitel veröffentlichen, die du in Ruhe lesen und auch kommentieren kannst. Du kannst auch kostenlos ein Follower werden.

Du kannst meine Bücher kommentieren, über Spoiler plaudern und Teil einer Community sein. Ich werde auch Umfragen und Charakter-Art posten, Rituale und Zaubersprüche teilen, die Hintergründe zu den Mythen und Legenden in meinen Büchern erläutern, und einige meiner früheren Bücher sind kostenlos zum Lesen verfügbar.

Interessiert? Dann besuche den

https://reamstories.com/happenstancebookclub

Happenstance-Buchladen

Ich habe jetzt auch einen fabelhaften Onlineshop namens , in dem du E-Books, Hörbücher und Taschenbücher, viele davon zu tollen Preisen gebündelt, sowie fabelhafte Fanartikel kaufen kannst. Ich weiß, dass du ihn lieben wirst! Schau ihn dir hier an: https://happenstancebookshop.com/collections/german-translations

YouTube

Wenn du Hörbücher liebst, kannst du sie dir kostenlos auf YouTube anhören, da ich dort alle meine Hörbücher hochgeladen habe. Bitte abonniere doch den Kanal. Danke. https://www.youtube.com/@tjgreenauthor

Lies weiter für eine Liste meiner anderen Bücher.

Anmerkung der Autorin

Vielen Dank, dass ihr Chaoszauber gelesen habt, das neunte Buch der „White Haven Witches"-Reihe.

Damit findet der Handlungsstrang, der in *Rachsüchtige Magie* begann, seinen Abschluss. In Cornwall gibt es viele Steinkreise, und im Bodmin Moor sind es tatsächlich neun, ebenso wie die Überreste vieler Minen. Das Besucherzentrum im Minions Village gibt es ebenfalls wirklich, aber bei seiner Bauweise habe ich mir einige Freiheiten genommen.

Es wird noch weitere Geschichten über die Hexen von White Haven geben, und obwohl ich noch nicht genau weiß, worum es im nächsten Buch gehen wird, gibt es noch viele weitere englische und kornische Mythen zu entdecken. Das nächste Buch wird voraussichtlich im August 2022 erscheinen.

Wenn ihr ein wenig mehr über die Hintergründe der Geschichten erfahren möchtet, schaut doch auf meiner www.tjgreenauthor.com vorbei, wo ich über die Bücher, die ich gelesen habe, und über meine Recherchen für die Reihe blogge. Dort gibt es übrigens auch eine Menge über meine andere Reihe, „Rise of the King", zu finden.

Nun möchte ich all denen danken, die mir geholfen haben, dieses Buch zu produzieren.

Ich habe beschlossen, in meinem Newsletter und meiner Facebook-Gruppe, „TJ's Inner Circle", einen Wettbewerb zu veranstalten, um einen Namen für die Gruppe von Parapsychologen zu finden. Ich habe einige fantastische Vorschläge erhalten und die Auswahl schließlich auf acht eingegrenzt, über die dann final abgestimmt wurde. Ghost OPS hat mit großem Abstand gewonnen! Vielen Dank an Margaret Meyer für deinen großartigen Vorschlag!

Ein weiterer Dank geht an Fiona Jayde Media für mein fantastisches Cover und an Kyla Stein von Missed Period Editing für ihre fabelhaften Lektoratsfähigkeiten.

Danke auch an meine Beta-Leser – ich freue mich, dass es euch gefallen hat; euer Feedback ist wie immer sehr hilfreich!

Zuletzt danke ich meinem Launch-Team, das wertvolles Feedback zu Tippfehlern gibt und gerne Rezensionen zur Veröffentlichung schreibt. Es ist schön, von ihnen zu hören – ihr wisst, wer gemeint ist! Ihr seid großartig! Ich freue mich auch, von all meinen Lesern zu hören, also meldet euch gerne bei mir.

Wenn ihr mehr von mir lesen möchtet, auf www.tjgreenau thor.com bei. Ihr könnt eine kostenlose Kurzgeschichte namens „Jacks Begegnung" erhalten, die beschreibt, wie Jack Fahey kennengelernt hat – eine längere Version des Prologs in „Ruf des Königs" –, indem ihr meinen Newsletter abonniert. Ihr erhaltet außerdem ein kostenloses Exemplar von „Excalibur erhebt sich", einer Kurzgeschichte, die als Prequel dient. Außerdem erhaltet ihr kostenlose Charakterbögen zu all meinen Hauptfiguren aus „White Haven Witches" – exklusiv für meine E-Mail-Liste!

Wenn ihr auf meiner Mailingliste bleibt, erhaltet ihr kostenlose Leseproben meiner neuen Bücher, Updates zu Neuerscheinungen sowie Kurzgeschichten und Neuigkeiten zu Verlosungen. Ich werde auch Informationen über andere Bücher in diesem Genre teilen, die euch gefallen könnten.

Ich ermutige euch, meiner -Seite, T J Green, zu folgen. Ich poste dort relativ häufig. Zusätzlich habe ich eine Facebook-Gruppe namens „TJ's Inner Circle". Das ist eine tolle kleine Gruppe, in der ich Verlosungen veranstalte und Teaser poste, also kommt und schließt euch uns an.

Über die Autorin

Ich bin in England aufgewachsen und lebe jetzt an der Algarve in Portugal, zusammen mit meinem Partner Jason und meinen Katzen Sacha und Leia. Wenn ich nicht gerade schreibe, findet man mich in ein Buch vertieft, bei der Gartenarbeit oder beim Yoga. Und vielleicht gönne ich mir auch eine kleine Shopping-Therapie!

In einem früheren Leben war ich Sängerin in einer Band und habe in einer Theatergruppe mitgespielt – beides hat eine Menge Spaß gemacht.

Momentan arbeite ich an weiteren Büchern der „White Haven Witches"-Reihe, denke über ein Prequel nach und plane Spin-offs.

Folgt mir doch auf Social Media, um über meine Neuigkeiten auf dem Laufenden zu bleiben, oder tretet meiner Mailingliste bei – ich verspreche, ich spamme nicht!

facebook.com/tjgreenauthor/

pinterest.pt/tjgreenauthor/

tiktok.com/@tjgreenauthor

youtube.com/@tjgreenauthor

goodreads.com/author/show/15099365.T_J_Green

instagram.com/tjgreenauthor/

bookbub.com/authors/tj-green

https://reamstories.com/happenstancebookclub

Weitere Bücher von T J Green

<u>Rise of the King-Reihe</u>

Eine Jugendbuchreihe über einen Teenager namens Tom, der berufen wird, König Artus zu wecken. Es ist ein spannendes Abenteuer über König Artus in der Anderswelt.

Call of the King #1

The Silver Tower #2

The Cursed Sword #3

<u>White Haven Witches-Reihe</u>

Hexen, Geheimnisse, Mythen und Folklore, angesiedelt an der Küste von Cornwall.

Buried Magic #1

Magic Unbound #2

Magic Unleashed #3

All Hallows' Magic #4

Undying Magic #5

Crossroads Magic #6

Crown of Magic #7

Vengeful Magic #8

Chaos Magic #9

Stormcrossed Magic #10

Wyrd Magic #11

Midwinter Magic #12

Sacred Magic #13

Cinderveiled Magic #14

White Haven and the Lord of Misrule Novelle

White Haven Hunters

Das actiongeladene Spin-off mit Shadow und den Nephilim.

Spirit of the Fallen #1

Shadow's Edge #2

Dark Star #3

Hunter's Dawn #4

Midnight Fire #5

Immortal Dusk #6

Brotherhood of the Fallen #7

Storm Moon Shifters

Paranormale Krimis rund um das Wolfswandler-Rudel Storm

Moon.

Storm Moon Rising #1

Dark Heart #2

Wolfshot #3

Moonfell Witches

In dieser Reihe geht es um die geheimnisvollen und magischen Hexen, die in Moonfell leben, dem weitläufigen gotischen Herrenhaus in London. Sie traten erstmals in *Storm Moon Rising,* dem ersten Band der *Storm Moon Shifters,* auf, und dann in *Immortal Dusk,* dem sechsten Band der *White Haven Hunters.* Die Reihe enthält Charaktere aus beiden Serien. Diese Reihe kann jedoch auch unabhängig von den anderen gelesen werden.

The First Yule #0.5 Novelle

Triple Moon: Honey Gold and Wild #1

Amber Moon: Secrets, Ink, and Firelight #2

www.ingramcontent.com/pod-product-compliance
Lightning Source LLC
Chambersburg PA
CBHW020336010826
48970CB00012B/921